唐 詩 三 百 首 (下)

● 孫秀(蘅塘退士) 篇

玄玉 張基槿
　　　　　　共譯
陶硯 陳起煥

明文堂

≪唐詩三百首≫에 대하여

중국 문학에서 시(詩)는 문학의 어느 장르보다 먼저 시작되었고 큰 성취를 이루었으며 또 가장 중요한 지위를 차지했었는데 이는 지금도 그러하다고 말할 수 있다. 중국 문학사에서 시가 최고의 성취를 이룩한 것은 당조(唐朝)였다.

당(唐, 618-907)의 290년간은 중국 시가(詩歌)의 황금시기였으니 수많은 대가들이 출현하여 활약하였고 수많은 명편이 창작되고 애송되었다. 청(淸) 강희제(康熙帝)의 명에 의거 편찬된 ≪전당시(全唐詩)≫는 2,200여 작자의 시 4만 8천여수를 수록하고 있는데 이는 청대까지 전해진 것만 모은 것이다. 그러니 그 당대에 얼마나 많은 작자의 많은 시가 지어졌는가를 미루어 짐작할 수 있다.

그러한 당시(唐詩)의 선본(選本)은 매우 많은데 그 중에서 가장 보편적으로 알려지고 읽혀온 것은 <당시삼백수>이다. 여기에는 시인 77명의 320편의 시를 수록하고 있다. 이는 ≪시경(詩經)≫의 311수를 본뜬 것이다. 이 책의 편자 손수(孫洙)는 강소(江蘇) 무석(無錫) 사람으로 자(字)는 임서(臨西)이며 별호는 형당퇴사(蘅塘退士)이니 은거를 즐긴 사람임을 알 수 있다. 형당퇴사는 청(淸) 건륭(乾隆) 16년(1761)에 진사가 되었고, 건륭 28년(1773)에 부인 서난영(徐蘭英)과 함께 이 책을 편찬하였다. 형당퇴사는 심덕잠(沈德潛, 1673-1769)의 ≪당시별재(唐詩別裁)≫ 및 왕사정(王士禎, 1634-1711)의 ≪고시선(古詩選)≫을 바탕으로 하고 그 외 여러 당시선본(唐詩選本)을 참고하여 310수를 골라 편찬하였다.

이 책은 본래 학동의 시 학습을 목적으로 편찬되었다. 때문에 시 내용이 쉬우면서도 교육적인 목적을 배려하였으며 다양한 시체(詩體)를 공부할 수 있도록 편찬되었다. 77명의 시를 수록하고 있는데 초당(盛唐)과 중당(中唐)을 거쳐 만당(晚唐)에 이르기까지, 또 오언(五言)과 칠언고시(七言古詩)에서부터 율시(律詩)와 절구(絕句), 악부시(樂府詩) 등을 고루 망라하였다.

《당시삼백수》의 제재는 매우 광범위하고 다양하니 여기에는 기행과 회고와 영회(詠懷), 송별과 등고(登高), 그리고 변새(邊塞), 영물(詠物)과 규원(閨怨)을 노래한 시 등 여러 주제를 고루 망라하고 있다.

그러나 두보(杜甫)의 〈북정(北征)〉 같은 명작이나 백거이(白居易)의 신악부시(新樂府詩) 등이 제외되었고, 피일휴(皮日休)나 이하(李賀) 등의 시는 하나도 선본(選本)되지 않았다는 아쉬움이 있다.

형당퇴사는 자신의 서문에서 "당시를 삼백 수만 숙독하면 시를 지을 줄 몰랐더라도 시를 읊게 된다는 속담을 근거로 이를 경험할 수 있도록 편찬하였다."고 하였는데 결국 당시뿐만 아니라 시를 공부하는 입문서로 이 책을 편찬하였음을 알 수 있다.

형당퇴사가 최초로 편집된 원본은 현재 전해오는 것이 없고, 지금 유통되고 있는 것은 청(淸) 도광(道光) 15년(1835)에 장섭(章燮)의 주소본(注疏本)인데 여기에는 장구령(張九齡) 2수, 이백(李白) 5수, 두보 3수의 시 총 10수를 더 추가하였다.

그리하여 오언고시 35수, 오언악부 10수, 칠언고시 28수, 칠언악부 16수, 오언율시 80수, 칠언율시 53수, 칠율악부(七律樂府) 1수, 오언절구 29수, 오절악부(五絕樂府) 8수, 칠언절구 51수, 칠절악부(七絕樂府) 9수로 총 320수로 구성되었다.

형당퇴사의 당시삼백수 자서自序

^{세속아동취학} ^{즉수천가시} ^{취기이어성송} ^{고류전불폐} ^{단기시수수철}
世俗兒童就學 卽授千家詩,取其易於成誦 故流傳不廢.但其詩隨手掇

^습 ^{공졸막변} ^{차지칠언율절이체} ^{이당송인우잡출기간} ^{수괴체제} ^인
拾 工拙莫辨 且止七言律絕二體. 而唐宋人又雜出其間 殊乖體制. 因

^{전취당시중회자인구지작} ^{택기우요자} ^{매체균수십수} ^{공삼백여수} ^녹
專就唐詩中膾炙人口之作 擇其尤要者 每體均數十首 共三百餘首 錄

^{성일편} ^{위가숙과본} ^{비동이습지} ^{백수역막능폐} ^{교천가시불원승야}
成一編. 爲家塾課本 俾童而習之 白首亦莫能廢 較千家詩不遠勝耶.

^{언운} ^{숙독당시삼백수} ^{불회음시야회음} ^{청이시편험지}
諺云 '熟讀唐詩三百首 不會吟詩也會吟', 請以是編驗之.

세속에 아동이 취학하면 바로 천가시(千家詩)을 가르치는데 이는 외우기 쉽다 하여 지금까지 널리 유행하고 있다. 그렇지만 그 책은 마치 손쉽게 주워 모은 것처럼 뛰어나거나 떨어지는 시를 구분하지 않았고 또 칠언의 율시와 절구 두 가지 시체에 그쳤으며, 당(唐)과 송(宋)의 인물이 한 책에 섞여 있으며 때문에 (나는) 당시(唐詩)에서 인구에 회자되는 작품 중에서도 특히 꼭 필요한 것만 고르고 각각의 시체에 따라 수십 수씩을 모아모두 삼백여 수를 수록하여 한 권으로 엮었다. 이 책을 가숙(家塾)의 교본으로 삼아 학동으로 하여금 학습케 한다면 늙더라도 잊히지는 않을 것이니 천가시에 비교하여 훨씬 좋지 않겠는가? 속담에 말하기를 '당시(唐詩)를 삼백 수만 숙독하면 시를 지을 줄 몰랐더라도 시를 읊게 된다' 하였으니 이 책으로 그것을 징험하고자 한다.

≪唐詩三百首≫와 인생

공자(孔子)가 ≪시삼백(詩三百)≫을 '사무사(思無邪)'라 하였으니 이는 시가 인간 감정의 솔직한 표현이라는 뜻이다. 공자는 시를 통해 감흥과 통찰, 교류와 정서순화를 할 수 있기에 시를 배워야 한다고 제자들에게 강조하였는데 이를 '흥(興)·관(觀)·군(羣)·원(怨)'이라 한다.

그리고 아들 백어(伯魚)에게는 '시를 배우지 않으면 말을 할 길이 없으며' 또 '담장을 마주보고 서 있는 것 같다'고 말하여, 시의 효능까지도 구체적으로 언급하였다.

두보(杜甫)는 시인으로서 '문장은 영원히 계속될 일(文章千古事)'이며 인생사의 '득실은 시 한 편으로 헤아릴 수 있다(得失寸心知)'고 하였는데 이는 시와 문학의 영원한 가치와 효용성을 잘 표현한 말일 것이다.

시인이 경물(景物)을 보면 시정(詩情)이 나오고 그런 시정을 자신의 뜻에 바탕을 두고 외부로 표출한 것이 바로 시이다. 그래서 '시는 시인의 뜻(詩言志)'이라고 말한다.

당시(唐詩)는 중국 문학의 여러 장르 중에서도 가장 훌륭한 성취를 이룩하였다. 청대(淸代)에 편찬된 ≪전당시(全唐詩)≫에는 2,200여 시인의 48,000수의 시를 수록하고 있는데, 이를 본다면 당시가 얼마나 융성했는가를 알 수 있다. 당시는 인간의 모든 정서를 가장 완벽한 시어로, 또 가장 적절하게 표출하였기에 당시는 그 자체가 인생이며 인생에 대한 깊은 성찰이라 할 수 있다.

필자는 평생 동안 중국 문학을 연구하면서 가르치는 일에 종사하였다. 서산에 지려는 백일(白日)을 바라보면서, 지난날의 회상 속에 젊은 후학을 위해 꼭 해야 할 일을 생각하였다. 그래서 공자의 뜻을 이어 다시 한 번 시를 가르쳐야 한다는 결심하였다. 그래서 당시의 정수만을 모은 《당시삼백수》를 젊은이의 감성에 맞게 강술(講述)하기로 결심하였다. 이는 그간 계속 되어온 내 일상의 연속이니, 이제 노구(老軀)의 여력이 있는 그날까지 당시를 이야기하련다.

2010년 玄玉蓮 서재에서

玄玉 張基槿 識

▌추모의 글

현옥(玄玉) 장기근(張基槿) 박사님의 컴퓨터에 《당시삼백수》 파일이 들어 있었습니다. 그 파일의 첫 머리에 '2010. 11. 11. 최후 완성 작업 시작. 당시삼백수(唐詩三百首) - 10년 전에 입력한 것 - 이번에 마지막으로 완성 출판하자!'라는 글이 있었습니다. 마치 젊은이가 새 과업(課業)을 시작하며 맹세를 하듯!

노(老) 교수님의 이런 열정에 숙연하지 않을 수 없었습니다. 불행히도 완성을 못하시고 2011년에 작고하셨기에 그간 박사님의 수많은 역작들을 출판했던 출판인으로서 책임을 통감하며 후속 작업을 계속하였습니다. 박사님의 그 모습, 그 열정을 진심으로 추모합니다.

明文堂 代表 **金東求**

≪唐詩三百首≫ 공부하기

중국에 관한 공부를 하는 사람이라면 먼저 시를 알아야 한다. 이는 결코 어떤 편협한 주관이나 과장에서 나온 말은 아니다. 중국의 시는 문학과 역사, 예술이나 문화 각 분야의 기본이라 할 수 있으며, 중국문학의 모든 장르는 시를 바탕으로 형성되고 발달하였기에 시를 모르고서는 중국문학을 바로 이해할 수도 없다.

시는 시인이 겪고 느낀 바를 정서적이며 운율적인 언어로 표현한 예술이다. 우선, 시의 형상은 어떻게 창작되어 독자에게 전달되는가? 시인의 진실하거나 솔직한 정서와 그 표현을 위한 시어의 선택과 구사, 그리고 자연스러운 운율을 통해 시는 만들어진다. 그러기에 시 공부는 시정(詩情)과 뜻을 이해하는 일부터 시작해야 한다.

당시(唐詩)는 중국인의 것이며 그들이 고심한 창작물이며 객관적인 존재이다. 당시는 음악적 율조(律調)로 운문(韻文)의 최고 경지라고 평가되는데 이 모두는 문자로만 기록되었다. 당시의 문자는 우리가 이해할 수 있지만 그 언어는 우리와 다르고 함축된 뜻은 매우 많다. 따라서 그 공부는 다름을 인정하면서도 깊이가 있어야 한다.

시는 다양한 정서의 표출이다. 거울과 같은 잔잔한 수면도 있지만, 바위에 부딪치며 흐르는 격랑을 수로(水路)를 따라 흐르는 물로 그려내어서도 안 된다. 시 공부는 의미나 감정을 느끼는 과정이지만 그렇다 하여 원작에 없는 새로운 얼룩을 남겨서도 아니 된다.

당시의 공부는 우리말 번역이다. 다른 언어로 창작된 시의 번역은 결코 쉬운 일이 아니다. 잘된 번역은 우선 내용이 충실해야 하는데 이를 신(信)이라고 표현할 수 있다. 동시에 그 뜻이 쉽게 이해되고 혼란하지 않아야 하는데 이를 달(達) 곧 통달이라는 의미로 이해할 수 있다. 그리고 잘된 번역은 그 문장에 품격이 있어야 한다. 곧 고아(高雅)한 맛을 느낄 수 있어야 한다. 이렇듯 신(信), 달(達), 아(雅)의 경지에 이를 수 있어야 잘된 번역일 것이다.

흔히 '번역은 절반의 창작'이라고 말하지만 시의 번역은 시의 틀을 벗어날 수 없다. 중국시의 '반 창작'을 위해서는 우리 언어를 시적 언어로 형상화할 수 있어야 한다. 동시에 시의 주제와 표현 기교가 유기적으로 결합되어야만 시인의 정서가 살아 있는 '절반의 창작'이 가능할 것이다.
필자는 이런 면에서도 각별히 고심을 하였다. 또한 학문적 연구 성과를 거두기보다는 당시를 공부하려는 동학(同學)들을 안내하고 이끌기 위한 번역이 되어야 한다고 생각하였다.
시인은 굉장한 독서와 사색을 바탕으로 시 한 수를 창작하였으니 시는 문사철(文史哲)의 정수(精髓)가 응결된 작품이다. 시를 읽고 감상하는 사람도 그만한 지식이 있어야 한다. 시를 공부하는 우리 모두는 부단한 자기 노력이 있어야 한다는 말로 옮긴이의 서문을 마무리한다.

2014년 3월

陶硯 陳起煥

▌ 일러두기

이 책은 다음과 같은 체제를 갖추고 있다.

¶ 본 ≪당시삼백수≫는 오언고시부터 칠율악부시까지 모두 10개 시체(詩體), 320수의 시를 상·중·하권에 수록하였다. 각 체제별로 1, 2, 3의 일련번호를 부여하여 구분하였다.

그 시체 다음에는 당시(唐詩)의 이해와 학습에 참고가 되는 개론적인 설명자료를 첨부하였다.

¶ 상·중·하 3권의 시체별 수록 작품은 다음과 같다.

상권	1. 오언고시(五言古詩)	35수	
	2. 오고악부(五古樂府)	10수	
	3. 칠언고시(五言古詩)	28수	(001-073)
중권	4. 칠고악부(七古樂府)	16수	
	5. 오언율시(五言律詩)	80수	(074-169)
하권	6. 칠언율시(七言律詩)	54수	
	7. 오언절구(五言絶句)	29수	
	8. 오절악부(五絶樂府)	8수	
	9. 칠언절구(七言絶句)	51수	
	10. 칠절악부(七絶樂府)	9수	(170-320)

위에서 1, 2, 3, 그리고 7, 8, 9, 10은 고(故) 현옥(玄玉) 장기근 박사님의 유고(遺稿)를 보완하였다.

¶ 수록된 시는 001부터 시작하여 320까지 일련번호를 부여하면서, 일련번호 - 시제(詩題) - 작자 이름을 수록하였다. 목차는 상, 중, 하권에 걸쳐 시체(詩體)별로 수록 작성하였다. 작자별(가나다 순) 전체 목차는 하권에만 수록하였다.

¶ 당시의 원문은 '國^국破^파山^산河^하在^재'하는 식으로 덧말 입력을 하여 우선 우리말로 읽을 수 있도록 하였다.

¶ 시의 제목은 원제목을 그대로 옮겼지만 필요한 경우 우리말 번역을 첨부하였다.

¶ 우리말 번역에서 필요한 漢字는 그대로 수록하였다. 그리고 알기 쉬운 한자말은 굳이 우리말로 옮기지 않았다.

¶ **作者**에 대한 설명은 처음에 나올 때 그 생애와 시풍(詩風) 등을 소개하였다. 전체 77명에 대한 소개는 중권에 가나다 순으로 다시 수록하였다.

¶ **註釋**은 시제(詩題) 해설에 이어 각 구의 이해를 위한 한자 음훈(音訓), 전고(典故) 풀이, 문법 등을 상세히 설명하였다.

¶ **詩意**는 시 전체에 대한 설명이며 시 감상을 위한 분석과 보충 설명, 시화(詩話), 시평(詩評) 및 관련 작품이나 일화 등을 수록하였다.

¶ **參考**는 그 시를 이해하기 위한 다른 자료의 소개이다. 역사적 사실이나 일화 등 비교적 내용이 긴 자료들을 수록하였다.

¶ 삽화를 가급적 많이 수록하여 흥미와 관심을 유도하였다.

¶ 부록으로 상권 끝에 '당대(唐代)의 역사 개관', '당대의 문학 개관', '당대 시인 연표'를 수록하였다. '당대 시인 연표'는 본서만이 갖는 아주 특별한 자료이다. 시인과 시대 상황을 파악하는 데 도움이 되리라 생각한다.

¶ 색인은 하권 끝에 수록하였는데, 시인, 시제(詩題), 유명한 시구(詩句) 및 문학사 관련 인물 및 역사적 사건 등을 수록하였다.

¶ 시제(詩題) 또는 문장 제목은 <감우(感遇)>와 같이 < >로, 저서나 서책은 ≪ ≫로, 저서와 편명은 ≪논어(論語) 자한(子罕)≫ 식으로 표기하였다.

¶ 본서를 집필하면서 참고한 자료는 아래와 같다.

_≪唐詩三百首≫ : 邱燮友 註譯. 臺灣 三民書局. 1983.

_≪唐詩三百首≫ : 蘅塘退士 選編. 周嘯天 註評. 南京 鳳凰出版社. 2005.

_≪全唐詩典故辭典(上·下)≫ : 范之麟, 吳庚舜 主編. 湖北辭書出版社. 2001.

_≪唐詩鑑賞大辭典≫ : 楊旭輝 主編. 中華書局. 2011

_≪唐詩故事集≫ : 王一林 編著. 中國文聯出版社. 2000.

_≪中國文學史≫ : 張基槿, 車相轅, 車柱環 共著. 明文堂. 1985.

_≪中國文學槪論≫ : 金學主 著. 新雅社. 1984.

_≪中國詩論≫ : 車柱環 著. 서울대학교 출판부. 1989.

_≪중국인이 쓴 文學槪論≫ : 王夢鷗 著. 李章佑 譯. 明文堂. 1992.

_≪唐詩三百首 1·2·3.≫ : 宋載邵, 崔京烈, 李澈熙 외. 傳統文化硏究會. 2009.

_≪唐詩三百首 1·2.≫ : 형당퇴사 엮음. 류종목, 주기평, 이지운 옮김. 소명출판. 2010.

차 례

6. 칠언율시七言律詩   25

근체시近體詩와 율시律詩 26 / 율시의 격률 27

6. _____

七

言

律

詩

【근체시近體詩와 율시律詩】

근체시는 금체시(今體詩) 혹은 격률시(格律詩)라고 부른다. 고체시에 대한 상대적인 의미로 붙은 이름이다. 근체시의 형태적 특성을 격률이라고 한다. 이러한 격률에 의해 창작된 시를 율시라고 하는데 율(律)은 용병(用兵)의 기율(紀律)이나 형법의 법률처럼 결코 어겨서는 안 된다는 의미를 담고 있다.

근체시는 남조 제(齊)나라 무제(武帝)의 연호인 영명(永明, 483-493) 연간에 시작되었다하여 영명체(永明體)라고도 부른다. 이러한 율시가 당대(唐代)에 완성된 것은 한대(漢代) 이후 시문학 자체 발전의 결과라 할 수 있다. 당(唐) 이전에 심약(沈約), 유신(庾信) 등이 선구자로 기초를 만들어 주었다. 초당사걸(初唐四傑)의 시는 성조(聲調)나 대우(對偶)에서 거의 근체시에 가깝다는 평가를 받고 있는데 당대의 심전기(沈佺期), 송지문(宋之問)에 의해 완성된 뒤 두보(杜甫)에 의해 꽃피웠다.

심전기(656-714?)는 오언율시에 뛰어났는데 송지문과 함께 궁정시인으로 이름을 날렸고 문학사에서는 '심송(沈宋)'으로 병칭된다. 심전기나 송지문의 인품에 대해서는 좋은 평가가 없으며, 이들의 시풍은 양(梁), 진(陳)의 궁체시풍(宮體詩風)을 완전히 벗어나지는 못했지만 육조 이래의 신체시 창작과 율시의 성숙과 정형화에 큰 공헌을 하여 당대 오언율시 발전의 토대를 확실하게 마련했다는 평가를 받고 있다.

이들과 거의 동시대인물로 '문장사우(文章四友)'로 일컬어지는 최융(崔融), 이교(李嶠), 소미도(蘇味道), 두심언(杜審言, 두보의 조부)도 시인으로 명성을 누렸다.

율시를 고시나 절구와 비교한다면 첫째, 율시의 편폭은 고시보다는 짧은 경우가 많으나 절구보다는 길어 고시처럼 자유로운 표현도 어렵거니와 절구처럼 최대한 축약을 하지 않아도 된다. 말하자면 확대나 축약을 잘 조화할 수 있다는 장점이 있다.

둘째, 율시는 여러 가지 격률이 엄격하지만 이를 잘 이용한다면 시정(詩情)을 효과적으로 표현할 수 있다. 다시 말해 짓기는 어렵지만 마치 공식에 집어넣기만 하면 되기에 어찌 보면 가장 짓기 쉬운 시체라는 양면성을 갖고 있다. 이 때문에 율시의 작품 수는 고시 못지않게 많지만 절구만큼 유명한 작품은 상대적으로 적다고 한다.

【율시의 격률】

율시는 압운(押韻)이 되어야 하고, 평측(平仄)이 조절되어야 하며, 대우가 잘 맞아야 한다. 기승전결(起承轉結)의 정구(定句)와 오언과 칠언의 정해진 글재[定字]를 준수해야 하는 구법(句法)이 모두 법도에 맞아야 하는 시이다. 근체시는 초기에 오언을 중심으로 성행하다가 측천무후 시대에 이르러 칠언이 제자리를 잡게 된다. 그리하여 성당(盛唐)에 들어와 두보 같은 천재시인이 신체시에 개성과 창의를 결합하여 불후의 대작들을 남겼고 이후 중국의 시는 근체시가 전형으로 자리를 잡았다.

시에서 일정한 자리에서 일정한 운자(韻字)를 붙이는 것을 압운(押韻, 또는 입운入韻, 협운協韻)이라 한다. 근체시의 압운은 평성운(平聲韻)을 원칙으로 하면서 짝수 구(2, 4, 6, 8)에 해야 한다. 이 압운의 운자로 《당운(唐韻)》이란 책에는 206개의 운부(韻部)가 분류되었는데 남송시대에 강북 평수(平水) 사람인 유연(劉淵)이 《임자신간예부운략(壬子新刊禮部韻略)》을 간행하여 당대의 여러 운을 106개 운으로 종합하였다. 이를 '평수운(平水韻)'이라 하고 지금까지 가장 일반적으로 통용되고 있다.

운율(韻律)이란 일정한 음절수를 가진 음절 묶음이나 시적 언어의 고저, 장단, 강약의 규칙적인 반복에 의하여 이루어지는 음악적 율조를 말한다. 우리 시조도 3, 4, 3, 4의 일정한 운율을 갖고 있다.

시는 짧은 문장에 많은 형상이나 사상을 집약시키는 구조이기에 간결하고도 함축적인 문자를 사용해야만 한다. 때문에 군더더기의 과감한 삭제는 기본이고 토씨나 접속사, 받침까지도 생략하는 것이 상례처럼 인식되고 있다. 또한 운율 조성을 위해 글자수 제한과 압운 등 여러 제약이 있기에 특히 미학적 어휘의 선택과 사용이 필수적이다.

평측(平仄)의 운용에서도 오언의 경우에는 '平平仄仄平', '平平平仄仄', '仄仄仄平平', '仄仄平平仄' 등 네 가지 기본 형식이 있다. 칠언에도 '仄仄平平仄仄平', '仄仄平平平仄仄', '平平仄仄仄平平', '平平仄仄平平仄'의 네 가지 기본 형식이 있다.

근체시에서는 대우(對偶, 또는 대구對句)를 중요시하는데, 이에 관한 이론으로는 당(唐) 상관의(上官儀)의 '육대(六對)'와 '팔대(八對)'의 주장이 있지만 이는 후대에 들어 더욱 세분되었다.

용사(用事)란 전고의 활용을 말하는데, 시의 품격을 높이고 간접적 비유의 묘를 살릴 수 있는 아주 유용한 표현방법이라 할 수 있다.

시에서 전고의 활용은 꼭 필요한 경우에 읽는 사람이 의식하지 않도록 자연스럽게 써야 한다. 이러한 전고의 활용목적은 신선하고 고아한 품격을 갖추는 데 긴요한 방법이다.(류성준, 중국 초당시론. 154p. 푸른사상사. 2003)

170. 黃鶴樓 황학루　● 崔顥 최호

昔人已乘黃鶴去　此地空餘黃鶴樓

黃鶴一去不復返　白雲千載空悠悠

晴川歷歷漢陽樹　芳草萋萋鸚鵡洲

日暮鄉關何處是　煙波江上使人愁

옛사람은 황학을 타고 가버렸고
여기엔 덩그러니 황학루만 남았다.
황학은 한번 가고 다시 오지 않는데
백운만 천년 동안 내내 유유히 떠있다.
맑은 강에는 한양의 나무들이 또렷하고
방초는 앵무주에 무성히 자랐다.
날은 저무는데 고향은 어디인가?
안개와 물결 이는 강에서 나그네는 서글프다.

🌸 **作者 최호**(崔顥, 704?~754) - 이백(李白)도 놀란 <황학루>

변주(汴州, 지금의 하남성 개봉시開封市) 출신으로 현종(玄宗) 개원(開元) 11년(723) 진사가 되었고 천보(天寶) 연간에 사훈원외랑(司勳員外郎)을 역임하였다. 현존하는 시는 겨우 40여 수이고 가장 유명한 시는 물론 <황학루>이다.

재주는 비상하였으나 음주와 도박을 즐겨 품행은 그에 걸맞지 못했다고 한다. 소년시절에는 규정(閨情)을 소재로 한 시가 많아 부염(浮艷)하고 경박한 느낌이었으나, 뒤에 변새(邊塞)를 여행한 뒤로는 시풍이 웅혼분방(雄渾奔放)해졌으며 각지를 유랑하면서 시에 몰두하여 사람이 수척해질 정도였다고 한다.

무창(武昌)을 여행하고 황학루에 올라 <황학루>를 지었는데 뒷날 이백이 와서 최호의 시를 읽고서는 '눈앞의 경치를 보고도 말로 할 수 없는데(眼前有景道不得), 최호의 시는 머리 위에 있도다(崔顥題詩在上頭)'라 감탄하고서 시를 짓지 못했다는 유명한 이야기가 전해온다.

이백은 황학루에서 시를 못 짓고 금릉(金陵) 봉황대에 가서 <등금릉봉황대(登金陵鳳凰臺)>를 지었는데 두 시의 장구가 매우 흡사하다.(칠언율시 175 <등금릉봉황대>와 칠언절구 268 <송맹호연지광릉(送孟浩然之廣陵)> 참고)

🌸 **註釋**

▶ <黃鶴樓(황학루)> : 지금의 호북성 무한시(武漢市) 황학산(黃鶴山)에 있는 누각. 왕자안(王子安)이라는 신선이 황학을 타고 자주 들렀다는 이야기와, 비문위(費文禕)라는 사람이 여기서 황학을 타고 승천했다는 이야기가 전한다.

▶ 昔人已乘黃鶴去(석인이승황학거) : 昔人(석인) - 옛사람. 일반적으로는 팔선(八仙)의 한 사람이며 검선(劍仙), 주선(酒仙), 색선(色仙)인 여동빈(呂洞賓)이 황학을 타고 이곳에 자주 와서 술을 마셨다는 이야기가 전해온다.

▶ 此地空餘黃鶴樓(차지공여황학루) : 此地(차지) – 이곳. 黃鶴樓(황학루) – 강남 4대 명루(名樓)의 하나. 모두 5층에 높이가 50.4m. 삼국시대 오(吳)의 황무(黃武) 2년(223)에 처음 지어진 이후 계속 새로 지어졌는데, 지금의 건물은 1985년에 중수한 것이다.

▶ 黃鶴一去不復返(황학일거불부반) : 不復返(불부반) – 다시 돌아오지 않다.

▶ 白雲千載空悠悠(백운천재공유유) : 千載(천재) – 천년. 悠 멀 유. 悠悠(유유) – 아주 먼 모양.

▶ 晴川歷歷漢陽樹(청천역력한양수) : 晴 갤 청. 晴川(청천) – 맑은 내[川]. 歷歷(역력) – 또렷한 모양. 漢陽樹(한양수) – 한양의 나무들.

▶ 芳草萋萋鸚鵡洲(방초처처앵무주) : 萋 풀 무성할 처. 萋萋(처처) – 풀이 무성한 모양. 鸚鵡(앵무) – 앵무새. 洲 섬 주. 강이나 호수의 섬. 鸚鵡洲

▌황학루(黃鶴樓)

(앵무주) - 장강 가운데의 섬 이름.
▶ 日暮鄕關何處是(일모향관하처시) : 鄕關(향관) - 고향.
▶ 煙波江上使人愁(연파강상사인수) : 煙波(연파) - 물안개와 잔물결. 강호
를 뜻하기도 함. 강상(江上)의 연파(煙波).

🌸 詩意

남송의 문학비평가인 엄우(嚴羽)는 《창랑시화(滄浪詩話)》에서 이 시를
'당인칠율(唐人七律) 중 제일'이라고 칭찬하였는데, 전반 4구는 황학루에
대한 전설을, 후반 4구는 황학루에 올라온 나그네의 수심을 묘사했다.
이 시의 운율을 따져 본다면 전반 4구는 평측(平仄)을 고려하지 않은 고체
시에 속하며, 후반 4구는 합률(合律)하다는 분석도 있다. 전반 4구는 일필휘
지로 써내려간 듯 기세가 당당하다. 1, 3구는 보이지 않는 것을, 2, 4구는
눈에 보이는 실물을 말했다.
후반 4구는 황학루에서 보는 장엄한 경치와 오히려 그 때문에 생기는 나그
네의 향수를 그렸다. 한양수(漢陽樹)와 앵무주(鸚鵡洲)의 모습이 눈에 생생
한데, 아득한 장강(長江)의 물안개와 잔물결이 시인의 향수를 자극하였다.
이 시에서는 첩자(疊字)를 많이 사용했다. 유유(悠悠), 역력(歷歷), 처처(萋
萋)가 그러하다. 또 황학은 3번, 백운은 2번, 인(人)과 거(去)와 공(空)은
2번씩 쓰였다.

171. 行經華陰 화음현을 지나며 　　● 崔顥 최호

岧嶢太華俯咸京　天外三峰削不成

武帝祠前雲欲散　仙人掌上雨初晴

河山北枕秦關險　驛樹西連漢畤平

借問路傍名利客　無如此處學長生

높고 높은 화산은 함양 땅을 내려보고
하늘 위의 삼봉은 깎더라도 못 만든다.
무제의 사당 앞에 구름은 흩어지려 하고
선인장 같은 봉우리에 비는 금방 그치었다.
하산河山은 북으로 험한 함곡관을 베고 있는데
역수驛樹는 서쪽의 한치 평원으로 이어졌다.
묻노니 길 가는 명리만 쫓는 나그네여
여기서 장생술을 배우는 것만 못하리로다.

🌸 註釋

▶ <行經華陰(행경화음)> : '화음현을 지나며'. 華陰(화음) – 섬서성(陝西
省) 동부, 위하(渭河) 하류의 현(縣). 화산(華山) 북쪽이라서 이런 이름이 붙었다. 서안시(西安市)에서 120km로 보리와 면화의 주산지.

▶ 岧嶢太華俯咸京(초요태화부함경) : 岧 산 높을 초. 嶢 산 높은 모양 요. 太華(태화) - 서악(西嶽)인 화산. 소화산(小華山)과 구분하여 태화라 하였다. 俯 구부릴 부. 내려다보다. 咸京(함경) - 함양(咸陽), 진(秦)의 국도(國都).

▶ 天外三峰削不成(천외삼봉삭불성) : 天外三峰(천외삼봉) - 하늘 밖으로 솟은 세 봉우리. 화산의 부용(芙蓉), 명성(明星), 옥녀봉(玉女峰).

▶ 武帝祠前雲欲散(무제사전운욕산) : 武帝祠(무제사) - 한 무제가 건립한 거령사(巨靈祠).

▶ 仙人掌上雨初晴(선인장상우초청) : 仙人掌(선인장) - 화산의 다섯 봉우리가 마치 신선의 손바닥과 같다는 화산의 명승.

▶ 河山北枕秦關險(하산북침진관험) : 河山(하산) - 위수(渭水)와 화산. 枕 베개 침. 베고 눕다. 秦關(진관) - 함곡관(函谷關).

▶ 驛樹西連漢畤平(역수서련한치평) : 驛樹(역수) - 역참의 나무. 역로(驛路)로 된 판본도 있다. 畤 재터 치. 천지신명께 제사하는 곳. 漢畤(한치) - 한(漢)나라 때의 제사터.

▶ 借問路傍名利客(차문노방명리객) : 傍 곁 방. 路傍(노방) - 길을 가는. 名利客(명리객) - 명리만을 따르는 사람.

▶ 無如此處學長生(무여차처학장생) : 無如(무여) - '하여(何如)'로 된 판본도 있다. 長生(장생) - 장생술, 신선의 도술.

🏵 詩意

시인이 화음현을 지나면서 바라본 경치를 스케일이 크게 묘사하였다. 화산의 높은 봉우리와 위수, 그리고 관중(關中) 8백리의 대평원을 실감나게 묘사하였다. 전 4구는 화산의 장엄함, 후 4구는 화음현의 지리를 설명하며 장생술을 배우는 것이 어떠냐고 입도(入道)를 권유하고 있다.

전체적으로 기승전결의 격식을 무시하면서 웅혼하고 장려한 경관을 풍부한 함의(含意)로 묘사하였다.

172. 望薊門 계문을 바라보며　●　祖詠조영

燕臺一去客心驚　簫鼓喧喧漢將營

萬里寒光生積雪　三邊曙色動危旌

沙場烽火連胡月　海畔雲山擁薊城

少小雖非投筆吏　論功還欲請長纓

연대燕臺에 한번 가보고 나그네는 놀랐으니
군악이 시끄러운 곳은 한漢의 군영이었다.
눈 덮인 만리 땅에 찬 빛이 나고
변방의 아침 햇살에 높은 깃발이 펄럭인다.
벌판의 봉화는 호지胡地의 달에 연달았고
바닷가 구름 낀 산은 계성을 에워쌌다.
비록 젊은 나이에 붓을 던지진 않았지만
공을 세우려면 긴 밧줄 갖고 출정해야만 한다.

作者 조영(祖詠, 699~746?) - 왕유(王維)의 친우

영(詠)을 영(咏)으로 쓰기도 함. 낙양(洛陽) 출신. 개원 12년(724) 진사과에 합격하였으나 관직에 나가지 않고 여분(汝墳, 지금의 하남성 여양汝陽 일대)에서 평범하게 살며 생을 마쳤다. 왕유, 저광희(儲光羲), 구위(邱爲) 등과 교유했는데 특히 왕유와 우정이 깊어 수창(酬唱)한 작품이 많다. 자연경물을 읊거나 은일생활을 묘사한 시가 많다. 오언절구 <종남망여설(終南望餘雪)>과 칠언율시 <망계문(望薊門)>이 대표작이고, 명대(明代)에 편찬된 《조영집(祖詠集)》이 있다.

註釋

▶ <望薊門(망계문)> : '계문을 바라보며'. 薊 삽주 계. 엉거싯과의 여러해살이풀. 뿌리는 한약재로 쓰인다. 薊門(계문) - 유주(幽州)의 치소(治所)로 지금의 북경시. 정확하게는 북경대학과 청화대학(淸華大學)이 있는 북경의 해정구(海淀區)에 해당한다.

▶ 燕臺一去客心驚(연대일거객심경) : 燕臺(연대) - 전국시대 연(燕)나라 소왕(昭王)이 인재를 초빙하기 위해 신축했다는 황금대(黃金臺, 유주대 幽州臺). 客心驚(객심경) - 나그네가(시인 자신) 마음속으로 놀라다. 연나라는 곽외(郭隗), 악의(樂毅)가 연나라를 떠난 뒤에 진(秦)에 의해 멸망한다. 이를 생각하며 놀란다고 하였다.

▶ 簫鼓喧喧漢將營(소고훤훤한장영) : 簫 퉁소 소. 簫鼓(소고) - 여기서는 군악. 喧 시끄러울 훤. 漢將營(한장영) - 한 고조(漢高祖)는 이곳에서 연왕(燕王) 장도(臧荼)를 격파하였다. 한(漢)은 당(唐)의 의미.

▶ 萬里寒光生積雪(만리한광생적설) : 적설만리(積雪萬里)에 한광(寒光)이 생(生)하다의 뜻.

▶ 三邊曙色動危旌(삼변서색동위정) : 三邊(삼변) - 변경. 曙 새벽 서. 旌 깃발 정. 危旌(위정) - 높이 매단 깃발.

▶ 沙場烽火連胡月(사장봉화연호월) : 沙場(사장) - 넓은 허허벌판. 胡月(호월) - 호지(胡地)의 달.

▶ 海畔雲山擁薊城(해반운산옹계성) : 海畔(해반) – 바닷가. 擁 안을 옹. 薊城(계성) – 곧 계문.

▶ 少小雖非投筆吏(소소수비투필리) : 投筆吏(투필리) – 붓을 던진 관리, 곧 후한의 반초(班超). 반초는 붓을 던지고 창검을 쥐고 종군하여 큰 공을 세웠다.

▶ 論功還欲請長纓(논공환욕청장영) : 論功(논공) – 논공행상(論功行賞). 纓 갓끈 영. 새끼줄. 長纓(장영) – 적의 포로를 묶는 긴 밧줄. 전한(前漢)의 종군(終軍)이라는 장군이 장영으로 남월왕(南越王)을 묶어 오겠다는 말을 했다.(≪한서漢書 엄주오구주부서엄종왕가전嚴朱吾丘主父徐嚴終王賈傳≫)

🌸 詩意

이 시는 일종의 변새시(邊塞詩)이다.

시인은 멀리 유주(幽州)의 옛 누대 터에 올라 '심경(心驚)'으로 시작하여 보국(報國)의 의지를 새기고 있다. 지금은 당(唐)의 군악 소리가 시끄럽지만 옛 한(漢)의 군영이었던 곳이다. 그곳에서 바라본 적설(積雪) 만리, 펄럭이는 깃발, 연달아 피어오르는 봉화, 바닷가의 운산(雲山) 등을 보았고, 또 그런 것들에 놀랐다[客心驚].

시인은 옛 반초처럼, 또 남월을 원정한 사람처럼 큰 공을 세우고 싶다는 의지로 끝을 맺었다.

173. 送魏萬之京 상경하는 위만을 보내며

● 李頎이기

朝聞遊子唱離歌　昨夜微霜初渡河

鴻雁不堪愁裏聽　雲山況是客中過

關城樹色催寒近　御苑砧聲向晚多

莫見長安行樂處　空令歲月易蹉跎

아침에 그대가 떠난다는 말을 들었는데
어젯밤 첫서리가 황하를 건너왔다네.
나그네 설움에 기러기 울음 견디기 어렵고
거기다 구름이 낀 산을 나그네로 가야만 한다네.
함곡관의 나무는 추위가 온다고 재촉하는 듯
도성의 다듬이소리는 저녁에 더 많아지리라.
장안을 놀기 좋은 곳이라 생각하지 말고
공연히 세월만 쉬이 허송해서는 안 되리.

▶ <送魏萬之京(송위만지경)> : '상경하는 위만을 보내며'. 魏萬(위만) - 고종(高宗) 상원(上元) 초(674) 진사. 후에 왕옥산(王屋山)에 은거하며 '왕옥산인'이라 자호(自號)하였다. 이백과 시를 주고받았다.

▶ 朝聞遊子唱離歌(조문유자창리가) : 遊子(유자) - 나그네. 여기서는 위만. 唱離歌(창리가) - 이별가를 부르다, 떠난다는 소식을 알리다.

▶ 昨夜微霜初渡河(작야미상초도하) : 微霜(미상) - 살짝 내린 서리. 初渡河(초도하) - 황하 이남에는 처음으로 서리가 내렸다는 뜻.

▶ 鴻雁不堪愁裏聽(홍안불감수리청) : 鴻雁(홍안) - 기러기. 不堪(불감) - 견디지 못하다.

▶ 雲山況是客中過(운산황시객중과) : 況 하물며 황. 더군다나. 是客中過(시객중과) - 나그네가 되어 지나가다.

▶ 關城樹色催寒近(관성수색최한근) : 關城(관성) - 함곡관. 樹色(수색) - 여기서는 잎이 다 진 나무. '서색(曙色)'으로 된 판본도 있다. 催 재촉할 최.

▶ 御苑砧聲向晚多(어원침성향만다) : 御苑(어원) - 제왕의 궁궐. 경성(京城), 장안. 砧 다듬잇돌 침. 다듬이질하는 소리는 겨울옷을 준비하는 소리이다.

▶ 莫見長安行樂處(막견장안행락처) : 莫見(막견) - 보지 말라. '막시(莫是)'로 된 판본도 있다. 行樂處(행락처) - 놀만한 곳.

▶ 空令歲月易蹉跎(공령세월이차타) : 空令(공령) - 공연히 ~하지 말라. 易 쉬울 이. 蹉 넘어질 차. 때를 놓치다. 跎 헛디딜 타. 蹉跎(차타) - 시간을 허송하다.

詩意

우인(友人)의 상경을 염려해주는 시인의 마음이 전편에 가득하다.

1구에서는 제목에 대한 보충설명처럼, 우인의 출발 소식을 들었고, 2구에서는 서리가 내린 것을 보았다. 수련(首聯)은 이별의 계절이 늦가을임을 묘사하였다.

3구에서는 홍안의 소리와 4구의 설산은 우인의 나그네 길에서 듣고 보는 것이다. 이 함련(頷聯)은 여정의 밑그림이라 할 수 있다.

5구는 여행 중에 낙엽이 진 나무를 바라볼 것이고, 6구는 다듬이질 소리를 들을 것이다.

이 경련(頸聯)에서는 장안에 도착할 때쯤에는 초겨울이 될 것이라며 우인을 염려해주고 있다.

이처럼 1구에서 6구까지는 출발지에서 경유지, 다음 목적지에서의 보고 들은 것을 순차적으로 묘사하였다. 마치 건축가가 설계 도면을 그리듯 시인은 시의 구도를 짰다.

그리고 미련(尾聯)에서는 진심에서 우정 어린 충고를 하고 있다. 행락에 빠지지 말 것, 그리고 세월을 허송하지 말라는 충고를 하였다.

이러한 충고를 하고, 또 받아들일 정도로 우정이 깊다는 것을 알 수 있다.

174. 九日登望仙臺呈劉明府容 9일에 망선대에 올라 현령 유용에게 보내다 ● 崔曙최서

漢文皇帝有高臺　　此日登臨曙色開

三晉雲山皆北向　　二陵風雨自東來

關門令尹誰能識　　河上仙翁去不回

且欲近尋彭澤宰　　陶然共醉菊花杯

한漢나라 문제文帝가 높은 누대를 만들었는데
오늘에 올라보니 새벽빛이 열리는 것 같다.
삼진의 옛 땅, 구름 낀 산들은 모두 북향이고
이릉의 비와 바람은 동쪽에서 불어온다.
관문의 윤희尹喜를 누가 알아볼 수 있겠는가?
신선인 하상공도 승천하고 돌아오지 않았다.
그래서 가까운 팽택령인 도연명을 찾아
기꺼이 둘이서 국화주에 취하고 싶다.

정주(定州, 지금의 하북 정주) 출신. 소년 시절에 한미하고 가난했다. 개원 26년에 장원급제하였고 하남위(河南尉)를 지냈다. 만년에 하남성의 숭산에 은거한 뒤로 행적을 알 수 없다.

🌑 註釋

▶ <九日登望仙臺呈劉明府容(구일등망선대정유명부용)> : '9일에 망선대에 올라 현령 유용에게 보내다'. 明府(명부) - 현령에 대한 미칭. 유명부(劉明府)는 유용(劉容), 행적 미상. 성과 이름 사이에 관직명을 넣어 부른다.

▶ 漢文皇帝有高臺(한문황제유고대) : 漢文皇帝(한문황제) - 한 문제(漢文帝, 재위 기원전 180-157). 高臺(고대) - 문제가 신선이 된 하상공(河上公)을 제사하려 만든 망선대(望仙臺).

▶ 此日登臨曙色開(차일등림서색개) : 此日(차일) - 9일. 曙 새벽 서. 자신의 이름자를 넣었기에 다른 의미로 해석할 수도 있다.

▶ 三晉雲山皆北向(삼진운산개북향) : 三晉(삼진) - 전국시대에 진(晉)은 한(韓)・조(趙)・위(魏) 삼국으로 분열되었는데 이를 삼진이라 한다. 雲山(운산) - 구름 낀 산.

▶ 二陵風雨自東來(이릉풍우자동래) : 二陵(이릉) - 함곡관에 있는 하후고(夏后皐)의 능과 주 문왕(周文王)이 풍우를 피했다는 북릉.

▶ 關門令尹誰能識(관문영윤수능식) : 關門令尹(관문영윤) - 주 소왕(周昭王) 때 함곡관령(函谷關令)인 윤희(尹喜). 노자(老子)가 그곳을 지나가리라 예측하고서 기다렸다가 청우(靑牛)를 타고 오는 노자에게 가르침을 청했고, 거기서 노자는 5천언(言)을 저술하니 이것이 ≪노자도덕경≫이다. 오늘날 전해지는 것은 한(漢) 하상공이 주를 단 것이라 한다.

▶ 河上仙翁去不回(하상선옹거불회) : 河上仙翁(하상선옹) - 하상공.

▶ 且欲近尋彭澤宰(차욕근심팽택재) : 彭澤宰(팽택재) - 팽택의 현령, 곧 도연명(陶淵明, 365-427). 도연명은 405년에 팽택령으로 3개월 남짓 근무하다가 '불위오두미절요(不爲五斗米折腰)'라 하고 그만두고 <귀거래혜

사(歸去來兮辭)>를 지으며 귀향하였다.

▶ 陶然共醉菊花杯(도연공취국화배) : 陶 진흙 도, 기쁠 도. 陶然(도연) -
기분이 매우 흡족한 모양. 醉菊花杯(취국화배) - 국화주(菊花酒).

🏵 詩意

수련(首聯)에서는 제목을 설명하였다. 함련(頷聯)에서는 망선대에 올라 본
경관을 읊었고, 경련(頸聯)에서는 도가사상에 중요한 영향을 끼친 윤회와
하상공을 언급하였으며, 미련(尾聯)에서는 아주 옛사람이 아닌 그래도 가
까운 시대 사람이라 할 수 있는 도연명을 닮고 싶다는 시인의 감상을 적었
다. 도연명은 곧 9월 9일 중양절, 국화와 술, 그리고 도연명의 도가사상의
한 부분을 연상하게 된다.
시 전체적으로 은일을 선망하는 정신적 바탕을 느낄 수 있으니 유선시(遊仙
詩)라고 할 수도 있다.

🏵 參考   한 문제(漢文帝)와 하상공(河上公)

한나라 문제는 노자의 심오한 가르침을 좋아하여 늘 하상공에게 사람을
보내 《노자도덕경》의 뜻을 물었다. 그러자 하상공이 말했다.
"도덕은 존귀한 것입니다. 멀리서 사람을 보내 묻는 것이 아닙니다."
이에 문제는 바로 수레를 몰고 하상공을 찾아와 말했다.
"하늘 아래 왕의 땅이 아닌 곳이 없고, 땅에 사는 모든 이가 왕의 신하가
아닌 사람이 없다고 했으며, 천하의 4대 중 왕은 그 하나를 차지하고 있소
(도교에서는 도道, 천天, 지地, 왕王을 4대라 한다. '道大天大地大王亦大 域
中有四大 而王居其一焉.'《노자도덕경》 25장) 그대가 비록 도를 터득했다
지만 그대도 역시 짐의 신하이거늘 어찌 몸을 낮추지 못하고 스스로 고귀하
다고 생각하오? 그리고 짐은 사람을 부자로, 또는 가난하게 만들 수도 있다
는 사실을 그대는 알고 있소?"
문제는 《도덕경》을 인용하여 하상공에게 말하였다. 한 문제는 자신이 4대

老君

‖ 노자(老子)

의 하나라는 점에 긍지를 갖고 있었지만 왕보다 더 큰 땅이 있고, 땅을
덮고 있는 하늘, 그리고 하늘과 땅에 충만한 도를 터득한 노자의 화신인
하상공을 알아보지 못했다.

문제의 말을 들은 하상공이 손바닥을 비비자 그의 몸이 천천히 공중으로
떠올라 구름 위에 앉았다. 하상공은 백여 척 높이에서 아래를 내려다보며
문제에게 말했다.

"이제 나는 천상의 세계에 있지도 않고, 그렇다고 보통사람 같지도 않으며,
땅에 있지도 않습니다. 그러니 내가 어찌 폐하의 신하이며 폐하가 어떻게
나에게 부귀를 내려주거나 나를 빈천하게 만들 수 있겠습니까?"

이에 문제는 크게 깨달은 바가 있어 하상공이 신인(神人)인 줄 알고 급히
수레에서 내려와 고개 숙여 사죄하며 가르침을 청했다. 하상공은 문제에게
말했다.

"왕은 땅을 법도로 삼고, 땅은 하늘을 본받고, 하늘은 도를 따르며, 도는
자연을 본받습니다. 즉 도의 본성은 자연입니다.(~人法地, 地法天, 天法道,
道法自然)"

하상공은 문제에게 《노자도덕경》을 한 권 주었다고 한다.

175. 登金陵鳳凰臺 금릉의 봉황대에 올라

● 李白이백

鳳凰臺上鳳凰遊　　鳳去臺空江自流

吳宮花草埋幽徑　　晉代衣冠成古丘

三山半落青天外　　二水中分白鷺洲

總爲浮雲能蔽日　　長安不見使人愁

봉황대에 봉황이 날아와 놀더니
봉황이 떠난 빈 봉황대에 강물만 흐른다.
오궁의 화초는 한적한 소로에 묻혔고
진대晉代의 귀족들은 옛 무덤이 되었도다.
삼산은 맑은 하늘 끝에 반쯤 솟았고
이수로 나뉜 가운데는 백로주가 되었다.
언제나 뜬구름은 해를 가리기에
장안을 볼 수 없어 나그네는 서글프다.

註釋

▶ <登金陵鳳凰臺(등금릉봉황대)> : '금릉의 봉황대에 올라'. 金陵(금릉) – 지금의 강소성 남경(南京). 鳳凰臺(봉황대) – 남경의 봉황산에 옛 자취가 남아 있다고 한다.

▶ 鳳凰臺上鳳凰遊(봉황대상봉황유) : 遊(유) – 남조 송(宋) 원가(元嘉) 연간(425-453)에 봉황이 이곳에 모여들었다는 이야기가 있다.

▶ 鳳去臺空江自流(봉거대공강자류) : 江自流(강자류) – 장강은 여전히 절로 흐른다.

▶ 吳宮花草埋幽徑(오궁화초매유경) : 吳宮(오궁) – 금릉은 삼국시대 오(吳)의 도읍이었다. 埋 묻을 매. 묻히다. 幽徑(유경) – 한적한 소로(小路).

▶ 晉代衣冠成古丘(진대의관성고구) : 晉代(진대) – 동진시대(317-420). 衣冠(의관) – 동진시대 왕씨(王氏)와 사씨(謝氏) 등 귀족이나 세가(世家)들. 古丘(고구) – 오래된 무덤.

▶ 三山半落靑天外(삼산반락청천외) : 三山(삼산) – 남경시 서남, 장강 가의 3봉(峰).

▶ 二水中分白鷺洲(이수중분백로주) : 二水(이수) – 강의 두 줄기 흐름. 白鷺洲(백로주) – 장강 가운데의 섬 이름.

▶ 總爲浮雲能蔽日(총위부운능폐일) : 總(총) – 늘, 언제나, 총체적으로. 爲(위) – 여기서는 ~ 때문에. 원인을 나타내는 개사(介詞). 浮雲能蔽日(부운능폐일) – 부운(浮雲)이 폐일(蔽日)할 수 있다, 구름이 해를 가리다. 간신이 명주(明主)의 판단을 흐리게 하다.

▶ 長安不見使人愁(장안불견사인수) : 최호(崔顥)의 <황학루> 시에 나오는 '연파강상사인수(煙波江上使人愁)'와 뜻과 느낌이 거의 같다.

詩意

이 시는 최호의 <황학루>와 같이 천고의 절창이라는 점에서는 같다. 그리고 이백이 황학루에서 최호의 시에 감탄하고 시를 짓지 못했는데, 이곳 금릉 봉황대에 와서 이 시를 지었다고 하는 이야기도 널리 알려졌다.

<황학루>가 경물에서 촉발되는 향수를 노래했다면, <등금릉봉황대>는 회고 속에서 우국(憂國)의 뜻을 밀도 있게 묘사했다는 큰 차이를 말할 수 있다.

청말(淸末)의 고보영(高步瀛)은 "태백의 이 시는 전적으로 최호의 <황학루>를 모방하였으나 최호의 시를 넘어서지 못하였고, 결구(結句)만 약간 좀 나은 것 같다."고 말했다. 하여튼 <황학루>와 분위기가 비슷하게 흘렀다는 것은 부인할 수 없다.

이백은 수련(首聯)에서만 봉황대를 서술하였고 3, 4구는 옛날 영화의 덧없음을, 그리고 5, 6구는 오늘의 경관을, 마지막 미련(尾聯)은 장안에 대한 그리움으로 끝을 맺었다. 여기서 두 시의 느낌을 비교하기 위해 나란히 병서해 본다.

< 황학루(黃鶴樓) >	< 등금릉봉황대(登金陵鳳凰臺) >
昔人已乘黃鶴去	鳳凰臺上鳳凰遊
此地空餘黃鶴樓	鳳去臺空江自流
黃鶴一去不復返	吳宮花草埋幽徑
白雲千載空悠悠	晉代衣冠成古丘
晴川歷歷漢陽樹	三山半落青天外
芳草萋萋鸚鵡洲	二水中分白鷺洲
日暮鄉關何處是	總爲浮雲能蔽日
煙波江上使人愁	長安不見使人愁

176. 送李少府貶峽中王少府貶長沙

이소부는 협중으로, 왕소부는 장사로 폄직되어 가는
길을 전송하며 ● 高適고적

嗟君此別意何如　駐馬銜杯問謫居

巫峽啼猿數行淚　衡陽歸雁幾封書

青楓江上秋帆遠　白帝城邊古木疎

聖代卽今多雨露　暫時分手莫躊躇

아! 우인의 이번 이별이 어떠하신가?
말을 멈추고 잔을 들어 새 임지를 물어본다.
무협의 원숭이 울음에 눈물 몇 줄 흘리고
형양의 돌아가는 기러기에 소식 몇 자 보내주오.
청풍강 강물에 가을 돛배 멀어지고
백제성 근처의 고목도 잎사귀가 지리다.
태평한 지금 세상 은택이 많으리니
잠시 이별한다고 주저하지 마시게.

▶ <送李少府貶峽中王少府貶長沙(송이소부폄협중왕소부폄장사)> : '이소부는 협중으로, 왕소부는 장사로 폄직되어 가는 길을 전송하며'. 少府(소부) – 현위(縣尉)의 미칭. 이소부와 왕소부의 생평 미상. 貶 떨어트릴 폄. 폄직되다. 峽中(협중) – 사천(四川) 지역. 지금의 중경(重慶)의 파동(巴東).

▶ 嗟君此別意何如(차군차별의하여) : 嗟 탄식할 차. 감탄사. 此別(차별) – 금번의 헤어짐.

▶ 駐馬銜桮問謫居(주마함배문적거) : 銜 재갈 함. 머금다, 술잔을 들다. 桮 술잔 배. 銜桮(함배) – 이별의 술잔을 들다. 謫 귀양 갈 적. 謫居(적거) – 유배지, 폄직되어 가는 곳.

▶ 巫峽啼猿數行淚(무협제원수행루) : 巫峽(무협) – 장강 삼협의 하나. 삼협 중 가장 길며 원숭이 울음이 매우 애잔하다고 한다.

▶ 衡陽歸雁幾封書(형양귀안기봉서) : 衡陽(형양) – 장사(長沙) 남쪽의 형양 경내의 형산. 기러기도 거기까지만 내려간다고 한다. 장안에서 생각한다면 남쪽 끝 후미진 곳이다. 歸雁(귀안) – 그쪽에서 북으로 돌아오는 기러기.

▶ 青楓江上秋帆遠(청풍강상추범원) : 青楓江(청풍강) – 호남 장사의 청풍포(青楓浦). 秋帆(추범) – 가을의 돛배.

▶ 白帝城邊古木疎(백제성변고목소) : 白帝城(백제성) – 중경시 동쪽 장강 북안에 있는 고성(古城).

▶ 聖代卽今多雨露(성대즉금다우로) : 卽今(즉금) – 지금. 雨露(우로) – 성왕의 은택.

▶ 暫時分手莫躊躇(잠시분수막주저) : 暫 잠시 잠. 躊 머뭇거릴 주. 躇 머뭇거릴 저.

詩意

시 1수로 두 우인을 전송하는데, 시가 용의주도하게 짜여 있어 두 사람 모두 흐뭇했을 것 같다. 수련(首聯)과 미련(尾聯)은 두 사람 모두에게, 3-6구는 두 사람의 임지를 각각 묘사하였다.

수련의 '차별(此別)'과 '함배(銜桮)'로 긴 제목을 요약했다. 폄직되어 먼 서쪽과 남쪽으로 귀양을 가듯 밀려가는 친우를 위해 이별의 술잔을 아니 들 수 없으리라!

3-6구는 사천과 장사의 풍경과 경물을 말하면서 소식 자주 전해달라는 당부를 하고 있다. 그리고 미련에서는 '태평성대이니까 …'라면서 위로하지만 거기에는 부당한 인사 조치를 못마땅해하는 뜻이 역력하다. 하기야 그렇게 해야 위로가 될 것이다.

시는 전체적으로 온유돈후한 뜻이 있고 격조가 높다. 이런 특징이 성당(盛唐) 시풍의 하나라고 보아도 괜찮을 것이다.

177. 奉和中書舍人賈至早朝大明宮
중서사인 가지의 〈조조대명궁〉을 받고 화답하다

● 岑參잠삼

鷄鳴紫陌曙光寒　　鶯囀皇州春色闌

金闕曉鐘開萬戶　　玉階仙仗擁千官

花迎劍珮星初落　　柳拂旌旗露未乾

獨有鳳凰池上客　　陽春一曲和皆難

닭이 울 때 도성 거리는 쌀쌀하다지만
앵무새 지저귀는 도성엔 봄기운이 넘친다.
궁궐 새벽 종소리에 온 문이 열리고
계단의 근위병이 백관을 옹위한다.
꽃이 피고 칼과 패옥 소리에 별빛은 사라지고
버들에 스치는 깃발에 이슬이 마르지 않았다.
홀로 봉황지의 관원이 있으니
양춘陽春 악곡과 같은 시에 화답이 어렵도다.

🌸 註釋

▶ <奉和中書舍人賈至早朝大明宮(봉화중서사인가지조조대명궁)> : '중서사인 가지의 <조조대명궁>을 받고 화답하다'. 숙종 건원(乾元) 원년, 중서사인인 가지(賈至)는 <조조대명궁증양성요우(早朝大明宮贈兩省僚友)>라는 시를 지어 여러 사람에게 보냈다. 거기에 화답한 시가 몇 편이었는데, 그중에서도 잠삼(岑參)과 왕유(王維)의 시가 우수하다는 평을 들었다.

▶ 鷄鳴紫陌曙光寒(계명자맥서광한) : 紫 자줏빛 자. 신선이나 제왕의 집 색깔. 천제가 있는 곳. 陌 두렁 맥. 경계. 紫陌(자맥) - 황제 도성의 거리. 曙光(서광) - 새벽빛.

▶ 鶯囀皇州春色闌(앵전황주춘색란) : 鶯 꾀꼬리 앵. 囀 지저귈 전. 皇州(황주) - 경성. 闌 가로막을 란. 늦다, 다하다. 계명(鷄鳴)과 앵전(鶯囀), 자맥(紫陌)과 황주(皇州) 등이 모두 대구이다.

▶ 金闕曉鐘開萬戶(금궐효종개만호) : 金闕(금궐) - 금전(金殿). 황금의 전각, 궁궐의 여러 건물. 曉鐘(효종) - 새벽 종.

▶ 玉階仙仗擁千官(옥계선장옹천관) : 玉階(옥계) - 계단. 仙仗(선장) - 경비병. 擁 안을 옹. 옹위(擁衛)하다. 금궐(金闕)과 옥계(玉階), 효종(曉鐘)과 선장(仙仗) 또한 대구를 이룬다.

▶ 花迎劍珮星初落(화영검패성초락) : 劍 칼 검. 珮 찰 패. 佩(패)와 같음.
▶ 柳拂旌旗露未乾(유불정기노미건) : 拂 떨 불. 떨어내다. 旌旗(정기) -
천자의 각종 깃발.
▶ 獨有鳳凰池上客(독유봉황지상객) : 鳳凰池(봉황지) - 중서성(中書省)이
있는 곳. 上客(상객) - 중서성의 관리. 여기서는 가지(賈至).
▶ 陽春一曲和皆難(양춘일곡화개난) : 陽春(양춘) - 아악(雅樂)의 곡조명.
매우 어려운 곡이라고 한다. 和皆難(화개난) - 화답이 모두에게 어렵다.
가지의 시가 훌륭하여 그에 화답하기가 어렵다는 의례적인 칭송.

🌸 詩意

1-6구는 화려한 도성의 풍경을 묘사한 구절로 특별한 의미는 없다. 우리가
보통으로 쓰지 않는 용어가 많아 어렵게만 느껴진다. 실제보다 화려하게
그려진 채색 그림을 본다고 생각하면 된다. 7, 8구는 화답하는 내용인데
칭송의 뜻으로 하는 의례적 구절 같다. 옛날의 궁궐의 정식 조회는 해뜨기
전에 시작한다고 생각하면 된다.

1, 2구는 조조(早朝) 전의 도성, 3, 4구는 조조에 백관(百官)의 출근, 5, 6구
는 조조의 조회를 마친 다음을 묘사하였다. 전체적으로 경물의 묘사에
치중하여 언어와 음률의 조화와 기교와 전아(典雅)를 모두 갖춘 수작으로
알려졌다.

178. 和賈舍人早朝大明宮之作 가사인의
<조조대명궁> 시에 대한 화답 ● 王維 왕유

絳幘鷄人送曉籌　尚衣方進翠雲裘

九天閶闔開宮殿　萬國衣冠拜冕旒

日色纔臨仙掌動　香煙欲傍袞龍浮

朝罷須裁五色詔　珮聲歸向鳳池頭

붉은 두건의 계인鷄人이 시간을 알려오면
상의尚衣는 금방 푸른 구름 갖옷을 올린다.
구천의 하늘문과 같이 궁궐의 대문이 열리고
만국의 사절들이 황제에게 절을 한다.
햇빛이 비치면 선인의 손바닥이 돌고
향연이 퍼지면서 곤룡포 주변에 떠돈다.
조회가 끝나면 오색지에 조서를 지어야 하니
패옥 소리는 봉황지 쪽으로 돌아간다.

▶ <和賈舍人早朝大明宮之作(화가사인조조대명궁지작)> : '가사인의 <조
조대명궁> 시에 대한 화답'. 앞의 잠삼(岑參)의 시와 같은 주제이다.

▶ 絳幘鷄人送曉籌(강책계인송효주) : 絳 진홍 강. 幘 건 책. 머리에 쓰는
두건. 鷄人(계인) - 시간을 알려주는 사람. 曉 새벽 효. 籌 산가지 주.
曉籌(효주) - 경주(更籌). 시간을 표시하는 대나무 쪽. 시간.

▶ 尙衣方進翠雲裘(상의방진취운구) : 尙衣(상의) - 전내성(殿內省) 소속의
관직명. 황제의 복장을 준비하는 사람. 翠雲裘(취운구) - 푸른 구름무늬
가 있는 갖옷. 진귀한 겉옷. 裘 갖옷 구.

▶ 九天閶闔開宮殿(구천창합개궁전) : 閶 천문 창. 闔 문짝 합. 九天閶闔(구
천창합) - 하늘의 정문. 開宮殿(개궁전) - 궁전의 문이 열리다.

▶ 萬國衣冠拜冕旒(만국의관배면류) : 萬國衣冠(만국의관) - 여러 나라에
서 온 사신. 冕 면류관 면. 旒 깃발 류. 관에 줄 지어 늘인 구슬을 유(旒)라
한다. 冕旒(면류) - 황제의 관. 여기서는 황제.

▶ 日色纔臨仙掌動(일색재림선장동) : 纔 겨우 재. 仙掌(선장) - 궁중의
장식물로 만들어 놓은 신선의 손바닥. 이 위에 이슬을 받는다는 뜻의
승로반(承露盤)이 있다.

▶ 香煙欲傍袞龍浮(향연욕방곤룡부) : 香煙欲傍(향연욕방) - 향연이 퍼져
나가다. 袞 곤룡포 곤. 浮 뜰 부. 袞龍浮(곤룡부) - 곤룡포 곁을 떠돌다.

▶ 朝罷須裁五色詔(조파수재오색조) : 朝罷(조파) - 조회가 끝나다. 須裁
(수재) - 꼭 지어야 한다. 五色詔(오색조) - 오색 종이에 쓰는 조서, 여러
가지 조서.

▶ 珮聲歸向鳳池頭(패성귀향봉지두) : 珮 찰 패. 鳳池(봉지) - 봉황지. 중서
성.

1, 2구는 새벽의 풍경이고, 3, 4구는 조회의 모습을 웅장하게 묘사했다. 5,
6구는 해가 뜰 무렵의 궁정 풍경이고 7, 8구는 중서사인 가지(賈至)의 업무

를 묘사하였다.

사실 이러한 창화시에는 시인의 진실을 담아내기가 어렵다. 상대방이 격식을 차려 점잖게 인사를 했다면 나도 그와 같이 답례해야 하는 이치와 똑같다. 다시 말하면 예의상의 왕래일 것이다.

그렇다 하여 부화(富華)한 말로 화답할 수만은 없는 것이다. 그런 점에서 잠삼과 왕유의 시는 구의(句義)가 엄정하면서도 기격(氣格)이 심오하다. 그래서 이 시가 우수하고 좋다는 뜻일 것이다.

시품(詩品)이 곧 인품이라고 하였다. 시를 읽으면 그 품격과 생각의 천심(淺深)을 알 수 있을 것이다.

179. 奉和聖製從蓬萊向興慶閣道中~
황제께서 봉래궁에서 흥경궁으로 가는 각도에서
지은 시에 올린 화답　●王維 왕유

渭水自縈秦塞曲　黃山舊繞漢宮斜

鑾輿逈出千門柳　閣道回看上苑花

雲裡帝城雙鳳闕　雨中春樹萬人家

爲乘陽氣行時令　不是宸遊翫物華

위수는 진秦 땅을 감아 구부러져 흐르고
황산은 옛 한 궁실을 완만하게 에워쌌다.
어가御駕는 궁문 버들을 떠나 멀리 나가고
각도閣道에서는 어화원의 꽃들을 돌아본다.
구름 속 도성에는 쌍봉황의 궁궐
우중에 보이는 봄철나무와 백성의 집.
봄철에 맞춰 권농령을 시행하니
황제가 경치보고 노는 유람이 아니로다.

🏵 註釋

▶ <奉和聖製從蓬萊向興慶閣道中~(봉화성제종봉래향홍경각도중~)> :
본 제목은 '봉화성제종봉래향홍경각도중유춘우중춘망지작응제(奉和聖
制從蓬萊向興慶閣道中留春雨中春望之作應制)'이다. 그 뜻은 '황제가 봉
래궁에서 홍경궁으로 가는 각도 중에 지으신 <유춘우중춘망>에 대한
응제의 화답'이다. 말하자면 황제의 시에 대하여 화답으로 지은 시이다.
奉和(봉화) - 받들어 올리는 화답. 聖製(성제) - 황제가 짓다.. 閣道(각도)
- 건물과 건물을 연결하는 복도. 應制(응제) - 황제의 명[制]에 대한
응답. 천자의 조서나 명령에 따라 글을 지어 올림. 왕공의 명에 의한 글은
응교(應教)라 한다.

▶ 渭水自縈秦塞曲(위수자영진새곡) : 渭水(위수) - 장안 북쪽을 흐르는 황
하의 가장 큰 지류. 縈 얽힐 영. 두르다. 秦塞(진새) - 진(秦)의 요새.
진의 근거지인 관중은 사방이 요새지로 둘러싸여 있다. 曲(곡) - 구부러
지다.

▶ 黃山舊繞漢宮斜(황산구요한궁사) : 黃山(황산) - 황산의 황산궁. 한(漢)
궁궐이 그때까지 존속했다는 뜻이 아니다. 여기의 황산은 안휘성의 황산
이 아니다. 안휘성의 황산은 명나라의 여행가 겸 지리학자인 서하객(徐霞
客)이 '오악귀래불간산 황산귀래불간악(五岳歸來不看山 黃山歸來不看

岳)'이라고 격찬한 바 있다. 繞 두를 요. 둘러싸다. 漢宮(한궁) – 당의
궁궐. 斜 비낄 사. 비스듬히, 완만하게, 경사가 심하지 않다.

▶ 鑾輿迥出千門柳(난여형출천문류) : 鑾 방울 란. 鑾輿(난여) – 황제가
타는 수레. 迥 멀 형. 千門柳(천문류) – 많은 궁궐 문 옆의 버들.

▶ 閣道回看上苑花(각도회간상원화) : 上苑(상원) – 상림원(上林苑). 궁원
(宮苑), 어화원(御花苑).

▶ 雲裡帝城雙鳳闕(운리제성쌍봉궐) : 帝城(제성) – 도성. 雙鳳闕(쌍봉궐)
– 지붕에 금 봉황을 장식한 궁궐.

▶ 雨中春樹萬人家(우중춘수만인가) : 우중에 춘수와 만인(萬人)의 집이 보
인다.

▶ 爲乘陽氣行時令(위승양기행시령) : 陽氣(양기) – 봄날, 봄철. 行時令(행
시령) – 시절에 맞는 정령(政令)을 내리다.

▶ 不是宸遊翫物華(불시신유완물화) : 不是(불시) – ~이 아니다. 宸 대궐
신. 宸遊(신유) – 천자의 놀이. 翫 가지고 놀 완. 物華(물화) – 광경.

🌸 詩意

이 시는 응제(應制)의 화운시(和韻詩)로 관각체(館閣體)라고도 한다. 응제
란 황제가 지은 시에 신하들이 그 제목으로 시를 지어 화답하는 것이다.
그러다보니 황제의 공적을 노래하거나 송덕(頌德)이 주제가 되는데 초당과
성당 시절에 자못 유행했다.
수련(首聯)에서는 도성의 형세를 묘사하고, 함련과 경련에서는 현종이 각
도(閣道)에서 보고 시에 묘사한 내용에 관한 또 다른 묘사이고, 미련(尾聯)
은 황제에 대한 칭송, 가송(歌頌)이라 할 수 있다. 시는 전체적으로 고아하면
서도 화려하고 기세가 당당하다.

180. 積雨輞川莊作 장마에 망천 별장에서 짓다

● 王維 왕유

積雨空林烟火遲　蒸藜炊黍餉東菑

漠漠水田飛白鷺　陰陰夏木囀黃鸝

山中習靜觀朝槿　松下淸齋折露葵

野老與人爭席罷　海鷗何事更相疑

장마 지자 숲에 인적 없고 연기도 더디 오르며
명아주 찌고 기장밥 지어 동쪽 밭에 보낸다.
널찍한 물논에는 백로가 날고
짙푸른 나무에선 여름 꾀꼬리가 지저귄다.
산중의 정양靜養에 길들어 아침에 무궁화를 보고
소나무 아래서 이슬 밴 아욱 꺾어 소식素食을 한다.
시골 늙은이라 남과 자리다툼 그만두었으니
바다 갈매기인들 무슨 일로 나를 의심하겠는가?

▶ <積雨輞川莊作(적우망천장작)> : '장마에 망천 별장에서 짓다'. 輞川(망천) - 지금의 섬서성 남전현(藍田縣) 망천진(輞川鎭). 종남산 기슭. 輞 바퀴 테 망.

▶ 積雨空林烟火遲(적우공림연화지) : 積雨(적우) - 장마, 구우미청(久雨未晴). 空林(공림) - 인적이 없는 숲. 烟火遲(연화지) - 연기도 천천히 피어오르다.

▶ 蒸藜炊黍餉東菑(증려취서향동치) : 蒸 찔 증. 藜 명아주 려. 잎은 식용할 수 있다. 黍 기장 서. 餉 건량(乾糧) 향. 도시락, 들밥. 菑 묵정밭 치. 산을 개간해서 만든 밭.

▶ 漠漠水田飛白鷺(막막수전비백로) : 漠 사막 막, 넓을 막. 鷺 해오라기 로.

▶ 陰陰夏木囀黃鸝(음음하목전황리) : 陰陰(음음) - 잎이 우거져 침침하다. 囀 지저귈 전. 黃鸝(황리) - 꾀꼬리. 이 함련은 화가의 안목으로 볼 때 뛰어난 묘사이다. 광활한 물논과 우거진 나무, 백로와 노란 꾀꼬리가 대를 이루고, 나는 동작과 지저귀는 소리가 어울리는 그림이다. 그리고 막막(漠漠)과 음음(陰陰)의 첩어를 쓰는 것도 쉬운 일이 아닌데 여기서는 적우(積雨)의 상황에 딱 맞는 첩어라 아니할 수 없다.

▶ 山中習靜觀朝槿(산중습정관조근) : 習靜(습정) - 정양(靜養)에 익숙하다. 朝槿(조근) - 아침에 피는 무궁화. 아침에 피었다가 저녁에 오므라드는 무궁화에 대해 중국에서는 인식이 별로 좋지는 않다. 아침저녁으로 변하는 소인의 마음을 근화심(槿花心)이라 한다. 무궁화는 본래 아욱과에 속하는 낙엽관목이다. 무궁화와 비슷한 모양의 꽃이 피는 풀이 있는데 그것은 식용할 수 있다. 여기서는 초본 무궁화를 지칭하는 것 같다. 우리나라 국화(國花)인 무궁화는 목근(木槿)으로 표기해야 정확하다.

▶ 松下清齋折露葵(송하청재절로규) : 清齋(청재) - 소식(素食), 비린 음식이나 자극적 조미료가 들어가지 않은 채식(菜食). 葵 해바라기 규. 아욱. 줄기에 난 잎을 먹는 채소. 시금치하고는 다르다. 露葵(노규) - 이슬이

남아 있는 아욱.

▶ 野老與人爭席罷(야로여인쟁석파) : 野老(야로) - 시골 늙은이. 爭席(쟁석) - 자리를 다투다, 명리를 다투다. 罷 그만둘 파. '쟁석' 이야기는 《장자(莊子) 우언(寓言)》에 나오는 이야기로 '서로 친밀하고 격의가 없을 정도로 세속적이 되었다'는 뜻이다. 여기서 '쟁석을 그만두었다'는 뜻은 세상과 거리를 두었다는 뜻이니 곧 세속사에 대한 관심이 없음을 강조하였다.

▶ 海鷗何事更相疑(해구하사갱상의) : 鷗 갈매기 구. 海鷗(해구) - 갈매기. 《열자(列子) 황제편(黃帝篇)》에 나오는 이야기이다. 何事(하사) - 무슨 일. 更相疑(갱상의) - 다시 나를 의심하겠는가? 나는 기심(機心)이 없다. 기심의 사전적 풀이는 '간교하게 속이려는 마음', '간교한 심보'이다. 내가 갈매기를 잡으려 하는 마음이 없는데 갈매기가 나를 왜 의심하겠는가? 자신은 세상 물욕이 하나도 없음을 선언한 말이다.

🌸 詩意

자연 속에 생활하는 은자의 모습을 담담하게 묘사해낸 성공적인 작품이다. 객관적 경물과 주관적 심경이 잘 어울린 시이다.

수련은 적우(積雨)로 시작해서 불 때고 밥을 지어 들밥을 내가는 과정을 묘사하였다. 함련은 백로와 황리를 그려 여름 풍경을 그렸으니 백(白)과 황(黃), 크고 작은 새가 서로 어울렸다. 경련에서는 소식(素食)하는 자신의 식생활을 말했다. 사실 식생활은 의복이나 주거 못지않게 사람마다 개성이 있는 생활방편이다. 여기에는 식용 가능한 조근(朝槿)과 노규(露葵, 아욱)의 이름을 거명까지 하였다. 그리고 결련은 이미 세상 명리와 다툼, 곧 세속사와는 상당한 거리를 두었기에 갈매기에게 들킬 만한 기심(機心)도 없다, 그러니 갈매기인들 나를 의심하겠느냐며 반문하고 있다.

181. 贈郭給事 곽급사에게 주다 ● 王維왕유

洞門高閣靄餘輝　桃李陰陰柳絮飛

禁裡疏鐘官舍晚　省中啼鳥吏人稀

晨搖玉珮趨金殿　夕奉天書拜瑣闈

强欲從君無那老　將因臥病解朝衣

큰 문 높은 관아에 아지랑이 속 햇빛 비추고
복숭아나무 무성하고 버들가지 날린다.
궁중 멀리 퍼진 종소리, 관사에 저녁이 되면
문하성에 새만 울고 관리들 왕래도 뜸해진다.
새벽엔 패옥소리 내며 정전 앞을 빨리 걷고
저녁엔 조서를 받들고 궁문을 나와 퇴청한다.
애써 귀하를 따르려 해도 늙음을 어쩔 수 없고
나는 곧 병 때문에 관복을 벗어야 할 것 같다.

註釋

▶ 〈贈郭給事(증곽급사)〉 : '곽급사에게 주다'. 給事(급사) – 급사중(給事中)의 약칭으로 문하성(門下省)의 요직이다. 정령이나 법령의 잘잘못을 따져 바로잡는 일을 담당한다. 곽급사는 곽승하(郭承嘏). '수곽급사(酬郭給事)'로 된 판본도 있다.

▶ 洞門高閣靄餘輝(동문고각애여휘) : 洞門(동문) – 문과 문이 마주 보고 있는 문. 洞門高閣(동문고각) – 여기서는 곽급사중이 근무하고 있는 문하성의 건물. 靄 아지랑이 애. 輝 빛날 휘. 餘輝(여휘) – 반사되는 햇빛. 황제의 성은이 모든 관리들에게 넘쳐난다는 숨은 뜻이 들어있다.

▶ 桃李陰陰柳絮飛(도리음음유서비) : 陰陰(음음) – 무성하게 우거진 모양. 絮 풀솜 서. 柳絮(유서) – 버들가지. 버들[楊柳]의 꽃. 솜같이 바람에 날린다. 그 후손들도 관리로 출세하여 가문이 번성할 것이라는 축원의 뜻을 포함하는 구절이다.

▶ 禁裡疏鐘官舍晩(금리소종관사만) : 禁裡(금리) – 금중(禁中), 궁중. '금위(禁衛)가 삼엄한 곳'이라는 뜻. 疏鐘(소종) – 멀리 퍼지는 종소리.

▶ 省中啼鳥吏人稀(성중제조이인희) : 吏人(이인) – 관리.

▶ 晨搖玉珮趨金殿(신요옥패추금전) : 晨 새벽 신. 趨 달릴 추. 잰걸음으로 빨리 걷다. 공경의 표시. 金殿(금전) – 장엄하고도 화려한 전각, 궁전.

▶ 夕奉天書拜瑣闈(석봉천서배쇄위) : 天書(천서) – 조서. 황제의 지시를 적은 글. 拜(배) – 절하고 물러나다, 퇴근하다. 瑣 자질구레할 쇄. 쇠사슬, 궁문. 옛날 궁문에는 작은 쇠사슬을 파란색으로 그려 놓았다고 한다. 闈 대궐의 작은 문 위. 瑣闈(쇄위) – 궁문.

▶ 强欲從君無那老(강욕종군무나로) : 强(강) – 애써. 從君(종군) – 그대를 (곽급사) 본받고 따르려 하다. 無那(무나) – 어찌할 수 없다.

▶ 將因臥病解朝衣(장인와병해조의) : 將(장) – ~하려 하다. 朝衣(조의) – 관복. 왕유가 관직에서 물러나려는 뜻이 있음을 알 수 있다.

🌸 **詩意**

수련에서는 황제의 은택을 입은 곽급사의 출세를 찬양하는 뜻과, 도리(桃李)가 번성하듯 가문의 번영을 축하하였다.

함련에서는 나라가 태평하고 경련에서는 곽급사가 아침부터 저녁까지 열심히 근무한다는 뜻이고, 미련에서는 당신을 부러워하지만 나는 그만한 능력이 없다는 겸사이다. 동시에 왕유가 은퇴하려는 깊은 생각을 갖고 있었음을 알 수 있다.

이런 시를 지금 우리가 읽으면 정말 재미가 없다. 우선 관직 명칭에 대해 낯설고 그 아래위를 잘 알기 어렵다. 그리고 '신요옥패추금전(晨搖玉珮趨金殿)' 이런 구절의 광경이 눈에 얼른 떠오르질 않는다. 또 궁중의 문을 이야기한 '쇄위(瑣闈)' 이런 글자의 뜻을 알려면 지금은 완벽한 사전이나 참고자료가 있어 찾기가 쉽지만, 아마 당나라 젊은이들도 머리 좀 싸매야 했을 것이다.

사실 당 관리의 정통 코스는 그 어려운 진사과를 거치는 것인데 진사는 시를 잘 짓는 시인이다. 그런 시인들은 관리가 되어야만 먹고살고, 이름도 날린다. 두보(杜甫)가 관직을 얻으려 그렇게 애썼던 것을 이해하여야 한다. 이 시의 내용은 관리들의 일상이고 상식이다.

이런 시를 어린아이 때부터 읽고 배우면서 관직을 동경하게 하였으니 말하자면 동기부여의 좋은 소재가 된다. 때문에 이 ≪당시삼백수≫에는 이런 시가 많이 들어있다.

182. 蜀相 촉의 재상　● 杜甫두보

丞相祠堂何處尋　錦官城外柏森森

映階碧草自春色　隔葉黃鸝空好音

三顧頻煩天下計　兩朝開濟老臣心

出師未捷身先死　長使英雄淚滿襟

승상의 사당을 어디에서 찾을 수 있나?
금관성 밖 측백나무가 빽빽한 곳이로다.
햇빛 비친 계단에 봄풀은 절로 푸르고
나뭇잎 사이 꾀꼬리는 혼자 지저귄다.
삼고三顧하자 늘 천하계天下計를 위해 번민하였으니
양조兩朝에서 개국과 치국에 노신은 마음을 다했다.
출사하여 이기지 못하고 몸이 먼저 가니
언제나 영웅에게 눈물로 옷깃을 젖게 한다.

▶ <蜀相(촉상)> : '촉의 재상'. 蜀相(촉상) - 제갈량(諸葛亮, 181-234). 제갈은 복성. 자(字) 공명(孔明), 삼국 촉한(蜀漢)의 승상. 제갈량이 청년 때 형주(荊州)의 양양(襄陽) 성교(城郊)에서 경독(耕讀)할 때는 와룡(臥龍)이라 불렸다. 제갈량이 유비(劉備)의 삼고초려(三顧草廬) 후 와룡강(臥龍岡)을 나설 때는 그의 나이 26세였다. 221년 유비가 촉한을 건국, 칭제(稱帝)할 때 제갈량은 40세로 승상이 되었고, 223년 유비가 백제성에서 죽을 때 제갈량은 42세로 아둔한 후주를 도와 촉한을 다스렸다. 46세 때 <출사표(出師表)>를 올리고 북벌에 나섰다가, 53세로 오장원(五丈原)에서 죽었다. 사후 시호가 충무후(忠武侯)이기에 보통 무후(武侯) 또는 제갈무후로 불린다.

▶ 丞相祠堂何處尋(승상사당하처심) : 何處(하처) - 어디에서. 尋 찾을 심. 제갈량의 사당은 중국 본토에 9개소가 있는데 사천 성도(成都) 남쪽 교외의 사당이 가장 유명하다.

▶ 錦官城外柏森森(금관성외백삼삼) : 錦官城(금관성) - 금성(錦城), 성도의 다른 이름. 柏 측백나무 백. 잣나무. 森 나무 빽빽할 삼.

▶ 映階碧草自春色(영계벽초자춘색) : 映 비출 영. 自春色(자춘색) - 저

▌ 출사표(出師表)

혼자 춘색이다, 춘색이 아름답다, 감상하는 사람이 없다는 뜻도 포함한다. 이 구절은 1구의 '당(堂)'에 해당하는 묘사이다.

▶ 隔葉黃鸝空好音(격엽황리공호음) : 隔葉(격엽) – 잎을 사이에 두다. 나뭇잎 속에서. 黃鸝(황리) – 꾀꼬리. 이 구절은 2구의 '백(柏)'에 해당하는 묘사이다.

▶ 三顧頻煩天下計(삼고빈번천하계) : 삼고하며 자주 천하계로 번민하다. 三顧(삼고) – 삼고모려(三顧茅廬). 煩 괴로워할 번. 제갈량의 '융중대(隆中對)'의 기본은 북은 천시(天時)를 얻은 조조(曹操)라 불가취(不可取)하고, 동남에서 지리(地利)를 얻은 손권(孫權)을 후원세력으로 만들면서 삼분천하하되 인화(人和)를 바탕으로 세력을 키우면서 한실(漢室) 중흥을 도모하는 것이었다.

▶ 兩朝開濟老臣心(양조개제노신심) : 兩朝(양조) – 촉한의 선주(先主, 소열제)와 후주. 開濟(개제) – 개국과 제세(濟世).

▶ 出師未捷身先死(출사미첩신선사) : 出師(출사) – 군사를 출동시키다. 제갈량의 <출사표>와 북벌. 捷 이길 첩.

▶ 長使英雄淚滿襟(장사영웅누만금) : 長(장) – 언제나, 길이. 英雄(영웅) – 천하의 인인지사(仁人志士). 襟 옷깃 금. 옷자락.

🏵 詩意

중국인들에게 제갈량은 가히 슈퍼맨으로 인식되고 있다. 전략, 정치, 치국과 문학은 물론 비를 내리고 바람을 불게 하였고, 만두(饅頭)를 처음으로 만든 사람이다. 제갈량에 대한 신화는 지금도 계속 창작되며 윤색되고 있다. 어려서 또는 젊었을 때 읽었던 《삼국지[三國演義]》에 그려진 제갈량의 초상은 어른들의 머릿속에서 지워지지 않는다. 그리고 제갈량을 생각하면 늘 두보의 이 시를 생각하게 된다.

이 시는 두보가 숙종 상원(上元) 원년(760)에 지은 시로 알려졌다.

수련에서는 멀리서 본 무후의 사당에 대한 묘사인데 자문자답하였다. 함련은 가까이 사당에 도착하여 본 외관이다. 수련의 사당을 묘사한 것은

3구이고, 4구는 '백삼삼(柏森森)'을 묘사하였다. 이처럼 경치를 묘사하였는데도 쓸쓸한 기분이 드는 것은 '자춘색(自春色)'과 '공호음(空好音)'의 '자(自)와 공(空)'의 효과이다.

경련은 제갈량의 업적이다. 5, 6구에는 삼고초려 – 융중 대책 – 삼분천하 – 촉한 개국 – 임종 탁고(託孤) – 후주 보필 – 위국충성의 그 일생이 불과 14자에 다 담겨져 있다. 축약이 이렇게 많은데도 부자연스러운 리듬이 조금도 없다.

그리고 마지막 연에서는 출사표 – 북벌(육출기산六出祁山) – 오장원(五丈原)의 죽음을 말하였는데 사당을 참배하는 영웅만이 아니라 시를 읽는 이의 마음까지 아프게 한다. 아마 이것이 시의 공력이 아니겠는가?

두보는 <영회고적(詠懷古跡)> 4수와 5수, <팔진도(八陣圖)>에서도 제갈량의 공적을 매우 높이 평가하였다.(193, 194, 235 시 참고) 또 오언절구로 <무후묘(武侯廟)>가 있는데 다음과 같다.

有廟丹靑落　空山草木長
猶聞謝後主　不復臥南陽

參考　제갈량의 지략에 대한 평가

제갈량의 지혜나 지략은 무형이기에 어떻게 측량할 수 없다. 때문에 다른 사람과 그 우열을 비교하는 것이 불가능하다고 말할 수 있다. 그러나 그 지혜나 지략의 결과를 놓고 평가한다면 우열과 고저를 판단할 수 있다. 비록 소설 속의 내용을 근거로 평가한 것이지만 제갈량의 지혜나 지략은 당시 삼국의 그 누구보다도 우수했다.

먼저 제갈량과 함께 지혜와 지략을 겨루었던 인물들 – 곧 제갈량이 상대하고 겨루었던 사람들의 수준을 생각해보아야 한다. 제갈량은 조조와 손권, 사마의나 주유, 육손과 지략을 겨루었다. 조조나 손권 휘하의 그 수많은 참모나 모사들 그 누구 하나 녹록한 인물들은 아니었다. 이들과 싸워 제갈량은 패퇴하거나 물러서지 않았다.

두 번째로 제갈량의 활동영역을 생각해야 한다. 제갈량은 군사(軍師)로 전술 전략상 군사적 승리를 거두면서 나라의 행정과 민정까지도 그의 책임이었다. 또 오나라와 외교전뿐만 아니라, 남만(南蠻)을 원정하며 통치권 내의 여러 민족을 아우르는 치적까지 제갈량의 능력이 미치지 않은 곳이 없었다. 셋째로 제갈량은 현실을 근거로 미래를 예측하는 탁월한 능력의 소유자였다. 유비를 도와 출사하기 전, 삼분천하의 큰 밑그림을 그렸고, 또 그의 뜻대로 삼국이 정립(鼎立)하여 세력을 다투었다. 먼 장래를 예측하고 그대로 이끌어 갔다는 점에서 10여 수를 미리 예견한 뛰어난 혜안(慧眼)이었다고 평가할 수 있다.

그러나 제갈량도 결국은 인간이었다. 형주(荊州)를 바탕으로 유비가 흥성했지만, 유비는 결국 형주에서 망했다. 이는 제갈량도 예측하지 못한 부분이었다. 그리고 삼국의 쟁패가 결국 사마씨(司馬氏)의 진(晉)으로 통일될 것은 조조는 물론 제갈량도 예측하지 못했다.

《삼국연의》를 읽고 이야기하는 중국인들에게 제갈량은 거의 신(神)에 가까운 형상으로 나타난다. 금낭묘계(錦囊妙計)의 비책은 기본이면서도 비바람을 마음대로 조절하고, 축지법을 쓰고, 돌을 쌓아 만든 팔괘진(八卦陣)으로 적의 내침(來侵)을 방어하는 초능력의 소유자가 바로 제갈량이다. 그러나 중국인들은 제갈량의 지략은 자신들의 노력으로 따라갈 수 있다고 생각했다.

그리하여 '한 사람의 가죽신 장인은 좋은 신발을 만들어내기 어렵다. 가죽신 장인이 두 사람이면 일이 있을 때 잘 의논한다. 세 사람이면 제갈량보다 낫다'라고 했다. 또 '지혜로운 사람의 온갖 사려에도 실수가 있고(智者千慮必有一失), 어리석은 사람도 많이 생각하면 성취하는 것이 있다(愚者千慮必有一得)'라고 했다.

183. 客至 손님이 오다　● 杜甫두보

舍^사南^남舍^사北^북皆^개春^춘水^수　　但^단見^견群^군鷗^구日^일日^일來^래

花^화徑^경不^부曾^증緣^연客^객掃^소　　蓬^봉門^문今^금始^시爲^위君^군開^개

盤^반飧^손市^시遠^원無^무兼^겸味^미　　樽^준酒^주家^가貧^빈只^지舊^구醅^배

肯^긍與^여鄰^린翁^옹相^상對^대飮^음　　隔^격籬^리呼^호取^취盡^진餘^여杯^배

집의 앞과 뒤 모두 봄물이 가득한데
다만 보이나니 물새 떼만 매일 날아옵니다.
꽃핀 소로小路는 손님 온다고 쓸지 않았고
사립문은 오늘 손님 위해 처음 열었습니다.
시장이 멀어 저녁상엔 좋은 반찬이 없고
가난하기에 술동이엔 다만 묵은 술뿐입니다.
이웃 노인과 합석해도 괜찮다 하시면
울타리 너머 불러 모아 남은 술 다하겠습니다.

● 註釋

▶ <客至(객지)> : '손님이 오다'. 두보가 761년에 성도(成都) 완화계(浣
花溪)의 초당에서 생활할 적의 비교적 평온했던 시절에 지은 시이다.

두보는 안사의 난을 피하여 759년에 성도로 흘러 들어와 760년 완화계에 초당을 짓고 안주하였다. 원주(原註)에는 '최명부(崔明府)가 들러주어 기뺐다(喜崔明府見過)'는 주가 있다. 최명부는 두보의 외삼촌.

▶ 舍南舍北皆春水(사남사북개춘수) : 舍 집 사. 春水(춘수) – 봄비에 불어난 물. 도연명의 '춘수만사택(春水滿四澤)'을 연상하면 된다.

▶ 但見群鷗日日來(단견군구일일래) : 鷗 갈매기 구. 바다의 갈매기는 아니다. 群鷗(군구) – 물새 떼.

▶ 花徑不曾緣客掃(화경부증연객소) : 花徑(화경) – 꽃길. 꽃이 피어있는 소로(小路). 緣 옷 가장자리 연. ~ 때문에.

▶ 蓬門今始爲君開(봉문금시위군개) : 蓬 쑥 봉. 蓬門(봉문) – 사립문.

▶ 盤飧市遠無兼味(반손시원무겸미) : 飧 저녁밥 손. 盤飧(반손) – 저녁상. 市遠(시원) – 시장이 멀다. 兼味(겸미) – 두 종류 이상의 반찬. 육류나 어류 같은 특별한 반찬.(식불겸미 의무이채食不兼味 衣無二綵 – 검소한 생활)

▶ 樽酒家貧只舊醅(준주가빈지구배) : 醅 거르지 않은 술 배.

▶ 肯與鄰翁相對飮(긍여린옹상대음) : 肯 옳다 여길 긍. 기꺼이 ~하려 하다, 곧잘 ~하다. 相對飮(상대음) – 같이 마시다.

▶ 隔籬呼取盡餘杯(격리호취진여배) : 隔籬(격리) – 울타리 너머. 呼取(호취) – 불러 모으다. 盡餘杯(진여배) – 남은 술을 다 마시다.

🌸 詩意

수련은 봄날 강가의 풍경이다. 물새들을 벗 삼아 시를 생각하는 평화로운 정경이다. 함련은 손님맞이 준비이다. 경련은 가난 때문에 많은 준비를 못한다는 아쉬움을, 그리고 미련에서는 이웃과 함께하는 행복을 그렸다. 함련과 경련은 완벽한 대구를 이루고 있다. 두보의 평온했던 이 시절을 묘사한 오언절구 <절구(絕句)>가 있어 참고로 수록한다.

江碧鳥逾白　山靑花欲然

今看春又過　何日是歸年

184. 野^야望^망 들에서 보다　●杜甫두보

西^서山^산白^백雪^설三^삼城^성戍^수　南^남浦^포清^청江^강萬^만里^리橋^교

海^해內^내風^풍塵^진諸^제弟^제隔^격　天^천涯^애涕^체淚^루一^일身^신遙^요

唯^유將^장遲^지暮^모供^공多^다病^병　未^미有^유涓^연埃^애答^답聖^성朝^조

跨^과馬^마出^출郊^교時^시極^극目^목　不^불堪^감人^인事^사日^일蕭^소條^조

서산 백설 아래 세 개의 성이 지키고
남포 맑은 강엔 만리교가 있다.
해내 전란 속에 여러 형제와 떨어졌고
하늘 끝에서 눈물 흘리니 나 혼자 멀리 왔다.
오직 늙은 몸에 병치레만 많고
티끌만큼도 나라에 보답한 게 없도다.
말 타고 멀리 나와 때로 먼 곳을 바라보나
세상사 날마다 쓸쓸해지니 견디기 어려워라.

🌸 註釋

▶〈野望(야망)〉 : '들에서 보다'. 두보 나이 50세인 숙종 상원 2년(761)에
　지은 것으로 알려진다.

▶西山白雪三城戍(서산백설삼성수) : 西山(서산) - 성도의 서쪽 산, 일명 설령(雪嶺). 三城戍(삼성수) - 3개 성의 보루. 이 지역은 토번과의 접적 지역이기에 보루가 많았다. 송성(松城), 유성(維城), 보성(保城)이 있었다.

▶南浦淸江萬里橋(남포청강만리교) : 淸江(청강) - 장강의 지류, 금강(錦江). 萬里橋(만리교) - 성도 남문 밖의 다리.

▶海內風塵諸弟隔(해내풍진제제격) : 海內(해내) - 전(全) 중국. 風塵(풍진) - 전란(戰亂). 隔 사이 뜰 격. 떨어져 지내다.

▶天涯涕淚一身遙(천애체루일신요) : 天涯(천애) - 하늘 끝. 천애지각(天涯地角)의 줄임. 涕 눈물 체. 遙 멀 요.

▶唯將遲暮供多病(유장지모공다병) : 唯 오직 유. 將(장) - ~을 가지고. 遲暮(지모) - 늙음. 供 이바지할 공. 供多病(공다병) - 병치레가 많다.

▶未有涓埃答聖朝(미유연애답성조) : 涓 물방울 연. 埃 티끌 애. 涓埃(연애) - 아주 적은 양. 나라에 보답한 것이 아주 적다는 의미.

▶跨馬出郊時極目(과마출교시극목) : 跨 타넘을 과. 時(시) - 때때로. 極目(극목) - 아주 먼 곳까지 보다.

▶不堪人事日蕭條(불감인사일소조) : 不堪(불감) - 견디지 못하다. 人事(인사) - 사람의 일, 세상사. 日(일) - 날마다. 蕭條(소조) - 적막하고 쓸쓸하다.

◉ 詩意

1, 2구는 성도 외곽의 경관을 노래했고 3, 4구는 전란으로 인한 형제 이별과 설움 속의 그리움을 토로했다. 5, 6구는 늙고 병든 몸에 대한 자탄이고, 7, 8구는 제목에 부응하는 자신의 술회로 적막과 실의를 견디기 어렵다는 솔직한 탄식이다. 7구의 출교(出郊)가 '야(野)'이고 극목(極目)은 바로 '망(望)'으로 7구에서 제목을 설명하고, 이어 8구에서 감회를 묘사하였다. 성조(聖朝)에 대한 보답이 없다는 6구를 가지고 두보의 '우국충정이 눈물겹다'고 말한다면? 물론 시에는 그렇게 쓰여 있지만 그 우국충정이란 것이 관직생활에 대한 아쉬움의 또 다른 표현이 아니겠는가?

185. 聞官軍收河南河北 관군이 하남과 하북을 수복했다는 말을 듣고 ● 杜甫두보

劍外忽傳收薊北　初聞涕淚滿衣裳

卻看妻子愁何在　漫卷詩書喜欲狂

白日放歌須縱酒　青春作伴好還鄉

卽從巴峽穿巫峽　便下襄陽向洛陽

검각에서 계주薊州 북을 수복했다는 소식이 왔다.

처음 듣고 눈물을 흘려 옷을 다 적시었지.

돌아보니 처자식도 무슨 걱정을 하겠나?

시서를 대충 챙기며 기뻐 미칠 지경이었지.

대낮에도 노래하며 술을 마셨으니

봄날이면 짝을 지어 고향으로 가야지!

바로 파협으로부터 무협을 뚫고 나가

곧장 양양에서 낙양으로 향해야지!

註釋

▶ <聞官軍收河南河北(문관군수하남하북)> : '관군이 하남과 하북을 수복했다는 말을 듣고'. 하남과 하북이 평정되었으니 고향으로 돌아갈 수 있다는 희망을 토로한 시이다.

▶ 劍外忽傳收薊北(검외홀전수계북) : 劍外(검외) – 검각(劍閣) 밖에서. 장안에서 촉 땅으로 들어가려면 반드시 검각을 거쳐야 한다. 촉 땅에서 보면 장안으로 통하는 교통요지이다. 지금의 사천성 북부의 동쪽 끝인 광원시(廣元市) 검각현. 薊 삽주 계. 지역 이름. 지금의 북경시 일대. 안사의 난에서 반군의 최초 최후의 근거지.

▶ 初聞涕淚滿衣裳(초문체루만의상) : 涕 눈물 체. 淚 눈물 루.

▶ 卻看妻子愁何在(각간처자수하재) : 卻 물리칠 각. 도리어. 卻看(각간) – 고개를 돌려 바라보다.

▶ 漫卷詩書喜欲狂(만권시서희욕광) : 漫 질펀할 만. 어지럽다. 卷 책 권. 두루마리로 말다. 漫卷(만권) – 대충 챙기다. 喜欲狂(희욕광) – 기쁨으로 미치려 한다.

▶ 白日放歌須縱酒(백일방가수종주) : 白日(백일) – 대낮. 縱酒(종주) – 술을 맘껏 마시다.

▶ 靑春作伴好還鄕(청춘작반호환향) : 靑春(청춘) – 푸르른 봄, 싱그러운 봄, 봄날에. 作伴(작반) – 짝을 지어, 무리를 지어.

▶ 卽從巴峽穿巫峽(즉종파협천무협) : 卽從(즉종) – 곧바로, 곧장. 파협으로부터 무협을 지나가다.

▶ 便下襄陽向洛陽(편하양양향낙양) : 便(편) – 곧바로. 下襄陽(하양양) – 성도에서 형주를 거쳐 양양까지는 배로 내려가야 한다. 向洛陽(향낙양) – 양양에서 낙양은 육로로 가야 한다. 두보의 원 고향 공현(鞏縣)은 낙양 동쪽이다.

대종(代宗) 광덕(廣德) 원년(763)에 만 8년을 끌어온 안사의 난이 끝난다. 안록산(安祿山) – 안경서(안록산 아들) – 사사명(史思明, 안록산의 부장) – 사조의(사사명의 아들)로 이어지는 반란이었다. 대연(大燕)의 황제라 자칭했던 안록산은 아들에게 피살되었고 안경서는 그 부장 사사명에게, 사사명은 다시 그 아들 사조의에게 피살당했다. 자기 아비를 죽이면서 권력을 쥐고 싶었던 사조의는 그 부장 이회선에게 피살되고, 사조의의 목이 조정에 바쳐지는 것으로 반란은 끝이 난다.

이 반란은 반군의 힘이 강해서 평정하지 못한 것이 아니라 관군이 너무 무능했기에 평정에 시간이 걸린 것이라고 평가된다. 여하튼 이 난으로 당(唐)은 확연히 쇠퇴의 내리막길을 가게 된다. 이 전란은 두보에게 절망과 좌절을 안겨주었을 뿐이다.

이런 전란이 완전히 끝났다니 그 기쁨이 어떠했겠는가? 우선 이 시는 기쁜 소식을 듣고 그 자리에서 단숨에 써내려간 시라고 생각할 수 있다. 두보는 너무 좋아서 눈물을 흘렸다니 그 다음은 미친 듯 웃고 싶었을 것이고, 다시 그간의 고생을 생각하면 울음이 터져 나올 것 같았으리라!

1-4구는 반란이 평정되어 기뻐하는 모습을 서술하였다. 그리고 5-8구에서는 앞으로의 희망을 묘사하며 고향으로 돌아갈 일정까지 그려내었다. 두보는 5구에서 '종주(縱酒)'라고 했다. 술을 마구, 마음껏 먹겠다는 뜻이다. 두보의 환희를 짐작할 수 있다! 두보는 실제로 꼭 그렇게 해보고 싶었을 것이다. 더군다나 당시의 50세는 지금의 70세이다. 그런 나이에 술을 마음껏 마시고 싶다고 읊었다. 그것이 기쁨인지 슬픔인지는 시인만이 알 수 있을 것이다.

두보는 끝내 고향으로 돌아가지 못하고 강가 조그만 배 안에서 일생을 마감해야만 했다. 그래서 슬픈 것이다.

186. 登高 산에 올라　● 杜甫두보

風急天高猿嘯哀　渚淸沙白鳥飛回

無邊落木蕭蕭下　不盡長江滾滾來

萬里悲秋常作客　百年多病獨登臺

艱難苦恨繁霜鬢　潦倒新停濁酒杯

빠른 바람 높은 하늘에 원숭이 울음 애달프고
파란 강가 흰 모래에 새들은 날며 돈다.
가없이 먼 곳에 낙엽은 쓸쓸히 지고
끝없는 장강은 넘실대며 흘러온다.
만리 객지 설운 가을에 늘 나그네 되어
평생 병을 안고 살며 혼자 높은 데 올랐노라.
가난에 고통과 번민으로 흰 머리만 많아졌고
지치고 힘들어 요즈음엔 탁주잔도 끊었노라.

註釋

▶ <登高(등고)> : '산에 올라'. 중양절(重陽節)에 높은 곳에 올라 수유(茱
萸)나무 가지를 꽂고 액운을 피한다는 풍습이 있다.

▶ 風急天高猿嘯哀(풍급천고원소애) : 嘯 휘파람 불 소. 울부짖다, 울부짖는 소리.

▶ 渚淸沙白鳥飛回(저청사백조비회) : 渚 물가 저. 원소(猿嘯)와 조비(鳥飛)는 서로 대우이다.

▶ 無邊落木蕭蕭下(무변낙목소소하) : 無邊(무변) - 끝이 없다, 끝이 보이지 않다. 落木(낙목) - 낙엽. 蕭蕭(소소) - 쓸쓸한 모양, 바람소리, 낙엽 지는 소리, 나무가 흔들리는 모양. 下(하) - 떨어지다.

▶ 不盡長江滾滾來(부진장강곤곤래) : 滾 흐를 곤. 물이 크게 넘실대며 흐르는 모양. 등고(登高)하여 내려다 본 장강의 웅장한 모습. 3, 4구도 완벽한 대우를 이루었다.

▶ 萬里悲秋常作客(만리비추상작객) : 悲秋(비추) - 가을을 슬퍼하다, 감상에 젖는 가을.

▶ 百年多病獨登臺(백년다병독등대) : 百年(백년) - 일생, 평생. 獨登臺(독등대) - 다른 형제들과 함께하지 못하는 서글픔을 표현했다.

▶ 艱難苦恨繁霜鬢(간난고한번상빈) : 艱 어려울 간. 艱難(간난) - 몹시 어렵고 곤란함, 가난. 苦恨(고한) - 고통과 통한(痛恨). 繁 많을 번. 霜鬢(상빈) - 서리 내린 것 같은 귀밑 털. 흰 머리.

▶ 潦倒新停濁酒杯(요도신정탁주배) : 潦 큰비 료. 장마. 潦倒(요도) - 초라하게 되다, 영락(零落)하다, 의욕을 상실하다. 停 머무를 정. 新停(신정) - 요즈음에 그만두다. 濁酒杯(탁주배) - 술잔, 음주. 두보는 만년에 폐병으로 고생하다가 죽는다.

🌸 詩意

등고하여 소회를 읊었는데 기세가 호탕하면서도 마치 산수를 손바닥에 올려놓고 내려다보는 것 같은 느낌이 든다.

수련에서는 풍급(風急), 천고(天高), 원소애(猿嘯哀)와 저청(渚淸), 사백(沙白), 조비회(鳥飛回)의 6건의 경물을 단순히 나열만 했는데도 경치가 눈에 선하며 마치 빨리 지나가는 동영상과도 같다.

다음의 함련은 움직임의 속도가 갑자기 느려진다. 여기서는 슬로우 비디오로 원경을 조망하듯 너른 들판과 넘실대는 장강만을 묘사하였다. 시를 읽는 사람도 여기서는 천천히 읽을 것이다. 이상의 4구로 경치를 묘사한 다음에 등고의 감회가 이어진다.

경련에서는 나그네 설움이 화면에 가득하다. 늙고 수척해진 시인의 구부러진 등이 보이는 것 같다.

미련의 슬픔은 역시 가난이다. '간난(艱難)'은 우리말 '가난'의 원말이다. 경제적인 궁핍 이외에 질병으로 인한 고생도 가난의 한 모습이다. 시인의 흰 머리는 역경의 흔적이고, 나빠진 건강으로 탁주잔도 끊었다는 독백은 읽는 사람을 우울하게 한다. 중양절 이날에도 막걸리 한잔 못 마실 질병과 가난 – 등고의 감회로는 정말 회색빛이다.

당나라 한 시대뿐만 아니라 '칠언율시로는 역대 최고'라는 찬사가 조금도 과장이 아닐 것이다.

▲ 두보(杜甫)

▌ 두보(杜甫)

187. 登樓 누각에 올라 ● 杜甫두보

花近高樓傷客心　萬方多難此登臨

錦江春色來天地　玉壘浮雲變古今

北極朝庭終不改　西山寇盜莫相侵

可憐後主還祠廟　日暮聊爲梁甫吟

고루 가까이 핀 꽃에 나그네 마음이 아프고
나라가 어지러운데 이곳에 올라 둘러본다.
금강의 봄빛은 하늘과 땅에서 오고
옥루산 부운浮雲은 예와 지금 다르도다.
북극성 같은 조정은 끝내 변해선 안 되고
서산의 도적 무리 쳐들어올 수 없으리라.
가련한 후주조차도 묘당에서 제사를 받으니
날 저물녘에 그냥 <양보음>을 읊어본다.

註釋

▶ <登樓(등루)> : '누각에 올라'. 대종 광덕(廣德) 2년(764)에 지은 것이라 알려졌다.

▶ 花近高樓傷客心(화근고루상객심) : 傷客心(상객심) - 객(두보杜甫)이 상심하다.

▶ 萬方多難此登臨(만방다난차등림) : 萬方(만방) - 나라 곳곳. 多難(다난) - 763년 겨울에 토번이 장안까지 쳐들어왔고 곽자의가 이를 격퇴하였다. 登臨(등림) - 1구의 고루(高樓)와 연계되어 '등루(登樓)'의 뜻을 확실히 하였다.

▶ 錦江春色來天地(금강춘색내천지) : 錦江(금강) - 장강의 지류인 민강(岷江)으로 흘러드는 지류. 이곳에 비단을 빨면 색이 더욱 선명해지기에 '비단 금'을 써서 금강이라고 부른다.

▶ 玉壘浮雲變古今(옥루부운변고금) : 玉壘(옥루) - 사천의 산 이름. 變古今(변고금) - 고금변(古今變)으로 글자를 도치하였다. '상객심(傷客心)', '내천지(來天地)'도 마찬가지이다.

▶ 北極朝庭終不改(북극조정종불개) : 北極(북극) - 하늘의 중앙에 있는 북극성. '위정이덕 비여북신 거기소 이중성공지(爲政以德 譬如北辰 居其所 而衆星共之)(《논어 위정爲政》)'. 終不改(종불개) - 끝까지 바뀔 수 없다. 당(唐) 조정은 만방(萬邦)의 중심으로 그 지위는 끝까지 바뀔 수 없다는 뜻.

▶ 西山寇盜莫相侵(서산구도막상침) : 寇 도적 구. 西山寇盜(서산구도) - 토번족을 지칭. 구도는 침입한 이민족.

▶ 可憐後主還祠廟(가련후주환사묘) : 可憐(가련) - 애틋하게 동정심이 가다. 後主(후주) - 촉(蜀)의 후주. 유비의 아들 유선(劉禪), 아명은 아두(阿斗). 207년 출생-223년 즉위-263년 멸망 퇴위-271년 사망. 祠廟(사묘) - 묘당에 모셔져 제사를 받는다는 뜻. 후주 같은 어리석은 인물도 황제였다고 제사를 받는다면서 자신의 재능을 바칠 기회가 없었던 아쉬움을 토로한 것이다.

▶ 日暮聊爲梁甫吟(일모료위양보음) : 梁甫吟(양보음) - 산동 일대의 민요.
춘추시대 제(齊)나라 재상인 안영(晏嬰, 안자)이 제 경공(齊景公)을 도운
정치적 치적을 노래했다. 삼국시대 제갈량은 와룡강에서 경독(耕讀)할
때 <양보음>을 즐겨 읊었다고 한다. 양보는 태산(泰山)에 붙은 작은 산
이름이고, 이곳에 공동묘지가 있기에 <양보음>은 만가(輓歌)였다고 한
다. 이는 제갈량에 대한 추모의 정을 나타낸 것이다.

🌸 詩意

시인이 고루(高樓)에 올라 춘색(春色)을 보며 만감이 교차하는 감회를 묘사
하였다.

수련에서는 고루에 등림한 나그네의 상심을 말했다. 함련에서는 금강과
옥루의 춘색과 부운(浮雲)은 언제나 변화한다고 읊었다. 그러나 경련에서
는 북극성과 같이 당 조정의 위치나 권위는 변하지 않는다면서 토번족의
내침을 걱정하였다. 미련에서는 후주처럼 우매한 인물도 제사를 받는다면
서 <양보음>을 읊는 것으로 제갈량의 충성심에 경의를 표현하였다.

이 시에서의 요점은 1구의 '근(近)'과 8구의 '모(暮)'이다. '화(花)'는 근고루
(近高樓)'이지만 금강과 옥루, 그리고 북극과 서산, 또 사묘(祠廟)까지가
모두 원경이다. 다시 말해 가까운 곳에서부터 원거리까지 공간의 확대가
이루어졌다.

그리고 '일모(日暮)'는 시인이 고루에서 상당히 장시간 머물렀다는 시간적
길이이다. 즉 시간과 공간의 확대가 이루어졌으니 이로써 입체감과 함께
활달하고 웅혼한 감정을 연출하였다. 시의 격률도 엄격하고 대우가 확실하
니 매우 공을 들인 시라는 것을 알 수 있다.

188. 宿府^{숙 부} 막부에서 숙직하다 ● 杜甫두보

淸秋幕府井梧寒 獨宿江城蠟炬殘

永夜角聲悲自語 中天月色好誰看

風塵荏苒音書絕 關塞蕭條行陸難

已忍伶俜十年事 强移棲息一枝安

깊은 가을 막부의 우물가에 외롭게 선 오동
홀로 자는 강성江城에 촛불도 꺼져간다.
긴긴 밤 호각소리는 슬프게 홀로 울고
중천의 월색이 좋아도 보는 이 없다.
풍진 세상 긴긴 세월에 소식도 끊겼고
변방 요새 쓸쓸하니 길을 가기도 어렵다.
이미 견딘 10년간의 외로운 생활
애써 옮겨 한 가지 차지하여 편히 쉬고 있다.

註釋

▶ <宿府(숙부)> : '막부에서 숙직하다'. 대종 광덕 2년(764), 두보는 가족을 데리고 성도로 이주했다. 6월에는 두보의 우인 검남절도사(劍南節度使) 엄무(嚴武)에 의해 절도사의 참모라 할 수 있는 검교공부원외랑(檢校工部員外郎)에 임명된다. 두보의 생활은 일시적이나마 안정되었지만 다른 이속(吏屬)들의 시기와 투기로 마음은 울적했다. 이 시는 막부에서 자면서 지은 시이다.

▶ 淸秋幕府井梧寒(청추막부정오한) : 淸秋(청추) – 심추(深秋). 幕府(막부) – 야전(野戰)에 임하는 무관의 지휘소. 梧 오동나무 오.

▶ 獨宿江城蠟炬殘(독숙강성납거잔) : 江城(강성) – 금강의 성, 성도. 蠟 밀 랍. 꿀벌의 집을 녹여 만든 기름. 炬 횃불 거. 蠟炬(납거) – 촛불. 殘 해칠 잔. 꺼지다.

▶ 永夜角聲悲自語(영야각성비자어) : 角聲(각성) – 군졸의 호각소리.

▶ 中天月色好誰看(중천월색호수간) : 好誰看(호수간) – 보는 사람은 누구인가? 누가 보는가?

▶ 風塵荏苒音書絕(풍진임염음서절) : 風塵(풍진) – 전란의 바람과 먼지. 荏 들깨 임. 苒 풀 우거질 염. 荏苒(임염) – 많은 시간이 흐르다. 音書絕(음서절) – 음서(音書)는 편지나 전언(傳言). 소식이 끊기다.

▶ 關塞蕭條行陸難(관새소조행륙난) : 關塞(관새) – 변방의 요새. 蕭條(소조) – 쓸쓸하고 쇠락하다. 行陸難(행륙난) – 육지로 여행하는 것이 어렵다.

▶ 已忍伶俜十年事(이인영빙십년사) : 已忍(이인) – 여태껏 견뎌왔다. 伶 영리할 령. 俜 비틀거릴 빙. 伶俜(영빙) – 고독한 모양. 十年事(십년사) – 안록산의 난이 일어난 이후 오늘까지 10년의 사건들.

▶ 强移棲息一枝安(강이서식일지안) : 强移(강이) – 억지로 옮겨오다. 자신이 성도까지 온 것은 본인의 의지와 무관하게 어쩔 수 없이 그렇게 되었다는 의미. 棲息(서식) – 살다, 임시로 거주하다.

1구와 2구는 깊은 밤에 시인은 잠을 이루질 못하고, 3구와 4구에서는 호각소리도 들리고 달은 밝으니 고향생각을 하고, 5구와 6구에서는 그 많은 떠돌이 생활에 고향에 가기가 쉽지는 않을 것이다. 마지막 7, 8구에서는 10년 동안의 고독한 생활 끝에 겨우 안정을 얻었다고 스스로를 위안하고 있다. 이 시에서는 2구의 '독숙(獨宿)'이 주제이다.

막료로서 친우를 상관으로 모셔야 하고, 동료 이속(吏屬)들의 이런 말 저런 말을 다 듣고 참아야 했다. 그러니 독숙하면서 얼마나 많은 생각이 들겠는가? 머리에 든 것이 없으면 육신으로 뛰다가 피곤하여 코 골며 잠을 잘 시간에 두보는 군졸들의 호각소리를 듣고, 또 중천에 월색(月色)이 좋은 것을 혼자 쳐다만 보았다. 그러면서 그런 생각을 시로 적은 것이 이 시가 아니겠는가! 시인에게 밤은 괴로운 시간이고, 그러기에 창작의 시간일 것이다.

그리고 또 한 글자 – '독숙'은 곧 3구의 '비(悲)'에 연결된다. 주제의 느낌은 '슬픔[悲]'이다. 자신의 인생이 서럽고, 지금의 처지가 서럽다. 앞으로도 아무런 희망이 보이지 않기에 더 서러운 것이다. 사내가 – 그것도 50이 넘어 백발이 성성한 사람이 아마 30대 이속의 이런저런 말을 듣고도 모른 척해야만 했을 것이다. 그것이 관직이고, 그것은 오늘의 설움이다.

지나간 날이 서럽고 오늘도 서럽다. 늙은 이 한 몸이 처자식 때문에 여기서 '독숙'해야 한다. 그러니 그 서러움이 1,200여년이 지난 오늘에도 눈에 보이는 것이다.

189. 閣夜 ^{각야} 서각西閣의 밤　● 杜甫두보

歲暮陰陽催短景　天涯霜雪霽寒霄
<small>세 모 음 양 최 단 영　천 애 상 설 제 한 소</small>

五更鼓角聲悲壯　三峽星河影動搖
<small>오 경 고 각 성 비 장　삼 협 성 하 영 동 요</small>

野哭幾家聞戰伐　夷歌數處起漁樵
<small>야 곡 기 가 문 전 벌　이 가 수 처 기 어 초</small>

臥龍躍馬終黃土　人事音書漫寂寥
<small>와 룡 약 마 종 황 토　인 사 음 서 만 적 료</small>

세밑 일월은 짧은 하루를 재촉하는데
외진 이곳 눈은 그쳤지만 차가운 밤이다.
오경 북과 호각소리는 비장하게 들리고
삼협에는 은하의 빛도 흔들린다.
야곡野哭하는 몇몇 집들은 전사 소식을 들었고
이가夷歌소리 곳곳에서 어부나 나무꾼이 부른다.
제갈량과 공손술도 모두 한줌 흙이 되었고
세상사나 벗의 소식도 없으니 적막하도다.

🌸 註釋

▶ <閣夜(각야)> : '서각(西閣)의 밤'. 두보가 기주(夔州, 지금의 중경시重慶市 봉절현奉節縣 동쪽 장강 상류의 교통요지)의 서각에 머물던 대종 대력(大曆) 원년(766)의 작품으로 알려졌다. 이때 역사에 특별히 기록되지는 않았지만 지역 절도사의 부장들이 제멋대로 반기를 들었고 그 때문에 일반 백성들은 고통을 겪어야만 했다. 고래싸움에 새우등 터진다고 늙고 병든 두보로서는 참으로 암담한 세월이었다.

▶ 歲暮陰陽催短景(세모음양최단영) : 陰陽(음양) - 해와 달. 催 재촉할 최. 短景(단영) - 짧은 해. 겨울해가 짧다는 뜻.

▶ 天涯霜雪霽寒霄(천애상설제한소) : 霽 개일 제. 비나 눈이 그치다. 霜雪霽(상설제) - 눈이 개다. 사실 서리가 오는 것은 보이지 않는다. '서리가 내렸다'고 말하지 '서리가 내린다'라는 말은 없다. 여기서는 서리보다 더

▌ 구당협(瞿塘峽)

차가운 '눈이 개다'. 霽 하늘 소. 寒霄(한소) - 추운 날.

▶ 五更鼓角聲悲壯(오경고각성비장) : 五更(오경) - 새벽 3-5시 사이. 날이 밝기 전. 鼓角(고각) - 북이나 호각소리.

▶ 三峽星河影動搖(삼협성하영동요) : 三峽(삼협) - 장강의 삼협. 무협, 구 당협, 서릉협. 사천과 호북성 사이 강폭이 좁고 흐름이 빠른 곳. 星河(성 하) - 은하. 搖 흔들릴 요. 星河影動搖(성하영동요) - 전란이 진행되고 있다는 뜻.

▶ 野哭幾家聞戰伐(야곡기가문전벌) : 野哭(야곡) - 들판에 들리는 통곡 소 리. 戰伐(전벌) - 전투, 싸움. 대종 영태(永泰) 원년(765)에 성도(成都)에 병변(兵變)이 있었다. 병마사의 부장인 최간(崔旰)이 성도윤(成都尹) 곽 영의(郭英義)를 죽였는데 그 이후 부장들의 죽이고 죽는 싸움이 계속 있었다.

▶ 夷歌數處起漁樵(이가수처기어초) : 夷歌(이가) - 소수민족의 노래. 산가 (山歌). 數處(수처) - 곳곳에서. 起漁樵(기어초) - 어부나 나무꾼이 부르 기 시작하다.

▶ 臥龍躍馬終黃土(와룡약마종황토) : 臥龍(와룡) - 제갈량, 충신. 躍 뛸 약. 躍馬(약마) - 공손술(公孫述). 전한 말기 왕망(王莽) 때 촉을 중심으 로 '백제(白帝)'라고 칭제했던 사람. 終黃土(종황토) - 끝내 황토가 되다, 죽었다. 기주(夔州)에 제갈량과 공손술의 사당이 있었다.

▶ 人事音書漫寂寥(인사음서만적료) : 音書(음서) - 소식. 漫 질펀할 만. 부질없다, 멋대로, 게으르다(만慢과 통함). 寥 쓸쓸할 료. 寂寥(적료) - 아무 소리도 없다, 적막하다. 당시 이백(李白), 엄무(嚴武), 고적(高適) 등 두보의 우인은 모두 죽고 없었다.

🌸 詩意

세모(歲暮)의 감회를 사실대로 그려내었으니, 수련에서는 시간적 공간으로 서 세모의 차가운 밤을 묘사했다. 물론 두보도 적막한 인생의 말년으로 가고 있었다.

함련에서는 자신이 듣고 보아온 한밤의 풍경으로 삼협의 은하도 흔들린다는 표현으로 세상이 요동치는 혼란의 시기임을 묘사하였다. 이 함련의 묘사는 후대의 많은 사람들이 명구라 일컫는다. 이상의 4구는 서경을 통해 주제를 살려 놓았다.

그리고 경련에서는 보통 백성들의 고달픈 현실을 그렸으니 들판에서 들려오는 통곡 소리에서 전란의 슬픔을, 이어서 산에서 일하는 농부들이 부르는 이가(夷歌) 소리에서 생활의 고달픔을 묘사했다.

미련에서는 제갈량 같은 현인도, 공손술 같은 우인(愚人)도 지금은 모두 죽고 없다면서 자신을 위로해 보지만 세상 소식이나 우인들의 소식조차 없어 적막하다는 우수로 마무리하였다. 후반 4구는 시인의 비장한 감회를 읊어 서각(西閣)의 밤을 비애로 채웠고, 시대에 대한 우려와 역사의 흥망에 대한 깊은 생각을 대우로 표현하였다.

190. 詠懷古跡 五首(一) 고적의 감회를 읊다

● 杜甫두보

支離東北風塵際　漂泊西南天地間

三峽樓臺淹日月　五溪衣服共雲山

羯胡事主終無賴　詞客哀時且未還

庾信平生最蕭瑟　暮年詩賦動江關

동북에서 전란이 일어날 때 흩어져서
서남쪽 천지간을 떠돌며 살아왔다.
삼협의 누대에서 세월을 보내야 했고
오계 여러 사람들과 산천을 같이했다.
갈족羯族 호인의 충성은 끝까지 믿을 게 아니었고
사객詞客은 때를 못 만나 끝내 돌아오지 못했다.
유신의 일생은 너무 쓸쓸하고
모년暮年의 시부는 천하에 감동을 주었다.

🏵 註釋

▶ <詠懷古跡(영회고적)> : '고적의 감회를 읊다'. 두보가 대종 대력(大曆)
원년(766) 가을에 기주(夔州)에서 읊은 시로, <추흥(秋興)> 8수와 함께
천고불후의 명편으로 알려졌다. 두보의 시학의 성취와 함께 만년 풍격의
변화를 알 수 있는 주요한 작품이다. 이들 작품은 당시에서 칠언율시의
위치를 공고히 했다는 문학사적 의의가 있다.

▶ 支離東北風塵際(지리동북풍진제) : 支離(지리) - 유리(流離), 흩어지다.
東北(동북) - 중국의 동북방, 지금의 북경 일대. 안록산의 난의 근거지.
風塵(풍진) - 바람에 일어나는 먼지. 전쟁, 난리, 안사의 난을 지칭.

▶ 漂泊西南天地間(표박서남천지간) : 漂 떠돌 표. 漂泊(표박) - 떠돌며
살아가다. 西南(서남) - 중국의 서남방, 사천 일대. 표박서남(漂泊西南)
은 이 시의 주제라 할 수 있다.

▶ 三峽樓臺淹日月(삼협누대엄일월) : 三峽(삼협) - 장강 삼협. 樓臺(누대)
- 서각(西閣) 일대. 淹 담글 엄. 적시다, 머물다. 淹日月(엄일월) - 오래
머물다.

▶ 五溪衣服共雲山(오계의복공운산) : 五溪(오계) - 삼협 일대의 웅계(雄
溪) 등 작은 강. 衣服(의복) - 오계 일대의 소수민족은 오색의 의복을
입었다고 한다. 共雲山(공운산) - 운산을 같이하다, 오계의 소수민족과

같이 어울려 살다.

▶ 羯胡事主終無賴(갈호사주종무뢰) : 羯(갈) - 중국 북방 오호족의 한 갈래. 갈족. 羯胡(갈호) - 갈족. 유신(庾信)이 북주에 갔을 때 남조 양(梁)에서는 '후경(侯景)의 난'이 있었다. 후경은 갈족의 후예라고 한다. 여기서는 이민족 출신인 안록산과 사사명 등을 지칭하였다. 事主(사주) - 주군을 섬기다. 終無賴(종무뢰) - 끝내 신뢰할 수 없다.

▶ 詞客哀時且未還(사객애시차미환) : 詞客(사객) - 문인, 유신. 哀時(애시) - 시대를 슬퍼하다. 유신은 자신의 고국으로 돌아가지 못하였기에 그의 작품에는 망국의 슬픔과 고향에 대한 그리움이 가득하다.

▶ 庾信平生最蕭瑟(유신평생최소슬) : 庾信(유신) - 513-581. 남북조시대의 대문호. 남조 양(梁)의 신하로 원제(元帝)의 명을 받고 북주(北周)에 사신으로 갔다가 억류되었다. 나중에 양이 멸망하자(557) 북주에서 관직을 역임하였다. 유신은 남북조 문학의 집대성자라 할 수 있는데 그의 병문(駢文)은 포조(鮑照)와 함께 남북조 병문의 최고봉이라 할 수 있다. 대표작은 <애강남부(哀江南賦)>이다. 두보는 <희위육절구(戱爲六絶句)>에서 '유신문장노갱성 능운건필의종횡(庾信文章老更成 凌雲健筆意縱橫)'이라 칭송하였는데 여기서 '능운건필'이라는 성어가 유래되었다. 平生(평생) - 생애, 일생. 蕭瑟(소슬) - 쓸쓸하다. 두보는 유신의 슬픔을 자신의 것으로 내면화시켰다.

▶ 暮年詩賦動江關(모년시부동강관) : 暮年(모년) - 말년. 江關(강관) - 강산, 전국.

🌸 詩意

두보의 <영회고적> 시 5수 중에서 형당퇴사는 3수와 5수만을 수록하였지만 그 나머지는 장섭(章燮)이 보충하여 추가한 것이다. 이 시에서는 강릉(江陵), 귀주(歸州), 기주(夔州) 일대의 유신(庾信)의 고거(故居), 송옥(宋玉)의 집, 명비(明妃, 왕소군) 촌(村), 영안궁(永安宮), 선주묘(先主廟)와 무후사(武侯祠) 등의 고적에서의 감회를 서술하였다.

수련에서는 남조의 양(梁)에서 북으로 간 유신을 전제로 하면서 두보 자신을 경력을 약술하였다. 함련의 삼협과 오계는 2구의 표박서남(漂泊西南)을 이은 것으로 자신의 떠돌이생활을 언급하였다.

경련에서는 이민족은 믿을 수 없다면서 유신이 겪은 '후경의 난'은 자신이 겪은 '안사의 난'과 같아, 유신은 북에서 20여년을 얽매어 고향으로 돌아올 수 없었고, 자신은 '안사의 난' 때문에 10여년을 객지에 떠도는 것을 비교하였다. 물론 그런 유사점의 공통분모는 '문학을 하는 사람[사객詞客]'이며 다 같이 '시대를 잘못 타고났음[애시哀時]'을 강조하였다.

미련에서는 유신의 일생에 대한 동정과, 그의 문학적 성과가 전 중국에 감동을 주었다는 찬사로 끝을 맺었다.

191. 詠懷古跡 五首(二) 고적의 감회를 읊다

● 杜甫두보

搖落深知宋玉悲　風流儒雅亦吾師

悵望千秋一灑淚　蕭條異代不同時

江山故宅空文藻　雲雨荒臺豈夢思

最是楚宮俱泯滅　舟人指點到今疑

지는 낙엽에 송옥의 슬픔을 잘 알겠나니

그의 풍류와 문아文雅가 또한 나의 스승이로다.

슬피 천년의 세월을 보면서 눈물을 뿌리나니

살던 시대가 다르나 쓸쓸하기만 하다.

강산 옛집엔 부질없는 문장만 남았고

운우 내리던 황대의 일이 어찌 꿈이겠는가?

가장 서글프나니 초궁楚宮은 모두 없어졌고

사공이 가리키는 곳 지금은 부질없는 일이로다.

註釋

▶ <詠懷古跡(영회고적)> : 이 시는 초사(楚辭) 문학의 대가인 송옥(宋玉, 기원전 298?-222?)의 고택을 읊었다. 송옥은 전국 후기 초(楚)의 사부(辭賦) 작가로 예술적 성취가 매우 커서 굴원(屈原) 이후 가장 뛰어난 초사 작가로 알려졌다. 후세 사람들은 굴원과 송옥을 '굴송(屈宋)'이라 나란히 부른다. 송옥의 작품으로 《한서 예문지(藝文志)》에 '송옥부십륙편(宋玉賦十六篇)'이라는 기록이 있다. 왕일(王逸)의 《초사장구(楚辭章句)》에는 '송옥은 굴원의 제자'라 하였고, <구변(九辯)>과 <초혼(招魂)> 2편이 수록되어 있다. 이중에서도 송옥의 작품으로 논란의 여지가 없는 것은 <구변>뿐이다. <구변>은 소슬한 추경(秋景)을 읊은 9편의 시로 짜여 있는데 정조가 같은 것과 다른 것이 섞여 있어 일시의 작품이라 인정되지는 않는다.

▶ 搖落深知宋玉悲(요락심지송옥비) : 搖落(요락) - 영락하다, 초목의 영락. 宋玉悲(송옥비) - 빈사(貧士)의 불우와 실직을 노래한 송옥의 슬픔.

▶ 風流儒雅亦吾師(풍류유아역오사) : 風流(풍류) - 운치와 멋. 儒雅(유아) - 문아(文雅)하다.

▶ 悵望千秋一灑淚(창망천추일쇄루) : 悵 슬퍼할 창. 悵望(창망) - 슬피 바라보다. 千秋(천추) - 천년. 灑 뿌릴 쇄.

▶ 蕭條異代不同時(소조이대부동시) : 蕭條(소조) - 쓸쓸하다. 不同時(부동시) - 시대가 같지 않다. 송옥과 두보 사이에 천년 가까운 시차가 있다는 뜻.

▶ 江山故宅空文藻(강산고택공문조) : 江山故宅(강산고택) - 송옥의 고택은 강릉(江陵)과 귀주(歸州, 지금의 호북성 자귀현秭歸縣)에 있다고 한다. 藻 말 조. 해조류, 무늬. 文藻(문조) - 문채, 문장.

▶ 雲雨荒臺豈夢思(운우황대기몽사) : 荒臺(황대) - 지금의 중경시 관할의 무산현(巫山縣)에 있는 양운대(陽雲臺). 초왕이 무산의 신녀를 만났다는 곳. 송옥은 <고당부(高唐賦)>에서 '단위행운 모위행우 조조모모 양대지하(旦爲行雲 暮爲行雨 朝朝暮暮 陽臺之下)'라 하였다. 豈夢思(기몽사) - 어찌 꿈이 아니겠는가? 이는 송옥이 당시 초 양왕(襄王)의 음탕한 생활을 풍자하기 위한 글이었다.

▶ 最是楚宮俱泯滅(최시초궁구민멸) : 楚宮(초궁) - 전국시대 초의 도읍 영(郢)은 지금의 호북성 강릉시였다. 泯 망할 민. 滅 멸망할 멸.

▶ 舟人指點到今疑(주인지점도금의) : 舟人(주인) - 사공[선부船夫]. 指點(지점) - 손가락으로 가리키다.

🏵 詩意

송옥은 뛰어난 풍류와 문채가 있었지만 제대로 알아주는 사람이 없어 자신의 뜻을 펴지 못하고 불우한 삶을 살아야만 했다. 두보는 송옥에 대한 추모를 통해 송옥과 자신을 동일시하였다.

1-4구까지는 송옥의 슬픔을 노래하였다. 부단한 노력으로 성취하였으나 그 뜻을 펼 수 없을 때 슬프기만 하다. 이는 천년의 시공을 둔 두보의 동병상련이라 할 수 있다. 5-8구는 초왕의 음행을 바로잡으려는 송옥의 뜻이 채택되지 않았고, 결국 송옥의 불우가 초의 멸망으로 이어졌음을 말하면서, 그 궁터가 '여기저기'라 하면서 가리켜 주는 어부의 부질없음을 한탄하고 있다. 역사의 흐름 앞에 인간은 미약하다지만 바른 뜻이 받아들여지지 않는 것을 두보는 슬퍼하였다.

192. 詠懷古跡 五首(三) 고적의 감회를 읊다

● 杜甫두보

群山萬壑赴荊門　生長明妃尚有村

一去紫臺連朔漠　獨留青塚向黃昏

畫圖省識春風面　環珮空歸月下魂

千載琵琶作胡語　分明怨恨曲中論

수많은 산과 골짜기를 지나 형문에 도착하니
명비明妃가 낳고 자란 마을이 아직 있다고 한다.
궁중을 떠나서 북쪽 사막으로 가야만 했으니
홀로 남은 청총靑塚에 황혼이 지고 있으리라.
그림으로 보아온 소군의 미모는
패물과 함께 쓸쓸히 월하의 혼령으로 떠돌았다.
천년간 비파의 슬픈 곡조로 남았으니
또렷한 원한은 가락으로 말하고 있으리라.

🌸 註釋

▶ <詠懷古跡(영회고적)> : 여기서는 왕소군(王昭君)이 자랐다는 마을에

서의 감회를 읊었다. 왕소군은 전한 원제(元帝)의 후궁이었는데 흉노왕에게 화친혼(和親婚)을 약속하여, 흉노왕에게 가게 되었다. 원제는 평소 후궁의 그림을 보고 은총을 주었는데 미모에 자신 있던 왕소군은 화공 모연수(毛延壽)에게 뇌물을 주지 않았다. 모연수는 왕소군의 모습을 실제보다 덜 예쁘게 그려 바쳤기에 왕소군은 원제를 만날 수가 없었다. 흉노왕이 왕소군을 데리고 가는 날, 인사를 올리는 왕소군의 얼굴을 보고 원제는 그 아름다움에 크게 놀랐다. 흉노왕에게 실언을 할 수 없어 그냥 보내기는 했지만 원제는 화가 나서 모연수를 처형했다고 한다(기원전 33년). 왕소군은 흉노의 선우인 호한야(呼韓邪)의 왕비가 되었다가 호한야가 죽은 뒤에는 그들의 풍습대로 그 아들의 아내가 되어야만 했다. 죽은 뒤에 청총(靑塚)으로 남았다.

▶ 群山萬壑赴荊門(군산만학부형문) : 赴 나아갈 부. 荊門(형문) – 지금의 호북성 형문현의 산 이름.

▶ 生長明妃尙有村(생장명비상유촌) : 明妃(명비) – 왕소군, 이름은 장(嬙), 소군(昭君)은 자(字)이다. 고대 4대 미인으로 낙안(落雁)의 미인이라 불린다. 서진(西晉)에서는 사마소(司馬昭, 사마의司馬懿의 아들, 서진 무제 사마염司馬炎의 아버지)의 이름을 휘하여 명비라 고쳐 부르게 하였다. 명비촌(明妃村)은 전한(前漢) 남군(南郡) 자귀(秭歸, 지금의 호북성 흥산현興山縣). 백거이의 시 <왕소군 2수> 외 많은 시인은 이를 읊었고, 원(元) 마치원(馬致遠)의 잡극 <한궁추(漢宮秋)>의 기본 줄거리가 되었다.

▶ 一去紫臺連朔漠(일거자대연삭막) : 紫臺(자대) – 자궁(紫宮). 황제의 궁궐. 朔漠(삭막) – 북방의 사막.

▶ 獨留靑塚向黃昏(독류청총향황혼) : 靑塚(청총) – 내몽고 지방의 풀은 가을이 되면 모두 하얗게 말라 죽는데, 왕소군 묘의 풀은 파랗다고 하였다. 묘는 내몽고 호화호특시(呼和浩特市) 옥천구(玉泉區) 남쪽 호화호특시 박물관 경내에 있다.

▶ 畵圖省識春風面(화도성식춘풍면) : 省識(성식) – 살펴 알아보다. 畵圖省 識(화도성식) – 그림으로만 대충 알아보다. 春風面(춘풍면) – 미모의

얼굴.

▶ 環珮空歸月下魂(환패공귀월하혼) : 環珮(환패) - 왕소군의 각종 패물. 空歸月下魂(공귀월하혼) - 월하의 혼으로 공귀(空歸)하였다, 살아서는 돌아오지 못했다.

▶ 千載琵琶作胡語(천재비파작호어) : 琵琶(비파) - 왕소군이 연주했다는 노래인 <소군원(昭君怨)>. 胡語(호어) - 북방 민족의 가락.

▶ 分明怨恨曲中論(분명원한곡중론) : 分明(분명) - 또렷한. 曲中論(곡중론) - 가락에서 말하는 듯하다.

🌸 詩意

두보가 왕소군의 마을을 찾기까지는 군산만학(群山萬壑)을 지나야만 했다. 그 떠돌이 삶은 지쳐 있었다.

왕소군은 고향을 떠나 후궁으로 들어갔지만 황제의 은총을 받지 못하였다. 그림으로 대충 골라 은총을 주었기에 뛰어난 미모에도 불구하고 결국 궁을 떠나[일거一去] 사막으로 가야만 했다. 왕소군은 그리움에, 또 한 많은 생을 살다가 청총으로 홀로 남았다[독류獨留]. 일거와 독류로 이어지는 왕소군의 생이었다. 3, 4구는 완벽한 대구를 이루는데, 다만 글자만의 대구 이상으로 의미가 심장하다.

경련에서 왕소군의 진면목인 '춘풍면(春風面)'은 결국 '월하혼(月下魂)'으로 떠돌게 된다. 두보의 학식과 열정과 충성심도 결국 '군산만학' 사이를 떠돌아야만 했다. 두보는 왕소군의 불행이 꼭 자신의 불행과 같다고 생각하였다.

왕소군의 비파로 말하는 것은 왕소군의 '원한'이다. 두보의 시에 담겨진 뜻도 결국 '회재불우'의 원한일 것이다.

참고로 왕소군이 한(漢)을 그리워한 정은 '호지무화초 춘래불사춘(胡地無花草 春來不似春) 자연의대완 비시위요신(自然衣帶緩 非是爲腰身)'의 명구로 표현된다.(당唐 동방규東方虯의 <소군원昭君怨>)

193. 詠懷古跡 五首(四) 고적의 감회를 읊다

● 杜甫두보

蜀主征吳幸三峽　　崩年亦在永安宮

翠華想像空山裡　　玉殿虛無野寺中

古廟杉松巢水鶴　　歲時伏臘走村翁

武侯祠屋常隣近　　一體君臣祭祀同

촉주蜀主는 오吳를 정벌하러 삼협으로 나와서
죽는 해에 영안궁에 있어야만 했었네.
푸른 깃발은 공산에 휘날리는 듯하고
멋진 전각은 허무히 들판의 절이 되었네.
낡은 묘당의 소나무에 물새가 둥지를 틀고
매년 복날과 섣달엔 촌로들만 바쁘겠네.
무후의 사당이 언제나 이웃에 있기에
군신이 한몸처럼 제사를 같이 받는다네.

🌸 **註釋**

▶ <詠懷古跡(영회고적)> : 여기서는 촉한 소열제(昭烈帝)의 사당을 읊었다. 이 시의 주안점은 '군신일체(君臣一體)'이다.

▶ 蜀主征吳幸三峽(촉주정오행삼협) : 蜀主(촉주) - 촉한 소열제. 征吳(정오) - 오나라를 원정하다. 관우(關羽)의 죽음에 대한 복수로 원정에 나섰다. 幸(행) - 황제의 거둥, 외출. 유비는 221년 칭제하고 222년 오를 정벌하러 나갔다가 실패하고 병석에 눕는다.

▶ 崩年亦在永安宮(붕년역재영안궁) : 崩年(붕년) - 장무(章武) 3년(223). 崩 무너질 붕. 국군지사왈 붕(國君之死曰 崩). 永安宮(영안궁) - 백제성(白帝城). 지금의 중경시 봉절현.

▶ 翠華想像空山裡(취화상상공산리) : 翠華(취화) - 황제의 의장(儀仗).

▶ 玉殿虛無野寺中(옥전허무야사중) : 玉殿(옥전) - 당시의 영안궁. 野寺(야사) - 지금은 들 가운데의 절이 되었다는 뜻.

▶ 古廟杉松巢水鶴(고묘삼송소수학) : 古廟(고묘) - 낡은 사당. 杉松(삼송) - 삼나무. 巢 집 소. 둥지. 水鶴(수학) - 해오라기.

▶ 歲時伏臘走村翁(세시복랍주촌옹) : 歲時(세시) - 매년의 사시(四時), 사계절. 伏臘(복랍) - 6월의 복(伏)이나 12월(납월)의 제사. 走村翁(주촌옹) - 시골 노인들이 분주하다.

▶ 武侯祠屋常鄰近(무후사옥상인근) : 武侯(무후) - 제갈량. 제갈무후. 祠屋(사옥) - 사당.

▶ 一體君臣祭祀同(일체군신제사동) : 祭祀同(제사동) - 같이 제사를 받는다.

🌸 **詩意**

전 4구는 영안궁의 고적으로 유비의 오 원정의 실패와 영안궁에서의 죽음을 읊었고, 후 4구는 유비와 무후사의 현재를 묘사한 것으로 아직도 촌로의 존경을 받고 있다는 뜻과, 군신이 한마음으로 제사를 받는다는 그 참뜻을 강조하면서 다음 수를 위한 복필(伏筆)을 깔았다.

유비는 관우의 죽음(219년)을 분하게 여기며 몸소 손권(孫權)을 치려 했고, 손권이 화해를 청해도 허락하지 않았다. 유비의 죽음을 불러온 이릉·효정의 전투는 조조와 손권의 협공으로, 전사한 관우를 위한 유비의 복수전이었다. 유비는 10만 대군을 이끌고 오를 공격하며 1년간 소규모 전투에서 번번이 전과를 올렸다. 그러나 개전(開戰) 외교에 실패했고, 전략적 판단 없이 동정(東征)을 감행했다.

거기에다가 전술상의 실수도 범했다. 숲속에 진을 치면 화공을 당하기 쉽고, 700리 영채라면 우군간의 연락도 어렵다. 10만 병력으로 수천 리 밖의 적지에서 1년간 원정했다는 것은 촉한의 경제력과 병참 현실을 무시한 일이었다.

유비가 오나라 원정에 나선 지 이미 1년이 되었지만, 오의 대도독 육손(陸遜, 183-245)은 이일대로(以逸待勞)의 전략으로 여러 달을 대치했다.

222년 여름, 유비가 거느린 10만 대군은 무더위에 지쳐 있었다. 유비의 대군은 그늘이면서도 물을 얻기 쉬운 숲속 골짜기로 영채를 옮겼다. 이에 마량(馬良)은 적이 공격해 오면 어떻게 대응할 수 있겠느냐고 걱정하며 부대배치도를 그려 제갈량에게 보여주는 것이 어떠냐고 건의한다. 유비는 처음에 자신도 병법을 안다고 거부했다가 나중에 마량에게 진도(陣圖)를 그려 제갈량에게 보여주라고 말한다. 마량은 촉에 들어가 제갈량을 만난다. 제갈량은 진도를 보고 크게 놀라며 탄식한다.

음력 7월의 한밤중, 육손의 대반격이 개시되었다. 육손 휘하의 부대가 일제히 유비 진영을 습격했다. 별동대는 후방으로 우회하여 촉군의 퇴로를 막았다.

오의 병사들은 지니고 온 한 묶음의 마른 풀로 촉군의 영채에 불을 놓았다. 촉군은 전날 밤의 소규모 전투에서 승리해 방심하고 있었다. 동오군의 갑작스런 대공세에 촉군은 크게 놀라 혼란에 빠졌다. 강변을 따라 길게 늘어선 진지는 서로 연락이 끊기고, 주변의 숲과 함께 불바다가 되었다.

화광이 하늘을 찌르자 육손의 본대가 총공격을 가했다. 유비는 방어에 나설

경황이 없었다. 하루 밤낮에 걸쳐 불탄 촉군의 군영은 40여 개, 전사자는 1만여 명, 포로는 부지기수였다. 유비가 동원했던 병선과 10만 대군은 순식간에 궤멸했다. 사서(史書)에서는 '시체가 장강을 메우며 하류로 떠내려갔다'고 표현하고 있다.

오의 젊은 대도독 육손이 감행한 단 하룻밤의 습격으로 유비는 재기 불능의 결정적 패배를 당했다. 동오군의 압력이 가중되자 유비는 선박과 수레를 모두 버리고 좁은 산길로 백제성까지 도주했다.

《삼국연의》에는 이릉·효정 전투 당시 유비가 동원한 병력이 70만이라고 되어 있지만, 당시 촉의 국세로 보아 병력 70만 동원은 불가능했다.

촉은 그 영지에 산악지대가 많고, 농업생산에 알맞은 곳은 사천분지 정도였다. 촉의 호수(戶數)도 약 90만 호(263년 후주 유선이 위에 올린 항복문서에 의거함)였기 때문에 동원 가능한 병력 규모는 10~13만 정도였을 것이다. 병사 1인에게 하루 1kg의 보급품을 공급해야 했던 만큼 10만 병력이라면 하루 100t의 물자가 필요했을 것이다. 1개월간의 원정이라면 3천t, 1년간이라면 3만 6천t에 달한다. 병참선과 동원기간이 길어질수록 보급필요량은 기하급수적으로 늘어난다.

유비는 제수권(制水權)을 장악한 동오군으로부터 병참선 확보와 유지를 위해 장강 연안을 따라 병참로 보호를 위해 목책을 세웠다. 유비가 오나라처럼 수상 운송이 가능했다면 대형선 몇 척으로 대량의 보급품을 그때그때 실어 나를 수 있었을 것이다.

사실상 장강을 장악한 오나라를 상대로 10만 병력을 동원해 수천 리 밖에서 1년간 원정했다는 것은 촉의 국력과 수송 능력으로는 매우 위험한 일이었다. 관우·장비의 잇단 죽음 때문에 상황판단에 냉엄하지 못했던 것이 유비의 비극이었다.

패전한 다음에는 패전의 원인을 분석하는 것은 당연한 일이다. 유비의 패전은 제갈량의 군사적 재능을 별로 신임하지 않았기에 유비 자신이 친정(親征)에 나설 수밖에 없었다고 분석하는 사람도 있다. 육손의 능력을 과소평가한 착각에, 자신도 평생을 싸움터에서 살았다는 자만심, 빨리 오를 치고 분을 풀어야 한다는 조급한 감정과 승부욕이 참패를 불러왔다.

유비는 대군을 육손에게서 잃고 백제성에 머문다. 관우와 장비 두 아우의 복수도 못하고, 원정을 만류했던 제갈량 등 여러 신하를 볼 면목도 없어 근심 걱정이 그대로 병이 되어 일어나지 못한다. 장무 3년(223) 4월 죽기 전, 유비는 제갈량을 불러 후사를 부탁한다.

유비는 '새가 죽을 때 그 울음이 애달프고(鳥之將死其鳴也哀), 사람이 죽을 때 하는 말이 선하다(人之將死其言也善)'는 성인의 말을 인용하며 자신의 성심(誠心)임을 강조하며 후사를 부탁한다.

"그대의[君] 재능은 조비(曹丕)의 열 배는 될 것이니 틀림없이 국가를 안정케 할 것이고 대사(大事, 한실漢室 복원이나 천하통일)를 마칠 수 있을 것이오. 내 아들[嗣子]이 보필할 만하면 보필하되, 만일 불가하다면 그대가 제위를 차지해도 좋을 것이오."

유비는 후주에게 남긴 유조에서 이렇게 말했다.

"아무리 작은 악행이라도 해서는 안 되고(勿以惡小而爲之), 작은 선행이라 하여 아니해서는 안 된다.(勿以善小而不爲)"

194. 詠懷古跡 五首(五) 고적의 감회를 읊다

● 杜甫두보

諸葛大名垂宇宙　　宗臣遺像肅清高

三分割據紆籌策　　萬古雲霄一羽毛

伯仲之間見伊呂　　指揮若定失蕭曹

運移漢祚終難復　　志決身殲軍務勞

제갈무후의 대명大名은 우주에 드리웠으니
종신宗臣으로서 그 모습은 엄숙하고 청고하도다.
삼분하여 할거하는 계책을 세워 실천했으니
만고에 높은 하늘을 날아오른 봉황이었다.
이윤이나 여상과 백중지간으로 보일지어니
지휘와 실천에는 소하, 조참도 못 따라오리다.
한漢의 운명이 바뀌어 끝내 부흥하지 못하고
굳은 의지로 군무에 지쳐 몸이 먼저 갔도다.

▶ <詠懷古跡(영회고적)> : 여기서는 촉한 제갈량의 업적을 역사상의 현인과 비교하였다. 이 시의 주안점은 '이신순직(以身殉職)'이다. 182 <촉상(蜀相)> 참고.

▶ 諸葛大名垂宇宙(제갈대명수우주) : 垂 드리울 수. 宇宙(우주) - 하늘과 땅, 전 중국.

▶ 宗臣遺像肅淸高(종신유상숙청고) : 宗臣(종신) - 중신(重臣). 나라 사직의 운명을 짊어진 신하. 遺像(유상) - 남겨진 모습, 그의 이미지. 肅淸高(숙청고) - 숙목청고(肅穆淸高). 엄숙하고 청아하며 고명한 모습이다.

▶ 三分割據紆籌策(삼분할거우주책) : 紆 굽을 우. 얽어매다, 치밀하게 계획을 세우다. 籌 산가지 주. 큰 전략. 紆籌策(우주책) - 고심하며 국가전략을 짜고 실천에 옮기다.

▶ 萬古雲霄一羽毛(만고운소일우모) : 雲霄(운소) - 높은 하늘. 一羽毛(일우모) - 난(鸞)새 또는 봉황.

▶ 伯仲之間見伊呂(백중지간견이려) : 伯仲(백중) - 첫째 아들과 둘째 아들.

▌ 제갈량(諸葛亮)

우열을 가리기 어려움. 伊呂(이려) - 이(伊)는 상(商)의 개국공신으로 탕왕(湯王)을 보좌한 이윤(伊尹). 여(呂)는 여상(呂尙)으로, 주 문왕(周文王)과 무왕(武王)을 보좌한 개국공신 태공망(太公望). 제갈량의 업적은 이윤이나 여상과 백중지세이다. 우열을 가리기 힘들다.

▶ 指揮若定失蕭曹(지휘약정실소조) : 若定(약정) - 태연자약하다, 위기에 잘 대처하다. 蕭曹(소조) - 소하(蕭何)와 조참(曹參). 한 고조(漢高祖)를 도운 개국공신. 失蕭曹(실소조) - 소하와 조참도 따라오지 못하다.

▶ 運移漢祚終難復(운이한조종난복) : 運移(운이) - 운명이 바뀌다. 漢祚(한조) - 후한의 국운. 終難復(종난복) - 끝내 회복하지 못했다.

▶ 志決身殲軍務勞(지결신섬군무로) : 志決(지결) - 뜻이 확실하다. 殲 죽일 섬. 죽다. 身殲(신섬) - 이신순직(以身殉職)하다. 軍務勞(군무로) - 군무상의 과로.

🌸 詩意

수련에서는 제갈량의 대명(大名)이 우주에 드리웠고, 그 초상화의 모습을 묘사하였고, 함련에서는 삼분천하의 웅재대략(雄才大略)은 봉황처럼 하늘에 닿을 수 있다는 칭송이며, 경련에서는 이윤과 여상, 소하, 조참에 결코 뒤지지 않는다는 평가를 내린 뒤에, 미련에서는 한조 수복은 실패했고, 순직한 사실에 대한 무한한 존경과 아쉬움을 토로했다.

이 시는 전체적으로 업적에 대한 개괄적 서술로 묘사하면서 그 능력을 칭송하고 그 뜻을 이루지 못한 데 대해 매우 애석한 뜻을 표했다. 구구절절이 깊은 뜻을 호소하면서도 한실(漢室) 부흥에 실패한 것을 숙명으로 받아들이는 뜻을 내보이고 있다.

參考 제갈량의 과로

사마의(司馬懿)는 호로곡에서 제갈량에게 패전하여 거의 죽을 뻔 했는데 그후로는 촉의 공격에 전혀 응전하지 않는다. 이에 공명은 오장원(五丈原)에 새 진지를 마련한다.

계속 도전해도 사마의가 전혀 반응을 보이지 않자 제갈량은 사마의에게 부인의 옷과 수건 등을 보내며 '중원의 대군을 거느린 대장으로서 출전하지 않을 것이면 이 옷을 받을 것이고, 사나이라면 날짜를 정해 한판 겨루자'는 편지를 보낸다. 사마의는 속으로 대단히 화가 났으나 겉으로 웃으면서 편지를 가지고 온 사자에게 "요즈음 공명의 침식과 하는 일이 어떠냐?"고 묻는다.

제갈량의 사자는 "승상께서는 일찍 일어나서 밤늦게까지 곤장 20대에 해당하는 벌 그 이상을 친히 결재하시며, 진지는 담백한 음식 약간을 드십니다."라고 대답했다. 이에 사마의가 주위를 둘러보며 말했다.

"밥은 조금밖에 못 먹고 일은 많으니, 어찌 오래 갈 수 있겠는가?(食少事煩其能久乎)"

사자로부터 이 말을 전해들은 공명은 "그 사람이 나를 잘 보았구나!(彼深知我也)"라면서 길게 탄식하였다. (《삼국연의》 第百零三回 上方谷司馬受困 五丈原諸葛禳星.)

195. 江州重別薛六柳八二員外 강주에서 설육과
유팔 두 원외와 다시 이별하면서 ● 劉長卿 유장경

生涯豈料承優詔　　世事空知學醉歌

江上月明胡鴈過　　淮南木落楚山多

寄身且喜滄洲近　　顧影無如白髮何

今日龍鍾人共棄　　媿君猶遣慎風波

생전에 두터운 성은을 받을 줄 어찌 알았겠나?
세상에 공연히 술 취해 부르는 노래만 배웠다.
강 위에 달은 밝고 북쪽의 기러기 날아가는데
회남에 낙엽 지니 초楚 땅의 산이 많아졌도다.
타향에 살며 또 바다 근처 땅을 즐길 것이나
거울을 보며 백발이 난들 어이하겠는가?
오늘에 이리 늙고 병들어 남이 모두 버린 몸
그대가 풍파 조심하란 당부하니 되레 부끄럽다오.

🏵 **註釋**

▶ <江州重別薛六柳八二員外(강주중별설육유팔이원외)> : '강주에서 설육과 유팔 두 원외와 다시 이별하면서'. 江州(강주) - 강서성 구강시(九江市). 重別(중별) - 다시 헤어지다. 두 번째 지은 이별의 시. 薛 맑은 대쑥 설. 성씨. 薛六柳八(설육유팔) - 육과 팔은 배항. 인명 미상. 員外(원외) - 원외랑의 줄임. 정원 외의 관직이라는 뜻. 상서성 소속. 종6품에 해당.

▶ 生涯豈料承優詔(생애기요승우조) : 料 되질할 료. 헤아리다, 생각하다. 承 받들 승. 잇다, 받다. 優 넉넉할 우. 優詔(우조) - 황제의 특별한 조서. 유장경이 남파(南巴, 지금의 광동성 서남부의 무명시茂名市 - '남방유성南方油城'으로 불리는 화남지구華南地區 최대 석화기지石化基地)로 폄적된 것을 이렇게 표현했다.

▶ 世事空知學醉歌(세사공지학취가) : 世事(세사) - 세상살이. 學醉歌(학취가) - 취해서 노래하기를 배우다. 인생을 성실하게 살지는 않았다고 자신의 인생 역정을 고의로 비하하는 표현.

▶ 江上月明胡鴈過(강상월명호안과) : 胡鴈(호안) - 호지(胡地)에서 날아온 기러기.

▶ 淮南木落楚山多(회남목락초산다) : 淮南(회남) - 회수 남쪽. 지금 시인이 있는 강주(江州). 楚山(초산) - 초(楚)의 산. 木落楚山多(목락초산다) - 가을이라 낙엽이 지니 산이 더 많아 보인다는 시적 표현.

▶ 寄身且喜滄洲近(기신차희창주근) : 寄身(기신) - 타향에서 기거하다. 滄洲近(창주근) - 바닷가에 가깝다. 자신이 폄직되어 부임할 그곳에 대한 표현.

▶ 顧影無如白髮何(고영무여백발하) : 顧影(고영) - 거울을 보다. 無如~何(무여~하) - ~을 어찌해야 하나, 여기서는 백발을 어찌해야 하는가. 나로서도 어찌할 수 없다는 한탄의 뜻.

▶ 今日龍鍾人共棄(금일용종인공기) : 龍鍾(용종) - 늙고 병든 모양, 실의한 모양. 人共棄(인공기) - 타인들로부터 소외된다는 뜻. '인공로(人共老)'

로 된 판본도 있다.

▶ 媿君猶遣愼風波(괴군유견신풍파) : 媿 창피를 줄 괴. 부끄럽다. 君(군)
– 설육과 유팔 두 사람. 遣 보낼 견. 말해주다. 愼風波(신풍파) – 풍파를
조심하다. 먼 여행길의 풍파와 벼슬살이에서의 풍파라는 두 가지로 해석
가능.

🏵 詩意

아무리 '성은이 망극하옵니다'라는 말을 입에 달고 살아야 했던 당시 사람들
이었지만, 화가 나면 은근히 풍자를 해야만 했을 것이다. 폄직되어 그 험한
남방으로 가면서 사직하지 않은 것은 언젠가 다시 돌아올 수 있으리라는
기대 때문일 것이다.

1, 2구에서 자신을 밀어낸 사람, 그리고 그런 사람들과 적당히 어울리지
못한 자신을 탓해서 '중별(重別)'하는 이유를 밝혔다.

3, 4구에서는 이별하는 계절, 시간, 장소를 밝혔다.

5, 6구에서는 자신이 폄직되어 가는 곳과 자신의 근황을 말하면서 늙음을
한탄하였다.

이어 7, 8구에서는 이미 늙은 몸이지만 두 사람으로부터 세파에 조심하라는
말을 듣는 것이 부끄럽다며 이별을 마무리하였다.

196. 長沙過賈誼宅 장사의 가의 옛집에 들러
_{장 사 과 가 의 택}

● 劉長卿 유장경

三年謫宦此棲遲　萬古惟留楚客悲
_{삼 년 적 환 차 서 지}　_{만 고 유 류 초 객 비}

秋草獨尋人去後　寒林空見日斜時
_{추 초 독 심 인 거 후}　_{한 림 공 견 일 사 시}

漢文有道恩猶薄　湘水無情弔豈知
_{한 문 유 도 은 유 박}　_{상 수 무 정 조 기 지}

寂寂江山搖落處　憐君何事到天涯
_{적 적 강 산 요 락 처}　_{연 군 하 사 도 천 애}

3년간 폄직된 벼슬살이에 여기서 살았다니
예부터 오로지 초楚 굴원의 슬픔이 남은 곳이다.
추초秋草에 나 홀로 떠난 사람의 자취를 둘러보며
인적 없는 숲에서 망연히 지는 해를 바라본다.
한 문제가 치도治道는 있으나 은택은 되레 각박했고
상수湘水도 무정하니 가의의 슬픔을 어찌 알겠는가?
적막한 강산이요 낙엽이 지는 곳에서
그대를 그리나니 어이하여 하늘 끝에 왔었는가?

🌸 註釋

▶ <長沙過賈誼宅(장사과가의댁)> :
'장사의 가의 옛집에 들러'. 賈誼
(가의) — 기원전 200–169년. 서한
(西漢) 문제(文帝) 때 박사가 되어
장사왕(長沙王)의 태부를 역임. 유
명한 <과진론(過秦論)>과 <조굴
원부(弔屈原賦)>, <복조부(鵩鳥
賦)>를 지었고 《사기 굴원가생열
전(屈原賈生列傳)》이 있다. 호남
성 장사시는 굴원과 가의를 자랑
스럽게 여겨 '굴가지향(屈賈之鄕)'

▌ 한 문제(漢文帝)

이라 부른다. 137 <신년작(新年作)>에서도 유장경은 가의를 추모하였다.

▶ 三年謫宦此棲遲(삼년적환차서지) : 謫宦(적환) — 유배되듯 지방으로 밀
려난 벼슬살이. 가의는 장사왕의 태부로 3년을 장사(長沙)에서 생활했다.
此(차) — 가의의 고택. 遲 늦을 지. 棲遲(서지) — 살다, 새가 둥지에
살듯 잠시 거처하다.

▶ 萬古惟留楚客悲(만고유류초객비) : 萬古(만고) — 예로부터. 楚客(초객)
— 초의 나그네. 굴원을 지칭함. 楚客悲(초객비) — 굴원은 장사의 상강
멱라수에서 투신자살하였다.

▶ 秋草獨尋人去後(추초독심인거후) : 獨(독) — 홀로, 여기서는 유장경 자신.
人去後(인거후) — 사람이 떠난 후, 옛사람의 자취.

▶ 寒林空見日斜時(한림공견일사시) : 인적 없는 숲에서 지는 해를 망연히
바라보다.

▶ 漢文有道恩猶薄(한문유도은유박) : 漢文(한문) — 전한 문제. 가의를 등용
도 했지만 내치기도 했다. 恩猶薄(은유박) — 은택은 되레 각박했다. 문제
는 젊은 가의를 높이 평가하여 재상급 직책에 임명하려 했으나 개국원로
들이 반대하며 가의를 헐뜯자 가의를 장사왕의 태부로 내보냈다.

▶湘水無情弔豈知(상수무정조기지) : 湘水(상수) – 장강의 지류인 상강.
弔(조) – 가의는 <조굴원부>를 지어 굴원의 죽음을 슬퍼했다.
▶寂寂江山搖落處(적적강산요락처) : 搖落(요락) – 낙엽이 지다.
▶憐君何事到天涯(연군하사도천애) : 何事(하사) – 무슨 일로, 어이하여.
天涯(천애) – 하늘 끝, 먼 변방.

🌸 詩意

이 시는 유장경이 761년 장사(長沙)를 지나면서 지은 시로 알려졌다. 유장
경은 한 문제의 배척을 받아 장사로 폄직된 가의와, 남파(南巴)에 폄직되었
다가 3년 만에 돌아오는 자신을 똑같이 생각하며 가의를 추념하였다. 가의
에 대한 연민은 곧 자신의 벼슬살이에 대한 연민이다.

이 시에서는 가의가 폄직된 3년과, 가의가 자신의 처지와 같다고 조문한
굴원을 언급하고 600년 가까운 세월이 흐른 지금, 자신만이 홀로 그 자취를
돌아본다며 타인에게 잊힌 가의를 슬퍼하였다. 그리고 한 문제의 각박함은
곧 당 숙종(唐肅宗)의 무정과 같다고 하였다. 그리고 마지막 연에서는 다시
한 번 가의를 슬퍼하였다.

이 시의 핵심은 '연(憐)'이다. 만고(萬古), 객비(客悲), 추초(秋草), 인거(人
去), 한림(寒林), 일사(日斜), 무정(無情), 적적(寂寂) 어느 하나 '연(憐)'과
관련되지 않은 것이 없다.

197. 自^자夏^하口^구至^지鸚^앵鵡^무洲^주夕^석望^망岳^악陽^양寄^기源^원中^중丞^승
하구에서 앵무주에 도착하여 저녁에 악양을 보며
원중승에게 보내다 ● 劉長卿유장경

汀^정洲^주無^무浪^랑復^부無^무煙^연　　楚^초客^객相^상思^사益^익渺^묘然^연

漢^한口^구夕^석陽^양斜^사渡^도鳥^조　　洞^동庭^정秋^추水^수遠^원連^련天^천

孤^고城^성背^배嶺^령寒^한吹^취角^각　　獨^독樹^수臨^임江^강夜^야泊^박船^선

賈^가誼^의上^상書^서憂^우漢^한室^실　　長^장沙^사謫^적去^거古^고今^금憐^련

앵무주 잔잔한 물결 그리고 안개도 없는데
초楚 땅의 나그네 그리움은 끝없이 이어진다.
한구漢口에 석양이 비추고 새는 비껴 날고
동정호 가을물 저 멀리 하늘에 닿았도다.
고성은 산을 등졌는데 쓸쓸한 뿔피리소리
나무는 강가 홀로 섰고 밤배가 머물렀다.
가의賈誼는 글을 올려 나라를 걱정했는데
장사에 귀양 오니 예나 지금이나 가련하도다.

註釋

▶ <自夏口至鸚鵡洲夕望岳陽寄源中丞(자하구지앵무주석망악양기원중
승)> : '하구에서 앵무주에 도착하여 저녁에 악양을 보며 원중승에게 보
내다'. 夏口(하구) – 한구(漢口)의 옛 이름. 지금의 호북성 무한시(武漢
市). 鸚鵡洲(앵무주) – 옛 무한(武漢) 서남에 있었지만 지금은 사라진
강 가운데의 섬. 望(망) – 마음속으로 생각하다의 의미. 岳陽(악양) –
호남성 동북부의 도시. 상당히 멀리 떨어져 있어 육안으로는 절대 보이지
도, 또 볼 수도 없다. 源中丞(원중승) – 원중승(元中丞)으로 된 판본도
있다.

▶ 汀洲無浪復無煙(정주무랑부무연) : 汀 물가 정. 汀洲(정주) – 앵무주.

▶ 楚客相思益渺然(초객상사익묘연) : 楚客(초객) – 초 땅의 나그네. 유장경
자신. 渺 아득할 묘. 끝이 없다.

▶ 漢口夕陽斜渡鳥(한구석양사도조) : 漢口(한구) – 제목의 하구(夏口). 渡
鳥(도조) – 강을 날아 건너가는 새.

▶ 洞庭秋水遠連天(동정추수원련천) : 連天(연천) – 하늘에 닿다.

▶ 孤城背嶺寒吹角(고성배령한취각) : 孤城(고성) – 한양성. 背嶺(배령) –
산을 등지고 있는. 寒(한) – 쓸쓸하다.

▶ 獨樹臨江夜泊船(독수임강야박선) : 臨江(임강) – 강가에 있다.

▶ 賈誼上書憂漢室(가의상서우한실) : 賈誼(가의) – 기원전 200-168년. 앞
의 시 <장사과가의택(長沙過賈誼宅)> 주석 참고.

▶ 長沙謫去古今憐(장사적거고금련) : 謫去(적거) – 유배되다. '고금련(古
今憐)'에서 고(古)는 가의에 대한 사람들의 연민이고, 금(今)은 자신에
대한 주변인의 연민이다. 곧 가의나 자신이나 연민의 대상이라는 점에서
동일시의 감정을 말하고 있다.

詩意

수련은 제목의 그 장소에서 그간 우정을 나눈 원중승이 한없이 그립다고
하였다. 함련과 경련은 저녁의 풍경을 읊었다. 함련에서는 시인이 나그네로

서 경치를 보며 읊었고, 경련에서는 시인이 주관자의 입장에서 서경을 서술하였다.

그리고 미련에서는 역시 가의를 동정하면서 자신의 불우를 토로하였다. 가의는 상서(上書)했기에 폄직된 것이 아니라, 폄직된 뒤에 상서하여 다시 장안의 중앙무대로 복귀하였다. 아마 유장경이 사건의 전후를 잠깐 착각했을 것이다.

198. 贈闕下裴舍人 배사인 궐하께 드림　● 錢起전기

二月黃鸝飛上林　春城紫禁曉陰陰

長樂鐘聲花外盡　龍池柳色雨中深

陽和不散窮途恨　霄漢長懷捧日新

獻賦十年猶未遇　羞將白髮對華簪

이월의 꾀꼬리는 상림上林에 날고
봄철의 도성 궁궐은 새벽에도 무성하겠지요.
장락궁 종소리 꽃밭 너머 스러지고
용지龍池의 버들은 빗속에 더욱 푸르겠지요.

봄볕도 궁색한 앞길을 풀어주지 못하고
한밤의 은하수 영원한 충성심과 같도다.
글월을 올린 지 오래나 아직 소식 없으니
백수白首의 몸으로 어른을 어찌 뵐지 걱정입니다.

🌸 註釋

▶ <贈闕下裵舍人(증궐하배사인)> : '배사인 궐하께 드림'. 裵舍人(배사인) – 인명 미상. 사인은 중서사인(中書舍人)의 줄임말. 황제의 최측근 비서 역할을 담당하는 관직이다. 闕下(궐하) – 귀하(貴下)와 같은 뜻. 요즈음 말로 하면 인사 청탁을 했는데 다시 한 번 더 부탁한다는 뜻의 시.

▶ 二月黃鸝飛上林(이월황리비상림) : 二月(이월) – 초봄. 黃鸝(황리) – 꾀꼬리. 上林(상림) – 본래 진(秦)의 궁원(宮苑). 한 무제가 확장하여 사냥터로 활용하였다. 사마상여(司馬相如)의 <상림부(上林賦)>로 더욱 유명해져서 황제의 사냥이나 유락을 말할 때면 마치 대명사처럼 쓰인다. 여기서는 당(唐)의 궁원.

▶ 春城紫禁曉陰陰(춘성자금효음음) : 春城(춘성) – 봄을 맞이한 도성. 紫禁(자금) – 황궁. 陰陰(음음) – 어둑어둑한 모양(幽闇幽闇). 나무가 한창 무성한 모양(茂密貌). 왕유(王維)의 <수곽급사(酬郭給事)>에 '~ 도리음음유서비(桃李陰陰柳絮飛)'라는 구절이 있다. 1, 2구가 서로 바뀐 판본도 있다. '춘성자금효음음 이월황리비상림(春城紫禁曉陰陰 二月黃鸝飛上林)' 이렇게 바뀌면 좀 더 나을 것 같음.

▶ 長樂鐘聲花外盡(장락종성화외진) : 長樂(장락) – 한(漢)의 궁궐 이름. 花外盡(화외진) – 꽃이 핀 곳 저쪽으로 사라진다.

▶ 龍池柳色雨中深(용지류색우중심) : 龍池(용지) – 장안의 궁궐 안에 있는 연못.

▶ 陽和不散窮途恨(양화불산궁도한) : 陽和(양화) – 춘양(春陽). 봄의 따스

함. 황제의 무한한 은택을 비유함. 窮途恨(궁도한) - 아직 앞길이 트이지 않은 사람의 걱정.

▶ 霄漢長懷捧日新(소한장회봉일신) : 霄漢(소한) - 밤하늘의 은하수. 長懷(장회) - 늘 품고 있다. 捧 받들 봉. 捧日新(봉일신) - 해를 떠받드는 마음, 충성심.

▶ 獻賦十年猶未遇(헌부십년유미우) : 獻賦(헌부) - 자신이 지은 부를 바치다(進所作之賦也). 벼슬을 구하려 노력했다. 사마상여가 부를 지어 올려 벼슬을 얻은 이후 문인들은 글을 지어 자신의 재능을 내보이며 발탁되기를 기다렸다. 두보도 천보 연간에 진사과에 응시하여 불합격한 뒤 천보 말년 무렵에 <삼대례부(三大禮賦)>를 지어 올렸고 현종이 기이하게 여겼다는 기록이 있다. 獻賦十年(헌부십년) - 오래 전부터 여러 가지 노력을 했다는 뜻. 猶未遇(유미우) - 아직도 성은을 입지 못했다는 뜻.

▶ 羞將白髮對華簪(수장백발대화잠) : 羞 바칠 수. 부끄럽다. 白髮(백발) - '머리가 세었다'는 뜻보다는 벼슬이 없는 백수(白首)의 뜻. 簪 비녀 잠. 華簪(화잠) - 고관, 벼슬아치.

🔘 詩意

전기는 천보 10년(751)에 과거에 급제하였으니 그 이전에 쓴 시라고 생각된다. 나중에 상서고공낭중(尙書考功郎中)을 역임하였고, 대종 대력 연간에 '대력십재자(大曆十才子)'의 한 사람으로 문명(文名)도 누렸다. 이름 그대로 '기신(起身)'한 것 같다.

전반 4구는 자신이 생각하는 도성의 봄과 궁궐의 아침을 묘사하였다. 그리고 후반 4구는 한 자리, 아니면 힘 좀 써서 추천해 달라는 뜻이다. 5구에 있는 '한(恨)'은 배사인에 대한 '원(怨)'은 아닐 것이다. 처량한 심정이 시구 사이에 가득하다는 느낌이다.

199. 寄李儋元錫 이담과 원석에게 주다

● 韋應物 위응물

去年花裏逢君別　今日花開又一年

世事茫茫難自料　春愁黯黯獨成眠

身多疾病思田里　邑有流亡愧俸錢

聞道欲來相問訊　西樓望月幾廻圓

작년 꽃 필 때 만났다 이별했는데
오늘 꽃이 피었으니 또 일년이 되었소.
세상일이란 망망하여 헤아리기 어렵고
봄날 수심에 울적하게 잠을 청한다오.
몸에 이런저런 병이 있어 고향 생각도 하고
고을에 난민이 들어 봉록 받기도 부끄럽다오.
듣기로는 내게 오려 둘이 서로 물었다니
서루西樓의 보름달을 몇 번 보아야 할는지?

🌸 註釋

▶ <寄李儋元錫(기이담원석)> : '이담과 원석에게 주다'. 李儋(이담) - 자(字)가 원석(元錫)이라며 한 사람으로 보는 해설이 있는데 성+이름+자를 나란히 병기한 예는 거의 없다. 위응물의 문집에 <기별이담(寄別李儋)>이라는 시가 있다하니 두 사람으로 보는 것이 타당할 것이다. 이담은 위응물의 우인으로, 전중시어사(殿中侍御史)를 역임하였다. 元錫(원석) - 인물 미상.

▶ 去年花裏逢君別(거년화리봉군별) : 去年(거년) - 작년. 花裏(화리) - 꽃이 피었을 때. 逢君別(봉군별) - 그대와 만나고 헤어졌다.

▶ 今日花開又一年(금일화개우일년) : 又一年(우일년) - 또 1년이 되었다. '이일년(已一年)'으로 된 판본도 있다.

▶ 世事茫茫難自料(세사망망난자료) : 茫茫(망망) - 아득하여 잘 안 보이는 모양. 헤어져 있는 1년 동안 여러 가지 일이 있었다는 뜻을 암시하며 우인이 어서 와주기를 바라는 시인의 마음이 들어있다.

▶ 春愁黯黯獨成眠(춘수암암독성면) : 黯 어두울 암. 黯黯(암암) - 실의 속에 근심하는 모양.

▶ 身多疾病思田里(신다질병사전리) : 思田里(사전리) - 은거를 생각하다. 전리(田里)는 전원(田園), 향리(鄕里).

▶ 邑有流亡愧俸錢(읍유유망괴봉전) : 邑(읍) - 당시 위응물은 소주자사(蘇州刺史)로 근무하고 있었다. 流亡(유망) - 유민(流民). 愧 부끄러워할 괴. 俸錢(봉전) - 봉록, 급여.

▶ 聞道欲來相問訊(문도욕래상문신) : 相問訊(상문신) - 이담과 원석 두 사람이 서로 물었다. 訊 물을 신.

▶ 西樓望月幾廻圓(서루망월기회원) : 西樓(서루) - 소주 서문의 관풍루(觀風樓). 幾廻(기회) - 몇 번째.

1, 2구에서는 경치를 그려 뜻을 말한 것으로 다시 꽃피는 1년이니 우인이 그립다는 뜻을 먼저 표명했다. 이어 자신의 심회를 말하고 5, 6구에서는 질병, 그리고 목민(牧民)의 어려움을 토로하였다. 유민이 대거 몰려들었을 때 지방관은 우선 구휼해서 안정시켜야 할 막중한 책임감을 느낄 것이다. 혹시 민란이나 소요가 일어나면 그 책임을 면하기 어려울 것이다.

특히 '신다질병사전리 읍유유망괴봉전(身多疾病思田里 邑有流亡愧俸錢)' 이 두 구절은 훌륭한 지방관의 애민정신을 표현한 말이면서 '인인(仁人)'만 이 할 수 있는 말이라고 칭송하는 사람이 많다.

마지막으로 두 사람이 내방하려고 서로 날짜를 물었다는 소식을 들었다면서 우인들이 빨리 오기를 바라는 마음으로 작시의 본뜻을 확실히 하였다.

200. 同題仙遊觀 선유관에서 같이 짓다　　● 韓翃 한굉

仙臺初見五城樓　風物凄凄宿雨收

山色遙連秦樹晚　砧聲近報漢宮秋

疏松影落空壇靜　細草香閑小洞幽

何用別尋方外去　人間亦自有丹丘

선유관에서 처음에 오성루를 보았는데
풍경은 쓸쓸하고 밤새 오던 비는 그쳤다.
산색은 해질녘 멀리 관중의 숲에 이어졌고
다듬이소리는 벌써 장안의 가을을 알린다.
듬성한 소나무 그림자 아래 빈 제단 조용하고
은은한 풀내 속에 작은 골짝도 유심하다.
무엇 하러 따로 세상 밖에 나가 찾으려 하는가?
사람 세상에도 이처럼 신선 사는 곳이 있도다.

🏵 註釋

▶ <同題仙遊觀(동제선유관)> : '선유관에서 같이 짓다'. 당나라에서는 노
자(老子) 이이(李耳)가 당의 국성(國姓)과 같다하여 노자를 높이며 도교
를 장려하였다. 당 고종은 노자를 '태상현원황제(太上玄元皇帝)'로 추존
하였고, 현종은 '대성조고상대광도금궐현원천황대제(大聖祖高上大廣道
金闕玄元天皇大帝)'라는 어마어마한 이름으로 높였다. 도교의 성직자가
도사(道士)로, 여자 성직자는 도고(道姑)라 하였고, 도교의 각종 경전을
'도경(道經)', 도교 사원을 '도관(道觀)'이라 하였다. 보통 '○○관'이라 하였
다. 여기의 선유관은 도교 사원으로 섬서성 보계시(寶鷄市) 인유현(麟游
縣)에 있다.

▶ 仙臺初見五城樓(선대초견오성루) : 仙臺(선대) - 선유관. 五城樓(오성
루) - 오성십이루의 약칭. 신선이 사는 곳. 누각 이름.

▶ 風物凄凄宿雨收(풍물처처숙우수) : 風物(풍물) - 풍경. 凄 쓸쓸할 처.
宿雨(숙우) - 밤새 내린 비. 收(수) - 그치다.

▶ 山色遙連秦樹晚(산색요연진수만) : 遙 멀 요. 秦樹(진수) - 진(秦, 섬서성
일원) 땅의 나무. 晚(만) - 저녁때.

▶ 砧聲近報漢宮秋(침성근보한궁추) : 砧聲(침성) - 다듬이소리. 漢宮秋(한
궁추) - 한나라 궁전의 가을, 장안의 가을.

▶ 疏松影落空壇靜(소송영락공단정) : 疏松(소송) – 듬성듬성 있는 소나무.
▶ 細草香閑小洞幽(세초향한소동유) : 香閑(향한) – 유향(幽香). 小洞(소동) – 작은 골짜기. 幽(유) – 유심하다.
▶ 何用別尋方外去(하용별심방외거) : 方外(방외) – 세외(世外).
▶ 人間亦自有丹丘(인간역자유단구) : 丹丘(단구) – 선인소거지소(仙人所居之所).

🏵 詩意

시인이 선유관에 처음 들어가서 신선의 거처라는 뜻으로 만들어 놓은 오성루를 보았으며, 다음에 밤새 내리던 비가 그친 다음의 풍경을 순차적으로 읊었다. 멀리 보이는 것은 해질녘 산과, 관중 땅의 숲이 이어진 것과, 멀리서 다듬이소리가 들리는 것은 가을이 깊었다는 뜻이니 곧 본 것과 들리는 것을 묘사하였다.

다시 소나무 그림자가 지는 제단이 고요하다는 것, 또 그러고 보니 풀의 향기가 배어 있는 작은 골짜기도 아주 조용하니 좋았다, 그러니 굳이 세상 밖이 아니더라도 신선이나 인간이나 살만한 곳은 곳곳에 있다는 아주 낙관적이며 긍정적인 심경을 노래했다.

솔직히 인간이 추구하는 낙토(樂土)란 어떤 곳인가? 인간이 스스로 그 욕망의 짐을 벗어놓으면 어디든 낙토이며 선경(仙境)이 아닌가? 시인은 그러한 선경을 마음속에 그리고 있다.

201. 春思 봄날의 시름 ● 皇甫冉황보염

鶯啼燕語報新年　馬邑龍堆路幾千

家住秦城鄰漢苑　心隨明月到胡天

機中錦字論長恨　樓上花枝笑獨眠

爲問元戎竇車騎　何時反旆勒燕然

꾀꼬리 울고 제비 지저귀며 새봄을 알리는데
마읍과 용퇴까지는 몇 천리인가요?
내 집은 장안의 한漢 궁원 옆이지만
마음은 달을 따라 호지胡地 하늘에 갔답니다.
베틀 비단에 새긴 글자 긴긴 한을 말하고
누각의 꽃가지는 혼자 자는 나를 비웃어요.
두씨竇氏 거기장군께 물어봅니다.
언제 연연산에 공을 새기고 개선하렵니까?

자(字)는 무정(茂政). 황보(皇甫)는 복성. 진(晉)의 고사(高士) 황보밀(皇甫謐, 침구학의 여러 명저를 남겼다)의 후손. 10세에 문장을 지은 신동이어서 장구령(張九齡)이 매우 기대하면서 '소우(小友)'라고 불렀다. 천보 15년 (756) 진사에 수석급제하고 무석위(無錫尉)에 임명되었다. 안사의 난이 일어나자 양선산(陽羨山)에 들어가 별장을 짓고 은거하였다. 대종(代宗) 대력 (大曆) 초에 하남절도사 왕진(王縉)의 막료로 표장서기(表掌書記)를 지냈다. 관직은 우보궐(右補闕)을 끝으로 사임하고 집에서 죽었다.

🌸 註釋

▶ <春思(춘사)> : '봄날의 시름'. 부녀자의 궁원(宮怨, 규원閨怨)을 노래한 시. 당대에는 자못 기교적인 이런 시들이 많이 창작되었다.

▶ 鶯啼燕語報新年(앵제연어보신년) : 鶯 꾀꼬리 앵. 燕語(연어) - 제비가 지저귀다.

▶ 馬邑龍堆路幾千(마읍용퇴노기천) : 馬邑(마읍) - 산서성 삭현(朔縣) 서북쪽, 군사적 요지. 龍堆(용퇴) - 백룡퇴(白龍堆). 천산남로(天山南路)의 사막. 路幾千(노기천) - 길이 몇 천리인가?

▶ 家住秦城鄰漢苑(가주진성린한원) : 秦城(진성) - 장안성. 鄰漢苑(인한원) - 한나라 어원(御苑)의 이웃.

▶ 心隨明月到胡天(심수명월도호천) : 胡天(호천) - 호지(胡地)의 하늘. 장부가 군역에 동원되었다.

▶ 機中錦字論長恨(기중금자논장한) : 機中錦字(기중금자) - 베틀의 비단에 쓴 글자. 전진(前秦)의 황제 부견(符堅)은 장군 두도(竇滔)를 감숙 돈황지방으로 좌천시켰고, 두도는 첩을 데리고 임지로 떠나갔다. 홀로 된 두도의 아내 소혜(蘇蕙, 또는 蘇惠)는 비단에 오색으로 장편(29×29=841자)의 시를 수놓았다. 뒷날 하녀가 이를 가지고 두도에게 전했고, 두도는 소씨의 사랑에 감동을 받아 첩을 보내고 소씨를 맞이하여 전과 같이 부부의 사랑을 이어갔다고 한다. 이는 천년을 두고 내려오는 가화(嘉話)이다. 이 시를

선기도(璇璣圖, 아름다운 옥 선, 구슬 기)라 하는데, 그 시는 전후, 좌우 및 대각선으로 읽어도 뜻이 통한다.(보통 회문시廻[回]文詩라 통칭) 그리고 3, 4, 5, 6, 7자 수에 따라 색을 달리하였다. 특별한 재자(才子)가 아니면 생각도 못하는 기막힌 글이라 할 수 있다.　論長恨(논장한) – 길고 긴 한을 말하다.

▶ 樓上花枝笑獨眠(누상화지소독면) : 獨眠(독면) – 혼자 자다.

▶ 爲問元戎竇車騎(위문원융두거기) : 元戎(원융) – 장군. 竇車騎(두거기) – 거기장군(車騎將軍) 두헌(竇憲). 흉노를 격파하고 연연산(燕然山)에 올라 자신의 공을 돌에 새겼다. 연연산은 몽골(외몽고)의 항애산(杭愛山). 북경 근처의 연연산이 아님. 후한 연간(89년)에 거기장군 두헌이 북흉노를 격파하고 추격하면서 반고(班固)가 지은 비명(碑銘)을 산에 새겨두고 귀국하였다. 뒷날 중국인들이 외적과 싸울 때 애국심을 고취하기 위한 방편으로 '늑석연연(勒石燕然)'이란 말을 사용하였다.

▶ 何時反旆勒燕然(하시반패늑연연) : 旆 깃발 패.　反旆(반패) – 개선하다. 勒 굴레 륵. 새기다.

🌸 詩意

이 시는 출정한 장부를 기다리는 여인의 시이다. 이런 시를 남자 시인이 지었다는 것은 성별이 다르더라도 인간의 정은 같다는 뜻일 것이다.

이 시에는 시간적인 배경을 알려주는 앵제(鶯啼), 연어(燕語), 명월(明月), 화지(花枝) 등이 있고, 지역에 관한 마읍(馬邑), 용퇴(龍堆), 진성(秦城), 호천(胡天)이 사용되었으며, 여심을 말해주는 기중금자(機中錦字), 독면(獨眠) 등이 모두 적재적소에 위치하여 시의를 분명히 해주고 있다.

특히 미련은 책망의 어조로 강력한 질문을 하여 여심을 가장 잘 표현했다는 느낌을 준다.

202. 晚^만次^차鄂^악州^주 저녁에 악주에 머물다　● 盧綸노륜

雲^운開^개遠^원見^견漢^한陽^양城^성　猶^유是^시孤^고帆^범一^일日^일程^정

估^고客^객晝^주眠^면知^지浪^랑靜^정　舟^주人^인夜^야語^어覺^각潮^조生^생

三^삼湘^상衰^쇠鬢^빈逢^봉秋^추色^색　萬^만里^리歸^귀心^심對^대月^월明^명

舊^구業^업已^이隨^수征^정戰^전盡^진　更^갱堪^감江^강上^상鼓^고鼙^비聲^성

구름이 걷히니 멀리 한양성이 보이는데
그래도 작은 배로는 하루를 가야 한다.
상인이 낮에 잠자니 풍랑이 자는 것을 알겠고
사공이 밤에 떠드니 물길이 높은 것을 느꼈다.
삼상三湘에 늙어 흰 머리 가을의 풍경을 보며
만리 밖 고향 가고파 명월을 마주 본다.
옛날의 자산 이미 난리통에 없어졌고
이제는 강가 북소리도 참고 견뎌야 한다.

🌸 註釋

▶〈晚次鄂州(만차악주)〉 : '저녁에 악주에 머물다'. 次(차) - 군이 부대를
　떠나 타지에서 주둔하는 것을 지칭한다. 鄂州(악주) - 지금의 호북성

무한시 무창(武昌).

▶ 雲開遠見漢陽城(운개원견한양성) : 漢陽城(한양성) - 무한 삼진(三鎭)의 하나. 장강 이북, 한강 이남의 무한시 일부.

▶ 猶是孤帆一日程(유시고범일일정) : 一日程(일일정) - 하루에 갈 거리. 실제 거리는 가까우나 풍랑이 많아 보통 1일의 여정일 것이다. 여기서는 시인의 빨리 돌아가고 싶은(萬里歸心) 심정에 '빤히 보이는 저곳이 하루 일정이라니!'하는 아쉬움이 들어있다.

▶ 估客晝眠知浪靜(고객주면지랑정) : 估 값 고. 賈(고)와 통함. 팔다. 估客 (고객) - 상인. 晝眠(주면) - 낮에 잠을 자다.

▶ 舟人夜語覺潮生(주인야어각조생) : 舟人(주인) - 선부(船夫). 潮生(조생) - 강물 수위가 높아지거나 낮아지는 것. 이곳에서 바닷물의 영향은 생각할 수 없지만 수위는 늘 변한다.

▶ 三湘衰鬢逢秋色(삼상쇠빈봉추색) : 三湘(삼상) - 이상(漓湘), 소상(瀟湘), 증상(蒸湘). 지금의 호남성 일대를 지칭하는 말. 衰鬢(쇠빈) - 흰 머리. 逢秋色(봉추색) - 가을 경치를 보다.

▶ 萬里歸心對月明(만리귀심대월명) : 對月明(대월명) - 명월을 마주하다. 歸心(귀심) - 이 시를 이해하는 아주 중요한 기준이 된다.

▶ 舊業已隨征戰盡(구업이수정전진) : 舊業(구업) - 조상 전래의 가산(家産)이나 장원. 已隨征戰盡(이수정전진) - 안사의 난을 거치면서 다 없어졌다.

▶ 更堪江上鼓鼙聲(갱감강상고비성) : 鼙 작은북 비. 鼓鼙(고비) - 전고(戰鼓). 여기서는 알 수 없는 미래에 대한 불안감이 그대로 드러나 보인다.

詩意

이 시의 시안(詩眼)은 '귀심(歸心)'이다. 귀심을 기준으로 보니 빤히 보이는 곳도 하루 일정이라 하니 마음이 조급하고, 객수(客愁)를 모르는 상인은 낮에도 잠을 자는 것이고, 주인(舟人)은 밤에도 물결 수위가 높아지는 것을 걱정하는 것이 보일 것이다. 귀심을 기준으로 보면 돌아가도 구업(舊業)이 없어졌으니 걱정일 것이다. 하여튼 시인의 '정(情)'과 주변의 '경(景)'이 조화를 이룬 시이다.

함련의 두 구절을 어떻게 해석할 것인가? 이 시의 3, 4구는 시인이 상인의 자는 모습을 보았고, 선부(船夫)들의 이야기를 들어서 아는 것인데 세치곡절(細致曲折)이 절묘하다고 여러 사람이 칭찬하는 구절이다.

우선은 중국과 우리나라 번역본의 큰 뜻을 따랐다. 그러나 다른 해석도 있을 수 있다. 시를 읽고 그 느낌이 시인이 작시할 때의 본뜻과 반드시 같아야 할 필요는 없을 것이다.

하여튼 시는 감정의 표현이고, 감정은 때와 장소에 따라 달라질 수 있다. 시인 자신도 자신의 시를 나중에 읽으면서 다른 의미를 부여할 수도 있을 것이다. 그렇다면 독자가 읽고 나름대로 해석한다 하여 잘못된 번역, 잘못된 해석이라고 질타할 수는 없을 것이다.

여행은 사람들에게 정말 많은 생각을 하게 해준다. 그러나 오랜 여행을 하다보면 늘 사색적이고 인생의 의미를 반추하거나 과거를 회상하지는 않는다. 실제 여행 중에는 먹고 자는 일정에 대해 더 많은 생각을 한다. 이 시인도 밤에 시를 지어야겠다고 생각하며 붓을 쥐고 있으니 낮에 상인이 잠자는 모습을 떠올렸을 것이다.

상인과 사공은 배를 타고 이동하고 생활하니 잠을 자더라도 풍랑이 있는지 없는지 알고, 밤중에 서로 이야기하면서도 수위가 높아지는지 낮아지는지를 알 수 있다. 우리나라에서도 농사꾼은 밤에 자면서도 눈 내리는 소리를 듣는다고 하지 않는가?

시인은 고객(估客)과 주인(舟人)의 경험과 숙련을 찬탄하는 뜻으로 이 구절을 읊었는지도 모른다. 다시 말해 '지랑정(知浪靜)'과 '각조생(覺潮生)'의 주어를 시인이 아닌 고객과 주인으로 볼 수도 있을 것이다. 그렇게 되면 '고객은 주면(晝眠)하여도 낭정(浪靜)을 지(知)하고, 주인은 야어(夜語)해도 조생(潮生)을 각(覺)이라'고 새기면 된다. 여러 책에서 시인을 주체로 번역하였지만 시인은 그들 옆에서 '다른 생각에 잠긴 방관자'일 수도 있다.

203. 登柳州城樓寄漳汀封連四州刺史

유주 성루에 올라 장주, 정주, 봉주, 연주 4주의

자사에게 주다　●柳宗元유종원

城上高樓接大荒　海天愁思正茫茫

驚風亂颭芙蓉水　密雨斜侵薜荔牆

嶺樹重遮千里目　江流曲似九迴腸

共來百越文身地　猶自音書滯一鄉

성문의 고루에 올라 끝없는 벌판을 바라보니

바다와 하늘 같은 수심은 정말로 끝이 없다.

질풍에 거친 풍랑은 부용화 핀 강을 흔들고

소나기는 벽려가 덮인 담을 비껴 때린다.

산마루 나무는 천리를 보려는 마음을 막고

강물은 아홉 번 구부러진 창자와도 같구나.

모두가 백월의 문신을 하는 땅에 와서는

아직도 소식은 각지에 그대로 막혀 있구나.

註釋

▶ <登柳州城樓寄漳汀封連四州刺史(등유주성루기장정봉연사주자사)> :
'유주 성루에 올라 장주, 정주, 봉주, 연주 4주의 자사에게 주다'. 柳州(유
주) - 지금의 광서성 유성현(柳城縣). 漳(장) - 장주. 지금의 복건성 용계
(龍溪). 汀(정) - 정주. 복건성 장정(長汀). 封(봉) - 봉주. 지금의 광동성
봉천현(封川縣). 連(연) - 연주. 광동성 연현(連縣). 유종원은 한태(韓泰),
한엽, 진간(陳諫), 유우석(劉禹錫) 등과 함께 순종(順宗)의 영정개혁(永貞
改革) 실패 후(805) 8개 주의 사마라는 한직으로 밀렸다가 10년 뒤 헌종
(憲宗) 원화(元和) 10년(815)에 유주 외 이곳 4개 주의 자사로 폄직되었다.
※ 팔사마(八司馬) - 육순(陸淳), 여온(呂溫), 이경검(李景儉), 한엽(韓曄),
한태, 진간, 유종원, 유우석을 가리킨다. 이들은 순종과 함께 '영정혁신'을
추진하였으나 순종이 재위 1년을 못 채우고 양위하고 이어 죽었다. 다음
에 헌종이 즉위하면서 이 8명은 모두 지방 관아의 사마로 좌천되었다.

▶ 城上高樓接大荒(성상고루접대황) : 大荒(대황) - 원야(原野), 벌판.

▶ 海天愁思正茫茫(해천수사정망망) : 海天(해천) - 바다와 하늘. 시인의

■ 유종원의 유하동집(柳河東集)

수사(愁思)가 바다와 하늘에 꽉 찼을 것이다.

▶ 驚風亂颭芙蓉水(경풍난점부용수) : 颭 물결이 일어날 점. 驚風亂颭(경풍난점) – 센 바람과 어지러운 풍랑. 芙蓉水(부용수) – 연꽃이 핀 강물.

▶ 密雨斜侵薜荔牆(밀우사침벽려장) : 密雨(밀우) – 거센 비. 아마 스콜(열대 지방에서 내리는 소나기)일 것이다. 薜荔(벽려) – 담쟁이 계통의 덩굴식물. 향초라고 해설하는 책도 있다. 牆 담 장.

▶ 嶺樹重遮千里目(영수중차천리목) : 嶺樹(영수) – 산마루의 나무들. 遮 막을 차. 千里目(천리목) – 천리 밖을 보고 싶어 하는 마음.

▶ 江流曲似九迴腸(강류곡사구회장) : 似 같을 사. 닮다. 九迴腸(구회장) – 아홉 번 구부러진 창자. 근심과 걱정으로 가득 찬 마음.

▶ 共來百越文身地(공래백월문신지) : 共來(공래) – 제목의 4주 자사와 시인을 포함한 다섯 사람 모두 같이 왔다. 百越(백월) – 오령산맥 이남 땅은 백월이라 통칭하며 자연 환경도 나쁘고 문화적 미개지로 인식되었다. 文身地(문신지) – 사람들이 문신하는 땅. 예로부터 문신은 야만인의 습속으로 치부되었다. 특히 유교적 전통에서 볼 때 문신은 부모로부터 받은 육신을 훼손하는 행위이다.

▶ 猶自音書滯一鄕(유자음서체일향) : 猶自(유자) – 여전히. 音書(음서) – 소식. 滯 막힐 체. 一鄕(일향) – 각자의 임지(任地). 각자의 임지는 서로 멀리 떨어져 소식을 주고받을 수도 없다는 뜻.

🌸 詩意

전 6구는 성루에 올라 바라본 경치이다. '대황(大荒)', '경풍(驚風)', '밀우(密雨)', '영수(嶺樹)', '강류(江流)' 등은 모두 시인의 '수사(愁思)'와 '구회장(九迴腸)'에 녹아들었다. 마지막 7, 8구에서 서로 소식도 전하지 못하는 안타까움을 표현했다. 이처럼 외로움은 마음의 큰 병이다.

204. 西塞山懷古 서새산의 회고 ● 劉禹錫 유우석

王濬樓船下益州　金陵王氣黯然收

千尋鐵鎖沈江底　一片降旛出石頭

人世幾回傷往事　山形依舊枕寒流

今逢四海爲家日　故壘蕭蕭蘆荻秋

왕준王濬의 누선이 익주에서 내려가니
금릉의 왕기王氣는 어둠처럼 끝이 났다.
천 길의 쇠사슬을 강바닥에 깔았어도
한 폭의 항복 깃발 석두성에서 나왔다.
인세人世에 몇 번이나 지난 일을 슬퍼해야 하는가?
산들은 예와 같이 차가운 장강 위에 누웠도다.
지금은 사해가 한 집이 된 시절이니
낡은 성루 쓸쓸한 물억새의 가을이로다.

▶ <西塞山懷古(서새산회고)> : ‘서새산의 회고’. 이 시는 회고시로 서진에서 손권(孫權)이 세운 동오(東吳)를 정벌할 때의 상황을 읊었다. 서새산은 지금의 호북성 대야시(大冶市) 동쪽에 있는데 손책(孫策), 주유(周瑜), 환현(桓玄), 유유(劉裕) 등과 연관이 깊은 지역이다. 대야시는 중국 청동기 문명의 발상지라고도 할 수 있는데, 지금도 중국 구리의 6분의 1을 이곳에서 생산한다고 한다. ‘금릉회고(金陵懷古)’로 된 판본도 있다.

▶ 王濬樓船下益州(왕준루선하익주) : 王濬(왕준) - 서진의 익주자사. 서진 무제는 왕준에게 명해 전함을 건조케 하였다. 서진 태강(太康) 원년(280)에 큰 선단(船團)이 익주를 출발하여 오를 공격, 멸망시켰다. 樓船(누선) - 누각이 있는 대형 배.

▶ 金陵王氣黯然收(금릉왕기암연수) : 金陵(금릉) - 지금의 강소성의 성도인 남경. 강동에 할거한 손권은 211년, 이곳에 석두성(石頭城) 요새를 쌓고 건업(建業)이라 칭했다. 229년에 정식으로 손권은 칭제하면서 동오 황제로 즉위한다. 이후 금릉은 육조의 수도로 계속 발전하여 중국 4대 고도(古都)의 하나가 되었다. 黯 어두울 암.

▶ 千尋鐵鎖沈江底(천심철쇄침강저) : 尋 찾을 심. 길이 단위로 8척. 우리가 보통 ‘한 길’이라고 하면 성인의 키에 해당한다. 동오에서는 왕준 선단의 남하를 막기 위해 긴 쇠사슬을 만들어 장강에 장애물로 설치하였으나 모두 실패하였다. 鐵鎖(철쇄) - 쇠로 만든 사슬. 鎖 쇠사슬 쇄. 沈 가라앉을 침.

▶ 一片降旛出石頭(일편항번출석두) : 降旛(항번) - 항복하는 깃발. 당시 오 황제는 폭군 손호(孫皓)였다. 石頭(석두) - 석두성. 남경 방어의 요새지. 남경의 청량산(淸涼山) 일대. 남경의 별칭으로도 통한다.

▶ 人世幾回傷往事(인세기회상왕사) : 往事(왕사) - 오(吳), 동진(東晉), 송(宋), 제(齊), 양(梁), 진(陳) 육조가 이곳에서 흥하고 망했다.

▶ 山形依舊枕寒流(산형의구침한류) : 依舊(의구) - 옛날과 같다. 枕寒流(침한류) - 한류는 장강. 장강을 베고 있다, 장강 가에 있다.

▶ 今逢四海爲家日(금봉사해위가일) : 四海爲家(사해위가) - 사해가 일가
(一家)가 되었다, 천하가 통일되었다.
▶ 故壘蕭蕭蘆荻秋(고루소소노적추) : 故壘(고루) - 폐기된 석두성. 蘆荻
(노적) - 갈대. 荻 물억새(갈대와 비슷한 풀이름) 적.

🌸 詩意

전 4구는 역사적 사실을 읊었다. 서진의 무제(武帝, 사마염)가 왕준(王濬)에
게 명해 동오를 공격케 했고, 오의 폭군 손호는 쇠사슬을 강 속에 장치하며
저항했지만 나라는 망했다.

5, 6구의 대우는 시의 맛을 느낄 수 있으며, 어쩌면 인간사와 자연의 관계를
깨우쳐주는 명구이다. 미련은 시인의 희망일 것이다. 모든 사람들의 평화공
존 - 시인의 희망일 것이다.

전해오는 이야기로는 원진(元稹), 유우석(劉禹錫), 위응물(韋應物)이 백거
이(白居易)의 집에서 술을 마시며 남조의 흥망을 이야기하면서 <금릉회고
(金陵懷古)>라는 제목으로 시를 지었는데, 유우석이 이 시를 읊자 백거이
는 '넷이서 용을 더듬었는데 그대가 여의주를 움켜줘었도다. 다른 사람이
용의 발톱이나 비늘을 가진들 무얼 하겠나!'라면서 시 짓기를 그만두었다고
한다.

205. 遣悲懷 三首(一) 슬픈 회포를 보내다

● 元稹원진

謝公最小偏憐女　自嫁黔婁百事乖

顧我無衣搜藎篋　泥他沽酒拔金釵

野蔬充膳甘長藿　落葉添薪仰古槐

今日俸錢過十萬　與君營奠復營齋

사공謝公의 사랑을 받았던 막내딸이었는데
검루에게 시집온 뒤로 모든 것이 힘들었지요.
내가 옷이 없다고 자신의 옷상자를 뒤졌고
나를 위해 술을 사려고 금비녀를 뽑아 주었지요.
나물로 배를 채우며 큰 콩잎도 맛있다 했고
낙엽이 땔감이라 고목 홰나무를 올려다보았지요.
오늘엔 나의 녹봉이 10만전이 넘으니
그대를 위해 제사하고 또 재를 올려주겠소.

作者 원진(元稹, 779-831) - 백거이와 나란한 명성

자(字)는 미지(微之)로 낙양인(洛陽 人)이며 배항이 9번째이므로 원구(元 九)라고도 부른다. 백거이의 명문장인 <여원구서(與元九書)>는 원진에게 보낸 장문의 편지글이다. 백거이와 함께 신악부운동을 제창하였기에 대개의 경우 백거이와 나란히 '원백(元白)'으로 불린다. 원진과 백거이는 거의 30년간 친교를 맺으면서 시가의 통속화와 대중화를 주창하여 대중의 환영을 받았으며, 이들의 이러한 시풍을 특히 당 헌종(唐憲宗)의 연호를 따서 원화체(元和體)라고 불렀다.

8세에 아버지를 여의고 모친을 따라 봉상(鳳翔)의 외가에서 성장하였다. 15세인 덕종(德宗) 정원(貞元) 9년(793)에 급제하여 교서랑이 되었다. 정원 15년 하중부(河中府)에 근무하였고, 원화 5년(810)에 환관과 싸운 일로 강릉부 사조참군(士曹參軍)으로 폄직되었다. 관직 생활의 풍파를 겪으면서 지제고(知制誥)를 역임하며 조서의 초안을 마련하는 일도 하다가 목종(穆宗) 때 재상 자리에 올랐고, 배도(裴度)와 뜻이 맞지 않아 동주자사로 나가기도 했다가 나중에 무창군절도사로 있다가 임지에서 죽었다.

염시(艶詩)와 도망시(悼亡詩)를 잘 지었는데 정의(情意)가 진지하여 자못 감동을 준다. 이신(李紳)에 화답한 <신제악부(新題樂府)> 12수와 <고제악부> 19수는 모두 사회 현실을 반영하고 있는 시이다. 이밖에 장편의 악부시 <연창궁사(連昌宮詞)>는 노인의 입을 빌려 안사의 난 전후 사회상황과 권귀들의 황음부패를 묘사하였다. 하여튼 품행이란 면에서 볼 때 문제가 있었던 것은 사실이고, 특히 여색에 대해서는 후세인의 도덕적 질책을 받기도 했다.

전기(傳奇)소설 <앵앵전(鶯鶯傳)>의 작가로도 유명한데, 자신의 여성편력을 변명하기 위해 썼다는 <앵앵전>은 '회진기(會眞記)'라고도 불리는데, 뒷날 왕실보(王實甫)의 원곡(元曲) <서상기(西廂記)>의 원전이 되었다. 저서로 ≪원씨장경집(元氏長慶集)≫ 60권이 있다.

🌀 註釋

▶ <遣悲懷(견비회)> : '슬픈 회포를 보내다'. 원진은 처음 부인 최앵앵(崔鶯鶯)을 버리고 25세에 공부상서인 위하경(韋夏卿)의 딸 위혜총(韋蕙叢, 20세)과 결혼하였다. 당시에 원진은 문명(文名)도 없었고 낮은 관직에 있었지만 두 사람의 애정은 매우 도타웠다고 한다. 그러나 위혜총은 원화 4년(809)에 27세의 나이로 세상을 뜨는데 원진은 하남에서 관직생활을 하느라 장례를 치르러 올 수도 없었기에 매우 가슴 아파했다고 한다. 이 시는 그러한 위씨 부인에 대한 추모시라 할 수 있다. 이후 원진의 벼슬길은 비교적 순탄했다.

▶ 謝公最小偏憐女(사공최소편연녀) : 謝公(사공) – 동진의 명문인 진군(陳郡) 사씨(謝氏)의 사안(謝安, 320-385, 자字 안석安石, 동진 최고의 정치가이며 군사전략가. '동산재기東山再起'의 주인공). 사안은 자기 형의 막내딸, 그러니까 조카가 영특하여 특히 귀여워하고 아껴 주며 보살펴 주었다고 한다. 여기서는 그런 형제관계를 정확

▌ 사안(謝安)

히 따지지 않고 그냥 사안의 어린 막내딸로 표현했다. 最小偏憐女(최소
편연녀) - 사혁(謝奕)의 딸인 사도온(謝道韞)은 명민총혜(明敏聰慧)했기
에 숙부인 사안의 특별한 총애를 받았다. 이는 원진이 자신의 죽은 부인
위씨가 명문가임을 내세운 구절이다.

▶ 自嫁黔婁百事乖(자가검루백사괴) : 黔 검을 검. 黔婁(검루) - 춘추시대
제(齊)나라의 가난했으나 명성이 있던 고사(高士). 원진은 자신을 검루와
같다고 생각하였다. 乖 어그러질 괴.

▶ 顧我無衣搜藎篋(고아무의수신협) : 搜 찾을 수. 뒤지다. 藎 조개풀 신.
篋 상자 협. 藎篋(신협) - 풀을 엮어서 만든 옷을 보관하는 상자.

▶ 泥他沽酒拔金釵(이타고주발금채) : 泥 진흙 니. 칠하다, 고집하다, 부드러
운 말로 달래다. 泥他沽酒(이타고주) - 타(他)는 원진 자신. 앞 구에서
'아(我)'에 대한 대우로 '타'를 썼다. 남이란 뜻이 아님. 이(泥)를 '조르다'로
해석하고 타를 '부인 위씨'로 풀이할 수도 있다. 고주(沽酒)는 술을 사다.
拔 뺄 발. 뽑다. 金釵(금채) - 금비녀. 채(釵)의 원음은 채이나 지금은
'차'와 혼용하고 있다.

▶ 野蔬充膳甘長藿(야소충선감장곽) : 蔬 푸성귀 소. 채소. 膳 반찬 선.
充膳(충선) - 배를 채우다. 藿 콩잎 곽. 두엽(豆葉). 甘長藿(감장곽) -
커다란 콩잎도 달게 먹다. 우리나라 경상도 지방에서는 어린 콩잎을 식용
한다.

▶ 落葉添薪仰古槐(낙엽첨신앙고괴) : 添 더할 첨. 薪 섶나무 신. 땔감.
落葉添薪(낙엽첨신) - 낙엽을 긁어다가 땔감으로 하다. 仰古槐(앙고괴)
- 고목 홰나무를 처다보다. 고목은 부러진 가지가 많아 땔감으로 괜찮고,
그 잎을 긁으려고 처다보았다. 여기서는 부녀자가 땔감을 구하려 고생했
다는 뜻.

▶ 今日俸錢過十萬(금일봉전과십만) : 俸錢(봉전) - 봉급. 過十萬(과
십만) - 그 당시 화폐나 녹봉의 단위를 알 수 없지만 고관이 되었다
는 뜻.

▶ 與君營奠復營齋(여군영전부영재) : 君(군) - 부인 위씨. 營 지을 영. 행하

다. 奠 제사 지낼 전. 齋 재계할 재. 특별한 제사.(예, 사십구재)

🌀 詩意

이 시의 전 6구는 모두 죽은 부인 위씨에 대한 칭송이다. 수련에서는 명문대
가였지만 미관말직이고 가난한 자신과 결혼하고서 힘들게 살았다는 총론
을 서술하였다.

3, 4구에서는 자신에게 헌신하느라고 당신은 옷을 팔고 금비녀도 뽑아주었
다는 구체적 사례를 들었고, 음식과 요리에도 그토록 고생한 일을 5, 6구에
서 말하면서 눈물을 흘렸을 것이다. 그리고 7, 8구에서는 이제는 생활이
많이 좋아졌다며 지금의 부귀를 같이 누리지 못하는 아쉬움을 표하면서
당신을 위해 제사는 물론 명복을 비는 재를 올린다며 시를 마무리했다.
그러나 원진이 죽은 부인 위씨를 진심으로 사랑했고 그리워했어도 혼자
살 수는 없었던 모양이다. 원앙새는 짝을 잃으면 영원히 다른 짝을 찾지
않는다(鴛鴦失偶 永不重交)고 한다. 아내가 죽은 뒤 30여년을 혼자 지냈던
왕유(王維)와는 체질이 달랐던 것 같다.

원진은 계실(繼室)로 배씨(裴氏)를 맞이하였고, 촉에서는 설도(薛濤)라는
재자가인을 만나 아름다운 사랑을 연출했다.

몇몇 책에서는 위씨를 첫 번째 부인이라 하였는데 이는 사실과 다를 수
있다. 15세에 과거에 급제하여 벼슬길에 나아간 사람이 25세 때에 처음으로
위씨와 결혼했다는 것은 당시 사회적 통념으로 합리적인 납득이 어렵다.
근인 진인각(陳寅恪, 1890-1969, 중화민국 청화대학국학원 4대 도사導師의
한 사람)의 지적대로 최초의 본처(최앵앵은 원진의 전기傳奇 중의 여주인공
이름)를 버리고 위씨와 재혼하였을 것이다.

206. 遣悲懷 三首(二) 슬픈 회포를 보내다

● 元稹 원진

昔日戲言身後意　今朝都到眼前來

衣裳已施行看盡　針線猶存未忍開

尚想舊情憐婢僕　也曾因夢送錢財

誠知此恨人人有　貧賤夫妻百事哀

옛날 죽은 다음의 일을 농담처럼 했었는데
오늘 모든 일들이 눈에 그대로 보인다오.
입던 옷들은 보이는 대로 남에게 주었지만
반짇고리는 차마 열 수 없어 그대로 있다오.
지난 정을 생각하면 하인들이 안쓰럽고
그러다 꿈에 보이면 지전을 태워 보낸다오.
이런 한이야 사람마다 다 있다고 알지만
가난했던 부부라서 모든 일이 서글펐다오.

▶ <遺悲懷(견비회)> : 사랑하는 아내를 보낸 슬픔을 묘사했다. 1수에서는 생활상의 어려움 - 곧 '백사괴(百事乖)' - 을 묘사하였지만 여기서는 모든 일이 슬프다는 곧 '백사애(百事哀)'를 말하고 있다. 1수에서는 옛 전고가 인용되었으나 2수에서는 전고가 없이 일상생활의 추억을 말해 애달픔[哀]을 더하고 있다.

▶ 昔日戲言身後意(석일희언신후의) : 昔日(석일) - 살아 있을 때. 戲言(희언) - 농담처럼 이야기하다. 身後意(신후의) - 죽은 다음의 일.

▶ 今朝都到眼前來(금조도도안전래) : 今朝(금조) - 지금, 죽은 뒤. 眼前來(안전래) - 눈앞의 일처럼 나타난다.

▶ 衣裳已施行看盡(의상이시행간진) : 衣裳(의상) - 옷, 죽은 이가 입던 옷. 已施行看盡(이시행간진) - 눈에 보이는 대로 남에게 주었다.

▶ 針線猶存未忍開(침선유존미인개) : 針線(침선) - 바늘과 실꾸리. 猶存未忍開(유존미인개) - 차마 열어볼 수가 없어 아직 그대로 있다.

▶ 尙想舊情憐婢僕(상상구정연비복) : 婢僕(비복) - 여자 하인. 죽은 사람이 부리던 하인.

▶ 也曾因夢送錢財(야증인몽송전재) : 也曾因夢(야증인몽) - 그 하인들과 연관하여 (죽은 사람이) 꿈에 보인다. 送錢財(송전재) - 망자를 위해 돈을 보낸다.(망자를 위해 지전을 사른다) 또는 하인들을 불쌍히 여겨 재물을 준다.

▶ 誠知此恨人人有(성지차한인인유) : 誠知(성지) - 잘 알겠다. 此恨人人有(차한인인유) - 이러한 한은 사람마다 다 있다.

▶ 貧賤夫妻百事哀(빈천부처백사애) : 가난한 부부는 모든 일이 애처롭다. '조강지처불하당(糟糠之妻不下堂)'의 속언과 상통하는 말이다.

부부는 인연이다(夫妻是緣). 좋은 인연이든 나쁜 인연이든(善緣惡緣) 인연이 없었으면 결혼하지 않았을 것이다(無緣不娶). '백세의 인연이 있기에

같은 배를 타고 건너며(百世修來同船渡), 천세의 인연이 있어야 한 베개를
베고 잘 수 있다(千世修來共枕眠)'라는 말처럼 부부의 인연은 특별하다.
서로의 차갑고 뜨거운 것을 아는 사이가 바로 부부이며(知冷知熱是夫妻),
부부의 은혜와 사랑은 쓰고도 달다(夫妻恩愛苦也甛). '부부는 한 얼굴이다
(夫妻一個臉)'란 말처럼 태도나 관점이 같으며 부부는 같은 복을 누린다(夫
妻是福齊). 그러기에 젊어서 부부가 늙어서는 친구이며(少年夫妻老來伴),
사랑하는 부부는 대부분 장수한다(恩愛夫妻多長壽).

'집이 가난하면 어진 아내를 생각한다(家貧思良妻)'고 하였으니 어려운 가
정일수록 아내가 현명해야 한다. 어진 처가 있으면 남편에게 화가 없고(妻
賢夫禍少), 가정에 어진 아내가 없다면 반드시 의외의 재난을 당한다(家無
賢妻 必遭橫禍).

'시골마을 부부는 언제나 같이 다닌다(村裏夫妻 步步相隨)'는 말의 정경을
생각해 볼 필요가 있다. 논으로 밭으로 부부가 한 줄로 따라다니면서 농사를
짓는 그 마음은 가난을 함께 이기자는 의지일 것이다. 때문에 '역경의 친구
(患難朋友), 고생할 때 부부(艱苦夫妻)'라고 하였다.

가난한 집에서는 온갖 일이 모두 어렵게 되지만(貧家百事百難做), 부잣집
에서는 귀신을 부려 맷돌을 돌린다(富家差得鬼推磨)고 하였다. 아내가 현
명하면 살림이 좋아지는 것은(妻賢家道興) 사실이다. 그러기에 빈천할 때
사귄 친구를 잊을 수가 없는 것이고(貧賤之知不可忘), 고생을 같이한 아내
를 버릴 수 없는 것이다(糟糠之妻不下堂).

207. 遣悲懷 三首(三) 슬픈 회포를 보내다

● 元稹원진

閒坐悲君亦自悲　百年都是幾多時

鄧攸無子尋知命　潘岳悼亡猶費詞

同穴窅冥何所望　他生緣會更難期

惟將終夜長開眼　報答平生未展眉

한가히 앉아서 그대 그리면 나도 슬플 뿐
한평생 백년은 모두 얼마나 되겠소?
등유鄧攸가 무자無子한 것은 끝내 운명이라 알았고
반악潘岳의 도망시悼亡詩도 부질없는 글이겠지요.
동혈에 함께 묻히기를 어찌 바라리오.
다르게 사니 인연으로 만나기도 어렵다오.
다만 밤새워 언제나 뜬눈으로 지내면서
평생 근심하며 지낸 당신께 보답하리다.

▶ <遣悲懷(견비회)> : 이 시를 통해서 원진과 위씨 사이에 혈육이 없었음을 알 수 있다.

▶ 閒坐悲君亦自悲(한좌비군역자비) : 悲君亦自悲(비군역자비) - 그대 죽음을 슬퍼하다 보면 나 자신도 슬퍼진다는 뜻.

▶ 百年都是幾多時(백년도시기다시) : 百年(백년) - 인생 백년. 都是(도시) - 모두 ~이다.

▶ 鄧攸無子尋知命(등유무자심지명) : 鄧攸(등유) - ?-326. 자(字)는 백도(伯道). 서진~동진 시대. 영가(永嘉) 5년(311) '영가의 난'을 겪었고 동진이 성립된 뒤 동진에서 호군장군을 역임했고, 왕돈(王敦)의 모반을 저지했으며 여러 관직을 역임하였다. 영가 말년에 석륵(石勒)이 침입하자 가족을 데리고 남으로 피난하면서 죽은 동생의 아들, 곧 조카를 살리기 위해 친자식을 버렸으나(舍子保姪) 끝내 자식을 다시 얻지 못했다고 한다. 尋 찾을 심. 얻다, 연달아, 뒤이어. 尋知命(심지명) - 결국 천명이라 생각하다. '등유처럼 착한 사람도 자식을 못 두었다면 천명일 것'이라며 자신과 위씨 사이에 자식이 없음을 위로하는 뜻이 있다.

▶ 潘岳悼亡猶費詞(반악도망유비사) : 潘岳(반악) - 247-300. 보통 반안(潘安)이라 부르는 서진의 시인. 여러 관직을 역임하였으나 팔왕(八王)의 난 때 피살당했다. 유명한 미남자로 《세설신어》에 의하면 그가 외출할 때마다 도성 안의 부녀자들이 반악을 보려고 수레에 몰려들며 과일을 주어 과일이 수레에 가득 찼다는 '척과영거(擲果盈車)'의 주인공이다. 또 으레 미남자를 말할 때는 '반안지모(潘安之貌)'라고 한다. 悼亡(도망) - 죽음을 애도하다. 費詞(비사) - 헛된 글, 부질없는 글.

▶ 同穴窅冥何所望(동혈요명하소망) : 同穴(동혈) - 한 구멍, 한 무덤. 窅 움푹 들어간 눈 요. 멀리 보다, 깊다. 冥 어둘 명. 窅冥(요명) - 깊고 어두운 무덤 속.

▶ 他生緣會更難期(타생연회갱난기) : 他生(타생) - 서로 다른 삶. 아내는 저승이고 남편은 이승에서 살고 있다. 緣會(연회) - 인연이 있어 재회를

하다.
- ▶ 惟將終夜長開眼(유장종야장개안) : 終夜(종야) – 밤새도록. 長開眼(장개안) – 언제나 눈을 뜨고 있겠다. 본래 모든 물고기는 눈을 감지 않는다. 환어(鰥魚, 홀아비 환)는 특히나 '홀로 있기를 좋아하며 근심 때문에 눈을 감지 못한다는 전설 속의 큰 민물고기'이다. 원진이 '늘 눈을 뜨고 있겠다'라는 말은 평생을 홀아비로 지내겠다는 다짐이지만 단지 이 시를 지을 때의 생각일 뿐이었다. '지키질 못할 약속'을 하는 사람은 '약속할 때는 지키겠다는 마음이 있었다'라고 변명한다.
- ▶ 報答平生未展眉(보답평생미전미) : 眉 눈썹 미. 미간. 展眉(전미) – 미간을 펴다, 근심을 잊다.

詩意

원진의 진실 여부를 따지려 한다면 그 또한 부질없는 일이 아니겠는가? 하여튼 원진은 시인으로서 사랑했던 아내의 죽음을 슬퍼하는 시를 지었다. 1수는 죽은 아내의 살아 있을 때를 회상하며 슬퍼했다. 2수에서는 아내의 죽음 이후의 그리움을 절절하게 묘사하였다. 3수는 '이 또한 운명이 아니겠소! 같이 묻히기도 어렵고, 살아 있는 사람처럼 다시 만나기도 어렵지만 평생 당신을 그리겠소'라면서 변함없는 사랑을 다짐하고 있다.

어차피 죽음이 부부를 갈라놓는 것은 정한 이치이고, 젊어서 보낸 아내에 대한 그리움은 더 절절한 것이다. 아내를 보낸 애통한 감정을 시로 읊은 도망시(悼亡詩)가 많은 것은 사실이지만, 이 원진의 시가 많이 읽혀진 것은 그 짜임이 훌륭하기 때문일 것이다.

죽은 아내는 평생 어려운 살림을 하다 보니 근심이 많았을 것이고, 그러니 미간을 펴지 못했다.(미전미未展眉) – 이는 1수의 '백사괴(百事乖)'로 다시 이어진다. 그리고 그 다음은 2수의 '백사애(百事哀)'에 이어진다. 인생사가 순환한다면 슬픔 또한 순환할 것이다.

하여튼 부부간 사랑보다 더한 사랑은 없다(至愛莫過於夫妻)지만, 부부는 사랑하는 원수(夫妻是個冤家)라고도 말한다.

208. 自河南經亂~ 하남에서 난리를 겪고서~

● 白居易백거이

時難年荒世業空　弟兄羈旅各西東

田園寥落干戈後　骨肉流離道路中

弔影分爲千里雁　辭根散作九秋蓬

共看明月應垂淚　一夜鄉心五處同

난리와 흉년에 물려온 자산이 비었고
형제는 형편에 따라 동서로 흩어졌다.
농장은 전란이 끝난 뒤라 황폐해졌고
골육은 길에서 흘러 헤어졌다.
외로운 그림자 천리 기러기처럼 나뉘었고
뿌리를 떠나서 가을 쑥대처럼 뿌려졌다.
다 같이 밝은 달 보며 으레 눈물지리니
이 밤에 고향 생각은 형제가 같으리라.

註釋

▶ <自河南經亂(자하남경란)~> : '하남에서 난리를 겪고서~'. 원제목은
<자하남경란, 관내조기, 형제이산, 각재일처. 인망월유감, 요서소회기상,
부량대형, 어잠칠형, 오강십오형, 겸시부리, 급하규제매(自河南經亂, 關
內阻饑, 兄弟離散, 各在一處. 因望月有感, 聊書所懷寄上, 浮梁大兄, 於潛
七兄, 烏江十五兄, 兼示符離, 及下邽弟妹)>이다. 풀이하면 '하남에서 난
리를 겪고서 관내에 흉년이 들어 형제들이 흩어져 각자 다른 곳에 살고
있다. 망월하며 감회가 있어 그냥 느낀 바를 써두었다가 부량의 대형과
어잠의 칠형, 그리고 오강의 십오형에게 보내면서 부리와 하규의 동생과
누이에게도 보여주었다'이다. 河南經亂(하남경란) - 덕종(德宗) 정원 15
년(799)에 지금의 하남성 개봉시에 주둔하던 선무절도사 동진(董晉)이
죽자 그 부장들이 조정에 반기를 들었고, 이어 하남성 여남(汝南)의 절도
사 오소성(吳少誠)도 반란을 일으켰다. 그 당시 절도사들은 모두 중앙권
력으로부터 거의 독립 상태를 유지하고 있었다. 阻 험할 조. 막히다.
饑 주릴 기. 기근. 兄弟(형제) - 여기서 형제란 친형제만을 의미하지
않는다. 사촌까지는 으레 한집에서 할아버지를 모시고 사는 것이 당연한
것처럼 여겨지던 시대였다. 浮梁(부량), 於潛(어잠), 烏江(오강), 符離(부
리), 下邽(하규) - 모두 지명. 부리는 지금의 안휘성 숙현(宿縣)으로 백거
이는 부친을 따라 이곳에서 살았었다. 하규는 지금의 섬서성 위남현(渭南
縣)으로 백거이의 조적지(祖籍地)이다.

▶ 時難年荒世業空(시난년황세업공) : 時難(시난) - 시절이 어렵다, 전란
기간. 年荒(연황) - 큰 흉년이 들다. 世業(세업) - 조상 전래의 가산.

▶ 弟兄羈旅各西東(제형기려각서동) : 弟兄(제형) - 형제. 羈 굴레 기. 일을
하는 소에게는 코뚜레와 연결한 고삐. 羈旅(기려) - 형편에 따라 할 수
없이 외지에 머물다(作客在外).

▶ 田園寥落干戈後(전원요락간과후) : 寥 쓸쓸할 료. 寥落(요락) - 영락하
다. 干戈(간과) - 방패와 창, 무기, 전쟁.

▶ 骨肉流離道路中(골육유리도로중) : 骨肉(골육) - 형제. 流離(유리) - 흩

어지다.

▶ 弔影分爲千里雁(조영분위천리안) : 弔影(조영) - 그림자를 위로하다, 외롭게. 千里雁(천리안) - 천리를 날아가는 기러기, 형제와 떨어진 기러기. 무리지어 날아가는 기러기는 곧잘 형제에 비유된다.

▶ 辭根散作九秋蓬(사근산작구추봉) : 辭 말씀 사. 사양하다, 그만두다. 辭根(사근) - 뿌리에서 떨어지다. 형제는 본래 한 뿌리에서 나온 가지이다 (本是同根生). 散作(산작) - 흩어지다. 九秋蓬(구추봉) - 90일간 가을의 쑥대, 가을에 흩날리는 쑥의 마른 솜. 바람에 쉽게 흩어진다.

▶ 共看明月應垂淚(공간명월응수루) : 垂淚(수루) - 눈물을 흘리다.

▶ 一夜鄕心五處同(일야향심오처동) : 五處(오처) - 제목에 나온 5개 지명.

詩意

큰형에서부터 15형까지, 그리고 동생이나 여동생까지 생각나는 형제가 많고, 그들 또한 나를 생각할 것이라 믿으니 정말 가족공동체라 할 수 있다. 백거이는 아주 담담한 필체로 형제가 흩어지고 서로 그리는 정을 묘사하였다. 다만 제목을 왜 이리 길게 지었을까는 한번 생각해 보아야 한다. 8구의 오처(五處)를 제목으로 미리 설명했다고 볼 수 있다.

당 현종은 태자로 있을 때, 긴 베개와 큰 이불[장침대금長枕大衾]을 만들어 여러 형제가 함께 베고 덮었다는 이야기가 있는데, 이는 형제간에 우애가 좋다는 뜻이다. 그리고 형제가 화목하면 가문이 번창한다(兄弟和睦家必昌)고 하였다. 형제는 수족과 같아(兄弟如手足) 떨어질 수 없지만, 처자는 의복과 같다(妻子如衣服)는 말도 있다.

이렇듯 형제간의 우애를 강조한 중국인들도 '금전을 나누는 데는 아버지와 아들도 없고(金錢分上無父子), 이해가 걸린 문제라면 형제도 없다(利害面前無兄弟)'라는 속담이 있는 것을 보면 세상사가 그리 간단하지 않다는 것을 알 수 있다.

錦瑟 ^{금 슬} 무늬 놓은 거문고　● 李商隱^{이상은}

^{금 슬 무 단 오 십 현}
錦瑟無端五十絃　^{일 현 일 주 사 화 년}
一絃一柱思華年

^{장 생 효 몽 미 호 접}
莊生曉夢迷蝴蝶　^{망 제 춘 심 탁 두 견}
望帝春心託杜鵑

^{창 해 월 명 주 유 루}
滄海月明珠有淚　^{남 전 일 난 옥 생 연}
藍田日暖玉生煙

^{차 정 가 대 성 추 억}
此情可待成追憶　^{지 시 당 시 이 망 연}
只是當時已惘然

금슬은 까닭도 없이 50줄이지만
한 줄에 발 하나, 한창 때를 생각한다.
장주莊周는 새벽 나비 꿈에 긴가민가했고
망제望帝는 봄날의 슬픔을 두견에 맡겼다.
창해에 달 밝으면 흐르는 눈물은 진주였고
남전에 날 따스하면 아지랑이 피는 옥이었다.
이런 정념을 추억으로 묶을 수 있었지만
다만 그때는 너무 망연한 생각뿐이었네.

🌸 註釋

▶〈錦瑟(금슬)〉: '무늬 놓은 거문고'. 글자 그대로 풀면 '비단 거문고'인데
　비단으로 덮개를 만들었다고 생각할 수도 없으며, 그렇다고 거문고 몸통

에 비단을 오려 붙였다하여 '비단 거문고'라고 할 수는 없을 것이다. '비단에 무늬를 놓듯 장식을 한 거문고'란 뜻이다. 시 전체 내용을 포괄하는 뜻의 제목이 아니라 1구의 처음 2자를 제목으로 삼았다. 이상은 시집의 경우 대개 이 시가 첫머리에 실린다고 하는데, 그만큼 이상은을 대표하는 시이다. 이 시는 이상은 만년 47세 때의 작품으로 50을 바라보는 자신의 나이를 50줄 금슬에 비유하며 회상한 시이다.

▶ 錦瑟無端五十絃(금슬무단오십현) : 錦瑟(금슬) - 무늬 장식이 있는 거문고. 無端(무단) - 이유도 없이, 까닭도 없이. 絃 악기 줄 현.

▶ 一絃一柱思華年(일현일주사화년) : 柱(주) - 현(絃)을 받치는 기둥, 기러기발[안주雁柱]. 華年(화년) - 꽃다운 시절.

▶ 莊生曉夢迷蝴蝶(장생효몽미호접) : 莊生(장생) - 장자(莊子, 장주莊周. 기원전 약 369-286). 맹자와 거의 동시대인. 曉夢迷蝴蝶(효몽미호접) - 새벽에 나비 꿈(호접몽胡蝶夢)을 꾸고 긴가민가했다. 《장자 제물론(齊物論)》에 실려 있다. 진환난지(眞幻難知). 蝴 나비 호. 蝶 나비 접. 보통 호접(胡蝶)으로 표기. 이 구절은 이상은 자신의 인생에 훨훨 날았던 나비처럼 즐거운 시절이 있었다는 뜻이리니 곧 인생은 꿈과 같이 덧없다는 뜻이다.

▌ 장자(莊子)

▶ 望帝春心託杜鵑(망제춘심탁두견) : 望帝(망제) - 전설상의 촉 임금. 나라를 잃은 슬픔으로 두견새가 되었다는 두우(杜宇). 鵑 두견이 견. 이 구절의 뜻은 누구에게나 봄날 같은 호시절이 있으나, 그런 봄날은 어김없이 지나가고 슬픔은 남는다. 흘러간 봄처럼 자신의 청춘은 다시 돌아오지 않는다는 슬픔.

▶ 滄海月明珠有淚(창해월명주유루) : 滄海(창해) – 푸른 바다. 月明(월명)
 – 달이 차면 진주도 알이 찬다고 하였다. 珠有淚(주유루) – 진주에 눈물
이 있다. 인면어신(人面魚身)의 교인(鮫人)이 흘리는 눈물이 곧 진주라고
한다. 이는 교인의 눈물이 진주이듯 자신의 주옥 같은 시는 지난날 슬픔의
결정체라는 뜻이 있다. 창해월명은 자신의 능력을 펴지 못한 데 대한
담담한 애상(哀想)이라고 풀이할 수도 있다.
▶ 藍田日暖玉生煙(남전일난옥생연) : 藍 쪽풀 람. 진한 청색. 藍田(남전)
 – 남전산. 섬서성 남전현 동남에 있는 산. 여기서 아주 질 좋은 옥이 나온
다. 日暖玉生煙(일난옥생연) – 날이 따뜻하면 옥에서 연기 같은 아지랑
이가 피어오른다. 남전일난은 자신이 의기양양하던 시절에 옥 같은 광채
를 냈지만 지금은 아무 의미도 없다는 탄식의 의미가 들어있다.
▶ 此情可待成追憶(차정가대성추억) : 此情(차정) – 위 3–6구의 여러 가지
감정.
▶ 只是當時已惘然(지시당시이망연) : 惘 멍할 망. 惘然(망연) – 뜻을 잃고
멍청한 모양.

🌸 詩意

이 시는 너무 함축적인 뜻을 가지고 있어 역대 문인들이 자기 나름대로
해석하였다. 우선 금슬은 영호초(令狐楚)의 시비(侍婢)인데 이상은이 한때
연정을 품었고, 그녀를 생각하며 지은 시라고 주장하는 사람도 있다. 많은
사람들이 이를 죽은 사람을 애도하는 시라고 풀이한다. 또 어떤 사람은
소동파(蘇東坡)의 뜻을 빌려 영물시(詠物詩)라면서 금(瑟)소리를 인생에
비유하였다고 설명하였다. 또 다른 사람은 이상은의 삶을 되돌아보며 자신
의 꿈과, 내세와, 지조와, 정감을 비유하였다고 풀이하였다.
여하간 다양한 해석의 가능성을 열어주었다는 점에서는 매우 특별한 시이
다. 그리고 시인 자신의 슬픔을 노래했다는 점에서는 모두 마찬가지이다.
슬픔이란 이루지 못한 꿈이다. 만년이 되면 누구나 자신을 돌아보게 된다.
자신의 의지와 상관없이 뜻이 꺾이거나 실패를 겪어야 할 때 슬픔은 더

영롱해진다. 그래서 혼자 진주와 같은 눈물을 흘리는 것이다. 이 시는 뜻이 완곡하면서도 사조(辭藻, 시문의 문채 또는 수식)가 전아하여 많은 사람들이 좋아한다.

210. 無題^{무제} 무제 ● 李商隱이상은

昨夜星辰昨夜風 畫樓西畔桂堂東

身無彩鳳雙飛翼 心有靈犀一點通

隔座送鉤春酒暖 分曹射覆蠟燈紅

嗟余聽鼓應官去 走馬蘭臺類轉蓬

별이 많던 어젯밤, 바람 불던 어젯밤에
채색 누각의 서쪽 계수나무 집 동편이었다.
몸에 채봉彩鳳처럼 함께 날 날개는 없었지만
둘의 마음엔 신령한 무소처럼 하나로 통했다.
마주 앉아 내기하며 봄술로 마음을 풀고
편을 갈라 맞추기 놀이 촛불 붉게 밝혔다.
아아, 나는 북소리 듣고 꼭 출근해야 하나니

말을 달려 어사대로 가니 구르는 쑥대이더라.

🌸 註釋

▶ <無題(무제)> : 박학강기(博學强記)한 이상은은 전고를 많이 사용하고
  수사를 중히 여겼다. 따라서 이상은의 시구는 매우 정련되고 기이하지만
  시가 난삽하고 이해하기가 쉽지 않다. 그는 시제를 매우 모호하게 붙이기
  를 좋아하여 <무제> 시가 많다는 것도 하나의 특징이라 할 수 있다.
  <무제>는 일부러 제목을 붙이지 않기에 시인의 의도를 드러내지 않는
  효과가 있다. 본 《당시삼백수》에는 이상은의 시가 24수나 수록되어 있는
  데 그 중 <무제> 시는 모두 칠언율시로 6수이다. 이상은의 <무제>를
  그 내용에 따라 적절한 제목으로 바꿔놓은 번역본도 있으나 본서는 채택
  하지 않았다. <무제>는 그냥 무제이다.

▶ 昨夜星辰昨夜風(작야성신작야풍) : 星辰(성신) – 별. 昨夜(작야) – 두
  번 써서 강조하였다.

▶ 畫樓西畔桂堂東(화루서반계당동) : 畔 두둑 반. 西畔(서반) – 서쪽. 畫樓
  (화루), 桂堂(계당) – 멋지고도 화려한 좋은 집.

▶ 身無彩鳳雙飛翼(신무채봉쌍비익) : 彩鳳(채봉) – 신령한 새[靈鳥也]. 학
  과 비슷하나 날개에 오색 깃털이 있다고 한다. 雙飛翼(쌍비익) – 짝을
  지어 날아갈 수 있는 날개.

▶ 心有靈犀一點通(심유령서일점통) : 犀 무소 서. 물소. 靈犀(영서) – 신령
  한 무소[영수靈獸]. 무소의 두 뿔에 하얀 줄이 있는데 양쪽 뿔에 이어졌다
  고 한다. 이를 통해 마음이나 신령스러운 기운이 통한다고 생각했다.

▶ 隔座送鉤春酒暖(격좌송구춘주난) : 隔座(격좌) – 마주 보고 앉다. 送鉤
  (송구) – 술을 마실 때 사용하는 일종의 놀이기구. 맞추거나 또는 못 맞추
  면 벌주를 마시게 하여 주흥을 돋우는 오락 도구.

▶ 分曹射覆蠟燈紅(분조석복납등홍) : 分曹(분조) – 편을 나누다[分組]. 射
  쏠 사, 맞힐 석, 벼슬이름 야. 覆 뒤집힐 복. 덮어씌우다. 射覆(석복)
  – 술집에서 하는 놀이기구. 蠟燈紅(납등홍) – 밀랍을 켜는 붉은 등.

▶嗟余聽鼓應官去(차여청고응관거) : 嗟 탄식할 차. 余聽鼓(여청고) – 나
는 북소리를 들었다. 應官去(응관거) – 응당 관청에 출근해야 한다.
▶走馬蘭臺類轉蓬(주마난대유전봉) : 蘭臺(난대) – 어사대. 類(유) – 닮다,
비슷하다. 蓬 쑥 봉. 떠돌아다니다. 轉蓬(전봉) – 바람에 밀려다니는
쑥대.

🏵 詩意

요즈음 말로 설명하면 고급 술집에서 밤새 게임하며 홍겹게 술을 마시다가
새벽에 서둘러 택시 타고 출근하는 7급 공무원 이상은의 모습이다.

그러면서 7, 8구에서는 새벽 북소리에 '차(嗟)'하며 탄식하고 '출근해야 하는
데!'라고 말한 뒤, 자신의 신세가 뿌리에서 떨어져 나가 이리저리 굴러다니
는 쑥대와 같다고 한탄하고 있다. 물론 하급 관리라는 신분이야 서럽지만
또 어디로 발령이 나서 옮겨갈지 모르니 쑥대 같다고 비교한다면 글쎄...
하여튼 무제(無題)이니 끝까지는 생각하지 말아야 할 것이다.

같이 술을 마시고 게임한 사람이 동료 같기도 하지만 주루(酒樓)의 여인일
수도 있다. 하여튼 숨겨진 의도와 감춰진 서정이 매우 은근하게 나타나는
시이다.

수련에서는 모일 모처로, 그리고 누구와는 언급하지 않았다. 3, 4구에서는
술 마시는 주우(酒友)가 나란히 행동하지는 않지만 마음은 잘 통하는 관계
임을 전고를 통해 밝혔다. 솔직히 말해 이 시를 읽기 전에는 무소가 그렇게
신령한 동물인지 생각도 못했다.

5, 6구는 술을 마시며 주홍을 돋우는 내용이다. 주홍을 돋우기 위한 벌주놀
이를 주령(酒令)이라 하고, 점잖게 상령(觴令)이라고도 한다. 물론 마신 잔
의 숫자를 세기 위한 산가지도 있어야 하는데, 그것은 주주(酒籌)라고 한다.
오락 도구나 방법은 시대에 따라 바뀐다. 그러나 그런 오락을 하면서 즐기려
는 본질은 바뀌지 않을 것이다.

211. 隋^수宮^궁 수나라 별궁　● 李商隱이상은

紫^자泉^천宮^궁殿^전鎖^쇄煙^연霞^하　欲^욕取^취蕪^무城^성作^작帝^제家^가

玉^옥璽^새不^불緣^연歸^귀日^일角^각　錦^금帆^범應^응是^시到^도天^천涯^애

於^어今^금腐^부草^초無^무螢^형火^화　終^종古^고垂^수楊^양有^유暮^모鴉^아

地^지下^하若^약逢^봉陳^진後^후主^주　豈^기宜^의重^중問^문後^후庭^정花^화

자천紫泉의 궁전은 구름과 노을에 잠겼는데
무성蕪城에 황제의 궁궐을 지으려 했었다.
옥새가 인연대로 고조에 가지 않았으면
비단 돛배는 분명 땅끝까지 갔으리라.
지금 풀더미엔 반딧불이조차 없고
옛날 수양버들에는 저녁 까마귀가 앉았다.
만약 황천에서 진후주陳後主를 만난다 하여도
어찌 후정화로 놀았느냐 따질 수 있겠나?

⬤ 註釋

▶ <隋宮(수궁)> : '수나라 별궁'. 隋(수) - 수나라(581-619 존속)는 문제(文帝, 양견楊堅 재위 581-604, 중국 통일 589)의 건국 이후 양제(煬帝, 양광楊

廣, 재위 604-618)에 이어 공제(恭帝, 618-619)까지 38년 존속. 통일왕조 진(秦)과 같이 단명. 다만 당(唐) 제국 발전의 기초를 마련해 주었다. 국도 는 대흥성(大興城, 장안). 이 시에서 말하는 수궁은 대운하를 완성한 양제 가 강도(江都, 지금의 양주揚州)에 설치한 이궁이다. 이상은의 시에 <수 궁(隋宮), 일명 수제(隋堤)>라는 칠언율시가 있다. 301 <수궁> 참고.

▶ 紫泉宮殿鎖煙霞(자천궁전쇄연하) : 紫泉(자천) - 장안 북쪽의 연못 이름. 본래 자연(紫淵)이었는데 당 고조 이연(李淵)을 휘하여 '자천'으로 표기. 장안을 의미. 鎖 쇠사슬 쇄. 잠그다. 煙霞(연하) - 노을.

▶ 欲取蕪城作帝家(욕취무성작제가) : 蕪 우거질 무. 거칠어지다. 蕪城(무 성) - 강도(江都), 양제(煬帝)의 별궁. 양제는 이곳을 강도라 부르며 화려 한 이궁을 짓고 수말(隋末)의 지방세력의 봉기를 피해 머물렀다가 근위대 장격인 우문화급(宇文化及)에게 피살되었다. 帝家(제가) - 도성.

▶ 玉璽不緣歸日角(옥새불연귀일각) : 璽 도장 새. 玉璽(옥새) - 전국지벽 (傳國之璧). 진시황 때 이사(李斯)가 만든 전국지보(傳國之寶). 緣(연)

▮ 수 양제(隋煬帝)

- 인연. 日角(일각) - 이마의 중앙부분이 약간 볼록한 모양. 제왕지상(帝王之像). 여기서는 당 건국자 고조 이연(재위 618-626).

▶ 錦帆應是到天涯(금범응시도천애) : 錦帆(금범) - 비단 돛. 수 양제는 대운하에 크고 화려한 용주(龍舟)를 운행케 하였다. 應是(응시) - 틀림없이 ~일 것이다. 天涯(천애) - 땅끝. 수 양제의 극단적인 사치와 향락을 묘사하였다.

▶ 於今腐草無螢火(어금부초무형화) : 腐草(부초) - 썩은 풀, 시든 풀. 螢 개똥벌레 형. 반딧불이. 개똥벌레는 썩은 풀이 있는 곳에서 산다고 생각했다. 수 양제는 반딧불이를 모아 비단 주머니에 넣어 밤을 밝혔다고 한다. 때문에 반딧불이가 사라졌다는 이야기도 전해온다.

▶ 終古垂楊有暮鴉(종고수양유모아) : 終古(종고) - 오래된. 垂楊(수양) - 버들. 수 양제는 대운하 주변에 수양버들을 심게 했다. 鴉 갈까마귀 아.

▶ 地下若逢陳後主(지하약봉진후주) : 地下(지하) - 황천. 陳後主(진후주) - 남조의 마지막 왕조 진(陳)의 망국(亡國) 군주. 황음무도했던 진숙보(陳叔寶, 553 출생-583 즉위-589 퇴위-604 사망).

▶ 豈宜重問後庭花(기의중문후정화) : 豈宜(기의) - 어찌 ~하겠는가? 後庭花(후정화) - 옥수후정화(玉樹後庭花)의 간칭. 진후주(陳後主)가 만들었다는 아주 퇴폐적인 악곡, 망국지음. 소설 《금병매(金甁梅)》에서는 섹스 체위의 한 가지. 291 <박진회(泊秦淮)> 참고.

🌸 詩意

수 양제의 사치와 혼음(昏淫)을 풍자한 회고시로 역사적 감개를 서술하였다. 양제는 수 문제의 차남으로 태자 자리를 차지하는 과정에서부터 부친을 독살하고, 즉위한 뒤에 대운하 개착과 고구려 원정과 사치와 방탕으로 국력을 완전히 소진하였다. 한마디로 무책임하고 추악한 탕아였다. 미련의 진후주(陳後主) 역시 군주의 도리를 망각했고, 그러기에 망국의 군주가 되었다. 진후주 역시 황음에 무소신, 무능력, 무책임하고 비겁한 사내의 전형이었다는 점에서 양제와 같은 부류의 인물이다.

參考 양제(煬帝)의 죽음 - 목숨 구걸하기

양제의 폭정은 크게 세 가지로 나눌 수 있다.

우선 대흥성(大興城)을 건설하고 대운하를 굴착하는 등 엄청난 대규모의 토목공사를 벌여 국력을 탕진했고 백성을 고통으로 내몰았다.

두 번째는 잦은 순행(巡幸)과 허영심, 그리고 사치와 향락에 따른 국고의 고갈이다. 외국 사절이 내조하러 왔을 때 한 달여씩 놀이판을 벌였는데 이는 일종의 자기과시였다. 겨울에 가로수를 비단으로 싸 주는 낭비는 도대체 누구를 위한 것이었나?

세 번째는 무모한 고구려 원정이다. 동원 병력 113만에 군량 및 물자 수송인원이 그것의 2배였다면 약 300만 명 이상이 동원되었다. 문제(文帝) 때 약 4600만 인구에 남자를 절반으로 잡는다면 2300만, 그 중에서 300만이라면 청장년 남자의 절반은 다 동원되었다고 볼 수 있다.

마지막 순행으로 강도(江都)에 도착한 양제는 매일 술로 세월을 보냈다. 이미 전국 각지에서 봉기가 일어난 줄 알고 있는 양제였기에 하루하루의 술자리는 가시방석이었다.

어느 날 그는 거울을 보면서 피식 웃으면서 말했다.

"잘생긴 이 머리를 누가 감히 자를 수 있겠는가!"

양제는 독주를 한 항아리 준비해 놓고서 후궁들을 불러 놓고 말했다고 한다.

"만약 적병이 여기까지 들어온다면 그대들이 우선 마셔라! 나는 나중에 마시겠노라!"

말은 이렇게 하면서도 양제는 자신의 제국은 결코 망하지 않을 것이라는 일말의 희망, 그리고 구차하더라도 목숨을 건지리라고 스스로 위안하고 있었다. 그는 소황후(蕭皇后)에게 술잔을 권하면서 말했다.

"통쾌하게 한잔 하시오! 나는 결코 장성공(長城公)이 되지는 않을 것이며, 그대 또한 심황후(沈皇后)가 되지는 않을 것이오!"

장성공은 589년에 멸망한 남조 진(陳)의 후주인 진숙보(陳叔寶)이며 심황후는 그의 부인이다. 604년 양제가 즉위하는 해에 진 후주는 52세를 일기로 죽는다. 문제는 그에게 장성양공(長城煬公)이라는 치욕적인 시호를 내려주

6. 칠언율시七言律詩 157

었다. '양(煬)'자에는 그 일생이 주색만을 탐하고 예를 멀리하여 인심을 잃었다는 평가를 포함하고 있다. 그러나 그런 시호를 자신이 받게 될 줄은 꿈에도 생각하지 못한 양제였다.

바로 14년 뒤에 양제의 총애를 받던 후궁이나 미인은 아무도 독주 항아리를 찾지 않았다. 양제 자신도 독주를 마시지 않았다. 망국의 군주였지만 그래도 천수를 누린 장성공처럼 목숨을 구걸할 형편도 되지 않았다. 양제는 자신의 비단 허리띠를 풀어 금위군 장수에게 내주었다. 칼로 목을 자르지 말라는 구걸의 표시였다. 당시 양제는 50세였다.

212. 無題 二首(一) 무제 ● 李商隱이상은

來是空言去絕蹤　月斜樓上五更鐘

夢爲遠別啼難喚　書被催成墨未濃

蠟照半籠金翡翠　麝熏微度繡芙蓉

劉郎已恨蓬山遠　更隔蓬山一萬重

온다는 빈말에다 가고선 자취를 끊었으니
달도 기운 누각에 오경 종소리 들려온다.
꿈속 멀리 헤어지니 울며 부르지도 못했고

편지 급히 쓰다 보니 먹물도 흐리도다.
촛불은 금박 비취 병풍을 반쯤 비추고
사향은 수놓은 부용 휘장을 은은히 넘어온다.
유랑劉郎은 봉래산이 멀다 크게 한탄하지만
그보다 봉래산 일만 겹겹이 가로막혔다.

註釋

▶ <無題(무제)> : 이상은의 <무제> 시는 그 제재가 아주 다양하다. 정치상의 이상, 개인의 포부와 실의, 남녀의 애정과 인생의 애환 등 다방면에 걸쳤으며 그 표현방법에서도 고도의 은유와 함축, 그리고 섬세한 묘사와 해박한 전고를 즐겨 사용하였다. 때문에 당의 시인 중에서도 이하(李賀, 본 《당시삼백수》에는 이하의 시가 없다)와 함께 난해한 시를 쓴 시인으로 알려졌다. 이 <무제> 시는 다른 무제시와는 달리 그 주제가 비교적 뚜렷하여, 여인의 안타까운 사랑과 그리움을 읊었다.

▶ 來是空言去絶蹤(내시공언거절종) : 蹤 발꿈치 종. 자취. 絶蹤(절종) - 자취를 끊었다, 소식이 전혀 없다. 1구이면서 동시에 시 전체의 뜻이다. '사랑의 약속'이란 말 자체가 허망한 것이리라!

▶ 月斜樓上五更鐘(월사누상오경종) : 月斜(월사) - 달이 기울다. 五更(오경) - 날이 밝을 무렵.

▶ 夢爲遠別啼難喚(몽위원별제난환) : 啼 울 제. 喚 부를 환. 啼難喚(제난환) - 울기만 할 뿐 부르지 못하다.

▶ 書被催成墨未濃(서피최성묵미농) : 被催成(피최성) - 재촉하듯 급하게 써졌다. 墨 먹 묵. 濃 짙을 농.

▶ 蠟照半籠金翡翠(납조반롱금비취) : 蠟(납) - 밀초, 촛불. 籠 대그릇 롱. 덮어 씌우다. 金翡翠(금비취) - 비취새를 금박한 병풍.

▶ 麝熏微度繡芙蓉(사훈미도수부용) : 麝 사향노루 사. 熏 연기 낄 훈. 度(도) - 渡(도)와 통함. 繡芙蓉(수부용) - 부용을 수놓은 휘장.

▶ 劉郎已恨蓬山遠(유랑이한봉산원) : 劉郎(유랑) - 한 무제(유철劉徹, 재위 기원전 141-87), 또는 유신(劉晨). 유신은 약초를 캐러 산에 들어갔다가 선녀를 만나 반년을 살다 돌아왔는데, 지상에서는 7대가 지나갔다는 선화(仙話) 속의 인물. 蓬山(봉산) - 봉래산. 신선의 거주지.

▶ 更隔蓬山一萬重(갱격봉산일만중) : 更(갱) - 그보다도 더. 一萬重(일만중) - 일만 겹.

詩意

젊은 날에는 누구에게나 그립고 애절한 사랑, 또는 그런 감정이 있었으나 결국 지나고 보면 '공언(空言)'이라 하였다. 시인 역시 그러하면서도 절절한 사랑을 겪었으리라!

이 무제시 역시 연모하는 사람에 대한 사랑과 이별, 그리움을 주제로 하였다. 그러나 함축적이고 암시적인 표현에 대해서는 '정치적 암시'까지 담겨 있다고 해석되기도 한다. 이런 다양한 해석이나 평론은 이상은이 열심히 사랑도 했지만 그만큼 복잡한 정치적 환경과 굴곡 많은 삶을 살았기 때문이다.

이 시는 달이 기우는 오경 무렵까지 전전반측하다가(수련) 겨우 꿈속에서 불러보고 편지를 써 보낸다는 몽환적인 묘사를 하고 있다(함련). 여인의 거처에 대한 섬세한 묘사는 여인의 심리에 대한 묘사라 아니할 수 없다(경련). 그리고 미련의 신선과 봉래산 같은 설정은 상상의 세계이며, 그런 상상 속으로의 도피를 염원하는 연인들의 심리를 묘사한 것이다.

때문에 이런 시는 젊은 연인들이 읽으면 한없이 슬프면서도 자신이 더 더욱 가련해질 것이고, 실의한 선비가 읽으면 더욱 망연자실할 것이며, 한창 공부해야 할 젊은이가 읽는다면 몽환에 빠져 책이나 글자가 보이지 않을 것이다. 하여튼 다른 시와는 달리 독특한 분위기를 연출하고 있는 것은 사실이다.

213. 無題 二首(二) 무제　　● 李商隱이상은

颯颯東風細雨來　芙蓉塘外有輕雷

金蟾齧鎖燒香入　玉虎牽絲汲井回

賈氏窺簾韓掾少　宓妃留枕魏王才

春心莫共花爭發　一寸相思一寸灰

살짝 부는 동풍에 이슬비는 내리고
연꽃 핀 연못 멀리 천둥소리 은은하다.
사슬 문 쇠두꺼비 향로에 태울 향이 뿌려지고
두레박줄 맨 옥호玉虎는 물을 길어 오르내린다.
가씨賈氏는 젊은 한수韓壽를 주렴 사이로 엿보았고
복비는 시재詩才 위왕에게 베개를 남겨주었다.
춘심은 꽃과 함께 피어나지 말아야지
한 치의 그리움은 한 치의 재로 남는다오.

註釋

▶ <無題(무제)> : 당시(唐詩)에서 <무제>하면 으레 이상은의 시를 떠올린다. 이상은의 상상과 연상은 늘 아름답다. 역사적 사건과 신화와 전설을 응용한 전고의 운용은 자연스러우면서도 함축성이 뛰어나, 읽고 나서도 머리에 남는다. 그의 이렇듯 풍부한 정감은 어디서 얻고, 어떻게 나올 수 있었을까? 우선은 독서를 통한 해박한 지식을 꼽아야 하고, 그의 특별한 정치적 역경, 그리고 아마도 타고한 천성 때문일 것이다. 모든 남성이 여성을 향한 로맨틱한 감성을 갖고 있는 것은 아니다. 이는 마치 누구나 시를 좋아하고 쓸 수 있지만, 특별한 감성을 가진 사람만이 시인이 되는 것과 마찬가지일 것이다. 이 시는 봄철이 그 시간적 배경이다. 봄철이라 하여 모두가 똑같은 춘심(春心)을 느끼지는 않는다. 다만 이상은의 춘심은 특별하기에 많은 사람이 읽고 감상하는 것이다.

▶ 颯颯東風細雨來(삽삽동풍세우래) : 颯 바람소리 삽. 細雨(세우) – 이슬비.

▶ 芙蓉塘外有輕雷(부용당외유경뢰) : 塘 못 당. 연못. 輕雷(경뢰) – 멀리서 들려오는 은은한 천둥소리. '가볍게 들리는 소리'라는 표현은 괜찮지만 '가벼운 천둥소리'는 아니다. 소리는 무게가 없다. 다만 무겁거나 가벼운 물체와 연관된 소리가 있을 뿐 소리가 어찌 가볍겠는가? 한자로는 '경뢰'라는 표현이 통하지만 우리말로 옮길 때는 달라야 한다.

▶ 金蟾齧鎖燒香入(금섬설쇄소향입) : 蟾 두꺼비 섬. 金蟾(금섬) – 쇠로 만든 두꺼비 모양의 향로. 齧 물 설. 입에 물다. 향로의 향기를 여인의 체취로 생각하고 읽어도 된다.

▶ 玉虎牽絲汲井回(옥호견사급정회) : 玉虎(옥호) – 옥으로 만든 호랑이 모양. 여기서는 두레박줄을 매는 도구의 모양. 牽絲(견사) – 줄을 당기다. 汲 물 길을 급. 두레박이 우물을 들락날락하면서 물을 퍼내는 것을 사랑의 행위로 연상하는 사람도 많다.

▶ 賈氏窺簾韓掾少(가씨규렴한연소) : 賈氏(가씨) – 서진의 개국공신이며 권력자인 가충(賈充)의 막내딸. 서진 혜제(惠帝)의 황후인 가남풍(賈南

風)의 여동생. 窺 엿볼 규. 簾 발 렴. 주렴. 掾 도울 연. 하급 관리. 韓掾(한연) – 하급 관리인 한수(韓壽). 가충은 키가 크고 미남인 젊은 한수를 하급 관리로 임명했는데, 한수가 드나들 때마다 가씨가 주렴 사이로 엿보고 나중에 서로 정을 통하여 가충은 딸을 한수에게 주어야만 했다.(《세설신어 혹닉惑溺》)

▶ 宓妃留枕魏王才(복비유침위왕재) : 宓 성씨 복. 몰래. 宓妃(복비) – 낙수(洛水)의 여신. 여기서는 위 문제 조비(曹丕)가 차지한 견씨(甄氏). 魏王(위왕) – 조조(曹操)의 삼남, 시인인 조식(曹植). 견씨는 원래 원소(袁紹)의 며느리였으나 원소가 조조에게 패망할 때 18세의 조비가 견씨의 미모를 보고 단숨에 취했다. 이는 조조도 인정한 사실이다. 조비의 동생 조식도 견씨를 보고 무한한 애정을 품었으나 이룰 수 없었다. 견씨는 뒷날 자결했는데 조비는 견씨의 베개를 조식에게 보여주었다. 조식은 견씨의 베개를 보고 하염없이 눈물을 흘렸다. 조비가 베개를 조식에게 주자 조식은 그 베개를 가지고 낙수 옆을 지나는데, 홀연히 견씨가 나타나 조식에 대한 연정을 말하면서 '이제는 같이 베고 누울 수 있다'고 말했다. 조식은 이에 감격하여 <감견부(感甄賦)>를 지었다. 후에 위의 명제(明帝) 조예(曹叡)는 이를 읽고 감격하여 <낙신부(洛神賦)>라고 고쳐 불렀다. 이는 재자(才子)와 미인의 비극적인 사랑을 언급한 것이다. 才(재) – 조식은 유명한 칠보시(七步詩)를 지은 시인으로, 이 세상의 재주가 한 섬이라면 그 중의 8두(斗)를 조식이 가졌다고 하여 '팔두지재(八斗之才)'라 하였다.

▶ 春心莫共花爭發(춘심막공화쟁발) : 春心(춘심) – 임을 그리는 마음. 상사(相思)의 정. 莫共花爭發(막공화쟁발) – 꽃이 피듯 같이 드러내지 말라. 꽃이 피면 모두가 다 볼 수 있다. 그러나 연정은 그렇게 드러내는 것이 아니라는 시인의 메시지가 담겨 있다.

▶ 一寸相思一寸灰(일촌상사일촌회) : (상사) – 그리움. 灰 재 회. 타고 남은 것. 이루지 못한 상사의 아픔을 가장 잘 표현한 절창이다. 상사의 고통을 재[灰]로 형상화시킨 시인의 정이 얼마나 애달팠는지 알 수 있다.

수련의 1, 2구는 봄철의 이슬비와 멀리서 들리는 은은한 천둥소리로 사랑의 계절과 임을 그리는 분위기를 연출하고 있다. 3, 4구는 은밀한 사랑의 감정과 연애의 공식을 언급하였다. 상사의 정념은 남이 보지 못하게 전달하고 또 느끼는 것이며, 두레박으로 물을 푸듯 노력해야만 성과를 얻을 수 있다는 뜻이다.

5구는 사랑을 성취한 남자의 기쁨을, 6구는 이루지 못한 남자의 상사지정을 구체적으로 열거하였다. 그리고 7, 8구는 서로 그리는 상대에 대한 위로와 함께 마음고생의 끝을 묘사하였는데, 마치 시인의 아픈 사랑이 한 치의 타버린 재처럼 남아있다. '춘심(春心)은 막공화쟁발(莫共花爭發)하나니 일촌상사(一寸相思)는 일촌회(一寸灰)라' – 정말 천고(千古)의 절창이다.

이 <무제> 시 두 수를 이상은을 거들떠보지도 않는 당시 정계의 실권자 영호도(令狐綯)에 대해 진정(陳情)한 시라고 하였는데, 자못 정치적 해석을 한 사람의 견해에는 동의할 수 없다. 그들은 모든 것을 주군과, 충성의 잣대로만 보려는 병폐가 있다.

214. 籌筆驛 주필역에서　● 李商隱이상은

猿鳥猶疑畏簡書　風雲常爲護儲胥

徒令上將揮神筆　終見降王走傳車

管樂有才原不忝　關張無命欲何如

他年錦里經祠廟　梁甫吟成恨有餘

원숭이와 새들도 군령을 두려워하는 듯
풍운도 언제나 여러 설비를 지켜주었다.
상장上將의 신필을 휘둘러 만든 작전도 헛되이
끝내 항복한 후주의 수레를 보아야만 했다.
관중과 악의의 재능에 뒤지지 않았어도
관우, 장비도 없는데 무엇을 어찌하리오.
옛날 금관성의 사당을 지나갔었는데
그가 즐긴 양보음만 여한 되어 남았네.

🌑 註釋

▶ <籌筆驛(주필역)> : '주필역에서'. 제갈량이 북벌에 나서면서 이곳에서
주군하고 작전계획을 짰다[籌畫]하여 주필이라고 했다. 지금의 사천성

광원시(廣元市) 북쪽의 없어진 조천역(朝天驛). 이상은은 선종(宣宗) 대중(大中) 10년(856), 동천절도사(東川節度使)의 막료로 근무하다가 이곳을 지나 장안으로 돌아온다. 이상은은 제갈량에 대한 흠모의 정을 이 시에 담았다.

▶ 猿鳥猶疑畏簡書(원조유의외간서) : 猿鳥(원조) - 원숭이와 새. 猶疑(유의) - 의심하다, 망설이다, 닮다. 簡書(간서) - 군령(軍令) 문서. 군중 동원령이나 계엄령.

▶ 風雲常爲護儲胥(풍운상위호저서) : 儲 쌓을 저. 버금, 울타리, 진영. 胥 서로 서. 모두. 儲胥(저서) - 여러 가지 시설, 방책.

▶ 徒令上將揮神筆(도령상장휘신필) : 徒 무리 도. 헛되이. 上將(상장) - 여기서는 제갈량.

▶ 終見降王走傳車(종견항왕주전거) : 終見(종견) - 결국은 보게 되다. 降王(항왕) - 촉한의 후주, 유선(劉禪). 傳車(전거) - 역참의 수레, 유선 일가족을 태우고 가는 수레.

▶ 管樂有才原不忝(관악유재원불첨) : 管樂(관악) - 춘추시대 제(齊)나라의 정치가 관중(管仲)과 전국시대 연(燕)나라의 대장군 악의(樂毅). 제갈량은 와룡강에서 독서할 때 스스로를 관중과 악의에 비교했다. 忝 더럽힐 첨. 제갈량이 자신을 관중과 악의에 비교했다는 것이 원래 두 사람에게 욕이 되지 않았다, 그 두 사람의 능력보다 뒤지지 않았다.

▶ 關張無命欲何如(관장무명욕하여) : 關張(관장) - 관우(關羽)와 장비(張飛). 관우는 219년 12월(220년 1월)에, 장비는 221년에 죽었다. 無命(무명) - 죽고 없다. 관우의 죽음은 곧 바로 유비의 조급증을 불렀고, 유비의 섣부른 결정은 장비의 죽음을 자초했고, 분노에 찬 유비의 동오(東吳) 친정(親征)은 곧 자신의 죽음을 초래했다. 물론 유비가 죽은 뒤 제갈량은 혼자 고군분투했고, 제갈량이 죽은 뒤에도 촉한은 29년간 존속했지만 그것은 후주가 정치를 잘해서가 아니라, 제갈량의 코치를 받은 장완(蔣琬), 비위(費禕), 동윤(董允) 등이 있었기 때문이다.

▶ 他年錦里經祠廟(타년금리경사묘) : 他年(타년) - 그 전에. 錦里(금리)

- 유비와 제갈무후의 사당이 있는 곳.

▶ 梁甫吟成恨有餘(양보음성한유여) : 梁甫吟(양보음) - 제갈량이 즐겼던 노래 이름. 양보음(梁父吟)이라고도 표기한다. 恨有餘(한유여) - 제갈량의 한이 남아 있다. 아마 이는 이상은 자신의 한일 수도 있다.

🌸 詩意

수련은 제갈량의 능력에 대한 찬사이다. 그러나 경련에서는 그러한 능력에도 불구하고 그의 노력은 수포로 돌아갔다고 아쉬워했다. 5, 6구에서는 옛 관중과 악의에게도 손색이 없는 능력자였지만 관우, 장비도 없었으니 어찌할 수 없었다는 운명론적 아쉬움을 토로했다.

그리고 마지막으로 전에도 다녀간 적이 있지만 그의 큰 뜻은 한(恨)으로 남았다며 자신의 회포를 서술하였다.

215. 無題 무제 ● 李商隱이상은

相見時難別亦難　東風無力百花殘
상 견 시 난 별 역 난　동 풍 무 력 백 화 잔

春蠶到死絲方盡　蠟炬成灰淚始乾
춘 잠 도 사 사 방 진　납 거 성 회 누 시 건

曉鏡但愁雲鬢改　夜吟應覺月光寒
효 경 단 수 운 빈 개　야 음 응 각 월 광 한

蓬山此去無多路　靑鳥殷勤爲探看
봉 산 차 거 무 다 로　청 조 은 근 위 탐 간

서로 보기도 어렵지만 헤어져도 역시 괴로우니
춘풍이 힘이 없기에 온갖 꽃이 진답니다.
봄누에는 죽어야만 실뽑기를 겨우 끝내고
촛불은 타버려야만 촛농도 그때야 그칩니다.
아침에 거울 보며 구름머리가 변했는가 걱정하고
밤에도 노래하며 달빛 지는 것을 느낍니다.
여기서 봉래산 가기가 먼 길 아니라지만
파랑새 은근히 나를 위해 찾아주기 바란다오.

註釋

▶ <無題(무제)> : 아주 깊은 뜻을 가진 연정의 시이다. 이 시를 읽다보면 육체적 욕망을 느낄 수 있다. 정신적 사랑이 진실하다면 그만큼 육체적 욕망도 강한 것이다. 이 시의 3, 4구는 '남녀의 사랑은 이러한 것이다'라는 명구이다. 이렇듯 완곡한 묘사는 그만큼 강력한 육신의 욕구에 바탕을 두고 있다는 생각이 든다. 그러기에 젊은 남녀의 사랑은 불꽃이 튄다.

▶ 相見時難別亦難(상견시난별역난) : 몰래 만나기도, 또 이별한 다음에 몰래 그리는 것도 다 같이 힘들다.

▶ 東風無力百花殘(동풍무력백화잔) : 東風(동풍) - 춘풍. 殘 해칠 잔. (꽃이) 지다.

▶ 春蠶到死絲方盡(춘잠도사사방진) : 春蠶(춘잠) - 봄철의 누에. 絲(사) - 누에가 토해내는 고치 실. 사(絲)와 사(思)는 해음(諧音). '사(絲)'는 '사(思)'로 통하는데 이런 표현을 쌍관어(雙關語)라고 한다. 方盡(방진) - 겨우 끝이 난다. '이 몸이 죽어야만 당신에 대한 사랑이 끝날 것'이라는 이 표현은 얼마나 절실한가?

▶ 蠟炬成灰淚始乾(납거성회누시건) : 炬 횃불 거. 蠟炬(납거) - 촛불. 淚 눈물 루. 여기서는 촛농[燭膿]. 이별의 눈물을 상징. 촛불이 꺼지면 촛농도 흐르지 않는다. 그렇다면 이 몸은 이별의 아픔 때문에 죽을 수도 있다는

뜻이다.

▶ 曉鏡但愁雲鬢改(효경단수운빈개) : 曉鏡(효경) – 아침에 거울을 보다.
但 다만 단. 雲鬢(운빈) – 구름과 같은 머리.

▶ 夜吟應覺月光寒(야음응각월광한) : 夜吟(야음) – 밤에 시를 읊다. 月光
寒(월광한) – 달빛이 희미하다.

▶ 蓬山此去無多路(봉산차거무다로) : 蓬山(봉산) – 봉래산. 無多路(무다
로) – 길이 많지 않다, 외길이다. 단숨에 달려오라는 염원이 들어있다.

▶ 靑鳥殷勤爲探看(청조은근위탐간) : 靑鳥(청조) – 신화 속의 삼족조(三足
鳥). 파랑새, 서왕모의 전령, 사랑의 중매자. 殷勤(은근) – 정성을 다하여,
정성껏.

詩意

이 시의 주체는 남자가 아니라 여인이다. 여인의 절절한 사랑 노래이다.
마치 이상은의 여인이 들려준 것 같은 하소연이다. 남자는 그냥 듣기만
한다.

만나기도 어렵지만, 그리고 잠시의 이별이지만 이별은 사랑이 멈춘 것인
가? 꽃을 피운 것은 춘풍이다. 그렇다면 꽃이 지는 것은 춘풍의 힘이 다했기
때문인가? 시인이 던지는 수련의 이렇게 멋진 질문에 대한 대답은 어떻게
이어지는가?

3, 4구는 사랑과 욕망에 대한 본질의 문제이다. '이 몸이 죽으면 이별의
아픔도 없습니다'라고 말할 때 그 답변은 무엇인가? 실을 토하고, 또 토하고
죽는 누에[춘잠春蠶], 임을 그리고 또 그리다가 몸을 다 태우고 꺼지는 촛불
[납거蠟炬] – 순정이 아닌가?

잠시 헤어져 있으면서 그리는 것이 경련이다. 5, 6구는 냉철한 반성과 다짐
의 시간이다. 효경(曉鏡)을 보는 것은 '나의 미모를 가꾸는 것이 아니라
임에 대한 봉사'라고 외치고, 밤에도 사랑의 노래를 읊조리니[야음夜吟] 달
빛이 죽으며 날이 밝는다고 하였다.

사랑의 이상향[봉래蓬山]은 어디인지 모르지만, 사랑의 전령[청조靑鳥]을

보내 알려주기 바란다는 간절한 염원으로 시를 끝맺는다. 의산(義山) 이상
은은 틀림없이 애산(愛山) 이상은일 것이다.

216. 春^춘雨^우 봄비　● 李商隱^{이상은}

恨臥新春白袷衣　白門寥落意多違

紅樓隔雨相望冷　珠箔飄燈獨自歸

遠路應悲春晼晚　殘宵猶得夢依稀

玉璫緘札何由達　萬里雲羅一雁飛

새봄 하얀 겹옷을 입고 슬퍼 누웠다가
쓸쓸히 백문白門에 나가보니 생각이 달라지네.
빗속에서 차갑게 건너다보는 가인佳人의 집
주렴 안에 흔들리는 등불 보며 홀로 돌아왔네.
먼 길 슬픔에 겨워 봄밤은 깊어가는데
새벽녘 꿈에서 겨우 보는 희미한 모습이여.
옥 귀고리 넣은 서찰을 어떻게 보낼까?
만 리 비단구름에 외기러기 날아간다.

註釋

▶ <春雨(춘우)> : '봄비'. 봄비를 읊은 시가 아니라 '봄비의 감회'를 읊었다. 영물이 아니라 영회시(詠懷詩)이다.

▶ 悵臥新春白袷衣(창와신춘백겹의) : 悵 슬퍼할 창. 袷 겹옷 겹. 袷衣(겹의) – 겹옷, 협의(夾衣).

▶ 白門寥落意多違(백문요락의다위) : 白門(백문) – 지명. 건강(建康, 건업 建業, 남경)의 선양문(宣陽門). 연인을 만나는 곳. 寥落(요락) – 영락. 意多違(의다위) – 예상이 많이 다르다.

▶ 紅樓隔雨相望冷(홍루격우상망랭) : 紅樓(홍루) – 부잣집. 여기서는 백문 부근 연인의 집. 冷(냉) – 약간의 한기를 느끼다, 이미 떠나버린 가인(佳人)에 대한 사랑이 식었다. 쌍관어(일어쌍관一語雙關)로 쓰였다.

▶ 珠箔飄燈獨自歸(주박표등독자귀) : 珠箔(주박) – 구슬을 꿰어 만든 수레의 발. 飄 회오리바람 표. 飄燈(표등) – 흔들리는 등불.

▶ 遠路應悲春晼晚(원로응비춘원만) : 晼 해가 질 원. 晼晚(원만) – 해가 진 다음에 어둡다.

▶ 殘宵猶得夢依稀(잔소유득몽의희) : 殘宵(잔소) – 남은 밤, 새벽녘. 依稀(의희) – 희미하다, 방불(彷佛), 어렴풋이.

▶ 玉璫緘札何由達(옥당함찰하유달) : 璫 귀고리 옥 당. 玉璫(옥당) – 옥으로 만든 귀고리. 緘 봉할 함. 札 패 찰. 편지, 얇은 조각. 緘札(함찰) – 봉한 서찰. 何由達(하유달) – 어떻게 보내나?

▶ 萬里雲羅一雁飛(만리운라일안비) : 雲羅(운라) – 비단과 같은 구름.

詩意

수련은 '춘(春)'에서 이 시에 나타날 여러 감회를 연상케 해준다. 봄날에 비까지 내린다면 더욱더 여러 가지 생각이 날 것이다. 시인은 누워서 가인 (佳人)을 생각하다가 백문(白門)까지 찾아갔다.

뿌연 빗속에서 바라보는 가인의 집. 약간의 한기 속에서 열정도 식었다고 느껴질 때, 이미 날은 저물었고 혼자 외롭게 발길을 돌렸다. 함련의 요점은

'냉(冷)'하기에 '독자(獨自)로 귀(歸)'하였다. 이 함련에서 슬픔은 많이 차올랐다.

먼 길 다녀온 뒤 날은 어둡다. 밤새 그리워하다 새벽 꿈속에서 어렴풋이 가인(佳人)이 보이는 듯했다. 아마 가인의 오똑한 콧날도 보였을는지 모른다. 경련에서는 '냉(冷)'이 '의희(依稀)'로 전환된다.

그리고 7, 8구에서는 사랑의 징표[옥당玉璫]를 보낼 것을 걱정하며 비단 겹처럼 층층이 쌓인 구름을 보며 새로운 그리움을 만들어간다. 그 그리움 속에 날아가는 기러기를 삽입하였으니, 시인의 마음이 이미 가인에게 가 있음을 알 수 있다.

기승전결에 따라 시인의 마음이 어떻게 바뀌는가를 알 수 있다. 가인에 대한 연정은 이런 것이고, 연정을 그려냈기에 이 시는 아름답다.

217. 無題 二首(一) 무제　●李商隱이상은

鳳尾香羅薄幾重　碧文圓頂夜深縫

扇裁月魄羞難掩　車走雷聲語未通

曾是寂寥金爐暗　斷無消息石榴紅

斑騅只繫垂楊岸　何處西南待好風

봉황 꼬리 향내 휘장은 얇은 비단이 몇 겹인가?
푸른 무늬 둥근 꼭대기를 밤 깊도록 수놓습니다.
반달 모양 부채로 수줍어 다 가리지도 못하고
덜컹대며 가는 수레 때문에 말도 못 들었습니다.
이렇듯 적막하고 촛불 심지 타버렸는데
자른 듯 소식 없고 석류꽃만 붉었습니다.
얼룩 털 말은 버들 늘어진 언덕에 매여 있고
어디서 서남의 좋은 바람 기다려야 하는가요?

🌼 註釋

▶ <無題(무제)> : 이 시 또한 연정을 읊은 시이다. 이상은의 애정시는 풍부한 서정과 탁월한 상상, 세밀한 내면세계의 묘사 등으로 애정시의 탁월한 경지를 개척했다.

▶ 鳳尾香羅薄幾重(봉미향라박기중) : 鳳尾香羅(봉미향라) - 봉황 꼬리를 수놓고 향내가 밴 비단. 薄 엷을 박. 幾重(기중) - 몇 겹인가?

▶ 碧文圓頂夜深縫(벽문원정야심봉) : 碧 푸를 벽. 파란색의 옥돌. 文(문) - 무늬. 紋(문)과 통함. 圓頂(원정) - 둥근 정수리. 縫 꿰맬 봉.

▶ 扇裁月魄羞難掩(선재월백수난엄) : 扇 부채 선. 扇裁月魄(선재월백) - 달 모양으로 만든 부채. 합환선(合歡扇). 월백은 달의 검게 보이는 부분. 도가(道家)에서 부르는 달. 羞 바칠 수, 부끄러울 수. 掩 가릴 엄. 難掩(난엄) - 수줍어서 얼굴을 잘 가리지 못하다.

▶ 車走雷聲語未通(거주뇌성어미통) : 車走雷聲(거주뇌성) - 수레가 시끄러운 소리를 내며 지나가다. 語未通(어미통) - 말을 잘 알아듣지 못했다.

▶ 曾是寂寥金燼暗(증시적료금신암) : 寥 쓸쓸할 료. 寂寥(적료) - 적막하다. 燼 깜부기 불 신. 꺼지기 직전의 불, 타다 남은 심지. 金燼(금신) - 촛대[金]의 타다 남은 촛불 심지.

▶ 斷無消息石榴紅(단무소식석류홍) : 斷無(단무) - 잘라낸 듯 아무것도 없

다. 石榴(석류) - 음력 5, 6월에 석류는 붉은 꽃을 피운다.

▸ 斑騅只繫垂楊岸(반추지계수양안) : 斑 얼룩 반. 얼룩무늬. 斑騅(반추) - 얼룩무늬가 있는 말. 繫 맬 계. 매어놓다.

▸ 何處西南待好風(하처서남대호풍) : 何處(하처) - 어디서. 西南待好風(서남대호풍) - 대서남호풍(待西南好風)의 도치. 서남이 꼭 어느 방향이나 지점을 의미하지는 않는다. 조식(曹植)의 <칠애시(七哀詩)>에 있는 '서남풍이 되어 길이 임의 품에 안기고 싶다(願爲西南風 長逝入君懷)'의 뜻을 활용하여 이룰 수 없는 재회를 간절히 염원하고 있다.

🌸 詩意

이 시는 실의 속에서도 사랑을 기다리는 여인의 이야기이다. 기다리는 일은 서럽다. 기다림이 이루어지지 않을 것이라고 서럽게 생각하면서도 만남이 이루어지기를 기대한다.

이 시는 여인의 독백이라고 할 수 있다. 반대로 남자의 심정을 묘사한 시라고 생각하고 읽으면 또 그렇게 생각된다. 이처럼 염정(艷情)의 시는 추측이나 사리에 의한 분별이 어렵다.

수련에서는 여인의 침선[針], 수놓는 장면을 묘사하여 자신의 아름다운 행위를 드러내려 했다. 함련에서는 부끄럽다는 고백이다. 그러면서도 자신의 수줍어하는 아름다움을 드러내려 했다. 경련에서는 관계가 매우 소원해졌는데도 숙명처럼 기다리겠다는 심리를 표출하고 있다. 미련은 임과의 만남을 고대하는 뜻이다.

이런 시에 대하여 굳이 정치적 의미로 견강부회(牽强附會)하듯 뜻을 새길 필요는 없다. 남녀의 애정을 읊었고, 그대로 해석하면 자연스럽고 아름다울 것이다.

218. 無題 二首(二) 무제 　●　李商隱이상은

重帷深下莫愁堂　　臥後淸宵細細長

神女生涯原是夢　　小姑居處本無郞

風波不信菱枝弱　　月露誰敎桂葉香

直道相思了無益　　未妨惆悵是淸狂

겹겹 휘장 늘인 막수莫愁의 집에
누워 지새는 가을의 긴긴 밤이다.
신녀의 사랑이란 원래 꿈속의 사랑이고
소고小姑의 거처에는 본래 낭군이 없었단다.
풍파는 나름의 연약한 줄기를 때리고
밤이슬 내려도 계화는 향기를 풍긴다.
상사相思의 아픔이 전혀 무익하다 말하지만
사랑에 미쳤다 해도 슬퍼하지 않으리라.

註釋

▶ <無題(무제)> : 이 시는 상사(相思)의 고통을 노래했다.

▶ 重帷深下莫愁堂(중유심하막수당) : 莫愁堂(막수당) - 막수(莫愁)의 집. 막수는 남조 양(梁) 무제(소연蕭衍)의 <하중지수가(河中之水歌)>에 나오는 여인의 이름이다. 이후 막수는 불특정 여인의 이름으로 통용된다. 또 다른 설명에 의하면 막수는 호북성 석성(石城)에 사는 노래를 잘하는 여인으로 '막수악(莫愁樂)'이 있다 하였다. 어느 설명을 취하든 막수는 여인의 이름이다. 막수는 '근심이 없다'는 뜻과 달리 이 여인은 사랑에 빠져 근심으로 지새고 있다. 그러다 보니 그 이름이 더 사랑스럽게 느껴진다.

▶ 臥後淸宵細細長(와후청소세세장) : 淸宵(청소) - 고요한 밤. 細細(세세) - 매우 가늘다. 細細長(세세장) - 혼자서 잠을 못 이루는 밤이라서 길기만 하다.

▶ 神女生涯原是夢(신녀생애원시몽) : 神女(신녀) - 무산(巫山)의 신녀. 초왕(楚王)과 꿈속에서 사랑을 나누는 상대. 生涯(생애) - 삶, 애정사.

▶ 小姑居處本無郞(소고거처본무랑) : 小姑(소고) - 젊은 아가씨. 청계(淸溪)에 사는 젊은 여인으로 육조시대 오지(吳地)의 사람들이 신처럼 제사를 지냈다고 하는데 남편 없이 혼자 살았다고 한다. 혼자 쓸쓸히 사는 여인.

▶ 風波不信菱枝弱(풍파불신능지약) : 風波(풍파) - 큰 파도, 세파. 菱 마름 릉. 여인은 마름 줄기처럼 연약한데 센 풍랑에 상처를 받았다. 곧 자신은 사랑의 상처를 입었다는 뜻.

▶ 月露誰敎桂葉香(월로수교계엽향) : 月露(월로) - 달밤에 내리는 이슬. 誰敎(수교) - 누가 ~하게 하는가? 아무도 ~하게 하지 않는다는 강한 부정. 桂葉(계엽) - 계화(桂花). 香(향) - 향기를 풍기다.

▶ 直道相思了無益(직도상사료무익) : 直道(직도) - 바로 말하다. 相思(상사) - 그냥 상사가 아닌 푹 빠진 상사. 了 마칠 료. 了無(요무) - 전혀 없다. 전무(全無). 益(익) - 이로움.

▶ 未妨惆悵是清狂(미방추창시청광) : 未妨(미방) – 불방(不妨). 상관없다.
惆 실망할 추. 惆悵(추창) – 비통함, 슬픔. 清狂(청광) – 도를 넘었지만
지조를 잃지 않다.(방일이속放逸離俗) 일부러 취하는 미친 짓, 치정(癡情)
에 빠지다, 마음대로 즐기다.

詩意

이 시 역시 일방적 사랑에 푹 빠진 여인의 슬픔을 노래하였다. 수련에서는
자신의 은밀한 거처에서 혼자 긴긴 밤을 보낸다고 하였다. 다음 연에서
무산 신녀(神女)의 사랑은 꿈속의 사랑이며, 청계 소고(小姑)는 본래 혼자
살았다면서 자신을 위로한다. 경련에서는 자신은 사랑의 상처를 받았지만
자신의 사랑을 말할 수도 없다는 슬픔을 노래했다.

그리고 마지막 연에서는 자신의 상사병이 아무 도움이 안 된다지만 그래도
자신은 이 '미친 사랑'을 계속 간직하겠다는 뜻을 말하고 있다.

전체적으로 의경(意境)이 심원하며 언사가 아름다우면서도 침통하다. 오직
'일편단심'의 치정이 느껴진다.

이상 2수의 <무제> 시는 참된 애정을 읊었다고 보아야 한다. 이 시가 '무슨
뜻이 있고, 무슨 뜻을 가탁(假託)하였다'고 억지 해설을 할 필요는 없다.
애정시로서 가치가 있고 훌륭한 성취를 이룩했을 뿐이다.

利洲南渡 이주에서 남으로 강을 건너며

● 溫庭筠 온정균

澹然空水對斜暉　曲島蒼茫接翠微

波上馬嘶看棹去　柳邊人歇待船歸

數叢沙草群鷗散　萬頃江田一鷺飛

誰解乘舟尋范蠡　五湖煙水獨忘機

잔잔한 넓은 강은 지는 해를 마주하고
곡도曲島는 아련하게 푸른 산안개에 닿았다.
강가에 말은 가는 배를 울며 바라보고
버들가 객은 쉬며 배를 기다려 돌아간다.
곳곳의 모래 풀더미에 물새들 흩어지고
드넓은 강가 논에 해오라기 홀로 날아간다.
누가 알리오! 배 타고 범려를 찾아가듯
오호 물안개 속 홀로 기심機心을 잊으리라!

▶ <利洲南渡(이주남도)> : '이주에서 남으로 강을 건너며'. 利洲(이주) – 지금의 사천성 북부의 광원시(廣元市). 이주(利州)로 쓴 판본도 있다. 가릉강(嘉陵江) 상류지역. 당 측천무후의 고향. 이주는 강 북쪽에 있기에 남도(南渡)라 했다. 나루터에서 배를 기다리며 감회를 읊었다.

▶ 澹然空水對斜暉(담연공수대사휘) : 澹 담박할 담. 澹然(담연) – 물이 맑고 고요한 모양. 空水(공수) – 탁 트인 수면. 暉 빛 휘. 斜暉(사휘) – 석양.

▶ 曲島蒼茫接翠微(곡도창망접취미) : 曲島(곡도) – 강 가운데의 구부러진 섬. 蒼茫(창망) – 흐릿한 모양. 翠微(취미) – 푸른 기운이 도는 아지랑이.

▶ 波上馬嘶看棹去(파상마시간도거) : 嘶 울 시. 棹 노 도. 棹去(도거) – 배가 지나가다.

▶ 柳邊人歇待船歸(유변인헐대선귀) : 柳邊(유변) – 나루터 버드나무 아래. 歇 쉴 헐.

▶ 數叢沙草群鷗散(수총사초군구산) : 叢 모일 총. 무더기, 떨기. 數叢(수총) – 풀이 무성한 여러 곳. 沙草(사초) – 모래밭의 풀. 鷗 갈매기 구. 물새.

▶ 萬頃江田一鷺飛(만경강전일로비) : 萬頃(만경) – 아주 넓은 경작지. 鷺 해오라기 로.

▶ 誰解乘舟尋范蠡(수해승주심범려) : 誰解(수해) – 누가 알겠느냐? 蠡 좀먹을 려. 范蠡(범려) – 월왕 구천(勾踐)을 도와 오(吳)를 멸망시켰다. 월왕에게 서시(西施)를 골라 미인계를 쓰라고 건의하였다. 월의 패업(霸業)을 이룬 뒤 곧바로 구천 곁을 떠나 제(齊)나라에 가서 이름을 숨기고 보신(保身)하며 장사를 해서 거금을 모았다. 보통 도주공(陶朱公)이라고도 부르는데 중국 상인들은 그를 '돈[錢]의 신' – 재신(財神)으로 떠받든다. '충이위국 지이보신 상이치부 성명천하(忠以爲國 智以保身 商以致富 成名天下)'한 사람으로 중국 순양(順陽) 범씨의 선조로 받들어진다.

▶ 五湖煙水獨忘機(오호연수독망기) : 五湖(오호) – 태호(太湖) 및 그 부근

4개의 호수. 忘機(망기) - 기심(機心)을 버리다. 오왕 부차(夫差)가 멸망하자 범려는 서시를 데리고 제나라에 가서 숨어 장사를 했다는 이야기와, 서시와 함께 오호에 은거했다는 이야기가 있다.

詩意

시인은 나루에서 배를 기다리고 있다. 그리고 보이는 그대로 차근차근 써 내려갔다. 원경을 먼저 읊고 가까이 보이는 나루터를 묘사했다. 원근과 수륙을 망라했고, 동(動)과 정(靜)을 모두 그려내었다. 특히 마주보고[對], 닿았고[接], 울면서 보고[嘶看], 쉬며 기다리고[歇待], 흩어지고[散], 날아가다[飛] - 이러한 동사가 구절마다 자리를 잡고 있어 그림 같은 시가 동영상으로 나타난다.

경련에서 떼를 지어 흩어지는 물새들과 홀로 나는 해오라기를 대비시킨 뜻은 무엇일까? 사천(四川)에서 오호(五湖)는 수천리가 넘는 먼 길인데 왜 오호와 범려를 떠올렸을까?

시인이 세속을 떠나 은거하고 싶은 마음이 그만큼 간절하다는 뜻이다. 범려는 자신의 뜻대로 정치적 성공을 거두었다. 보통사람들은 그 공적만으로도 영화를 누릴 것이라 생각했을 것이다.

그러나 범려는 월왕 구천을 '고생을 같이할 수는 있지만 영광을 같이할 수 없는 인물'로 보았다. 그러기에 타국 제나라로 가서 큰돈을 벌었고, 그 다음에 재물을 흩어 버리고 오호에 은거했다. 시인은 범려의 그러한 달관을 부러워했을 것이다.

220. 蘇武廟 ^{소무묘} 소무묘 ● 溫庭筠온정균

蘇武魂銷漢使前　　古祠高樹兩茫然

雲邊雁斷胡天月　　隴上羊歸塞草煙

回日樓臺非甲帳　　去時冠劍是丁年

茂陵不見封侯印　　空向秋波哭逝川

소무는 한사漢使를 다시 만나 정신이 없었고
소무의 사당과 큰 나무는 모두 무심하도다.
구름 저편 호지胡地의 달 너머 소식도 끊어졌고
언덕의 양들은 구름 낀 변방 초원으로 돌아온다.
그가 돌아온 날 누대엔 무제는 죽고 없는데
떠날 때 관 쓰고 칼 찬 소무는 장년이었다.
무릉의 주인은 봉후의 인수를 보지 못하리니
공연히 가을물 보며 덧없음을 슬퍼하노라.

✿ 註釋

▶ <蘇武廟(소무묘)> : 蘇武(소무) −?−기원전 60년. 한 무제 천한(天漢) 원
년(기원전 100)에 소무는 중랑장의 신분으로 흉노에 사신으로 나갔다.
그러나 흉노는 소무를 억류하면서 투항을 요구하였다. 소무가 끝까지
거부하자 흉노는 소무를 북해(바이칼 호) 근처로 보내 양을 키우게 했다.
소무는 양을 키우면서도 끝까지 지조를 지켰다. 무제가 죽고(기원전 87)
소제(昭帝)가 즉위하였는데 몇 년 뒤 흉노와 한조(漢朝)에 화의가 성립되
자 한에서는 소무를 돌려보내라고 요구하였다. 흉노는 소무가 죽었다고
거짓말을 하였다. 뒤에 한의 사신은 소무의 부하를 만나 그간의 사정을
들었다. 한의 사신은 한 천자가 상림원(上林苑)에서 사냥을 하다가 큰
기러기를 잡았는데 다리에 소무의 편지가 있었다고 거짓말을 하였다.
흉노에서는 소무가 살아있다고 하였고, 결국 소무는 부하 9명을 데리고
기원전 81년 봄에 장안으로 돌아왔다. 소무는 80여세를 살고 선제(宣帝)
신작(神爵) 2년(기원전 60)에 죽었다.

▶ 蘇武魂銷漢使前(소무혼소한사전) : 銷 녹일 소. 漢使(한사) − 소제 때
흉노에 파견된 사신.

▶ 古祠高樹兩茫然(고사고수양망연) : 古祠(고사) − 오래된 사당. 소무의
사당. 茫然(망연) − 아득한 모양, 무심한 것 같다.

▶ 雲邊雁斷胡天月(운변안단호천월) : 雁斷(안단) − 소식이 끊기다. 胡天月
(호천월) − 호지(胡地, 북방)의 달.

▶ 隴上羊歸塞草煙(농상양귀새초연) : 隴 고개이름 롱. 지명.

▶ 回日樓臺非甲帳(회일누대비갑장) : 回日(회일) − 소무가 돌아오는 날.
非甲帳(비갑장) − 무제가 사용했던 가장 좋은 휘장(갑장甲帳)이 없었다.
곧 무제는 죽고 없었다.

▶ 去時冠劍是丁年(거시관검시정년) : 去時(거시) − 소무가 사신으로 출발
할 때. 冠劍(관검) − 관을 쓰고 칼을 둘렀을 때. 丁年(정년) − 20세에서
50세. 곧 장년.

▶ 茂陵不見封侯印(무릉불견봉후인) : 茂陵(무릉) − 한 무제의 능. 封侯印

(봉후인) - 후(侯)로 봉한다는 인수(印綬).

▶ 空向秋波哭逝川(공향추파곡서천) : 秋波(추파) - 가을의 강물. 逝 갈
서. 흘러가다. 哭逝川(곡서천) - 강물이 흘러가는 것을 보고 통곡하다,
세월이 가는 것을 탄식하다.

詩意

수련의 1구는 옛일을 말했고, 2구는 시인이 바라보는 현재의 일이다. 고금
(古今)을 연이어 말하여 시공을 좁혔다. 3구와 6구는 소무가 흉노 땅에 있을
때, 4구와 5구는 귀국 이후를 묘사하였다. 7, 8구는 세월이 흘러가며 인생이
덧없음을 말했다.

그 고생을 하며 지킨 지조였다. 가지고 갔던 사신의 깃발이 모두 낡아 색이
다 퇴색했지만 소무는 '백발단심(白髮丹心)' 그래도 지킨 것은 지조와 충성
심이었다. 그를 보낸 무제는 죽고 없었고, 소무는 돌아온 뒤에 영광과 보상
을 받았다.

그러한 전후를 알고 있는 시인으로서는 인생의 허무를 느꼈을 뿐이다. 공자
도 '흘러가는 물을 보며 인생은 이와 같으니, 밤과 낮으로 그치지 않는다(逝
者如斯夫, 不舍晝夜)'고 탄식했다.

221. 宮詞 궁궐의 노래 ● 薛逢설봉

十二樓中盡曉妝　　望仙樓上望君王

鎖銜金獸連環冷　　水滴銅龍晝漏長

雲髻罷梳還對鏡　　羅衣欲換更添香

遙窺正殿簾開處　　袍袴宮人掃御床

십이루에서 아침 화장을 마치고
망선루에 올라 군왕을 기다린다.
사슬을 문 금수金獸의 이어진 고리 차갑고
물 떨어지는 동룡銅龍의 낮은 길기만 하다.
구름머리 빗질하고 돌아 거울을 마주하고
비단옷 갈아입으려 다시 향낭을 채운다.
멀리 정전의 주렴 열린 곳 바라보니
바지 입은 궁녀들만 어상御床을 청소한다.

● 作者　설봉(薛逢) – 회창(會昌) 연간의 진사
자(字)는 도신(陶臣)으로 무종(武宗) 회창 원년(841)에 진사가 되었다. 시어
사와 상서랑 등을 역임하고 파주자사(巴州刺史)가 되었다가 비서감으로

있다가 죽었다. 재주를 믿고 오만하였으나 만년에는 힘든 생활을 했다고
한다. 시는 얕고 속기(俗氣)가 있다는 평이 있다.

註釋

- ▶ <宮詞(궁사)> : '궁궐의 노래'. 황제를 기다리는 후궁의 안타까움을 노래
  한 궁원시(宮怨詩)이다.
- ▶ 十二樓中盡曉妝(십이루중진효장) : 十二樓(십이루) - 황제(黃帝)가 오성
  십이루(五城十二樓)를 짓고 선인의 하강을 기다렸다고 한다. 여기서는
  황제 후궁의 거처. 盡 다될 진. 마치다. 妝 꾸밀 장. 曉妝(효장) - 아침
  화장.
- ▶ 望仙樓上望君王(망선루상망군왕) : 望仙樓(망선루) - 무종(武宗, 재
  위 840-846) 때 축조했다는 누각. 무종은 도교를 장려하면서 중국 역사에
  서 가장 철저한 훼불(毀佛), 억불(抑佛) 정책을 폈다.
- ▶ 鎖銜金獸連環冷(쇄함금수연환랭) : 鎖 쇠사슬 쇄. 鎖銜(쇄함) - 자물쇠.
  金獸(금수) - 쇠로 만든 짐승 모양. 連環(연환) - 고리로 이어진 것.
- ▶ 水滴銅龍畫漏長(수적동룡주루장) : 水滴(수적) - 물방울, 물시계. 畫漏
  長(주루장) - 오래오래 물방울을 떨어뜨리다.
- ▶ 雲髻罷梳還對鏡(운계파소환대경) : 髻 상투 계. 雲髻(운계) - 구름 모양
  으로 부풀린 머리. 梳 빗 소. 빗질하다.
- ▶ 羅衣欲換更添香(나의욕환갱첨향) : 羅衣(나의) - 비단옷. 添 더할 첨.
  보태다.
- ▶ 遙窺正殿簾開處(요규정전염개처) : 遙 멀 요. 窺 엿볼 규. 遙窺(요규)
  - 멀리서 살펴보다.
- ▶ 袍袴宮人掃御床(포고궁인소어상) : 袍 핫옷 포. 겉옷. 袴 바지 고. 단의(短
  衣). 袍袴(포고) - 솜옷 바지. 宮人(궁인) - 궁녀. 황제는 이미 어느
  후궁으로 행차했다는 뜻이니 결국 자신을 찾아올 가능성이 없다는 절망
  의 표시.

인물의 생각이나 심리를 상세히 묘사하였다.

수련에서는 황제의 행차를 기다리는 뜻을 묘사하였으니 '망(望)'을 연달아 써서 간절한 염원을 표출하였다. 이후의 6구는 모두 '망'을 풀이한 동작이다. 궁중생활을 짐작케 하는 운계(雲髻), 나의(羅衣), 첨향(添香) 등은 결국 화려함이다. 그리고 화려함의 안쪽에는 지루한 기다림이 있다. 그 기다림을 위해 여러 동작이 이어진다. 곧 아침 화장을 한 뒤에 궁궐 후궁들의 처소 모습은 한가하나 기다리는 사람에게는 지루한 것이고, 머리 빗고 나서, 거울 보고, 옷을 갈아입으며 향낭을 차고 - 그러고서도 시간이 남아 멀리 정전(正殿)을 바라보면서 또 하루를 실의 속에 보내는 모습이다. 이를 의미하는 시어는 '냉(冷)'과 '장(長)'이니 그 심리는 공허, 적막, 고민, 초조, 상심이며 원망일 것이다.

▌ 양귀비의 아침 화장

222. 貧女 가난한 여인　● 秦韜玉진도옥

蓬門未識綺羅香　擬託良媒益自傷

誰愛風流高格調　共憐時世儉梳妝

敢將十指誇偏巧　不把雙眉鬪畫長

苦恨年年壓金線　爲他人作嫁衣裳

가난한 집안이라 비단옷은 알지도 못하기에
좋은 집에 중매라는 말에 가슴만 더 아프다.
나의 행동과 높은 됨됨이를 누가 알아주나?
모두 세월 따라 기이한 화장을 좋아합니다.
감히 손재주는 두루 뛰어나다 자랑하지만
양쪽 눈썹 길게 그리기를 다투지는 않습니다.
정말 고통스런 것은 해마다 수를 놓아서
다른 여인을 위해 혼수 옷을 짓는 일입니다.

作者 진도옥(秦韜玉) - 권력을 쥔 환관에 아부

자(字)는 중명(中明)으로 경조(京兆, 장안) 사람이다. 희종(僖宗, 재위 873-888) 중화(中和) 2년(882) 진사가 되었다. 희종이 황소(黃巢)의 난 (875-884)을 피해 촉으로 갈 때, 희종 정권의 최고 실세였던 환관 전영자(田令孜)에게 아부하여 황제 호위군인 신책군(神策軍)의 판관을 지냈고 뒤에 공부시랑을 역임하였다. 청년 시절에 자못 문명(文名)이 있었다고 한다.

註釋

▶ <貧女(빈녀)> : '가난한 여인'. 貧女(빈녀) - 한사(寒士)와 서로 그 의미가 통한다. 빈녀의 독백은 그대로 한사에게도 마찬가지일 것이다.

▶ 蓬門未識綺羅香(봉문미식기라향) : 蓬 쑥 봉. 떠돌아다니다. 蓬門(봉문) - 한문(寒門), 가난한 집안. 綺 비단 기. 綺羅香(기라향) - 비단옷.

▶ 擬託良媒益自傷(의탁양매익자상) : 擬 헤아릴 의. 본뜨다. 擬託良媒(의탁양매) - 좋은 자리에 중매하겠다는 말. 益(익) - 더욱. 역(亦)으로 된 판본도 있다. 自傷(자상) - 마음만 아프다. 가난한 여인에게 좋은 가문에 중매해 주겠다는 주변의 말은 오히려 가슴만 아프다. '내 신분이 이러한데 ~' 좋은 중매란 결국 빈말일 것이라 미루어 생각한 말이다.

▶ 誰愛風流高格調(수애풍류고격조) : 誰愛(수애) - 누가 ~을 좋아하겠는가? 風流(풍류) - 행동거지. 高格調(고격조) - 고상한 풍격. 자신은 비록 가난하지만 행동거지와 풍격은 남과 다르다는 뜻.

▶ 共憐時世儉梳妝(공련시세검소장) : 共憐(공련) - 모두가 좋아한다. 時世(시세) - 당시에 유행하는. 儉梳妝(검소장) - 검소한 머리치장이나 얼굴화장. 검(儉)을 '험(險)과 통한다'하여 '기이한'의 뜻으로 풀이하면 의미가 잘 통한다.

▶ 敢將十指誇偏巧(감장십지과편교) : 十指(십지) - 열 손가락, 손재주. 誇 자랑할 과. 偏巧(편교) - 두루 잘하다.

▶ 不把雙眉鬪畫長(불파쌍미투화장) : 雙眉(쌍미) - 두 눈썹. 鬪 싸움 투. 다투다. 畫長(화장) - 길게 그리다. 당시는 눈썹 길게 그리는 것이 유행했

던 모양이다.

▶ 苦恨年年壓金線(고한연년압금선) : 苦恨(고한) - 진실로 고통스럽다.
壓金線(압금선) - 자수를 놓다.

▶ 爲他人作嫁衣裳(위타인작가의상) : 嫁衣裳(가의상) - 시집갈 때 입는
옷.

詩意

진도옥은 이 시 한 수, 특히 '위타인작가의상(爲他人作嫁衣裳)'이 한 구절로
시인의 명성을 유지하는 것 같다. 비단은 알지도 못하는 가난한 처녀인데
다른 여인이 시집갈 때 입을 옷을 만들어야 하는 처지나 운명은 눈물이
난다.

마치 농부가 피 같은 땀을 흘려 농사를 지어도 쌀밥을 못 먹고, 가난한
여인 손으로 비단을 짜지만 정작 비단옷은 다른 사람이 입는다. 기와를
굽는 장인이 평생 기와를 굽지만 기와집에 살지 못하는 이치는 그대로 여기
에서도 적용이 된다.

열 손가락 솜씨가 좋아 다른 여인을 위해 손가락이 아프도록 수를 놓는
것은, 내면에 능력을 갖고서도 세상으로부터 버림 받은 한사(寒士)의 설움
과 같은 것이다.

3, 4, 5구는 세속의 소인과 차별되는 회재불우(懷才不遇)의 주제를 더욱
부각시키고 있다. 여기 이 빈녀(貧女)의 초상은 곧 한사의 자화상일 것이
다.

223. 古意 呈補闕喬知之 고의-보궐 교지지에게 증정하다 ● 沈佺期 심전기

盧家少婦鬱金堂　海燕雙棲玳瑁梁

九月寒砧催木葉　十年征戍憶遼陽

白狼河北音書斷　丹鳳城南秋夜長

誰爲含愁獨不見　更敎明月照流黃

노씨 집안 젊은 며느리의 처소인 울금당
제비 한 쌍 대모 장식 처마에 깃들었다.
구월 찬 다듬잇돌 소리는 낙엽을 재촉하고
10년 먼 요양 땅에 출정나간 임을 그린다.
백랑하 북에서는 소식이 끊겼고
단봉성 남에서는 가을밤 길기만 하다.
누구는 홀로 그리며 못 만나 시름하는데
밝은 달 어이하여 누런 휘장을 비추는가?

註釋

▶ <古意 呈補闕喬知之(고의 정보궐교지지)> : '고의-보궐 교지지에게 증정하다'. 이 시는 분류상 '칠율악부'이다. 《당시삼백수》에 칠율악부는 이 시 한 수뿐이다. 악부의 고제(古題) <독불견(獨不見)>을 차용한 것이라서 '고의(古意)'라는 말이 앞에 쓰였다. 제목을 <독불견>이라 붙인 판본도 많이 있다. 이 시는 그립지만 만나지 못하는 마음의 아픔을 노래하였다. 補闕(보궐) - 관직명. 喬知之(교지지) - 측천무후 때 사람.

▶ 盧家少婦鬱金堂(노가소부울금당) : 盧家少婦(노가소부) - 노씨 가문의 젊은 며느리가 사는 집 울금당. 꼭 노씨라 지명한 것은 아니나 하여튼 결혼한 지 오래되지 않은 장안의 젊은 부인이다. 鬱 막힐 울. 鬱金(울금) - 향초. 벽에 울금을 넣은 흙을 바른 집. 일반적으로 여인의 거처라는 뜻으로 통용된다. 堂(당) - 향(香)으로 된 판본도 있다.

▶ 海燕雙棲玳瑁梁(해연쌍서대모량) : 海燕(해연) - 바다 건너온 제비. 雙棲(쌍서) - 제비는 짝을 지어 들어온다. 玳瑁(대모) - 바다거북. 등에 문채가 있어 장식용으로 쓰인다. 玳瑁梁(대모량) - 그림을 그려 넣은 대들보.

▶ 九月寒砧催木葉(구월한침최목엽) : 九月(구월) - 음력 9월이면 늦가을이다. 寒砧(한침) - 차가운 다듬잇돌. 다듬이질. 催 재촉할 최.

▶ 十年征戍憶遼陽(십년정수억요양) : 억요양십년정수(憶遼陽十年征戍)의 도치. 征戍(정수) - 변방에 방위하러 나가다. 遼陽(요양) - 요하의 동쪽. 당시 말갈족이나 몽고족에 대항하는 최전방이다.

▶ 白狼河北音書斷(백랑하북음서단) : 白狼河(백랑하) - 대릉하(大凌河). 요동만(遼東灣)으로 흘러드는 요녕(遼寧) 지방의 강.

▶ 丹鳳城南秋夜長(단봉성남추야장) : 丹鳳城(단봉성) - 장안성.

▶ 誰爲含愁獨不見(수위함수독불견) : 誰爲(수위) - 수지(誰知), 수위(誰謂)로 된 책도 있다. 含愁(함수) - 시름을 품다. 獨不見(독불견) - 악부의 곡명. 상사(相思)하지만 부득견야(不得見也).

▶ 更敎明月照流黃(갱교명월조류황) : 流黃(유황) - 황색의 직물.

젊은 아낙의 사연을 듣고 누가 가슴 아프지 않겠는가? 이런 여인의 슬픔은
순수하기에 시인들이 다투어 읊었을 것이다. 마음은 만리 밖의 요양 땅을
헤매며 전전반측(輾轉反側)하고, 북쪽에서는 아무 소식도 없다.

이런 기본 틀은 누구나 알고 있는 고통이지만, 문제는 이런 고통을 위정자가
모른다는 뜻이다. 따라서 이런 악부시는 풍간(諷諫)의 뜻이 있다.

1구의 '노가소부울금당(盧家少婦鬱金堂)'은 아무런 시어가 없다. 마치 편지
봉투에 쓴 주소와 같다. 그런데 왜 금방 슬픈 뜻이 밀려오는가? 반면 8구
'갱교명월조류황(更敎明月照流黃)'은 너무 상투적인 표현이라고 지적하는
사람도 있다. 그러나 명구가 돋보이는 것은 덜 보이는 구절이 있기 때문이
아니겠는가?

사실, 변방으로 징발되어 가서 10년이나 소식이 없는 장정의 집이라면 그
집은 아무런 재력이나 권력도 없는 집일 것이다. 그런 가문에 실제로 울금향
을 바르고, 대모(玳瑁) 장식을 한 집은 거의 없을 것이다. 그렇다고 구질구질
한 정경으로 소부(少婦)의 거처를 그려야 하겠는가?

3, 4구는 도치법으로 9월의 남쪽 장안을 10년이나 된 북쪽 변방과 확실하게
대비시켰다. 그리고 5구와 6구는 서로 소식이 없어 그리는 정을 묘사했다.
젊은 아낙에게는 길고 긴 가을밤이다.

이 악부시에는 비(比)와 흥(興)의 뜻이 있다고 한다. 이 시는 온후돈후한
언사로 그 뜻은 질박하면서도 시격은 매우 고상하다.

7. _____

五言絶句

【절구絶句의 특징】

절구는 단구(斷句) 또는 단구(短句), 절구(截句, 끊을 절)라고 하는데 고체시에 상대적인 근체시의 한 종류이다. 격률과 구수(句數), 용자(用字)의 평측(平仄), 압운 방식이 모두 엄격한 제한이 있기에 고체시처럼 자유롭지가 않다.

그러나 오절 20자 또는 칠절 28자를 가지고 시인의 다양한 감정과 인생의 여러 측면을 묘사하면서 시정과 시의, 시취(詩趣)를 말하되 언외(言外)의 뜻이 있으며, 의경(意境)이 무궁하여 중국 시가에서 최고의 결정(結晶)이라고 칭송하는 것이 절구이다.

절구는 4구로 짜여지기 때문에 편폭이 짧아 과다한 수식을 할 수 없다. 그리고 노래로 창(唱)을 할 수 있기에 괴벽하거나 생경한 표현은 피하게 되고 고의로 조탁(彫琢)하거나 수식하지 않기에 경물을 보는 듯 완연하다. 절구는 그 완성도에 따라 다음과 같이 네 종류로 구분할 수 있다.

▎율절(律絶) – 평측이 평기식(平起式) 또는 측기식(仄起式)으로 격률이 모두 완비된 절구. 금절(今絶)이라고도 부른다.

▎악부절(樂府絶) – 본래 입악(入樂)을 위주로 창작된 가행체(歌行體)의 절구이다. 당인(唐人)이 창작한 신악부로 율시의 영향을 받아 평측이 맞는 절구의 악부이다.

▎고절(古絶) – 평측을 고려하지 않은 4구의 시. 고시(古詩)와 상동(相同)하다.

▎요절(拗絶) – 율시와 고시의 구절이 섞여 있는 절구.

【시적 표현】

절구의 특징은 '의재언외(意在言外)'에 있다. 곧 절구는 '함축(含蓄)'을 귀히 여기니 '현외지음(絃外之音)'과 '미외지미(味外之味)'를 추구하는 형식이라고 말한다. 함축이란 '드러나지는 않지만 많은 것을 포괄하는 상태'이니 시로 표현된 그 정의가 완연하면서도 다함[盡]이 없다는 뜻이다.

좋은 시, 또는 잘 지은 시라는 것은 그 표현이 매우 시적이어서 정감을 준다는 의미이다. 시를 짓고 또 번역하는 데 있어 일반 산문과는 다르게 시정(詩情)을 개성화, 입체화, 형상화할 필요가 있다.

더 부연 설명하자면 그 시의(詩意)가 직접 드러나지 않는 함축성이 강한 시어를 골라야 하고, 언어절약의 예술적 기법으로서의 생략(省略)과 시적 감흥의 도약을 위한 비약(飛躍), 운율미(韻律美)와 예술적 쾌감 충족에 필요한 어구 전도(顚倒) 또는 반복(反復)의 기교가 필요한 것이다.

함축은 적은 글자로 많은 뜻을 담아내려는 노력이다. 시는 산문과 달리 글자의 수가 제한되어 있다. 때문에 상세한 묘사가 아니라 함축성이 농후한 글자나 구절을 골라 집약적으로 표현하면서 작은 것으로 큰 뜻을, 적은 것으로 많은 것을 표현해야 한다. 그러다 보니 사용하는 시어 선택에 고심해야 한다. 소리 내어 우는 애통보다는 소리를 죽인 침통이 더 강한 슬픔을 뜻하고, 대노(大怒)보다는 울분이 내면의 분노를 더 강하게 표현한다. '들불에도 타 없어지지 않고, 봄바람에 다시 살아난다(野火燒不盡 春風吹又生)'의 이 시구는 의지나 염원을 뜻하는 글자가 없어도 '커가는 역량과 의지는 결코 소멸되지 않는다'는 의지를 무엇보다도 강하게 함축하고 있다.(백거이 〈부득고원초송별賦得古原草送別〉)

그리고 겸허, 자제, 침착, 호방, 고상, 질박, 소담, 쇄락, 억울, 여유, 완곡, 웅혼, 비장, 정렬, 정중, 처연 등등 여러 감정을 어떤 시어로 함축하느냐가 시인에게 중요하다. 그러나 호방이 방종으로, 질박이 옹색함으로, 해탈이 무심으로 표현되어서도 안 될 것이다.

글을 짓거나 시적 표현에서 일부 문장 성분을 없애서 표현의 효과를 강조하는 것이 생략이다. 생략의 효과는 간결, 명료, 배경 생략 등으로 글자를 줄여 표현의 공간을 확대하여 여백의 효과를 얻는 방법이다.

왕유의 〈과향적사(過香積寺)〉에서 '천성열위석 일색냉청송(泉聲咽危石 日色冷青松)'은 '우뚝 선 돌이 물을 막으니 물소리가 크고(危石沮水泉聲咽), 청송이 하늘을 가리니 햇볕도 서늘하다(青松蔽空日色冷)'의 뜻으로 저수

(沮水)와 폐공(蔽空)의 뜻이 생략되면서 묘사는 더 절묘해진 예라 할 수 있다.

또 왕유의 <산거추명(山居秋暝)>에서 '명월송간조 청천석상류(明月松間 照 淸泉石上流)'의 경우 '명월조어송간 청천류어석상(明月照於松間 淸泉流 於石上)'에서 어(於)를 생략하면서 어순을 전도하였다.

이처럼 전도 또는 도치는 정상적인 어순을 바꾸어 놓는 표현방법인데 이는 운을 맞추기 위하여, 또는 운율을 조성하기 위한 보조수단으로 널리 활용되고 있다. 왕유의 <산거추명>에서 '죽훤귀완녀 연동하어주(竹喧歸浣女 蓮 動下漁舟)'는 '대나무 밭이[竹] 떠들썩한 것은[喧] 빨래한 여인[浣女]들이 귀(歸)하고, 연(蓮)이 동(動)하는 것은 어주(漁舟)가 내려간다[下]'의 도치 이다.

반복이란 동일한 글자 또는 단어를 반복하는 것인데 '창랑지수청혜 가이탁 오영(滄浪之水淸兮 可以濯吾纓), 창랑지수탁혜 가이탁오족(滄浪之水濁兮 可以濯吾足)'이 대표적인 예이다. 그러나 근체시에서는 반복법이 적용되지 않는다.

근체시에서 반복은 특별한 예외가 있다지만 거의 금기(禁忌)에 가깝다. 근체시에서는 제목에 쓴 글자를 시에서 쓰지 않으며, 같은 시어의 중복을 피하고 같은 글자로 운을 다는 것도 피한다. 말하자면 오언절구의 경우 총 20자인데 거기서 같은 글자나 표현을 반복한다는 것은 묘사와 서술 능력의 부족일 수밖에 없다.

시적 표현에서 비유란 사물이나 형상을 직접 묘사하는 대신 그와 비슷한 형상이나 성질을 가진 사물이나 상황으로 대치하여, 보다 더 선명하고 효과적인 묘사를 시도하는 수법이다.

산문에서는 같다[如, 비슷하다[似]와 같은 말이 사용될 수 있지만 시에서는 그런 말이 거의 사용되지 않으면서 비유는 아주 일반적인 묘사 기법으로 활용되고 있다. 비유 방법으로는 직유, 은유, 환유(換喩), 야유(揶喩)와 의인법이 있다.

【연법錬法】

절구는 율시보다도 더 함축미와 표현의 기교를 필요로 한다. 시에서 기교와 성정을 표현하는 데 고려하여야 할 사항을 연법이라 하는데, 연자(錬字), 연구(錬句), 모편(謀篇) 등을 포함한다. 이처럼 연법은 시에서 '문자 운용의 묘'라 할 수 있다.

예를 들어 맹호연의 <숙건덕강(宿建德江)>에서 '들이 트였으니 하늘이 나무에 닿았고(野曠天低樹), 강이 맑으니 달이 사람에 가깝다(江淸月近人)'라 하였는데, 천저수(天低樹)로 들판의 광활함을, 월근인(月近人)이란 표현으로 푸른 강을 기가 막히게 묘사하였다.

또 유종원의 <강설(江雪)>에서 '천산조비절(千山鳥飛絶)'의 절(絶)은 겨울 강산의 적막함을 잘 표현하였다. 이처럼 적당한 시어를 골라 점철성금(點鐵成金)의 경지에 도달케 하는 것을 연자라 할 수 있다.

또 글자들이 모여 만들어진 구의 미려함을 추구하는 것을 연구(錬句)라 한다. 왕유의 <산거추명>에서 '명월송간조 청천석상류(明月松間照 淸泉石上流)' 구절은 형용사 – 명사, 명사 – 명사, 동사의 2 – 2 – 1의 구 형식으로 표현한 것은 연구의 좋은 본보기라 할 수 있다.

그리고 모편(謀篇)이란 주제를 시 전편에서 구성하는 방법이라 할 수 있다.

224. 鹿柴 사슴 우리 ● 王維왕유

空山不見人　但聞人語響

返景入深林　復照靑苔上

공산에 사람은 보이지 않고
다만 사람 말소리만 울려온다.
지는 햇살 숲 깊이 들어와
다시 푸른 이끼 위를 비춘다.

🔘 註釋

▶ <鹿柴(녹채)> : '사슴 우리'. 鹿 사슴 록. 柴 울타리 채, 섶 시, 성(姓) 시, 땔나무. 鹿柴(녹채) – 여기서는 '녹채'로 지명. 왕유가 은거하는 망천 (輞川, 지금의 섬서성 서안시 남전현藍田縣의 진鎭, 우리나라 면소재지 급)의 별서(別墅)에서 경치가 좋은 곳 중의 한 곳. 여기서 사슴을 가두고 길렀다는 뜻은 아닐 것이다. 이 시는 왕유 나이 40세 이후, 곧 왕유 후기 산수시의 대표작품으로 알려졌다. 왕유의 산수를 읊은 시 작품은 그의 시가예술의 진정한 대표작이라 할 수 있다. 오언 위주로 은거 생활과 전원을 묘사하며 청정하고 한적한 정신세계를 그림 그리듯 그려내었다. 왕유의 작품에 불도(佛道)와 은거(隱居) 사상이 농후한 것은 어렸을 적 가정의 영향도 있는데다가, 정치적 좌절을 겪었고, 아내와의 사별을 통해 불교적 사색에 가까워졌으리라 생각할 수 있다.

▶ 空山不見人(공산불견인) : 空山(공산) - 적막한 숲.
▶ 但聞人語響(단문인어향) : 響 울림 향.
▶ 返景入深林(반경입심림) : 景(경) - 영(影)과 같음. 返景(반경) - 석양 무렵 다른 쪽에서 반사되어 들어오는 햇빛. 산속에 거울이 있는 것도 아니니 과학적으로는 설명이 좀 어렵지만 저녁 해질녘 산에 들어가면 이런 느낌이 온다.
▶ 復照青苔上(부조청태상) : 復 다시 부, 돌아올 복. 苔 이끼 태.

🏵 詩意

공산(空山)이란 어떠한 산인가? 새와 나무와 풀이 우거졌는데 왜 공산이라 했는가? 단지 인적이 보이지 않는다는 뜻일 것이다. 그러나 보이지만 않을 뿐 사람은 산속에 있다. 그러니 무슨 말인지 알아들을 수는 없지만 말소리의 울림[響]은 들려온다.

한낮에는 숲이 깊어도 위에서 햇빛이 내리 비춘다는 느낌이 온다. 그러나 해질 무렵이면 석양이 나무나 산의 이곳저곳을 비추고, 그 중 한 줄기 빛이 바위 위에 내려와 이끼를 비출 때 이를 반영(返影)이라 하였다. 어둠이 내리려는 산속에 따스한 기운을 주는 빛이라고 해석한 사람도 있다. 하지만 전체적으로 조용한 공간에 움직임을 느낄 수 있는 빛일 것이다.

심원(深遠)한 의미가 있고, 한정(閒靜)의 느낌을 전해 주고, 담백한 아취를 느낄 수 있어 이 시가 좋은 것이다. 글자의 뜻을 새긴 다음에 마음속으로 그런 정경을 그려보면 느낌이 올 것이라고 생각한다. 글자 20자의 절구를 설명하는 글이 수백 자라면 시의 맛이 가실 것이다. 좋은 음악을 들어 느낀다면, 시도 읽어 느끼면 되는 것이지 사전적 설명이 많아야 감상에 도움이 되지는 않을 것이다.

225. 竹里館 죽리관 ● 王維왕유

獨坐幽篁裏 彈琴復長嘯
(독 좌 유 황 리) (탄 금 부 장 소)

深林人不知 明月來相照
(심 림 인 부 지) (명 월 내 상 조)

조용한 대숲에 홀로 앉아
탄금하고 또 긴파람 불어본다.
깊은 숲이라 사람들은 모르고
밝은 달이 떠서 나를 비춘다.

註釋

▶ <竹里館(죽리관)> : 망천별서(輞川別墅) 부근의 한 곳. 이 시는 서경시(敍景詩)이다.

▶ 獨坐幽篁裏(독좌유황리) : 篁 대나무 숲 황.　幽篁(유황) - 조용한 대나무 숲.

▶ 彈琴復長嘯(탄금부장소) : 復(부) - 다시[又].　嘯 휘파람 불 소.

▶ 深林人不知(심림인부지) : 심림이라서 다른 사람은 알지 못하고. 즉 시인이 여기에 있는 것을 남들은 모르고 있다. 혼자 있다는 뜻.

▶ 明月來相照(명월내상조) : 명월이 자신의 아취(雅趣)를 알아주는 것 같다. 1구에는 '독좌(獨坐)'했는데, 여기서는 '상조(相照)'하니 시인과 명월의 교감을 느낄 수 있다.

🏵 **詩意**

왕유는 망천별서 근처의 녹채, 죽리관, 맹성요(孟城坳), 화자강(華子岡) 등 경치 좋은 20곳을 배적(裴迪)과 함께 거닐면서 시를 지었다고 《망천집(輞川集)》 서문에서 밝힌 바 있다. 이러한 시들은 만년에 은거하면서 유유자적하는 심경을 경치를 통해 읊은 것으로 이 <죽리관> 역시 많은 찬탄을 받는 시이다.

이런 시에는 그의 진심과 정감이 들어있고, 사물을 보는 시인의 따뜻한 정서와 흥취를 느낄 수 있다. 실제로 왕유처럼 산수를 좋아하는 사람의 마음은 보통사람이 알지 못한다. 왕유 자신도 나의 이러한 뜻을 사람들은 모르지만 명월은 나의 뜻을 아는 양 나를 비춘다고 읊었다.

사실 이 시에서 특별히 좋은 표현이나 감동을 주는 언어, 인간을 깨우치는 경구(警句), 또는 이 글자가 바로 '시안(詩眼)'이라고 비평가들이 좋아할만한 글자도 없다. 경치를 서술한 '유황(幽篁)', '심림(深林)', '명월'이 있고, 시인의 동작을 묘사한 '독좌(獨坐)', '탄금(彈琴)', '장소(長嘯)'가 있어 그냥 평범한 뜻을 갖고 있다. 그런데 누구나 다 바라보고 알고 있는 명월이 시인과 '상조(相照)'하니 이 앞의 6개 단어들이 모두 살아나고 움직이는 것이다. 자구는 특별하지 않지만 풍경은 그윽하고 주변은 고요하며, 시인의 마음은

▌죽리관(竹里館) 시

7. 오언절구五言絕句 201

한없이 평화로우니 시가 전체적으로 무척이나 아름답다. 하여튼 시인 왕유의 능력은 정말 특별하다.

그러니 후세인들이 '당시(唐詩)를 삼분천하하여, 이백[仙], 두보[聖], 왕유[佛]가 하나씩 나눠 가졌다'고 말했을 것이다. 그리고 이들이 거의 동시대에 살았다는 것도 정말 특이하다.

226. 送^송別^별 송별 　● 王維왕유

山_산中_중相_상送_송罷_파　日_일暮_모掩_엄柴_시扉_비

春_춘草_초明_명年_년綠_록　王_왕孫_손歸_귀不_불歸_귀

산중에서 서로 헤어진 뒤에
날이 저물어 사립문을 닫는다.
봄풀이 내년에 다시 푸르면
벗은 오겠나? 아니 오겠나?

🏵 註釋

▶ <送別(송별)> : 같은 제목의 오언고시(013 시)도 있다. <산중송별(山中送別)>로 제목을 단 책도 있다.

▶ 山中相送罷(산중상송파) : 罷 그만둘 파. 쉬다, 끝내다, 후에.

▶ 日暮掩柴扉(일모엄시비) : 日暮(일모) - 해가 지다. 掩 가릴 엄. 닫다. 柴 땔나무 시. 섶. 扉 문짝 비. 柴扉(시비) - 사립문. 사립문을 닫는다는 것은 찾아올 사람이 없다는 의미이다. 그렇다면 여기서 시인의 고독을 느낄 수 있다고 해석한다면 그는 아마 왕유를 모르는 사람일 것이다. 은거하는 사람은 고독을 즐길 수 있으니 은거하는 것이다.
▶ 春草明年綠(춘초명년록) : '춘초연년록(春草年年綠)'으로 된 책도 있다.
▶ 王孫歸不歸(왕손귀불귀) : 王孫(왕손) - 귀인, 우인, 왕유가 전송한 사람. 歸不歸(귀불귀) - 올 것인지? 아니 올 것인지? 의문이지만 돌아오지 않을 것이라는 확신이 있기에 이렇게 표현했을까? 한번은 생각해 보아야 할 것이다.

🌸 詩意

왕유의 송별시는 몇 가지 유형으로 나누어 생각할 수 있다.

우인이 임무를 받은 관리로서 임지를 향할 때 격려하며 국가를 위해 충성을 다 해달라는 뜻을 전달하는 이별의 시가 있다. 또 014 <송기무잠낙제환향(送綦毋潛落第還鄉)>과 같이 산수에 은거하려는 벗이나 가까운 지인의 이별을 진정으로 위로하며 아쉬운 정감을 가득 담아 표현한 전별의 시가 있다. 그리고 관리들이 보내온 시에 화답하는 이별의 시도 있는데, 그러한 시에는 서경에 중점을 두고 별리(別離)의 정을 표현하였다.

이 시는 기승전결이 확실하니 1구에서는 이별의 장소, 2구는 전송한 뒤 돌아왔고, 3구는 내년 봄을 언급한 뒤, 4구에서 다시 오기를 기다리는 진정을 말했지만 확신은 없는 것 같다.

이 시는 이별의 아쉬움은 이미 지난 것이고, 내년 봄에 상봉의 기쁨을 기대하며 별리의 정을 담담히 받아들이는 시인의 마음을 그렸다. 그야말로 '의 중에 또 다른 뜻이 있고(意中有意)', '맛보면 또 다른 맛이 나는(味外有味)' 시라 할 수 있다.

227. 相^상思^사 그리움　● 王維왕유

紅^홍豆^두生^생南^남國^국　春^춘來^래發^발幾^기枝^지

願^원君^군多^다采^채擷^힐　此^차物^물最^최相^상思^사

홍두는 남국에서 나는데
봄 되면 몇 가지에서 열리겠지요.
바라나니 그대 많이 따소서
이것은 그리움의 모두랍니다.

註釋

▶ <相思(상사)> : '그리움'. 홍두(紅豆)라는 사물에 연상된 서정시이다.
'상사자(相思子, 상사의 열매)'라고 제목을 단 책도 있다.

▶ 紅豆生南國(홍두생남국) : 紅豆(홍두) – 중국의 광동, 광서, 대만 등지에
서 자라는 나무 열매. 납작한 둥근 모양에 콩알 만한 크기인데 붉은색으로
겨울이나 초봄에 열리며 장식품으로 쓰인다. '상사자'라고도 한다. 옛날부
터 '애정의 상징'으로 여겨졌다.　南國(남국) – 중국의 오령 이남(영남)
주로 광동, 광서성 지역을 지칭.

▶ 春來發幾枝(춘래발기지) : 春來(춘래) – 추래(秋來)로 된 책도 있다.　幾枝
(기지) – 몇 개의 가지.

▶ 願君多采擷(원군다채힐) : '권군휴채힐(勸君休采擷)'로 된 책도 있다.
采 캘 채.　擷 딸 힐. 열매를 따다.　采擷(채힐) – 채적(採摘)과 같음.

▶ 此物最相思(차물최상사) : 此物(차물) - 홍두. 最相思(최상사) - 가장 큰 그리움이다.

'상사'라면 곧 '상사병 - 병이 된 짝사랑'이 연상되지만 '상사'는 젊은 남녀만의 감정은 아니다. 친우끼리도 상사의 감정은 고귀한 감정이다. 지금은 교감의 도구나 방법이 너무 빠르고 많아 그리움의 정도가 엷어진 것은 분명한 사실이다.

친우에게 손글씨로 긴긴 편지글을 써 보냈더니 핸드폰 문자 메시지로 '보낸 편지 받았음!'하는 문자를 받고서 절교했다는 사람도 있는 세상이다. 그러니 그리움의 감정이 얼마나 엷어졌는가를 알 수 있다.

이 홍두가 어찌하여 '상사'를 상징하고 그것을 어떻게 엮어 장식하는가에 대해서는 잘 모르지만 '원군다채힐(願君多采撷)'은 멀리 있는 우인에게 그리움을 전하는 뜻이며, '우의를 중히 여기고 있다'라는 표시이다.

기와 승은 홍두에 대한 묘사이다. 전과 결구는 시인의 '상사'를 전하고 있다. 단숨에 쉬지도 않고 써내려간 기승전결이 아주 자연스럽게 결합되어 있다. 이 시에서 '우인에게 홍두를 많이 채취하라' 권하는 것은 상대방을 통해 내 우의의 진실을 나타내는 방법이다. 어의(語義)가 교묘하며 완곡하게 감동을 전하는 뜻이라 할 수 있다. 시인이 비록 많고 긴 이야기를 하지는 않지만 그 간절한 성의는 시 전체에 넘쳐난다.

이 시에서 가장 중요한 한 글자는 시인이 선택한 '최(最)'이다. 최고의 그리움이며 가장 큰 그리움이며 '내 상사의 전부'를 나타내는 말이 '최'라는 고급 부사어이다.

228. 雜詩 ^{잡 시} 잡시　● 王維왕유

君自故鄉來 ^{군 자 고 향 래}　應知故鄉事 ^{응 지 고 향 사}

來日綺窗前 ^{내 일 기 창 전}　寒梅着花未 ^{한 매 착 화 미}

그대 고향에서 왔으니

으레 고향 일을 알고 있으리.

오던 날 우리 창문 앞에

한매寒梅가 아니 피었던가요?

🌸 註釋

▶ <雜詩(잡시)> : '잡영(雜詠)'이라고 제목을 단 책도 있다. 매우 유명한
시이다. 어린아이들한테 한자 연습의 교본으로 써 주고 싶은 글귀이다.

▶ 君自故鄉來(군자고향래) : 君(군) – 우인일 것이다. 아니면 고향에서 온
사람일 것이다. 참고로, 우리나라 사람들은 고향을 이야기할 때 자신이
자라난 읍이나 시군(市郡)을 말하면 대개 어디쯤이라고 알아듣는다. 그러
나 지금 중국인들은 고향이나 조적(祖籍)을 말할 때 성(省)의 이름을 말한
다. 그래서 같은 성 출신이면 모두 동향이라 생각한다고 한다. 이는 그들
의 땅덩어리가 하도 커서 웬만한 시 이름은 대부분 모르기 때문이란다.
2010년 기준으로 산동성은 한반도 3분의 2 면적에 인구가 9,600만 명
정도이며 우리나라 군 단위에 해당하는 현(縣)이 138개나 있다고 한다.
이런 산동성 사람들이 모두 한고향이라 생각하며 유대를 맺으니 타향에

서의 그네들의 결속력을 짐작할 수 있을 것이다.

▶ 應知故鄕事(응지고향사) : 故鄕事(고향사) – 고향 소식. 참고로 왕유의 조적은 산서 기현(祁縣)이고 부친이 포주(蒲州, 지금의 산서 영제시永濟市)로 옮겨 왔으니 장안보다는 동북쪽이다.

▶ 來日綺窗前(내일기창전) : 來日(내일) – 고향을 출발해서 여기로 오던 날. 시인이 고향사람과 마주보며 이야기하는 느낌이 온다. 綺 비단 기. 綺窗(기창) – 비단 휘장을 단 창문. 고향집. 기창전(綺窗前)이라는 세 글자에는 많은 사연이나 정이 담겨 있을 것 같다.

▶ 寒梅着花未(한매착화미) : 寒梅(한매) – 추위가 가기 전에 일찍 피는 매화. 매화는 송죽(松竹)과 더불어 '세한삼우(歲寒三友)'로 일컬어진다. 추위를 이기고 제일 먼저 꽃을 피우기에 불굴의 의지를 상징한다. 着花未(착화미) – 꽃이 피었던가? 아니던가? 미(未)는 미착화(未着花, 아니 피었던가)의 줄임이다. 이런 예는 '불(不), 부(否), 무(無)' 등이 있다. 앞의 시 <송별>에서 '왕손귀불귀(王孫歸不歸)'와 같은 용법이다.

🌸 詩意

고향에서 온 사람을 만나 자기 집 앞에 매화가 피었던가를 물었다. 시인에게 한매(寒梅)는 고향의 모습이다. 구구절절한 사연이 왜 궁금하지 않겠는가? 고향에 대한 그 그리움을 쏟아 쌓아둔다면 어찌 말로 다하겠는가?

시는 정(情)이다. 그리고 정은 상징이다. 내가 그리는 가인(佳人)이 있다면 그의 용모, 행동거지, 기쁨과 슬픔, 버릇, … 모든 것을 어찌 다 말하고, 그리고 거기서 무엇을 빼도 되는가? 가인에 대한 이미지 하나로 가인의 모두가 설명된다.

이 시인의 경우 한매가 고향의 상징이고 고향에 대한 정이다. 시인은 고향 소식에 목말라했다. 다른 것을 묻지 않았다하여 시인을 '무정한 사람'이라고 할 사람이 있겠는가?

이 시는 다음의 도연명의 시 <문내사(問來使)>와 분위기가 비슷하다는 생각이 든다.

爾從山中來　早晚發天目
我屋南窓下　今生幾叢菊
薔薇葉已抽　秋蘭氣當馥
歸去來山中　山中酒應熟

229. 送崔九 최구를 보내며　● 裴迪배적

歸山深淺去　須盡丘壑美

莫學武陵人　暫遊桃源裡

산에 살려 멀리나 가까이 가든
오직 좋은 산천을 찾아야 하오.
무릉의 어부를 본받지는 마시오
그는 도원에 잠시 머물렀다오.

● 作者　배적(裴迪, 716-?) - 왕유의 시우(詩友)

왕유의 우인으로 소개되지만 나이차가 20년 이상이니 시우(詩友)라는 표현
이 더 좋을 것 같다. 종남산에 은거하면서 왕유와 날마다 시를 주고받았다.
천보 연간 이후에 출사하여 촉주(蜀州)자사를 역임하며 두보, 이기(李頎)
등과도 친했다. 상서랑을 역임했다. 시풍은 왕유와 닮았고 시 29수가 전한
다.

🌸 **註釋**

▶ <送崔九(송최구)> : '최구를 보내며'. 崔九(최구) - 최흥종(崔興宗). 왕
유, 최흥종, 배적은 서로 우인이었다. 종남산의 마산(馬山)이란 곳에 은거
했다. 최흥종은 왕유의 처남으로 왕유의 <송최구흥종유촉(送崔九興宗遊
蜀)>이라는 시도 있다. 또 왕유는 <송최구제왕남산(送崔九弟往南山)>
이란 시도 남겼다.

▶ 歸山深淺去(귀산심천거) : 歸山(귀산) - 은거하다. 深淺(심천) - 심산이
든 천원(淺原)이든, 멀든 가깝든, 원근(遠近).

▶ 須盡丘壑美(수진구학미) : 須盡(수진) - 모름지기 ~을 다해야 한다. 盡
(진) - 정을 다 주다. 壑 골짜기 학. 丘壑(구학) - 은거할 산천.

▶ 莫學武陵人(막학무릉인) : 武陵人(무릉인) - 도연명의 <도화원기(桃花
源記)>에서 도화원을 찾았던 어부.

▶ 暫遊桃源裡(잠유도원리) : 暫 잠시 잠. 짧은 시간. 遊(유) - 유람했다.

🌸 **註釋**

1구에서는 은거하려는 우인을 보내면서 2구 이하의 말을 당부한다. 2구에
서는 경치 좋은 산수를 권하면서, 3구와 4구에서는 무릉의 어부처럼 잠시
머물다 돌아오지 말고 오래 은거해야 한다는 당부를 하고 있다. 이런 당부의
말에는 시인이 속진 세계를 멀리하고 싫어한다는 강렬한 의지가 들어있다.
동시에 진정으로 우인을 위로하고 권면하는 우정을 느낄 수 있다. 무릉
어부를 본받지 말라는 뜻에는 군이 도화원과 같은 곳을 찾으려 하지 말라는
당부로 해석할 수도 있다. 왜냐하면 그런 곳은 실제로 없기 때문일 것이다.

🌸 **參考** <송최구제왕남산(送崔九弟往南山)> - 왕유

城隅一分手　幾日還相見
山中有桂花　莫待花如散

230. 終南望餘雪 종남산의 적설을 바라보다

● 祖詠조영

終南陰嶺秀　積雪浮雲端

林表明霽色　城中增暮寒

종남산 북쪽 경치 뛰어난데
쌓인 눈이 구름 위로 솟았다.
숲 너머로 또렷하게 개었지만
성중城中에 저녁 추위를 보태는구나!

● 註釋

▶ <終南望餘雪(종남망여설)> : '종남산의 적설을 바라보다'. '망종남잔설
(望終南殘雪)'로 된 책도 있다.

▶ 終南陰嶺秀(종남음령수) : 陰嶺(음령) - 산의 북쪽 기슭. 秀(수) - 수려하
다.

▶ 積雪浮雲端(적설부운단) : 雲端(운단) - 구름의 윗부분.

▶ 林表明霽色(임표명제색) : 林表(임표) - 수풀의 밖, 임외(林外). 霽 비나
눈이 갤 제.

▶ 城中增暮寒(성중증모한) : 增 더할 증. 暮寒(모한) - 해질녘의 싸늘한
기운.

⬤ 詩意

1구는 종남산의 경치만 빼어난 것이 아니라 기구(起句)가 매우 빼어나게 제목을 설명하고 있다. 승(承)의 적설(積雪)도 곧 제목의 '여설(餘雪)'이며 종남산의 우뚝 솟은 기운이 느껴진다. 3, 4구는 제목의 '망(望)'이니 제색(霽色)이 또렷한데도 성중(城中)에 춥기만 하다니 확실하게 언외의 뜻이 있다. 이 시는 시인이 과거 시험의 시제 <종남망여설시(終南望餘雪詩)>의 답안지라고 한다. 본래 5언 12구의 배율로 지어야 하는데 시인은 이 4구만 제출했다. 시험관이 까닭을 묻자 조영은 '뜻은 다 있습니다.(意盡)'라고 대답했다고 한다. 1구에서 3구가 종남산의 설경이라면, 결구는 그 눈을 장안성까지 당겨온 것이라는 느낌이 든다. 설경을 묘사한 시로서 인구에 회자하는 명품이다.

❚ 종남산(終南山)

231. 宿^숙建^건德^덕江^강 건덕강에서 자면서 ● 孟浩然 맹호연

移^이舟^주泊^박煙^연渚^저　日^일暮^모客^객愁^수新^신

野^야曠^광天^천低^저樹^수　江^강清^청月^월近^근人^인

배를 안개 낀 강가에 대었는데
날이 저물자 객수만 늘었다.
들이 트였으니 하늘이 나무에 닿았고
강이 맑으니 달이 사람에 가깝다.

🌸 註釋

▶ <宿建德江(숙건덕강)> : '건덕강에서 자면서'. 建德(건덕) - 절강성의
지명. 건덕강은 전당강(錢塘江). 안휘성 황산에서 발원하여 안휘성과 절
강성을 지나 동해로 빠지는 길이 680여km의 큰 강이다. 중류는 보통 부춘
강(富春江)이라고도 부른다.

▶ 移舟泊煙渚(이주박연저) : 煙渚(연저) - 연무가 짙게 낀 강가.

▶ 日暮客愁新(일모객수신) : 客愁(객수) - 나그네 근심. 나그네 수심은
'경(景)'에서 유발되는 경우가 많기에 '신(新)'이라 하였을 것이다. '객'이
라면 으레 '수(愁)'자가 따라오는 것은 그만큼 여행이 힘들었기 때문이
다. 나그네의 짐보따리를 '행리(行李)'라 하는데 명청(明清)시대 소설
속에서는 행리에 침구가 포함된다. 이는 우리의 상식하고는 좀 다르다.

▶ 野曠天低樹(야광천저수) : 曠 밝을 광. 野曠(야광) - 탁 트인 들. 이육사

(李陸史)의 <광야(曠野)>를 생각하면 감이 올 것이다. 低 밑 저. 가라앉
다, 내려와 닿다. 다음 구의 '근(近)'과 같이 술어이다. 이 구절은 객이
야박하는 곳에서 바라본 원경이고, 근경은 4구에 묘사하였다.

▶ 江淸月近人(강청월근인) : 물속에 비친 달을 이렇게 표현하였다.

🌸 詩意

이 시는 추강(秋江)의 밤을 묘사했다. 시 중에 '추(秋)'가 보이지 않지만
'강청(江淸)'이 가을이라는 근거가 된다. 승구에서 '객수신(客愁新)'이라 하
였으니 또 새로운 걱정거리가 늘었다는 뜻이다. 시에서는 1, 2구에 야박(夜
泊)을 묘사하였고, 3, 4구는 완벽한 대구로 짜였으며 '광(曠)'과 '청(淸)'이
시안(詩眼)이다.

본래 시는 정선된 문자를 골라 써야만 한다. 정련된 글자를 골라 쓴다는
것은 다듬고 또 다듬는 과정이다. 이 시에서는 '이 글자를 이렇게 바꾸면
어떨까?'라고 생각되는 부분이 없다. 그만큼 연자연구(鍊字鍊句)에 애를
썼다는 뜻이다. 전체적으로 담백하지만 은근한 맛이 있고, 여러 사연을 안
고 있지만 드러나지 않는 묘미가 있다.

232. 春曉 봄날 아침   ● 孟浩然맹호연

春眠不覺曉   處處聞啼鳥

夜來風雨聲   花落知多少

봄잠에 아침도 모르고
곳곳서 새소리 들린다.
밤들어 비바람소리에
꽃잎은 얼마나 졌을까?

註釋

▶ <春曉(춘효)> : '봄날 아침'.

▶ 春眠不覺曉(춘면불각효) : 眠 잠들 면. 曉 새벽 효. 아침.

▶ 處處聞啼鳥(처처문제조) : 啼 울 제. 지저귀다.

▶ 夜來風雨聲(야래풍우성) : 이는 엊저녁의 일을 묘사하였다.

▶ 花落知多少(화락지다소) : 花落(화락) - 오늘 아침의 일을 묘사하였다.
多少(다소) - 얼마, 몇, 정해지지 않은 숫자.

詩意

들리는 새소리만큼이나 가뿐하고 명랑하며 정감이 느껴지기에 오언 중에
서도 인구에 널리 회자되는 시이다. 어려운 글자가 하나도 없고 뜻이 아주
확실하고 비근(卑近)하지만, 백 번 천 번을 읽어도 지루하지 않다. 그것은
이 시가 그냥 굵직한 선으로만 그려낸 소묘와 같기에 그러할 것이다. 따라서
이 시의 특징은 '평담자연(平淡自然)'으로 요약된다.
그리고 봄밤은 곤한 잠에 빠지기 쉽고 그러다보니 날이 밝는 줄도 모른다.
시인이 쓴 '불각(不覺)' 두 글자가 모든 것을 자연스레 설명해준다. 2구의
새소리는 시인이 확실하게 들었으니 '각(覺)'이다. 시인은 엊저녁 잠자리에
들면서 비오는 소리를 들었으니 이 또한 '각'이지만 아침에 꽃잎을 걱정하고
있는 것은 시인의 '불각'이다. 그리하여 불각 - 각 - 각 - 불각으로 옮겨가며
봄날의 아침을 그려내었다.

233. 夜思^{야 사} 밤에 생각하다　● 李白이백

床前明月光　　疑是地上霜

擧頭望明月　　低頭思故鄉

침상 비춘 밝은 달빛을
땅에 내린 서리로 알았었네.
고개 들어 명월을 바라보고
고개 숙여 고향을 생각하네.

🌸 註釋

▶ <夜思(야사)> : '밤에 생각하다'. 정야사(靜夜思)는 고요한 밤에 생각하다.

▶ 床前明月光(상전명월광) : 床(상) – 침상.

▶ 疑是地上霜(의시지상상) : 疑 의심할 의. 의아하게 생각하다. 地上霜(지상상) – 땅에 내린 서리.

▶ 擧頭望明月(거두망명월) : 3, 4구는 대우를 이루고 있다.

▶ 低頭思故鄉(저두사고향) : 低(저) – 낮게 하다, 숙이다.

🌸 詩意

객지에 나그네가 되었기에 생각은 어느 정도 단순화 된다. 나그네로 먹고

자거나 교통편에 대한 생각이 주를 이룬다. 그러나 밤이면 생각이 달라진다. 지난 일이 생각나고 앞날이 불안해진다. 그러나 떨칠 수 없는 생각은 고향이다. 고향 그리는 정은 사람마다 형상이 다르고 시간에 따라 그 심도도 다를 것이다.

이 시에는 특별한 언어가 없고 공들여 만들어낸 말도 없다. 동작도 단순하고 경치에 대한 묘사도 없다. 그러나 평범한 언어로 서술한 정경은 많은 사람들에게 깊은 감동을 준다. 컬러가 없는 흑백 사진이 때로는 더 사실적이며 깊은 인식을 남겨주는 것과 비슷하다. 소박한 필치에 깊은 정서가 넘친다. '경(景)'은 '경'으로 끝이 아니라 '정(情)'을 끌어낸다. '명월'이 주는 '정'은 고향이다. 시인은 명월이라는 단순한 언어로 심사(深思)를 끌어내었다.

234. 怨情 원망 ● 李白이백

美人捲珠簾　深坐顰蛾眉

但見淚痕濕　不知心恨誰

미인은 주렴 걷어 올리고
한참을 앉아 눈썹을 찌푸린다.
오로지 눈물 자국이 있지만은
마음에 누굴 그리는지 알 수 없어라.

▶ <怨情(원정)> : '원망'. 규원(閨怨)을 그린 시이다.

▶ 美人捲珠簾(미인권주렴) : 捲 말 권. 珠簾(주렴) – 구슬을 꿰어 엮어 만든 발.

▶ 深坐顰蛾眉(심좌빈아미) : 深坐(심좌) – 오래 앉아 있다. 顰 찡그릴 빈. 蛾 나방 아. 眉 눈썹 미. 蛾眉(아미) – 아미(娥眉), 아름다운 눈썹. 顰蛾眉(빈아미) – 아름다운 눈썹을 찡그리다. 수심에 잠긴 모양.

▶ 但見淚痕濕(단견누흔습) : 痕 흉터 흔. 흔적, 자취. 濕 젖을 습.

▶ 不知心恨誰(부지심한수) : 恨 한할 한. 원망스럽게 생각하다.

🌸 詩意

오지 않는 임을 기다리다 지친 여인의 원한 맺힌 서글픈 심정과 정경을 농염한 필치로 그린 시다. 미인, 권주렴(捲珠簾), 심좌(深坐), 빈아미(顰蛾眉) 등의 표현이 고민하는 미인의 자태를 사실적으로 그려내고 있다. 한편 '단견누흔습 부지심한수(但見淚痕濕 不知心恨誰)' 구절 역시 원(怨)과 직결된다. 원이 있어 눈물을 흘렸고, 원이 있어 한(恨)이 있다. 다만 그것을 외부로 발현하지 않기에 그 원은 더 깊어진다.

그리하여 시를 읽거나 읊은 사람으로 하여금 스스로 생각하고 애달픔을 가슴속에서 우러나오게 유도하는 것이다.

▍ 이백(李白)

235. 八陣圖 팔진도　　● 杜甫두보

功蓋三分國　名成八陣圖

江流石不轉　遺恨失呑吳

공적은 삼분천하에 으뜸이었고
명성은 팔진도로 완성되었다.
장강 유수流水에도 석진石陣은 남았고
동오東吳 원정실패 유한遺恨이 되었네.

註釋

▶ <八陣圖(팔진도)> : 영사시(詠史詩)로 제갈량의 공적을 매우 높이 평가
하고 있다. 두보는 칠언율시 <촉상(蜀相)>과 <영회고적(詠懷古跡)> 등
을 통해 제갈량에 대한 추모와 존경의 뜻을 표했다.

▶ 功蓋三分國(공개삼분국) : 蓋 덮을 개. 압도하다.　三分國(삼분국) - 천하
를 삼분한 나라.

▶ 名成八陣圖(명성팔진도) : 八陣圖(팔진도) - 진(陣)은 군대 편제의 한
단위인데 8종의 진형 변화, 곧 8종의 전투대형을 팔진이라고 한다. 물론
이런 팔진이라도 군종(軍種)의 특성이나 지형 또는 적의 규모에 따라
수시로 변형 적용해야 한다. 이 시에서의 팔진도는 제갈량이 동오(東吳)
의 공격을 방어하기 위하여 지금의 중경시(重慶市) 봉절현 장강(長江)
변에 64개 돌무더기로 만들어 놓은 진지를 의미한다.

▶ 江流石不轉(강류석부전) : 여름에는 강물에 매몰되지만 겨울에 물이 빠지면 원형을 다시 내보인다고 했다. 세월이 흘러도 제갈량의 명성이 여전하다는 뜻이 포함되어 있다. 그리고 또 한 가지 이 구절은 다음의 '유한(遺恨)'을 언급하기 위한 포석이다. 이처럼 견고하고 치밀한 능력이었는데도 실패했다는 의미가 들어있다.

▶ 遺恨失吞吳(유한실탄오) : 遺恨(유한) – 제갈량의 유한. 동시에 이는 두보의 사관이라 할 수도 있다. 吞 삼킬 탄. 失吞吳(실탄오) – 오를 병탄하려 했으나 실패하다. 이는 유비(劉備)의 실패이다. 제갈량은 위(魏)를 북에 두고 오나라와의 전면전에 반대했다. 유비의 원정을 막지 못한 것이 제갈량의 유한이라는 뜻.

🌸 **詩意**

두보가 대종 대력(大曆) 원년(766)에 기주(夔州)에서 지은 작품으로 알려졌다.

1, 2구는 제갈량의 업적의 대략을 말해 높은 평가를 내렸고, 3구는 팔진도의 견고함을 말해 제갈량의 무한한 능력에 감탄하고 있다.

4구는 제갈량의 유한이라 하여 제갈량과 의견을 같이하고 있는 시인의 뜻을 알 수 있다.

🌸 **參考 ≪삼국연의≫ 속의 팔진도**

제갈량은 촉(蜀)으로 들어가면서 뒷날에 있을 오의 침입에 대비하여 어복포(魚腹浦)란 곳에 돌을 쌓아 팔진도를 설치했고, 이는 10만 정병을 매복시킨 효과가 있다고 말했다.

유비의 70만 대군이 육손(陸遜)에게 완파되고 유비는 겨우 조운(趙雲)의 구원을 받아 백제성에 피신한다. 이때가 장무(章武) 2년(222) 6월이었다. 한편 육손은 전선을 시찰하던 중 살기가 충천하는 곳을 보고 필시 복병이 있을 것이라며 척후병을 내보낸다. 그러나 아무런 인마도 없다는 보고를 받고 육손 자신이 그곳을 찾아 들어간다.

육손은 갑자기 일어나는 폭풍 속에 길을 잃고 헤맨다. 결국 한 노인의 도움을 받아 그 돌무더기 사이를 벗어나는데, 노인은 바로 제갈량의 장인 황승언(黃承彦)이었다.

육손은 황승언으로부터 제갈량이 이곳에 팔진도를 포진하고 서천(西川, 촉)에 들어가면서 "뒷날 오의 장수가 이곳에서 헤매다가 죽을 것이니 구원하지 말라."는 부탁을 받았지만 자신이 선행 베풀기를 좋아하기에 구원해 주었다는 말을 듣는다. 그리고 자신이 팔진도의 사문(死門)으로 들어갔기에 죽을 수밖에 없었다는 사실도 알게 된다.

진영으로 돌아온 육손은 "공명은 정말로 와룡이다. 내가 따라갈 수 없다.(孔明眞臥龍也 吾不能及)"며 감탄한다. 육손은 촉에 대한 공격을 중단하고 조비(曹丕)의 내침에 대비한다.(<第八十四回 陸遜營燒七百里 孔明巧布八陣圖>)

236. 登鸛雀樓 _{등 관 작 루} 관작루에 올라　● 王之渙 왕지환

白日依山盡　黃河入海流
_{백 일 의 산 진}　_{황 하 입 해 류}

欲窮千里目　更上一層樓
_{욕 궁 천 리 목}　_{갱 상 일 층 루}

백일白日은 서산으로 지고
황하는 바다에 가려고 흐른다.
천리 밖 먼 곳을 보려고
다시 한 층 누각을 올라간다.

💮 作者 왕지환(王之渙, 688~742) - 변새시의 절창을 노래한 시인

자(字)는 계릉(季凌)이며 병주(幷州,
산서 태원太原) 사람으로 성당(盛唐)
때에 <등관작루>가 인구에 회자하여
유명한 시인이 되었다.
과거 합격이나 벼슬에 관심을 갖지 않
았기에 그의 생평에 관한 자료는 많지
않지만 고적(高適), 잠삼(岑參), 왕창
령(王昌齡)과 나란히 이름을 얻었고
작풍도 비슷하다. 오언에 능했고 변새
의 풍광에 대한 묘사에 뛰어났다. 시
6수가 남아 있다고 하는데 <등관작

루>와 칠절악부인 <양주사(涼州詞)> 또는 <출새(出塞)>가 유명하다.

註釋

▶ <登鸛雀樓(등관작루)> : '관작루에 올라'. 鸛 황새 관. 雀 참새 작. 관작을 우리말로는 까치라 번역하지만 까치는 물새가 아니다. 관작은 물새의 한 종류니 황새 또는 백로와 같은 물새로 생각해야 한다. 鸛雀樓(관작루) – 산서성 서남부 임분시(臨汾市) 관할의 포현(蒲縣)에 있다. 관작루는 황학루, 악양루, 등왕각과 함께 4대 역사문화 명루(名樓)로 꼽히고 있다. 지금의 건물은 2002년에 다시 중건된 것으로 당대의 고대(高臺) 누각을 모방하여 전체 높이가 73.9m에 달하는 큰 건물이다. 누각에는 왕지환의 청동 소상(塑像)이 설치되어 있고, 1층에는 모택동이 손으로 쓴 <등관작루>가 걸려있다고 한다.

▶ 白日依山盡(백일의산진) : 白日(백일) – 해. 해는 석양에 더욱 하얗게 보일 때가 많다. 아침에 뜨는 해는 노랫말 그대로 '붉은 해'이다. 依山盡 (의산진) – 산에 기대어 진다, 산 너머로 진다. 중국인들은 해가 바다에 지는 것을 구경하지 못한다.(단, 산동반도 일부지역 제외)

▶ 黃河入海流(황하입해류) : 황하는 바다로 들어가려고 흐른다. 이는 관작루에서 보면 황하가 동쪽으로 흐르는 것을 의미한다. 황하가 동으로 흘러 바다로 들어간다는 것은 중국인들의 상식이다. 관작루에서 바다로 들어가는 것이 보인다는 뜻이 아니다.

▶ 欲窮千里目(욕궁천리목) : 窮 다할 궁. 끝내다. 千里目(천리목) – 아주 먼 데를 보려고 하는 눈길.

▶ 更上一層樓(갱상일층루) : 바로 이 구절이 이 시를 유명하게 만들었다. 관작루에서 고향 쪽을 바라보다가 한 층 더 올라가면 더 먼 곳까지 바라볼 수 있다고 생각하여 한 층을 더 올라간다. 이는 아주 당연한 이야기이다. 그러나 학문에서 한 단계 더 올라가면 보이는 것은 열 배 이상 더 넓게 보인다. 학문을 하는 사람에게 더 열심히 노력하여 한 단계 상승하라고 권면(勸勉)의 뜻으로 이 시를 권한다.

詩意

산서성 영제시 지역에서, 곧 관작루에서 보면 북에서 남으로 흘러 내려오던 황하가 90°로 꺾어지면서 동해를 향해 동쪽으로 흐른다.

사실 '백일의산진(白日依山盡)'은 관작루뿐만 아니라 중국의 어디에서든 서산으로 해가 진다. '황하입해류(黃河入海流)'도 그 사람들 사이에 그냥 보통으로 하는 이야기이다. 또 좀 더 멀리 보려고 한다면? 이것이 바로 기승전결에서 '전'이다. 여기서 이 구절의 반전이 좋은 질문을 던졌고, 그 답은 결구이다. 곧 누구든지 한 층 더 높은 곳으로 올라가야 한다.

이상 1구와 2구는 실상이다. 관작루에서 눈으로 확인되는 실경이다. 이에 비하여 3, 4구는 시인의 머리에서 나오는 허상이다.

그렇다면 1-3구가 하나도 특별하지 않은 구절이다. 그러나 여기서 '왜 한 층을 더 올라가느냐?'가 문제이다. ─ 더 먼 곳을, 천리목(千里目)이 닿는 곳을 보려고! 그렇다면 더 먼 그곳은 어디인가?

사람들의 목표지향점이다. 사서를 읽을 사람은 삼경이나 오경을 읽어야 한다. 사학(史學)에 입문한 사람은 통사(通史)에서 더 들어가 자신이 전공하는 시대사를, 또는 분류사를 공부해야 한다. 그리고 9급 공무원이라면 7급을 목표로 노력해야 하며, 대리는 과장이나 부장이 되어야 하고 ─ 이런 세속적 욕망을 가장 모양 좋게 표현한 구절이 '갱상일층루(更上一層樓)'이다. 그러니 누가 이 구절을 싫어하겠는가?

237. 送靈澈 영철 스님을 보내며　● 劉長卿유장경

蒼蒼竹林寺　杳杳鐘聲晚

荷笠帶夕陽　青山獨歸遠

깊은 숲속 죽림사
아득히 먼 저녁 종소리 들린다.
삿갓 메고 석양을 받으며
멀리 청산으로 홀로 돌아간다.

🌸 註釋

▶ <送靈澈(송영철)> : '영철 스님을 보내며'. 靈澈(영철) – 중당의 시승(詩僧). 자(字)는 원징(源澄), 속성은 탕(湯)으로 원화(元和) 11년(816)에 입적하였다. 시승 교연(皎然)과도 친분이 있었다. 유장경, 맹호연 등과 교유한 시승으로 《전당시》에 10여 수의 시가 수록되어 있다. '송영철상인(送靈澈上人)'으로 된 책도 있다.

▶ 蒼蒼竹林寺(창창죽림사) : 蒼 푸를 창. 蒼蒼(창창) – 나무가 빽빽한 모양. 竹林寺(죽림사) – 강소성 장강 남안 진강시(鎭江市)의 불사. 일명 학림사(鶴林寺).

▶ 杳杳鐘聲晚(묘묘종성만) : 杳 어두울 묘. 杳杳(묘묘) – 아득하게 먼 모양.

▶ 荷笠帶夕陽(하립대석양) : 荷 연꽃 하, 멜 하. 짊어지다. 笠 삿갓 립.

▶ 青山獨歸遠(청산독귀원) : 멀리 청산으로 홀로 돌아간다.

어두워지는 저녁에 죽림사의 종소리를 들으며 등짐을 메고 석양을 받으며 외롭게 청산으로 돌아가는 승려의 모습이 눈에 보이는 듯한, 한 폭의 그림이다. 그러면서 어지럽고 혼란하고 시끄러운 세상을 뒤로하고 정적한 절로 돌아가는 은둔자의 외로운 심정이 나타난다.

유장경의 선미(禪味)가 확연히 드러나는 시이다. 선(禪)의 경지는 사람마다 다를 것이고, 표현 또한 다를 것이며, 읽는 사람의 느낌도 제 각각이 아니겠는가? 사실 이러한 풍경에는 특별한 정이 있을 것이다.

238. 彈琴 거문고를 타다　● 劉長卿 유장경

泠泠七絲上　靜聽松風寒
古調雖自愛　今人多不彈

맑고도 시원한 일곱 줄 소리
조용히 솔바람 슬픈 소리 듣는다.
비록 옛 곡조라도 나는 좋은데
지금 사람들 연주하는 이 없다.

▶ <彈琴(탄금)> : '거문고를 타다'. '청탄금(聽彈琴)'으로 된 책도 있다. 거문고소리를 빌려 자신의 뜻을 표명하였다.

▶ 泠泠七絲上(영령칠사상) : 泠 깨우칠 령. 악인(樂人). 冷(찰 랭)이 아님. 泠泠(영령) - 음성이 맑고 시원한 모양, 물이 흐르는 소리, 마음이 맑고 깨끗한 모양. 七絲(칠사) - 거문고의 줄. 칠현금. 궁(宮), 상(商), 각(角), 치(徵), 우(羽), 소궁(少宮), 소상(少商)의 일곱 줄.

▶ 靜聽松風寒(정청송풍한) : 靜聽(정청) - 조용히 듣다. 松風(송풍) - 옛 곡조 이름. 본 이름은 '송입풍(松入風)'. 寒(한) - 처청(凄淸). 슬픈 듯 청아하다.

▶ 古調雖自愛(고조수자애) : 古調(고조) - 곡조 이름. '송풍'.

▶ 今人多不彈(금인다불탄) : 多不彈(다불탄) - 연주하는 사람이 많지 않다. 서역(西域)의 악기 비파를 사람들이 좋아하여 거문고 연주는 들을 수 없다는 뜻.

詩意

영령한 칠현(七絃)의 소리는 다음 구의 '한(寒)'에 이어진다. 여기서 '한'은 슬픈 듯하면서도 맑은 소리이다. 3, 4구는 대우를 이루지만 유수대(流水對)이다. 3, 4구는 지음(知音)을 찾기 어렵다는 뜻이니 자신처럼 고아한 지인이 없어 쓸쓸하다는 뜻으로 해석할 수 있으며, 재주를 지니고 있으면서 인정받지 못하여 불우한 자신에 대한 탄식이라고 풀이할 수도 있다.

이 시는 칠현금에 대한 칭송이면서 유장경이 당시 사람들처럼 천박한 시속을 따르지 않겠다는 선언적 의미가 있다. 실제로 그러했기에 관직생활에서 두 차례나 폄직되기도 하여 50세에서 55세에 이르는 시기에 목주사마(睦州司馬)라는 종6품의 한직(閒職)에 있었다.

239. <ruby>送<rt>송</rt></ruby><ruby>上<rt>상</rt></ruby><ruby>人<rt>인</rt></ruby> 스님을 보내며　● 劉長卿 유장경

<ruby>孤<rt>고</rt></ruby><ruby>雲<rt>운</rt></ruby><ruby>將<rt>장</rt></ruby><ruby>野<rt>야</rt></ruby><ruby>鶴<rt>학</rt></ruby>　<ruby>豈<rt>기</rt></ruby><ruby>向<rt>향</rt></ruby><ruby>人<rt>인</rt></ruby><ruby>間<rt>간</rt></ruby><ruby>住<rt>주</rt></ruby>

<ruby>莫<rt>막</rt></ruby><ruby>買<rt>매</rt></ruby><ruby>沃<rt>옥</rt></ruby><ruby>洲<rt>주</rt></ruby><ruby>山<rt>산</rt></ruby>　<ruby>時<rt>시</rt></ruby><ruby>人<rt>인</rt></ruby><ruby>已<rt>이</rt></ruby><ruby>知<rt>지</rt></ruby><ruby>處<rt>처</rt></ruby>

고운孤雲이 야학野鶴을 따라가려니
어찌 속세에 머물리오!
옥주산에는 가지 마시오
속인들이 모두 알고 있다오.

註釋

▶ <送上人(송상인)> : '스님을 보내며'. '송방외상인(送方外上人)'으로 된
   책도 있다. 上人(상인) – 불승에 대한 존칭. 구체적으로 누구를 말하는지
   알 수 없다. 일설에는 영철(靈澈) 스님이라고도 한다.

▶ 孤雲將野鶴(고운장야학) : 孤雲(고운) – 외로운 구름, 시인 자신. 將(장)
   – 보내다, 전송하다, 따라가다[伴隨]. 野鶴(야학) – 야생의 학, 속세에
   순응할 수 없는 고고한 인물.

▶ 豈向人間住(기향인간주) : 어찌 속세에서 살려 하는가?

▶ 莫買沃洲山(막매옥주산) : 買(매) – 힘들여 찾고 구해서 얻다. 沃洲山
   (옥주산) – 절강성 신창현(新昌縣) 소재. 부근에 유명한 천태산이 있다.
   불교나 도교에서 높이는 명산. 도교 72동천(洞泉)의 하나. 동진의 불승
   지도림(支道林, 지둔支遁, 314-366)이 학을 키우며 수도했다고 한다.

▶時人已知處(시인이지처) : 時人(시인) – 당시의 속인. 已知處(이지처)
 – 이미 알려져 번화한 곳이 되어 버렸다는 의미.

詩意

고운(孤雲)과 야학(野鶴)은 짝이 될 수 있을 것이다. 아니면 고운처럼 매인
곳이 없고 야학처럼 자유로운 상인(上人)이라고 풀어도 좋다. 시인은 여기
서 전송하지만 마음은 상인을 따라가고 있으며, 자신도 속세를 버리고 싶은
강한 욕구를 가지고 있다.
속세와 속인들을 멀리하고 허정한 자연 속에 살라는 당부를 빼놓지 않았다.
'종남첩경(終南捷徑)'으로 생각하고 종남산에 들어가는 세속의 관리를 본
받지 말라는 뜻이라 해석할 수도 있다.
시인과 상인의 친밀한 정을 확실하게 느낄 수 있는 시이며, 석별하면서도
만류의 정이 넘친다. 풍취가 어울리고 뜻이 깊고 묘미가 있는 시이다.

240. 秋夜寄邱員外 가을밤 구원외에게 보내다

● 韋應物 위응물

懷君屬秋夜　散步詠涼天

空山松子落　幽人應未眠

그대 그리는 이 가을밤
산보하며 가을을 읊는다.
빈산에 솔방울이 떨어지니
그대 또한 잠 못 이루리라.

🌀 註釋

▶〈秋夜寄邱員外(추야기구원외)〉: '가을밤 구원외에게 보내다'. '추야기
구이십이원외(秋夜寄丘二十二員外)'로 된 책도 있다. 邱員外(구원외) -
구단(邱丹). 상서랑과 원외의 직책을 수행한 뒤 절강성 임평산(臨平山)에
은거하고 있었다. 성당의 시인인 구위(邱爲)의 동생. 022 〈심서산은자불
우(尋西山隱者不遇)〉 참고.

▶懷君屬秋夜(회군속추야): 屬 무리 속, 이을 촉. 하급 관리, 뒤따르다, 때마
침.

▶散步詠涼天(산보영양천): 涼 서늘할 량. 涼天(양천) - 가을의 날씨.

▶空山松子落(공산송자락): 松子(송자) - 솔방울.

▶幽人應未眠(유인응미면): 幽人(유인) - 우인(友人) 구원외(邱員外).

뜻은 간단하다. 그립다는 뜻이니 이 가을에 잠 못 이룰 것이다. 가을은 무거운 사색의 계절이다. 농부는 수확을 걱정하고, 글 읽는 사람은 진도와 성과를 걱정한다.

1, 2구는 시인의 마음이며 일상이다. 언어가 단순하며 아무런 꾸밈도 없다. 선(禪)에 들기 전의 상태이다.

3, 4구는 우인에 대한 염려이다. 아마 나처럼 가을의 사색으로 잠을 못 이룰 것이라며 깊은 유대감을 표현하였다.

이 시가 좋다는 것은 담백한 맛 때문일 것이다. 아무 기교도 없이 담담하게 옆사람과 이야기하듯 말하고 있다.

241. 聽箏 쟁 연주를 들으며 ● 李端이단

鳴箏金粟柱　素手玉房前

欲得周郎顧　時時誤拂弦

계수 받침의 쟁을 타는
하얀 손 미인이 옥방에 있네.
주랑周郎이 돌아보게 하려고
가끔은 틀린 줄을 튕기네.

● 作者 이단(李端, 743-782) - 대력십재자의 한 사람

자(字)는 정기(正己)로 조주(趙州, 지금의 하북성 조현趙縣) 사람이다. 전기
(錢起), 이익(李益) 등과 함께 '대력십재자'의 한 사람으로 《이단시집(李端
詩集)》 3권이 전한다.

일찍부터 여산(廬山)에 은거하며 저명한 승려 시인 교연(皎然)으로부터 시
를 배웠다. 대력(大曆) 5년(770)에 진사가 되어 비서성교서랑과 항주사마
(杭州司馬) 등을 역임하다가 만년에 호남의 형산(衡山)에 은거하며 형악유
인(衡岳幽人)이라 자호(自號)했다.

소극적인 피세(避世)사상을 표현한 시가 많고, 사회 현실에 비판적인 시도
있으며, 규정(閨情)을 묘사한 시도 있는데, 전체적으로 풍격은 사공서(司空
曙)와 비슷하다고 한다.

● 註釋

▶ <聽箏(청쟁)> : '쟁 연주를 들으며'. 箏(쟁) - 현악기로 아쟁(牙箏)은
7현이고, 대쟁(大箏)은 13현이라고 한다. 당악(唐樂) 연주에 쓰이는 악기
이다. 이 시에서는 대쟁인지 아쟁인지 알 수 없다.

▶ 鳴箏金粟柱(명쟁금속주) : 鳴 울 명. 鳴箏(명쟁) - 쟁을 타다. 金粟柱(금
속주) - 계수나무로 만든 금주(琴柱). 금속(金粟)은 계수나무의 별명. 금
빛의 꽃 모양 장신구라고 풀기도 한다. 금주는 현을 걸어 매거나 받쳐서
음계를 조절하는 작은 받침대.

▶ 素手玉房前(소수옥방전) : 素手(소수) - 여인의 흰 손. 미인의 상징. 玉房
(옥방) - 옥으로 장식한 여자의 방. 혹은 쟁 밑에 까는 방석. 혹은 쟁의
현을 매거나 거는 부분 등 설이 많다.

▶ 欲得周郎顧(욕득주랑고) : 周郎(주랑) - 오(吳)의 장군 주유(周瑜,
175-210)로 음률에 정통했던 젊은 장군. 제갈량과 함께 남하하려는 조조
에 대하여 공동전선을 펴서 적벽대전을 승리로 이끌었다. 주유는 다른
사람이 탄곡(彈曲)하다가 틀리면 반드시 그것을 지적했다고 한다. 그래서
당시 사람들이 '곡유오 주랑고(曲有誤 周郎顧)'라는 말을 했다고 한다.

여기서는 여인이 타는 쟁을 듣는 사람.　顧 돌아볼 고. 돌아보다. 악기 연주를 듣다, 미인을 바라보다, 두 가지 뜻이 있다.

▶時時誤拂弦(시시오불현) : 拂 떨 불. 연주하다.

🏵 詩意

시인은 쟁을 타는 여인을 자신에 비유했다. 주랑같이 음률을 아는 사람이 자신의 연주를 들어주기를 바란다는 뜻이다. 1구와 2구는 쟁과 쟁을 연주하는 미인을 말했고, 3구와 4구에서 쟁 연주를 예로 누군가가 자신의 재능에 주목해주기를 염원하였다.

🏵 參考　곡유오(曲有誤)면 주랑(周郎)이 고(顧)한다

주유(周瑜)의 자(字)는 공근(公瑾)으로 당시 사람들이 그의 미모를 부러워하여 '미주랑(美周郎)'이라 불렀다. 중국 고대 4대 미남의 한 사람이다. 후한 말년 손오(孫吳)의 명장으로 적벽지전(赤壁之戰, 208)을 지휘했고 승리로 이끌어 삼국(위魏 · 촉蜀 · 오吳)의 정립 국면을 연출했다. 그러나 적벽 승리 후 2년 만에 36세의 아까운 나이에 병사했다.

주유는 젊은 나이에 출세했고 최고의 미인을 아내로 맞이했다. 거기에 외모가 당당하고 미남 대장군이었고 마음이 한없이 너그러웠기에, 부하들의 존경을 받았으며 손책과 손권으로부터 깍듯한 예우를 받았다. 그러나 소설 《삼국연의》에서는 여섯 살 아래 제갈량과 암투를 벌이는 속 좁은 인물로 묘사되었다.

주유는 위인이 매우 친절하면서도 겸손하여 당시 사람들이 친근하게 '주랑(周郎)'이라는 애칭으로 불렀다. 또한 음률에 아주 정통하여 술이 3배 이상 돈 뒤에도 악곡이 틀리면 지적하려는 뜻으로 고개를 돌려 보았기에 '곡이 틀리면 주랑이 돌아본다(曲有誤 周郎顧)'라는 말이 생겼다고 한다.

242. 新嫁娘 새며느리 ● 王建 왕건

三日入廚下　洗手作羹湯

未諳姑食性　先遣小姑嘗

3일 만에 부엌에 들어가서
손을 씻고 국을 끓인다.
시어머니 식성을 모르기에
먼저 시누이에게 맛을 보게 한다.

● 作者　왕건(王建, 767-830?) - 한유, 백거이와 두루 친교

자(字)는 중초(仲初)이고 영천(潁川, 지금의 하남 허창許昌) 사람이다.
어린 시절 장적(張籍)과 함께 공부하였고 진사가 되어 원화(元和) 8년
소응현승(昭應縣丞), 장경(長慶) 원년(821) 태부시승(太府寺丞), 비서랑
등을 지냈다. 장안에 있으면서 장적, 한유, 백거이, 유우석 등과 교유했
다. 나중에 태상시승(太常寺丞), 섬주사마(陝州司馬)를 지낸 뒤 문종
때 광주자사(光州刺史)가 되어 가도(賈島)와 왕래하였으나 이후 행적
은 불분명하다.
유명한 시작으로는 《궁사일백수(宮詞一百首)》가 있는데 이는 자신이
직접 들은 이야기도 있지만, 지나는 이야기로 얻어 들은 것을 망라하
여 '궁사' 하나의 제목으로 1백 수(정확히는 107수)나 시로 읊었다는
것은 대단한 일이라 할 수 있다.

▶ <新嫁娘(신가낭)> : '새며느리'. 嫁 시집갈 가.

▶ 三日入廚下(삼일입주하) : 三日(삼일) - 시집온 지 3일째 되는 날. 廚
부엌 주.

▶ 洗手作羹湯(세수작갱탕) : 洗手(세수) - 손을 씻다. 羹 국 갱. 湯 끓일
탕. 목욕하다, 제사에 쓰이는 국.

▶ 未諳姑食性(미암고식성) : 諳 외울 암. 알다[熟悉]. 姑 시어미 고[婆婆].

▶ 先遣小姑嘗(선견소고상) : 小姑(소고) - 시누이. 嘗 맛볼 상. 어떤 사람은
이 시가 과거에 합격한 뒤 처음 관직생활을 시작하는 사람이 윗사람의
성격을 파악하기 위해 동료에게 가르침을 구하는 뜻이라고 풀이하였다.
말이 되기는 되지만 꼭 그렇게 해석해야만 하는가?

🏵️ 詩意

일상생활을 소재로 한 아름다운 시이다. 새로 시집온 며느리의 조심성과
지혜를 엿볼 수 있다. 중국인들은 '신부가 대문에 들어오고 3일 동안은 빗자
루를 들지 않는다(過門三朝 不動掃帚)'고 하였는데 이는 신부를 맞이한 것
이 바로 복이니, 복을 쓸어내지 않는다는 뜻이다. 그러나 '며느리가 없을
때는 며느리를 생각하지만(沒有媳婦想媳婦), 며느리를 맞이하고 나면 며느
리를 싫어한다(有了媳婦厭媳婦)'고 하였다.

또 며느리는 처음 들어왔을 때 가르치고(敎婦初來), 며느리도 참고 견디면
시어머니가 되고(多年媳婦熬成婆), 며느리 노릇은 쉽고 시어머니 노릇은
어렵다(媳婦好做 婆婆難當)고 하였다. 이런 속담을 본다면 시어머니와 며
느리의 관계는 중국이나 우리나라나 마찬가지인 것 같다.

243. 玉臺體 ^{옥대체} 옥대신영의 시　● 權德興 권덕여

昨夜裙帶解　今朝蟢子飛
^{작 야 군 대 해}　^{금 조 희 자 비}

鉛華不可棄　莫是藁砧歸
^{연 화 불 가 기}　^{막 시 고 침 귀}

엊저녁 치마끈이 풀리더니
오늘 아침 갈거미가 달라붙네.
연지분을 아니 바를 수 없으니
혹시 지아비가 돌아오려나?

● 作者　권덕여(權德興, 759-818) - 정치가이며 시인

자(字)는 재지(載之). 4세에 시를 지었다는 신동으로 20세 이전에 문장으로
이름을 날렸다고 한다. 덕종(德宗, 재위 779-805)은 호문(好文)하여 그를
불러 태상박사에 임명하였다.

정원(貞元) 10년(794)에 기거사인(起居舍人)이 되었고 이어 지제고(知制
誥)를 역임하였고, 헌종 원화(元和) 초기에는 병부, 이부시랑을 거쳐 재상급
인 동중서문하평장사가 되었다. 그러다가 이길보(李吉甫)와 불화하여 산남
서도절도사(山南西道節度使)를 역임하였다. 시부(詩賦)에 두루 능했고 특
히 악부시를 많이 지었다.

▶ <玉臺體(옥대체)> : '옥대신영의 시'. 《옥대신영(玉臺新詠)》의 시체(詩體)를 따라 지은 시. 《옥대신영》은 남조 양(梁)나라 간문제(簡文帝)의 명을 받고 서릉(徐陵, 507-583)이 한(漢) 및 양(梁) 이전의 염려(艶麗)한 시를 모아 편찬한 시집이다. 옥대체는 섬세하고 정교하며 가볍고도 아름다운 시이며 주로 궁중에서 유행했으므로 궁체(宮體)라고도 한다.

▶ 昨夜裙帶解(작야군대해) : 裙帶解(군대해) - 치마끈이 풀리다. 술과 음식이 생긴다는 속설이 있다고 한다.

▶ 今朝蟢子飛(금조희자비) : 蟢 갈거미 희. 蟢子(희자) - 다리가 긴 작은 거미. 이 거미가 사람 옷에 붙으면 기쁜 소식이 있다고 하였다.

▶ 鉛華不可棄(연화불가기) : 鉛 납 연. 납(Pb, lead)은 고운 분말로 만들 수 있어 예로부터 화장품의 주요 원료가 되었다. 개화 초기 납이 들어간 불량화장품 때문에 여인들의 납중독은 흔한 일이었다. 鉛華(연화) - 지분(脂粉). 분을 바르는 일. 棄 버릴 기.

▶ 莫是藁砧歸(막시고침귀) : 莫是(막시) - ~이 아니겠는가? 藁 마를 고. 짚, 볏짚. 砧 다듬잇돌 침. 藁砧(고침) - 부(夫)를 지칭하는 당대의 은어.

🏵 詩意

규방의 정을 소박하게 그렸고, 출타한 낭군이 돌아오기를 고대하는 여인의 안타까운 심정을 묘사했다. 속되지만 품위가 있고 가벼운 농담처럼 희망을 말하고 있다.

'지사(志士)는 지기(知己)를 위해 죽을 수 있고(士爲知己者死), 여자는 기쁨을 주는 사람을 위하여 화장을 한다(女爲悅己者容)'고 하였으니 여인에게 화장은 생계의 방법이며, 여인에게 기다림이란 숙명과 같은 것이다. 《옥대신영》에 다음과 같은 시가 있다.

　남편은 지금 어디에 있나?
　산 위에 또 산이 있다.

언제면 돌아올 수 있을까?
반쪽 달이 뜨는 날이겠지.
藁砧今何在　山上復有山
何當大刀頭　破鏡飛上天
(고침藁砧은 지아비[夫]. 산상부유산은 객지로 여행한다는 출出을 의미.
하당대도두는 환還과 통함. 파경은 반쪽 달)

244. 江雪 강에 내린 눈　● 柳宗元유종원

千山鳥飛絶　萬徑人蹤滅

孤舟簑笠翁　獨釣寒江雪

온 산에 새도 날지 않고
만 길에 사람 자취 끊겼다.
쪽배에 도롱이 쓴 노인은
혼자 언 강의 눈을 낚는다.

▶ <江雪(강설)> : '강에 내린 눈'. 유종원의 고문(古文)은 우뚝 솟은 산처럼 청신하다고 한다. 유종원의 시 또한 그러하며 잡티가 없다. 고적(孤寂)이 무엇인가를 아주 잘 체험한 유종원이기에 이처럼 고적한 시를 쓸 수 있다.

▶ 千山鳥飛絕(천산조비절) : 千山(천산) – 온 산. 鳥飛絕(조비절) – 비조절(飛鳥絕).

▶ 萬徑人蹤滅(만경인종멸) : 徑 지름길 경. 노아(路也). 蹤 자취 종. 각인(脚印). 1, 2구는 완벽한 대우를 이루었다.

▶ 孤舟簑笠翁(고주사립옹) : 簑 도롱이 사. 笠 삿갓 립. 도롱이는 몸에 걸치는 것이고, 삿갓은 머리에 쓴다.

▶ 獨釣寒江雪(독조한강설) : 釣 낚시 조.

詩意

작자가 정원(貞元) 21년(805)에 33세로 영주(永州, 지금의 호남성 영릉현)에 좌천되었을 때 쓴 시다. 비장한 생명감이 넘치고 있다.

높고 넓은 웅장한 대자연 속에서 말없이, 그러나 끈질기게 삶을 영위하고 있는 늙은이에 초점을 맞춘 한 폭의 청신한 그림 같은 시다. 유종원의 시나 글 속에는 삶의 숨결이 넘치고 있다.

천산조비절(千山鳥飛絕)과 만경인종멸(萬徑人蹤滅)은 하늘과 땅 사이에 모든 움직임이 멈추었다는 것을 묘사하였다. 천산은 우뚝 솟아오른 중첩한 산들로 상하의 공간세계를 상징한다. 만경은 지상의 모든 고샅길이나 샛길을 말한다. 지상의 평면세계를 상징한다. 하늘에는 나는 새도 없고, 땅에는 오가는 사람도 없다. 그만큼 겨울이 깊었다는 뜻이다.

그와 같은 정적 속에서 그래도 인간의 삶은 맥을 이어간다. 고주사립옹(孤舟簑笠翁)은 독조한강설(獨釣寒江雪) – 낚싯줄을 강물 밑으로 드리우고 있다. 그 낚싯줄은 물고기들의 생명과 이어지고 있다. 자연의 영원한 생명과 어부의 생명이 낚싯줄로 이어지고 있는 것이다.

1, 2구에서는 '절(絶)과 멸(滅)'로 한겨울 설경의 자연을 묘사했다. 그리고 3, 4구의 '고(孤)와 독(獨)'으로 설경 속의 인간을 그려내었으니 그야말로 절창이라 아니할 수 없다.

남자 테너 가수의 우렁찬 목소리에서 힘을 느낀다면, 이렇게 기골이 느껴지는 시를 쓴 시인에게서는 무엇인가를 느낄 수 있다. 천지를 들었다 놓았다 할 수 있는 창조주의 힘 같은 것을 느낀다. 조물주가 이 세상을 만들었다면 그것을 이렇게 잘 표현할 수 있는 필력 또한 조화롭다고 해야 할 것이다. 그리고 여담과 같은 한 가지를 더 보태야 한다.

여기 이 <강설>의 도롱이 쓴 노인은 지난 여름에 서암(西巖)에서 잠을 자고 상강(湘江)의 물을 길어 초죽(楚竹)을 태워 아침을 짓는 연기를 피운 바로 그 노인일 것이다.

유종원의 칠언고시 <어옹(漁翁)>은 첫 구의 두 글자가 제목이었는데, 이 겨울의 노인은 마지막 구의 마지막 두 글자 강설(江雪)로 제목을 달았다. 유종원이 보낸 여름과 겨울의 차이를 느껴보기 위해 <어옹> 시를 첨부한다.(칠언고시 070 참고)

漁翁夜傍西巖宿　曉汲淸湘燃楚竹
煙消日出不見人　欸乃一聲山水綠
回看天際下中流　巖上無心雲相逐

245. 行宮^{행궁} 행궁 　●　元稹원진

寥落古行宮　宮花寂寞紅

白頭宮女在　閑坐說玄宗

쓸쓸한 낡은 행궁에
궁궐 꽃은 적막 속에 붉었다.
머리가 하얀 궁녀들이 살면서
한가히 앉아 현종 때를 얘기하네.

🌸 註釋

▶〈行宮(행궁)〉: 행궁은 이궁(離宮)과 같음. 황제가 출행 중 임시로 머무는 궁궐.

▶寥落古行宮(요락고행궁): 寥 쓸쓸할 료. 寥落(요락) - 쓸쓸한 모양. 古行宮(고행궁) - 낡은 행궁, 관리가 잘 안된 행궁.

▶宮花寂寞紅(궁화적막홍): 宮花(궁화) - 이궁에 핀 꽃. 寂 고요할 적. 寞 쓸쓸할 막.

▶白頭宮女在(백두궁녀재): 白頭宮女(백두궁녀) - 늙은 궁녀.

▶閑坐說玄宗(한좌설현종): 玄宗(현종) - 당 명황(唐明皇), 이름은 이융기(李隆基, 685-762, 재위 712-756), 당에서 가장 오래 재위했던 황제. 정식 시호는 '지도대성대명효황제(至道大聖大明孝皇帝)'. 치세 중 전반 30년은 '개원지치(開元之治)'라 하여 당의 극성(極盛) 시대였으나, 후반 천보

(天寶) 연간은 이임보, 안록산, 양국충 등이 정권을 요리하였다. 안록산의 난 중에 태자(숙종)에게 선위하였다. 이원(梨園)을 설치, 운영한 풍류황제이다.

詩意

원진과 백거이는 친구였다. 백거이의 <장한가(長恨歌)>를 읽을 때 길다는 생각보다는 참 재미있고 글이 좋다는 생각이 든다. 그렇다면 원진의 이 시는 너무 짧은 것인가? 낡은 별궁에서 머리가 하얗게 센 늙은 궁녀의 현종 때 이야기는 아마 죽을 때까지 계속해도 다 못할 것이다. 그렇다면 이 시는 결코 짧지 않다.

인간에게 영고성쇠는 피할 수 없는 것 — 개인이나 나라나 무엇이 다르겠는가? 보기 좋은 꽃은 빨리 지고(好花易落), 청춘은 금방 지나가며(紅顔易衰), 영화는 풀잎 위의 이슬이고(華是草上露), 부귀란 기와에 내린 서리이다(富貴是瓦頭霜).

그리고 부귀는 뜬구름 같다는 것을 간파한다면(富貴如浮雲 看破了), 얻었다 하여 기쁘지 않고, 잃었다 하여도 걱정하지 않을 것이다.(得亦不喜 失亦不憂)

246. 問劉十九 ^{문유십구} 유씨 십구에게 묻다 ● 白居易 백거이

246. 問劉十九 (문유십구) 유씨 십구에게 묻다 ● 白居易 백거이

綠螘新醅酒 (녹의신배주)　紅泥小火爐 (홍니소화로)

晚來天欲雪 (만래천욕설)　能飲一杯無 (능음일배무)

개미가 동동 뜨는 새로 담근 술에
붉은 진흙의 작은 화로도 있다네!
저녁 되면서 날은 눈이 내릴 텐데
한잔 하러 오겠나? 못 오겠나?

註釋

▶ <問劉十九(문유십구)> : '유씨 십구에게 묻다'. 친우를 술자리에 초청하
는 시이다. 비오는 날이나 눈이 내리는 날이면 술생각이 나게 되어 있다.
백거이가 강주(江州)에 좌천되었을 때 자주 어울렸다. 같은 시기에 쓴
<유십구동숙(劉十九同宿)>이라는 시를 보면 함께 어울리는 사이였다.

▶ 綠螘新醅酒(녹의신배주) : 螘 개미 의. 綠螘(녹의) - 맑은 술 위에 동동
뜨는 쌀알. 醅 거르지 않은 술 배.

▶ 紅泥小火爐(홍니소화로) : 泥 진흙 니. 小火爐(소화로) - 작은 화로. 술을
데우는 용도로 쓴다. 겨울에는 술을 적당히 데워서 마셔야 취기도 빨리
오른다.

▶ 晚來天欲雪(만래천욕설) : 晚來(만래) - 저녁이 되면서.

▶ 能飲一杯無(능음일배무) : 한잔 할 수 있겠는가, 아닌가? 선택을 묻고

있다. 앞의 228 왕유의 <잡시(雜詩)>에서 '한매착화미(寒梅着花未)'의 '미(未)'와 같은 용법이 여기의 '무(無)'이다.

🏵 詩意

원화 12년(817) 백거이가 강주(江州)에서 지은 시라고 알려졌다. 당시 그는 강주로 좌천되었으며, 나이는 46세였다. '녹의신배주 홍니소화로(綠蟻新醅酒 紅泥小火爐)'는 대구이다. 특히 녹의(綠蟻)와 홍니(紅泥), 욕설(欲雪)과 화로(火爐)는 색채, 명암 및 한난(寒暖)을 잘 대조시켰다.

이 시에 대하여 형당퇴사는 '손 내키는 대로 집어 썼으나(信手拈來) 묘미를 다 갖추었으니(都成妙諦), 시인의 삼매경은 이런 것이니라(詩家三昧 如是如是)'고 평했다.

시인들은 대개 술을 좋아하였다. 우선 이백과 두보에 대한 언급은 그만두고서라도 도연명도 술을 좋아하였지만 여유가 없어 좋은 술을 마시지 못하고, 농부나 나무하는 사람들과 논두렁이나 나무 그늘 아래에서 마셨다.

그러나 백거이는 벼슬도 괜찮았고 가산도 있어 집에서 담근 좋은 술을 어린 기녀나 노비의 시중을 받으며 상류명사인 배도나 유우석, 원진 등과 어울려 마셨다. 백거이의 친우가 이런 시를 전달 받았다면 그 누가 멈칫거리거나 거절하겠는가?

솔직히 말해서 술과 여색, 돈과 재물은 사람마다 다 좋아하지만(酒色錢財人人愛), 그 중에서도 술과 여색은 사람을 다치게 하고 일을 그르친다(酒色傷人 酒色誤事). 아무리 덩치가 작은 사람일지라도 '술이 들어갈 창자는 바다만큼이나 넓고(酒腸寬似海), 여색을 탐하는 마음은 하늘만큼 크다(色膽大如天).' 그리고 술잔에 빠져 죽은 사람은(酒杯裏淹死的人) 바다에 빠져 죽은 사람보다 오히려 더 많다(比大海的還要多).

이런 이유로 술을 안 먹는다면 그 사람은 거의 바보이다. 술이 지기(知己)를 만나면 천 잔도 많지 않다(酒逢知己千杯少). 그리고 오늘 이 저녁에 술이 있다면 오늘 취해야 하고(今夕有酒今夕醉), 내일의 걱정거리는 내일 걱정하면 된다(明日愁來明日愁).

247. 何滿子 하만자 ● 張祜장호

故國三千里　深宮二十年

一聲何滿子　雙淚落君前

고향을 떠나 삼천리
깊숙한 궁에서 이십년.
<하만자> 한 곡조 부르며
두 줄기 눈물만 임금 앞에 흘렸다.

● 作者　장호(張祜) ― <궁사(宮詞)>로 명성을 얻다

자(字)는 승길(承吉). 당대의 청하(淸河) 장씨 명문인데다가 협객 기질도
있어 사람들이 장공자라 불렀다고 한다. 문종(文宗) 대화(大和) 3년(829)
천평군절도사(天平軍節度使)인 영호초(令狐楚)의 추천을 받았으나 나아가
지 않았다고 한다. <궁사>로 명성을 얻었으나 원진(元稹)은 장호에 대하
여 '잔재주나 부리려 하니 장부가 할 짓은 아니다'라고 평했다고 한다.
≪전당시≫에 시 340여 수가 수록되어 있다.

● 註釋

▶ <何滿子(하만자)> : 가기(歌妓) 이름. 그녀가 부른 노래 곡조. 개원(開元)
　연간에 궁에 들어온 가기 하만자가 죄를 짓고 사형이 확정되었는데, 애달

픈 곡조의 이 노래를 불러 면해 보려 하였으나(臨刑進此曲以贖死), 현종
이 허락하지 않았다고 한다. 제목이 '궁사(宮詞)'로 된 책도 있다. 후세에
하만자는 궁녀들의 원한을 읊은 악부시로 자리 잡았다고 한다.

▶ 故國三千里(고국삼천리) : 故國(고국) – 고향. 백거이의 설명에 의하면
고향이 창주(滄州, 지금의 하북성 동남부 바닷가, 산동성과 경계)라고
하였다.

▶ 深宮二十年(심궁이십년) : 深宮(심궁) – 외출이나 외박이 불가능했을 것
이다.

▶ 一聲何滿子(일성하만자) : 一聲(일성) – 1곡(曲).

▶ 雙淚落君前(쌍루낙군전) : 雙淚(쌍루) – 두 줄기 눈물. 3, 4구를 당시의
하만자의 일로 해석한다. 그리고 '하만자의 노래에 궁인들이 임금 앞에서
도 눈물을 흘린다'로 해석해도 된다. 또 〈하만자〉 노랫소리를 지금 시인
이 듣는 것으로 풀이하면 '군(君)'은 시인과 동석한 사람이 된다. '하만자
노래를 듣고, 그대 앞에 두 줄기 눈물을 흘린다'로 번역된다.

詩意

고향을 떠나왔고 모든 자유는 속박되었으며 군주의 총애는 기대도 못할
때, 그런 궁녀의 천한만수(千恨萬愁)가 어떠했겠는가? 무슨 죄를 누구에
게 어떻게 지었는지는 모르지만 슬픈 노래는 그 뒤에도 계속 불렸을 것이
다. 무종(武宗) 때 맹재인(孟才人)이라는 후궁이 이 노래를 부르고 기를
다해 죽었다는 이야기도 있는데, 슬픈 사연에 슬픈 곡조는 그만한 생명력
이 있다는 뜻이다. 왜냐하면 슬픔은 다른 어느 감정보다 진실하기 때문이
다.

'삼천(三千)'과 '이십(二十)' 그리고 '일(一)'과 '쌍(雙)' 등의 숫자는 실자(實
字)이고 구체적이기에 시의 사실성을 높여주는 효과가 있다. 시구는 간결하
고, 슬픔은 글자에 가득 배어 전체가 실정(實情)으로 느껴진다.

248. 登^등樂^낙遊^유原^원 낙유원에 올라　● 李商隱^{이상은}

向^향晚^만意^의不^부適^적　驅^구車^거登^등古^고原^원

夕^석陽^양無^무限^한好^호　只^지是^시近^근黃^황昏^혼

해질녘 마음이 울적하여
수레로 고원에 올랐더니
지는 해 한없이 좋지만
다만 황혼에 가깝더라.

● 註釋

▶ <登樂遊原(등낙유원)> : '낙유원에 올라'. '낙유원'으로 된 책도 있다.
樂遊原(낙유원) – 지명으로, 장안 시내를 내려다볼 수 있는 높은 벌판이
다. 전한(前漢) 선제(宣帝)가 이곳에 '낙유묘(樂遊廟)'를 건립했다고 한다.
이곳을 낙유원(樂遊苑)이라고도 불렀다는데, 측천무후 때 태평공주가 여
기에 정자와 누각을 지은 뒤로 장안 사람들이 철 따라 이곳에서 놀았다고
한다.

▶ 向晚意不適(향만의부적) : 向晚(향만) – 해질녘. 意不適(의부적) – 마음
이 울적하여(心裏不快).

▶ 驅車登古原(구거등고원) : 古原(고원) – 낙유원.

▶ 夕陽無限好(석양무한호) : 석양으로 수구(首句)의 '향만(向晚)'을 보완하
였다.

▶ 只是近黃昏(지시근황혼) : '다만 황혼이니 좋더라'고 하여 3구의 '무한호 (無限好)'의 설명으로 풀이할 수도 있다. 이 3, 4구는 인구에 널리 회자되 는 명구로 그 함의(含意)가 많아 다양한 풀이가 있다.

詩意

같은 제목으로 이상은의 칠언절구가 있고, 두목(杜牧)도 비슷한 제목의 칠 언절구 <장부오흥등낙유원(將赴吳興登樂遊原)>을 남겼다. 그러나 낙유원 의 시는 이상은의 이 시를 제일 먼저 꼽는다.

우선 해가 지는 시간에 약간의 차이가 있다. 향만(向晚) – 석양 – 황혼으로 해는 점점 지고 있다. 시인의 감정도 '의부적(意不適)'이라서 '등고원(登古 原)'하면서 생각을 가다듬고, '무한호(無限好)'라고 느낀 다음에 '근황혼(近 黃昏)'이라고 술회하고 있다.

그 '무한호'와 '근황혼'의 감정은 사람마다 다를 것이다. 역자가 지금 '이러한 것'이라고 해석하는 것은 역자의 마음이지 이상은의 마음은 아닐 수도 있다. 지금은 '지는 석양이 안타깝다'라고 생각할 수도 있고, '인생의 황혼을 의미 하니 서글프다'라고 설명할 수도 있다. 그런가 하면 '어릴 적 불우했던 생활 을 회상하며 자신이 늙는데도 상황은 개선되지 않는 상황에 대한 위로'라고 풀이할 수도 있다.

또 한조(漢朝)의 여러 능을 바라보며 역사의 순환을 슬퍼하였다고 말하는 이도 있다. 그리고 이 시에 대하여 당조(唐朝)의 쇠락을 애달프게 여기는 심정이 숨어 있을 것이라고 매우 애국적인 풀이를 한다하여 잘못이라고 단정할 수도 없다. 하여튼 '언외의 뜻'이 많기에 이 시가 더 좋고 유명한 것이다.

249. 尋隱者不遇 은자를 찾아갔으나 만나지 못하다

● 賈島가도

松下問童子　言師採藥去

只在此山中　雲深不知處

소나무 아래서 동자에게 물으니
대답이 '사부는 약 캐러 갔는데
지금 이 산속에 계시지만
구름이 껴서 계신 곳을 모르겠다' 하네.

● 作者　가도(賈島, 779-843) — 고음파(苦吟派) 시인

자(字)는 낭선(浪先, 낭선閬先)으로 범양(范陽, 지금의 하북성 탁주시涿州市) 사람이다. 빈한하여 일찍이 승려가 되어 법호를 무본(無本)이라 했다. 헌종 원화(元和) 5년(810) 장안에 와서 장적(張籍)을 만났다. 그가 낙양에서 한유(韓愈)의 행차와 부딪쳤을 때는 승려의 오후 외출이 금지되던 때였다고 한다. 한유의 가르침을 받아가며 환속하여 과거

에 여러 번 응시하였으나 급제하지 못하다가 목종(穆宗) 장경(長慶) 2년
(822)에 진사과에 급제하였다. 이후 관직생활은 불우하기만 했다.

가도는 이른바 '고음파'에 속하는 시인이다. 잘 알려진 전고인 '퇴고(推敲)'
란 말은 가도로부터 나왔다. 가도는 나귀를 타고 가면서 '조숙지변수 승추
월하문(鳥宿池邊樹 僧推月下門)'에서 推(옮을 추, 밀 퇴)를 쓸 것인가 敲(두
드릴 고)를 쓸 것인가 고민했다. 한유의 지적대로 '승고월하문(僧敲月下門)'
으로 하였는데, 나중에 이를 회고하며 '이구삼년득(二句三年得)하고 일음
쌍루류(一吟双泪流)＜제시후(題詩後)＞'라고 말했다.

또 어느 날은 '낙엽만장안(落葉滿長安)'의 다음 구를 생각하다가 '추풍취위
수(秋風吹渭水)' 구절이 입에서 절로 나왔다. 가도는 나귀 위에서 매우 좋아
하다가 다른 귀인의 행차와 부딪쳐 하루 저녁을 갇혀 있었다는 이야기도
있다.

오언율시에 뛰어났으며 시는 의경이 고고황량(孤苦荒凉)하다는 평을 듣는
다. 요합(姚合)과 친우였고 시풍도 비슷하여 후세에 '요가(姚賈)'라 합칭하
였고 '요가시파(姚賈詩派)'라고도 부른다. '원진은 가볍고 백거이는 속(俗)
하며(元輕白俗), 맹교(孟郊)는 냉정하고 가도는 수척하다(郊寒島瘦)'는 소
식(蘇軾)의 평가는 동시대 시인의 특징을 잘 요약한 말이다.

註釋

▶ ＜尋隱者不遇(심은자불우)＞ : '은자를 찾아갔으나 만나지 못하다'.

▶ 松下問童子(송하문동자) : 시인이 은자의 거처에 도착하여 동자에게 물
   었다. 이후 3구는 동자의 대답이다.

▶ 言師採藥去(언사채약거) : 採藥(채약) - 약초를 캐다.

▶ 只在此山中(지재차산중) : 다만 이 산중에 있으나.

▶ 雲深不知處(운심부지처) : 구름이 잔뜩 끼어 산도, 은자도 보이지 않는다
   는 뜻.

'송하(松下)' '동자(童子)'는 물론 '채약(採藥)'과 '산중(山中)', '운심(雲深)' 모두가 은자에 대한 설명이며 은자의 생활이다. 모든 번역이 아래 3구를 동자의 말로 해석하였다. 동자는 '구름이 깊어 어디 계신지 알 수 없습니다'라고 거의 시인 수준으로 대답하였다.

이 시에는 시인의 질문이 모두 생략되었다.

시인이 동자에게 '사부님 계시냐?'하고 물으니 동자는 '채약거(採藥去)'라 했다. 그러자 시인이 '어디서 약 캐시는데?'하고 또 물었을 것이다. 그러자 동자는 '이 산에서 캡니다'라고 대답했을 것이다. 시인이 다시 '산속 어딘지 아느냐?'라고 물으니 '운심부지처(雲深不知處)'라 했을 것이다.

사실 구름이 없다 하여도 산중에 있는 사부가 보이지 않을 것이다. 약초를 캐러 다닐 때는 이 산 저 산 정처 없이 다니니 동자는 사부가 있는 곳을 모를 것이다. 다만 시인이 실없는 질문을 계속하니 동자는 이렇게 대답할 수밖에 없었다.

그러나 해석을 달리할 수 있다. 시의 주인공은 동자가 아니라 시인이다. '채약거'만이 동자의 대답일 것이다. '지재차산중 운심부지처'는 동자의 대답을 들은 뒤에 흘러나오는 시인의 독백이다. 하필 오늘 따라 산중에 구름이 짙다는 감탄이며, 구름 때문에 산경(山景)도 못 보고, 그리고 은자도 만나지 못하는 아쉬움의 독백일 것이다. 동자가 말한 3구의 응답은 '은자의 품격을 한층 더 신비하게 했다'는 후인의 해설에 필자는 동의하고 싶지 않다.

🌸 **參考 <검객(劍客)>** - 가도

   십년에 일검을 연마하여

   서릿발 칼날을 아직 시험하지 않았다.

   금일에 당신께 드리오니

   누가 공평치 못한 일을 하겠는가?

   十年磨一劍　霜刃未曾試

   今日把贈君　誰爲不平事

10년간 외길로 공부를 한 자신의 성과를 칼[劍]로, 그리고 이 칼을 받는 군(君)으로는 한유(韓愈)를 지칭했을 것이다. 그렇다면 검과 군의 관계가 형성된다. 가도의 마음속에는 정의 구현을 위한 강력한 정열이 가득했다.

250. 渡漢江 한강을 건너며　● 李頻이빈

嶺外音書絶　經冬復立春
近鄕情更怯　不敢問來人

남쪽에 있으며 소식 못 듣고
겨울 나고 다시 봄이 되었다.
고향 가까우니 마음은 더 두려워
감히 오는 이에게 묻질 못하네.

● 作者　이빈(李頻)

자(字)는 덕신(德新). 선종(宣宗) 대중(大中) 8년(854) 진사과에 급제하고 비서랑, 시어사를 역임한 뒤 건주자사(建州刺史, 복건성 지역)를 지낸 뒤 병사했다.

▶ <渡漢江(도한강)> : '한강을 건너며'. 漢江(한강) – 한수(漢水). 섬서성에서 발원하여 호북성(湖北省)의 한구(漢口)에서 장강에 합류하는 장강의 가장 큰 지류이다. 이 시에서 생각할 수 있는 작자의 고향이나 생활근거지가 한강을 건너 호북 지역이어야 하는데 이빈은 절강 지역 목주(睦州) 출신이다. 《당재자전(唐才子傳)》의 착오일 수도 있다. 《전당시》에는 이 작품이 송지문(宋之問)의 작품 사이에 있어 송지문 작품의 착오로 볼 수도 있다고 한다.

▶ 嶺外音書絶(영외음서절) : 嶺外(영외) – 오령산맥 바깥. 지금의 복건, 광동, 광서 지역. 音書(음서) – 소식. 가향(家鄕)으로부터의 소식.

▶ 經冬復立春(경동부입춘) : 經冬(경동) – 겨울을 보내다. 객지에서 겨울을 보냈음을 알 수 있다.

▶ 近鄕情更怯(근향정갱겁) : 怯 겁낼 겁. 두렵다.

▶ 不敢問來人(불감문래인) : 來人(내인) – 고향 쪽에서 오는 사람.

🌸 詩意

타향에서는 고향이 그립고, 고향으로 돌아갈 적에는 빨리 가고 싶다. 그것이 인지상정이다. 그런데 혹시 고향에, 또는 집안에 불길한 일이 있었을까 두려워 고향 소식을 묻지 못한다.

앞 두 구절은 타향에서 그리는 정이고, 뒤 두 구절은 고향 가까이 오면서 고향을 걱정하는 마음을 간결하게 표현하였다.

251. 春怨 봄날의 그리움 ● 金昌緒김창서

打起黃鶯兒　　莫教枝上啼

啼時驚妾夢　　不得到遼西

노랑 꾀꼬리를 쫓아버려
가지에서 못 울게 해주오.
울 때 내가 꿈에서 깨면
요서遼西에 갈 수 없다오.

● 作者　김창서(金昌緒)

여항(余杭, 항주杭州) 사람이라고 하지만 나머지는 알 수 없다. 겨우 이 시
한 수가 전한다.

● 註釋

▶ <春怨(춘원)> : '봄날의 그리움'.
▶ 打起黃鶯兒(타기황앵아) : 打起(타기) ─ 쫓아버리다, 때려 보내다. 黃鶯
兒(황앵아) ─ 노랑 꾀꼬리. 아(兒)는 명사 뒤에 붙어 작은 것을 나타낸다.
접미사. (예 소구아小狗兒, 강아지).
▶ 莫教枝上啼(막교지상제) : 莫教(막교) ─ ~하지 못하게 하다. 啼 울 제.
새가 지저귀다.

▶ 啼時驚妾夢(제시경첩몽) : 妾(첩) – 여기서는 여인 자신.

▶ 不得到遼西(부득도요서) : 遼西(요서) – 요하 서쪽. 낭군은 지금 요서로 징발되어 갔다. 3, 4구는 왜 꾀꼬리를 쫓아버려야 하는지 그 당위성을 설명하는데, 여기에도 여인의 춘원(春怨)이 녹아 있다.

詩意

어떻게 딱 한 수 전해오는 시로 시인의 명성을 누릴 수 있을까? 마치 노래 한 곡으로 평생 가수 소리를 듣는 사람과 같으리라.

김창서의 시는 이 한 수뿐이지만 인구에 회자되고 있다. 꾀꼬리 우는 봄날 -요서의 수자리간 남편을 그리는 여인의 간절함을 그렸다. 꿈에서라도 낭군이 있는 요서에 가보고 싶은 것이다.

아주 짧은 이야기와 같으나 더 보탤 말도, 또 빼버릴 말도 없다. 처음부터 끝까지 부드러우면서도 하나의 뜻으로 이어졌다. 꾀꼬리소리도, 그리고 봄의 꽃이나 여인의 원(怨)이 바람에 실려 오는 꽃향기처럼 이 시를 통해 전해진다. 진정 이렇게 멋진 시를 여인이 읊었다면 그 여인은 틀림없이 미인일 것이라고 생각된다.

부부는 인륜의 시작이지만(夫婦爲人倫之始), 부부는 사랑하는 원수이다 (夫妻是個寃家). 원(怨)은 원(寃)과 통하며 원(鴛, 원앙새 원)이 모두 해음 (諧音)이다. 남편에게 아내, 그리고 아내에게 남편은 서로 원(寃)을 가지고 산다. 그래서 중국 각종 연극 대사에서는 부부를 원가(寃家)라고 한다. 부부의 은혜와 사랑은 쓰고도 달다(夫妻恩愛苦也甛). 밉지만 미워할 수 없는 사람, 미우면서 그리운 사람이 남편이고 아내이다. 꾀꼬리를 쫓아버려 달라는 이 여인도 '도망쳐서라도 오지 왜 안 오는가?'라고 원망하고 있을 것이다. 그럴 수 없다는 것을 알면서도 미운 것이다. 그래서 부부의 인연인 것이다.

252. 哥舒歌 가서한哥舒翰의 노래　● 西鄙人서비인

北斗七星高　哥舒夜帶刀

至今窺牧馬　不敢過臨洮

북두칠성 높이 떴을 때
가서哥舒 장군은 밤에도 칼을 찼네.
지금도 기르는 말을 엿보지만
감히 임조를 넘어오지 못하네!

● 作者　서비인(西鄙人)
서쪽 변방의 백성. 무명씨와 같은 뜻.

● 註釋
▶ <哥舒歌(가서가)> : '가서한(哥舒翰)의 노래'. 가서한(?-757)은 당조(唐朝)의 명장으로 돌궐족 사람이다. 가서는 성인데 돌궐인들은 부락 이름을 성으로 삼는다. 아버지는 안서부도호(安西副都護)였고 안서에 살았다. 가서한은 안서절도사로 당에 침입하는 티베트인을 격퇴하여 명성을 떨쳤다. 안록산의 난 때 안록산 군에게 억류되었다가 안록산의 아들 안경서에게 피살되었다.
▶ 北斗七星高(북두칠성고) : 北斗七星(북두칠성) ─ 주군 또는 명망이 높은

사람을 지칭. 여기서는 가서한의 위망(威望).

▶ 哥舒夜帶刀(가서야대도) : 가서한의 용맹함을 강조하였다.

▶ 至今窺牧馬(지금규목마) : 窺 엿볼 규. 여기서는 말을 훔치다.

▶ 不敢過臨洮(불감과임조) : 過(과) - 넘어오다. 臨洮(임조) - 감숙성 정서
시(定西市)의 현 이름. 진대(秦代) 만리장성의 서쪽 기점.

🌸 詩意

1구에서는 가서한 장군의 위엄과 명망 높음을 북두성에 비교했다. 2구에서
는 가서한의 노고를, 3, 4구에서는 가서한의 업적을 말하였다. 전체적으로
언사가 강건하고 힘이 있다. 이는 아마 서북지역 사람들의 정서와 같을
것이다.

8.

五

絶

樂

府

【오절악부五絕樂府】

한(漢), 위(魏), 육조(六朝)의 시는 3언에서 7언에 이르고 잡언, 절구 등이 혼재하였는데, 악부는 이 모든 형식을 다 수용하는 시가라 할 수 있다. 한, 위의 악부는 제재의 범위가 매우 다양하였고, 형식에서도 시구(詩句)와 동일한 형식을 취하여 구별이 어려운 것도 있다.

악부는 음악의 리듬이나 가락이 있고 그 가락에 맞추어 노래하는 부차적인 가사이기에 장단이 고르지 않고, 용어도 범속한 것에서 고아한 것까지 다양했다. 이렇게 수백년을 발전해온 악부가 율시의 영향을 받아 형식이 정제되어 출현하게 된 것이 절구의 악부이다. 이는 본래 입악(入樂)을 위주로 창작된 가행체(歌行體)의 절구이다. 당인이 창작한 신악부는 율시의 영향을 받아 평측(平仄)이 맞는 절구의 악부이다.

오언악부의 시제는 다양하지만 본 《당시삼백수》에는 모두 8수를 수록하고 있는데, 그 중에 <새하곡(塞下曲)>이 4수를 차지하고 있다.

【변새시邊塞詩】

당나라에서 이민족과 접경하며 종종 전투가 벌어지고 있는 지역을 변새라고 한다.

건국 초기에는 강력한 국력을 바탕으로 주변 이민족을 위압하고 국제 질서를 유지할 수 있었지만, 안록산의 난 이후 당의 국력은 쇠약했고 이민족은 강성해져서 국경 유지가 매우 어렵게 되었다.

당은 동북쪽의 말갈족으로부터 선비족, 몽고인, 토번족에서 지금의 월남지역 소수민족까지 수많은 이민족을 상대해야만 했는데, 그 결과 농민들을 동원해야만 했다. 여기서 장기간의 동원에 따른 고통이 있고, 전사자의 속출, 그리고 군사력 유지를 위한 세금 징수 등 모두가 농민들의 몫이었다. 또 절도사들의 독자세력화와 통치는 중앙정부의 권위를 여지없이 무너트렸다.

문인들은 과거 합격 이후에 생계를 위해 변경의 절도사나 장군의 막료로 근무하였기에 우수한 변새시들이 많이 창작되었다. 변새지역의 풍경이나 병영의 모습, 전쟁의 고통이나 동원된 장병들의 감정을 서술한 시를 변새시라고 한다.

중국의 변새시는 《시경》 이후 한, 위, 남북조의 악부에 이르기까지 계속 출현했는데, 특히 당나라는 건국 이후 이민족과의 충돌이 많았기에 성당(盛唐) 이후에도 많은 변새시들이 창작되었다.

일반적으로 변새시는,

▌ 오언이나 칠언의 가행체(歌行體)가 많고,

▌ 변경의 경치나 이국 풍경, 병사의 향수나 고생을 주제로 하며,

▌ 변경에서 고생하는 병사들이나 전쟁의 참상에 대한 문인들의 감상을 묘사하고,

▌ 남아의 기개나 호방한 풍격과 함께 낭만적이거나 진취적 기상을 노래한 경우가 많다.

대표적 시인으로는 잠삼(岑參, 715-770), 고적(高適, 702-765), 왕창령(王昌齡, 698-757?)이 유명하고, 최호(崔顥), 이기(李頎), 왕지환(王之渙)도 절묘한 변새시를 남겼다.

長干行 二首 (一) 장간리의 노래 ● 崔顥최호

君家何處住 妾住在橫塘

停船暫借問 或恐是同鄉

그대는 어디에 사시는가요?
이 몸은 횡당에 산답니다.
배를 멈춰 잠시 묻는 것은요
혹시 같은 고향 같아섭니다.

🌸 註釋

▶ <長干行(장간행)> : '장간리의 노래'. 長干(장간) – 지명. 장간리(長干里)
로 남경성의 남쪽. <장간행>은 악부의 잡곡가사로 남녀 상화가사이다.
최호의 이 악부시는 4수인데 그 중 1, 2수이다. 1수는 여자의 노래이고,
2수는 남자가 화답하는 노래이다. 이백의 <장간행>은 오고악부(五古樂
府)로 30행이다. 043 <장간행> 참고.

▶ 君家何處住(군가하처주) : 君家(군가) – 남자의 집.

▶ 妾住在橫塘(첩주재횡당) : 妾(첩) – 여자의 자칭. 塘 못 당. 橫塘(횡당)
– 지명. 남경시 서남. 당대에는 상업지역이었던 것 같다.

▶ 停船暫借問(정선잠차문) : 停 머무를 정. 暫 잠시 잠. 借問(차문) – 물어
보다.

▶ 或恐是同鄉(혹공시동향) : 或恐(혹공) – 혹시, 추측의 뜻.

질박하면서도 솔직한 민가이다. 이런 노래들을 가기가 신명나게 부를 수
도 있고, 여인들이 큰 소리로 합창하면서 웃어대는 모습이 눈에 보인다.
예로부터 미인은 젊은이를 좋아한다(自古嬋娥愛少年). 유혹의 적극성이나
대담성은 언제나 여인 쪽이 강하다고 한다. 다만 평상시에는 드러내지 않을
뿐이다.

254. 長干行 二首(二) 장간리의 노래　● 崔顥최호

家臨九江水　來去九江側

同是長干人　自小不相識

내 집은 구강의 강가인데
구강을 따라 오르내렸지요.
다 같이 장간리 사람이거늘
어려선 서로 알지 못했네요.

▶ <長干行(장간행)> : 육조시대 오(吳)에서 유행한 민가로 <자야가(子夜歌)>가 있다. 남녀가 주고받는 형식으로 서로의 애정을 노래한 시다. <장간행>도 비슷한 주제이다.

▶ 家臨九江水(가임구강수) : 臨(임) – 면하다. 九江(구강) – 지금의 강서성 북쪽 양자강 남안의 구강. 남경에서는 상류 쪽으로 먼 거리이다. 이 남자도 장간리가 원 고향이지만 지금은 구강에서 살고 있다고 자기소개를 하고 있다.

▶ 來去九江側(내거구강측) : 側 곁 측. 구강의 곁. 곧 장강을 오르내렸다는 뜻.

▶ 同是長干人(동시장간인) : 是(시) – ~이다.

▶ 自小不相識(자소불상식) : 自小(자소) – 어려서부터. 不相識(불상식) – 서로 알지 못했다.

詩意

'집의 꽃은 들꽃 향기만 못하고(家花不及野花香)', '집의 음식은 맛이 없고 남의 음식이 더 맛있다(家菜不香外菜香)'는 속담은, 모르는 여인에게 보다 더 많이 끌리는 남자의 속성을 말해준다. 남자가 여자를 구하기는 어렵지만(男求女難), 여자가 남자를 찾기는 쉽다(女求男易). 하여튼 젊은 남녀는 '마른 장작 옆에 있는 뜨거운 불(猶如烈火近乾柴)'처럼 불붙기 쉽다.

여기 이 악부시에서는 젊은 남녀가 서로 좋아하는 정을 주고받는다. 3수와 4수도 그런 분위기인데, 젊은 남녀의 사랑은 건강하고 아름답다.

參考 <장간행> 3, 4수

최호의 <장간행>은 민가를 모방한 악부시로 모두 4수인데 나머지 2수는 다음과 같다. 특히 4수에서는 남자가 연꽃을 따는 처녀의 배로 옮겨 타겠다고 노골적인 메시지를 노래하고 있다.

(三)
물 아래 쪽은 풍랑이 심하여
연꽃 따는 배는 거의 없다오.
어찌 나를 마주 보지 않고
홀로 물 거슬러 돌아가나요.
下渚多風浪　蓮舟漸覺稀
那能不相待　獨自逆潮歸

(四)
삼강도 강물이 빠르다지만
오호의 풍랑도 사납답니다.
본래 연꽃 배야 가벼워야 하지만
연꽃 배가 무거워도 두려워 마오.
三江潮水急　五湖風浪湧
由來花性輕　莫畏蓮舟重

255. 玉階怨 옥 계단의 시름 ● 李白이백

_{옥 계 원}

玉階生白露　夜久侵羅襪
_{옥 계 생 백 로　야 구 침 나 말}

却下水晶簾　玲瓏望秋月
_{각 하 수 정 렴　영 롱 망 추 월}

옥 계단에 찬 이슬이 내리어
밤 깊으니 비단버선을 적신다.
수정의 주렴을 내리고
영롱한 추월秋月을 바라본다.

🌀 註釋

▶ <玉階怨(옥계원)> : '옥 계단의 시름'. 규원(閨怨)을 노래한 악부시이
다.

▶ 玉階生白露(옥계생백로) : 白露(백로) - 차가운 이슬.

▶ 夜久侵羅襪(야구침나말) : 侵 침노할 침. 여기서는 스며들다. 襪 버선[足
衣] 말.

▶ 却下水晶簾(각하수정렴) : 却下(각하) - 방하(放下), 내리다. 簾 발 렴.
주렴.

▶ 玲瓏望秋月(영롱망추월) : 망영롱추월(望玲瓏秋月)의 도치.

🌸 **詩意**

옥 계단에 서서 시름없이 기다리는 여인의 시름을 읊었다. 이도 역시 상화가
사(相和歌辭)라 할 수 있다.

1구에서는 밤이 되자 시름이 깊어진다는 뜻이고, 2구는 밤 늦도록 시름한다
는 뜻이다.

3, 4구에서는 방에 들어와서도 슬픈 시름이 계속된다는 뜻이다. 여인의 시
름을 묘사한 '원(怨)'의 노래이지만 '원(怨)'과 비슷한 글자가 없어도 모든
구절에 원이 넘쳐난다.

옥계(玉階), 백로(白露), 나말(羅襪), 수정렴(水晶簾), 영롱(玲瓏) 등의 시어
가 아름답기에 더욱 비절(悲絶)한 심정을 돋아준다. 특히 비단버선[羅襪]에
찬 이슬이 스며든다는 묘사는 매우 진한 여인의 시름 내지 욕정의 묘사라
할 수 있다.

여인의 발, 그것을 감싸는 버선, 여인이 신는 신발은 모두 여성 성(性)의
상징이다.

256. 塞下曲^{새하곡} 四首^{사 수}(一) 새하곡　● 盧綸노륜

鷲翎金僕姑^{취 령 금 복 고}　燕尾繡蝥弧^{연 미 수 모 호}

獨立揚新令^{독 립 양 신 령}　千營共一呼^{천 영 공 일 호}

수리 깃털 장식한 화살 금복고에
제비 꼬리 수놓은 띠를 두른 깃발.
우뚝 서서 새 군령을 반포하니
모든 군영 다 함께 환호한다.

◉ 註釋

▶ <塞下曲(새하곡)> : 한대 악부의 곡명. 횡취곡사(橫吹曲辭)에 속하며 변새 지방의 풍경과 정벌에 관한 내용이다. 노륜의 시 중에서 가장 잘 알려진 시이다. 오언율시의 규율에 맞춰 지어졌고 1, 2, 4구에 운을 달았다. 1수에서는 부대를 지휘하는 장수의 위엄을 묘사하였다.

▶ 鷲翎金僕姑(취령금복고) : 鷲 수리 취. 독수리 계통의 새. 翎 깃 령. 金僕姑(금복고) – 화살 이름. 독수리 깃털로 장식한다.

▶ 燕尾繡蝥弧(연미수모호) : 燕尾(연미) – 제비 꼬리, 제비 꼬리 모양의 띠. 繡 수놓을 수. 蝥 해충 모. 깃발. 弧 활 호. 둥글게 구부러진 것. 蝥弧(모호) – 보통의 깃발.

▶ 獨立揚新令(독립양신령) : 獨立(독립) – 우뚝 서다. 揚 오를 양. 선포하다, 지시하다. 新令(신령) – 새로운 명령.

▶千營共一呼(천영공일호) : 千營(천영) – 모든 군영. 共一呼(공일호) –
다 같이 큰 소리로 환호하다.

🏵 詩意

노륜은 모두 6수의 <새하곡>을 지었는데 본서에서는 4수를 수록하였다.
1구에서는 장수가 사용하는 화살을, 2구는 장군의 권위를 상징하는 깃발,
3구에서는 장수의 군령 발표, 4구는 전군의 환호로 부대의 사기가 드높음을
일관되게 그려내었다.

257. 塞下曲 四首(二) 새하곡   ● 盧綸노륜

林暗草驚風   將軍夜引弓

平明尋白羽   沒在石稜中

깊은 숲속에 풀이 흔들리자
장군은 밤에 활을 쏘았다.
아침에 흰 깃 화살을 찾으니
바위를 뚫고 박혀 있었다.

▶ <塞下曲(새하곡)> : 장군의 탁월한 무력을 묘사하였다.

▶ 林暗草驚風(임암초경풍) : 草驚風(초경풍) – 풀이 바람에 놀라다. 풀이
바람에 흔들리는 모양. 야수가 숨어 있는 것으로 착각했다.

▶ 將軍夜引弓(장군야인궁) : 引弓(인궁) – 활을 당기다(납궁拉弓).

▶ 平明尋白羽(평명심백우) : 平明(평명) – 날이 밝다. 아침. 白羽(백우)
– 화살 끝부분의 흰 깃털. 화살.

▶ 沒在石稜中(몰재석릉중) : 沒 빠질 몰. 박히다, 몰입. 稜 모서리 릉. 石稜
(석릉) – 돌(석괴石塊).

🏵 詩意

한(漢)나라 장군 이광(李廣, 기원전 2세기?-119)의 고사를 빌려 장군의 탁
월한 무력을 묘사하였다. 이광은 흉노와 40여 년간 70여 차례의 전투를
치르면서 위명을 떨쳤기에 사람들은 '비장군(飛將軍)'이라 부르며 존경했
다. 이광이 사냥을 나갔다가 호랑이를 쏘았는데 화살이 바위에 박혔다는

이광(李廣) 장군

이야기는 '정신일도하사불성(精神
一到何事不成)'의 교훈으로 널리 알
려졌다.

특히 사마천은 《사기 이장군열전
(李將軍列傳)》에서 '도리불언 하자
성혜(桃李不言 下自成蹊)'라는 표현
으로 이광의 인품을 높이 평가하였
다. 이는 '복숭아와 자두나무는 아무
말도 안하지만, 맛있는 열매 때문에
나무 아래로 사람들이 찾아와 저절
로 길이 생긴다'는 뜻이다. 곧 진실로
사람을 대하면 감동을 불러올 수 있
다는 교훈이다.

258. 塞下曲 四首(三) 새하곡　● 盧綸노륜

月黑雁飛高　單于夜遁逃

欲將輕騎逐　大雪滿弓刀

달빛 어둡고 기러기 높이 나는데
흉노 선우는 밤을 타고 도망친다.
빠른 기병 거느려 추격하려는데
큰눈 내려 활과 칼에 가득하다.

註釋

▶ <塞下曲(새하곡)> : 흉노와의 전투를 묘사하였다.
▶ 月黑雁飛高(월흑안비고) : 月黑(월흑) - 월광이 없다.
▶ 單于夜遁逃(선우야둔도) : 單 오랑캐 임금 선.　單于(선우) - 흉노족의 족장(통치자)에 대한 칭호　遁 달아날 둔(원음은 돈), 숨을 둔.　逃 도망갈 도.
▶ 欲將輕騎逐(욕장경기축) : 將(장) - 거느리다.　輕騎(경기) - 날쌘 기병. 중무장을 하지 않고, 말도 갑옷을 씌우지 않은 기병.　逐 쫓을 축. 쫓아가다.
▶ 大雪滿弓刀(대설만궁도) : 계절이 한겨울임을 말해주고 있다.

1구의 월흑(月黑)과 4구의 대설(大雪)이 서로 호응하여 흉노와 싸우는 악조
건을 설명하고, 적을 무찌르려는 의지와 용맹을 2, 3구에 부각하였다.
북방의 기마민족인 흉노는 한대에 자주 침입했다. 당대에는 주로 토번족
침략이 많았다. 문학적 표현으로 당(唐)을 한(漢)으로 표현한 경우가 많았
음을 고려해야 한다.

259. 塞下曲 四首(四) 새하곡　● 盧綸노륜

野幕蔽瓊筵　羌戎賀勞旋

醉和金甲舞　雷鼓動山川

야외 천막에 음식 차려 잔치하니
강족羌族도 개선을 축하하며 위로한다.
취해서 어울려 갑옷 입고 춤을 추니
북소리 우레 같아 산천을 뒤흔든다.

註釋

▶ <塞下曲(새하곡)> : 군중의 개선 장면을 묘사하였다.
▶ 野幕蔽瓊筵(야막폐경연) : 野幕(야막) - 야외의 군사용 천막. 蔽 덮을

폐. 瓊 옥 경. 筵 대자리 연. 瓊筵(경연) - 진귀한 음식을 차린 잔치.

▶ 羌戎賀勞旋(강융하로선) : 羌 종족 이름 강. 戎 오랑캐 융. 병기. 羌戎(강융) - 중국 서편의 이민족. 흉노족이 강하면 일차적으로 강족이 밀린다. 그렇게 되면 이들은 중국과 손을 잡는다. 旋 돌아올 선. 돌다. 賀勞旋(하로선) - 개선을 축하하고 위로하다.

▶ 醉和金甲舞(취화금갑무) : 醉和(취화) - 취하여 같이 어울리다. 金甲(금갑) - 전투용 의갑(衣甲).

▶ 雷鼓動山川(뇌고동산천) : 雷鼓(뇌고) - 우레와 같은 북소리.

詩意

사실 이런 악부시에서는 당(唐)의 승리를 축하하지만 실제로 이민족과의 무력대결에서 주로 당하는 쪽은 당이었다. 그리고 이민족의 입장에서는 자신들의 근거지를 떠나 당의 영토를 차지하고 지배하려는 시도를 굳이 하지 않았다. 침략하여 적당한 경제적 이득을 얻고, 화해한 다음에 퇴각이라는 방식을 택했다. 그러나 당으로서는 변방을 방어하지 않을 수 없었기에 동원되는 농민들은 고생이었다.

노륜의 이 악부시는 칭송하고 찬미하는 뜻으로 쓰여, 다른 변새시의 고달픈 묘사와 다른 점이 많다.

260. 江^강南^남曲^곡 강남의 노래 ● 李益이익

嫁^가得^득瞿^구塘^당賈^고　朝^조朝^조誤^오妾^첩期^기

早^조知^지潮^조有^유信^신　嫁^가與^여弄^농潮^조兒^아

구당협의 상인에게 시집왔더니
매일매일 내 기대에 어긋난다.
일찍이 조수는 믿을 만하다 알았으면
갯물 타는 사람에게 시집갔으리라.

🔅 註釋

▶ <江南曲(강남곡)> : '강남의 노래'. 이익은 민간가요의 특성을 가진 시와 악부를 많이 지었다. 이 시 역시 장강(長江)에서 살아가는 여인의 정서를 읊었다.

▶ 嫁得瞿塘賈(가득구당고) : 嫁 시집갈 가. 嫁得(가득) – 시집을 갔다. 賈 상인 고, 값 가. 瞿塘賈(구당고) – 구당의 상인. 구당은 장강 삼협(구당협, 무협巫峽, 서릉협西陵峽)의 하나. 중경시 봉절현의 백제성(白帝城)에서 무산현의 대계진(大溪鎮)까지 8km로 삼협 중 가장 짧은 거리이며 강폭이 매우 좁다. 가장 좁은 곳100m, 최대 150m.

▶ 朝朝誤妾期(조조오첩기) : 朝朝(조조) – 매일. 誤妾期(오첩기) – 나의 기대에 어긋나다. 구당협을 지나다니기가 힘들어 예상 날짜를 어긴다는 뜻.

▶ 早知潮有信(조지조유신) : 潮有信(조유신) - 조수는 믿을 수 있다. 바닷
물은 예정된 시간에 들어오고 나간다는 뜻.
▶ 嫁與弄潮兒(가여농조아) : 弄 희롱할 롱. 마음대로 다루다, 가지고 놀다,
~을 하다. 弄潮兒(농조아) - 파도에 익숙한 사람, 바닷가 어부나 상인.
농조는 현대의 스포츠인 '파도타기'.

🌸 詩意

이 악부시는 서정이 매우 완곡한 규원(閨怨)의 시이다. 상인 아내의 입에서
나오는 말 그대로 받아썼더니 시가 되었다. 장부는 돌아온다고 말한 그날에
돌아오지 못하니 여인은 애가 탈 것이고, 그것이 늘 반복되니까 원(怨)이
되었다.

갯가 어부나 상인은 물때가 되면 들어오고 나가니까 믿을 수 있어 '차라리
바닷가로 시집을 갔어야 하는데…'라는 원망은 매우 합리적이다. 그처럼
기다림에 지쳤다는 뜻으로 여인의 서정이 순수하므로 시에 대한 공감이
만들어진다.

9.

七

言

絶

句

【기승전결起承轉結】

기승전결이란 구성은 근체시의 창작, 특히 절구를 짓는 데 필수적 기본 규칙으로 한어(漢語) 시가의 논리라고 할 수 있다. 이 기승전결은 비단 오언 과 칠언의 절구는 물론 율시에도 그대로 적용된다.

기승전결은 정형시뿐만 아니라 모든 시문의 기본이며 우리의 시조에서도 이 기승전결은 잘 지켜지고 있다. 시에서 자수 및 행수 제한이 외형을 다스 리는 심미 규칙이라면, 기승전결은 내부구조를 바르게 하는 원칙이면서 시의 주제와 사상을 강조하며 심도를 결정짓는 척도가 된다.

시에서 시작이 있다면 그 서정과 상황 묘사의 발전이나 심화되는 부분이 있고, 다시 비약하거나 급전하거나 반전시킨 다음에 종합하고 결론을 이끄 는 단계가 있어야 한다. 시인은 어떤 상황이나 현상을 서술하여 주제의 싹을 틔워야 하는가를 먼저 고민한다.

곧 작시(作詩)에서 **기(起)**는 발단이며 적절한 시어의 선택과 배치로 감정 을 일으킨다. 물론 이 단계에서도 전체적 구상에 대한 마스터플랜이 있어야 한다. 천리를 흘러갈 강물의 샘이면서 흐름을 이어갈 원천적 에너지 공급원 이기에 시인의 주정(主情)을 서술하기 위한 목적에 알맞은 발단인가를 고 심할 수밖에 없다.

이어 **승(承)**은 전개와 확산이니 시인의 정서가 보다 심화되고 감동의 물결 이 일어난다. 이제 제법 도도해진 물결은 기세 좋게 흐르며 더 많은 지류를 포용하듯 감정의 확산이 이루어진다. 이 기와 승이 시의 전반부인데, 대개 객관적 현상과 한층 더 깊어지는 감정의 묘사를 통하여 거의 절정의 감정을 이끌어낸다.

전(轉)은 반전이니 새로운 상황의 제시나 등장, 또 다른 근거 설정이나 입론(立論)이면서 다음의 결구(結句)를 이끌어 낼 기초가 된다. 마치 당당 한 흐름이 어느 새 급류가 되고, 격랑(激浪)은 바위와 부딪치며 소리를 내며 흐르기도 하는데, 이런 격랑이 없다면 평지의 수로와 무엇이 다르겠는가? 이러한 격랑과 반전은 에너지의 재충전이다.

그 다음의 **결(結)**은 서정과 감회의 마감이며 결론이라고 말할 수 있다. 곧 시인의 정서가 그대로 드러난다. 결구는 마치 바다에 들어가는 큰 강의 하구와도 같다. 때로는 당당하고 아주 평화로운 모습으로 그 크기를 자랑하고 감흥을 일으킨다. 천리를 흘러온 큰 강이지만, 또 그 근원인 샘물은 아득하게 멀리 있지만, 샘물의 흐름과 격랑의 과정이 있었기에 하구의 평온과 웅대함이 형성되는 것이다.

결구에서는 시 전체의 완전한 형상이 분명하게 드러나며 시인의 주관과 읽는 사람의 객관이 합일할 수 있고, 시의 풍격과 아취로 시인의 모습과 독자의 감흥이 결합된다. 그러면서 시인이 기억되고 그 시인을 향한 흠모와 연정이 남게 된다.

【시고詩苦】

시인은 글자 하나하나를 고르고 다듬어 강한 호소나 심금을 울리는 쇳소리가 나도록 애를 써야 하는데 글자 한 자를 찾기 위한 고통을 수반한다. 이러한 고통을 시고라고 이름 지을 수 있다.

칠언절구는 4행 28자이고, 율시는 8행 56자인데, 여기에 기승전결의 구조가 있고, 압운(押韻)과 평측(平仄)의 운율을 고려하여 시인 자신의 사상과 정서와 주장을 가장 함축적이고 고아하면서도 예술적 여운이 살아있는 시를 창작해야 한다.

따라서 짧은 시 하나에 그 작가의 수양과 인격, 교양과 학문이 다 드러날 수밖에 없다. 우선 주제와 그 주제에 따른 정서를 풀어내기 위하여 정경에 딱 맞는, 정확하고 명료하면서도 생동감 있는 청신한 시어를 고르기 위해 고민해야 한다.

평측에 맞게 글자를 다듬었어도 전체 정서의 흐름과 조화를 이루어야 하고, 또 운을 맞추어야 한다. 운이 맞았지만 기승전결의 구조에 적합하지 않으면, 또 좋은 뜻의 글자를 찾았는데 함의(含意)가 부족하다면 버려야만 한다. 그러니 시인이 얼마나 고심참담하겠는가? 곧 시인의 고민은 가장 적합한 시어의 선택과 운율의 유지라고 말할 수 있다.

'조숙지변수 승퇴월하문(鳥宿池邊樹 僧推月下門)'에서 '밀칠 퇴(推)'와 '두드릴 고(敲)'를 놓고 가도(賈島)가 왜 고민했는가를 생각해 보아야 한다. 가도의 '고음(苦吟)'은 '2구를 3년 만에 얻어, 일음(一吟)에 눈물만 흐르네. 친구가 알아주지 않으면, 고향 산속에 은거하리라(二句三年得 一吟双泪流 知音如不賞 歸臥故山秋. <제시후제시후(題詩後)>)' 하였다.

【시적 이해】

시에서 묘사의 기본은 사실, 곧 실질이다. 보이는 그 중에서도 특별한 것을 강조한다. 감정의 묘사나 표출 또한 그러할 것이다. 그러한 시를 합리적인 기준이나 과학에 의거 입증한 뒤 사실이냐 아니냐를 판단하며 감상할 필요까지는 없을 것이다.

이백의 <조발백제성(朝發白帝城)>에서 '양안원성제부주 경주이과만중산(兩岸猿聲啼不住 輕舟已過萬重山)' 구절에 대하여 청대(淸代)의 어떤 학자가 장강 삼협의 원숭이들은 강남에만 살고 있다는 사실을 알아냈다. 실제로 어떤 호사가가 장강 남안의 원숭이를 잡아다가 북안에서 키웠더니 '원숭이는 울지 않았다'는 기록까지 확인한 다음에 이백의 시 '양안원성제부주는 사실이 아니다'라고 하였다.

이에 대하여 다른 사람이 설명하였다. "이백이 탄 배가 빠르기에 이산 저산의 원숭이 울음이 계속 들려왔다는 의미이다. 이백의 배가 가는 동안 모든 원숭이들이 쉬지 않고 한두 시간을 울었다는 이야기가 아니다."

시는 그것을 이해할 만한 사람이 읽는 것이고, 또 그럴 만한 사람이 시를 짓는 것이다.

261. 回鄕偶書 ^{회 향 우 서} 고향에 돌아와 짓다 ● 賀知章하지장

少_소小_소離_이家_가老_노大_대回_회 鄕_향音_음無_무改_개鬢_빈毛_모衰_쇠

兒_아童_동相_상見_견不_불相_상識_식 笑_소問_문客_객從_종何_하處_처來_래

어려서 집을 떠나 늙어 돌아왔더니
고향 말 바뀌지 않았으나 머리만 희어졌다.
아동은 마주 봐도 서로 알지 못하고
웃으며 손님은 어디서 왔느냐고 묻는다.

● 作者 하지장(賀知章, 659-744) - 이백을 '적선(謫仙)'이라 호칭

자(字)는 계진(季眞)이고 호는 석창
(石窓), 사명광객(四明狂客)이다. 회계
(會稽, 절강성 소흥紹興) 사람으로, 시
는 20여 수가 전하는데 이 시와 <영류
(詠柳)>는 매우 잘 알려진 시이다.
어려서부터 문명이 있었고, 측천무후
때(695) 진사가 되어 국자감사문박사
를 거쳐 태상박사를 역임했다. 예부시
랑 겸 집현전학사가 되었다가 태자빈
객, 검교공부시랑, 비서감 등의 관직을
차례로 역임하였다.

성격이 강직하면서도 활달하고 건담(健談)과 음주를 좋아하였기에 이백과
절친한 우인이었다. 이백을 보고 '그대는 인간 세계에 유배된 신선이요(子,
謫仙人也)'라고 말한 사람이 바로 하지장이니 이후 이백은 '이적선(李謫仙)'
'시선(詩仙)'이 되었다. 두보는 <음중팔선가(飮中八僊[仙]歌)>에서 술에
취한 하지장을 '하지장은 말을 타고도 배를 탄 듯 흔들리고, 눈이 감기면
샘물 바닥에서도 잔다네(知章騎馬似乘船 眼花落井水底眠)'라고 제일 먼저
읊었다.
서법에도 매우 뛰어나 초서와 예서에 능했고 '종필여비 분이불갈(縱筆如飛
奔而不竭)'이라는 평을 들었으며, 또 다른 명필인 장욱(張旭)과 사돈관계였
기에 당시 사람들이 '하장(賀張)'이라 불렀다.

註釋

▶ <回鄕偶書(회향우서)> : '고향에 돌아와 짓다'. 偶書(우서) – 우연히
  쓰다.
▶ 少小離家老大回(소소이가노대회) : 少小(소소) – 어려서. 離家(이가) –
  가향(家鄕)을 떠나다. 老大(노대) – 늙어서.
▶ 鄕音無改鬢毛衰(향음무개빈모쇠) : 鄕音(향음) – 향토의 구음(口音). 鬢
  毛(빈모) – 머리털. 衰 쇠할 쇠.
▶ 兒童相見不相識(아동상견불상식) : 不相識(불상식) – 서로 알지 못하다.
▶ 笑問客從何處來(소문객종하처래) : 笑(소) – 卻(각, 도리어)으로 된 책도
  있다.

詩意

하지장은 천보 3년(744), 85세에 사직하고 귀향했다고 하였으니 늙어도 너
무 늙었을 때였다. 고향에 돌아와서 바뀌지 않은 것과 바뀐 것, 그리고 어린
아이의 입을 통해 자신의 모든 감회를 풀었다. 어린아이가 자신을 몰라주어
서가 아니라 흘러버린 세월의 무상과 늙은 자신에 대한 비애가 가득하다.

1, 2구는 평범한 서술이다. 3, 4구는 산모퉁이를 돌아 급한 낭떠러지를 만난 듯 격한 감정이 소용돌이친다. 고향은 그대로지만 사람은 바뀌었다는 실제를 체험하는 순간이다. 이 시는 그야말로 우연히 지을 수밖에 없었고 아름답게 조탁할 틈이 없었을 것이라는 느낌이 확실하다.

參考 하지장의 다른 시

본 《당시삼백수》에 하지장의 작품은 이 시 한 수뿐이다. 하지장의 <회향우서>가 2수이므로 나머지 한 수와 이 시만큼 유명한 <영류(詠柳)>를 소개한다.

<회향우서(回鄕偶書)> 2수
고향 떠난 오랜 세월에
이제 오니 아는 사람 절반이 없네.
그래도 대문 앞 경호의 물에는
춘풍에 변함없이 예전처럼 물결이 이네.
　離別家鄕歲月多　近來人事半銷磨
　唯有門前鏡湖水　春風不改舊時波
(경호鏡湖는 고향인 절강성에 있는 '지당池塘'이다. 사직할 때, 현종이 '경호'라 특별히 사명賜名했다)

<영류(詠柳)>
푸른 옥으로 단장한 커다란 버드나무
온 가지 드리우니 푸른 실처럼 늘어졌네.
작은 잎들을 누구가 오려내었나
이월 봄바람은 가위와 같구나.
　碧玉妝成一樹高　萬條垂下綠絲條
　不知細葉誰裁出　二月春風似剪刀

262. 桃花谿 도화계　● 張旭장욱

隱隱飛橋隔野煙　石磯西畔問漁船

桃花盡日隨流水　洞在清溪何處邊

은은한 높은 다리는 들안개에 가렸는데
물가 큰 바위 서편에서 어선을 보고 묻는다.
도화가 종일 물을 따라 흘러오는데
무릉동은 청계의 어디쯤 있소이까?

● 作者　장욱(張旭, 일설 658-747) - 호주가(豪酒家), 초서(草書)의
　　　성인

자(字)는 백고(伯高). 오군(吳郡) 오현(吳縣, 지금의 강소성 소주시蘇州市)
출생. 서법가로 '초성(草聖)'이라 불린다. 개원 연간에 상숙위(常熟尉), 금오
장사(金吾長史)를 지냈기에 '장장사(張長史)'라 호칭한다.
호음(豪飮)으로 소문나, <음중팔선가>에도 이름이 올랐던 대주가인데, 두
보는 그를 '장욱삼배초성전 탈모노정왕공전 휘호락지여운연(張旭三杯草
聖傳, 脫帽露頂王公前, 揮毫落紙如雲烟)'이라 하였다. 몹시 취하면 소리를
한바탕 지른 다음에야 붓을 들고 초서를 썼기에 그의 초서를 '광초(狂草)'라
고 불렀다. 시는 6수가 전해온다.
당조(唐朝)에서는 이백의 시, 장욱의 글씨, 배민(裴旻)의 검무(劍舞)를 '삼
절(三絶)'이라 하였다. 이백도 배민에게 검무를 배운 적이 있다.

▶ <桃花谿(도화계)> : 도연명의 <도화원
기(桃花源記)>에 바탕을 둔 시. 도연명
의 <도화원기>에 그려진 세계를 중국인
들은 유토피아로 생각했다. 중국인들은
'도화원'은 어디엔가 틀림없이 있다는 믿
음을 갖고 있었기에 결국 어딘가를 상정
하지 않을 수 없었다. 청(淸)의 《일통지
(一統志)》에는 호남 상덕부(常德府) 도
원현 서남의 도화산에서 발원한 도원계
가 그곳이라고 설명하고 있다.

▮ 장욱(張旭)의 글씨

▶ 隱隱飛橋隔野煙(은은비교격야연) : 隱
隱(은은) – 아지랑이가 짙어 흐릿하게 보
이는 모양. 飛橋(비교) – 높다랗게 걸친
다리.

▶ 石磯西畔問漁船(석기서반문어선) : 磯 물가 기. 石磯(석기) – 툭 튀어
나온 바위.

▶ 桃花盡日隨流水(도화진일수유수) : 盡日(진일) – 종일. 隨 따를 수.

▶ 洞在淸溪何處邊(동재청계하처변) : 洞(동) – 무릉동. 何處邊(하처변) –
어디쯤에 있는가?

詩意

<도화원기>는 짧은 글이 붙은 도연명의 오언고시이다. 그러나 그 영향은
매우 컸다. 왕유도 <도원행>을 지었고, 장욱도 이 시를 읊었다. 결국 모두가
존재하지 않는다는 것을 알면서도 글을 지어 읊은 것은 무슨 뜻인가?
그것은 '염원'이다. 그 '염원'에는 언젠가는 이루어질 것이라는 '희망'이 있
다. 그 희망마저 없다면 인간세상은 너무 힘들 것이다.
이 시에서 1, 2수는 도화계를 찾았고, 희미하게 묘사하여 신비의 채색을

좀 입혔다. 3, 4수는 묻는 말이다. 질문을 받은 사람도, 또 답변도 없다. 그러나 그 정경은 눈에 선하다.

263. 九月九日憶山東兄弟 구월 구일에 산동의 형제들을 그리다 ● 王維 왕유

獨在異鄉爲異客　　每逢佳節倍思親
遙知兄弟登高處　　徧插茱萸少一人

홀로 타향에서 나그네로 지내면서
매번 명절이면 친척 생각이 갑절이 된다.
멀리서도 알리니, 형제가 높은 곳에 올라
모두 수유를 꽂고 한 사람 적다는 것을!

註釋

▶ <九月九日憶山東兄弟(구월구일억산동형제)> : '구월 구일에 산동의 형제들을 그리다'. 9월 9일(상구上九) 중양절에 등고(登高) 풍습을 소재로 고향의 형제를 그리는 시이다. 이 시는 17세 때의 작품이라 알려졌다. 여기서 산동(山東)은 태산의 동쪽 지금의 산동반도가 아니다. 효산(殽山)과 그곳의 함곡관 이동을 포괄하여 지칭하는 말이다. 왕유의 조적(祖籍)

은 산서성 기현(祁縣)이고, 아버지가 포주(蒲州)로 이사하였기에 하동인(河東人)이라 할 수 있다. 장안에 있는 왕유에게 형제가 있는 곳은 산동(山東)이다.

▶ 獨在異鄕爲異客(독재이향위이객) : 獨在異鄕(독재이향) – 17세에 왕유는 장안에 유학하였다. 異客(이객) – 이향(異邦)의 객인.

▶ 每逢佳節倍思親(매봉가절배사친) : 逢 만날 봉. 佳節(가절) – 명절. 倍 곱 배.

▶ 遙知兄弟登高處(요지형제등고처) : 遙 멀 요. 登高處(등고처) – 등고 풍습을 말함.

▶ 徧揷茱萸少一人(편삽수유소일인) : 徧 두루 편. 揷 꽂을 삽. 茱萸(수유) – 운향과의 낙엽교목. 나무 이름. 少(소) – 적다, 모자라다.

◈ 詩意

왕유는 산동의 형제들이 자신이 그 자리에 없다는 것을 '멀리서도 알리라[요지遙知]'고 하여 자신의 고향 그리는 마음을 표현했다. 기승전결이 확실하고 시제가 뚜렷하며, 진솔한 감정을 꾸밈없이 피력하였기에 널리 알려진 시이다.

264. 芙蓉樓送辛漸 부용루에서 신점을 보내다

● 王昌齡 왕창령

寒雨連江夜入吳　平明送客楚山孤

洛陽親友如相問　一片冰心在玉壺

찬비가 온 강에 내리는 밤에 오吳에 도착하여
아침에 친우를 보내니 초楚의 산도 외롭도다.
낙양의 벗들이 만약 나를 묻는다면
한 조각 깨끗한 마음 옥호에 있다 말해 주오.

● 註釋

▶ <芙蓉樓送辛漸(부용루송신점)> : '부용루에서 신점을 보내다'. 芙蓉樓
(부용루) - 강소성 양자강 남안의 진강시(鎭江市) 서북쪽에 있는 누각.
辛漸(신점) - 왕창령의 시우(詩友).

▶ 寒雨連江夜入吳(한우연강야입오) : 連江(연강) - 온 강에 가득하다. 吳
(오) - 오군(吳郡). 지명으로 오는 장강 하류지역이다.

▶ 平明送客楚山孤(평명송객초산고) : 平明(평명) - 날이 밝을 무렵. 送客
(송객) - 신점을 전송하다. 楚山孤(초산고) - 초 땅의 산들도 외롭다.

▶ 洛陽親友如相問(낙양친우여상문) : 洛陽親友(낙양친우) - 신점은 지금
낙양으로 가고 있는데 낙양에 도착하여 그곳의 친구들. 如(여) - 만일,
만약에 ~한다면, 혹은, 예를 들면.

▶ 一片冰心在玉壺(일편빙심재옥호) : 冰心(빙심) - 잡념이 없는 투명하고 깨끗한 마음. 玉壺(옥호) - 옥으로 만든 병, 얼음을 넣어두는 병. '어지러운 세상이지만 나는 냉철하게 내 본심을 잘 지켜나가고 있다'는 주체 선언이라 할 수도 있지만 우인을 보내는 시이니 '내 우정은 투명하고 깨끗하다'는 뜻으로 풀이해야 할 것이다.

詩意

이 시는 송별시인데 송별의 정경에 대한 묘사가 없고, 시인 자신의 이야기에 자신의 감정, 그리고 자신에 대한 부탁을 하고 있다. 그러나 시 전체에서 깨끗하고 참된 우정을 느낄 수 있다.

'일편빙심재옥호(一片冰心在玉壺)' - 이 구절이 천하의 명구이다. 친우를 생각하는 순수한 마음을 더 이상 어떻게 표현하겠는가? 이 구절을 두고 시인이 벼슬에 대한 미련을 버렸다고 해석하는 것은 매사를 관직과 연관지어 생각하는 병이 살아난 것이다. 그냥 친우에 대한 우정 - '잡된 마음이 없고 깨끗하다'로 해석하면 끝이 아닌가?

265. 閨怨 규수閨秀의 근심　　● 王昌齡 왕창령

閨中少婦不知愁　春日凝妝上翠樓
규 중 소 부 부 지 수　춘 일 응 장 상 취 루

忽見陌頭楊柳色　悔敎夫壻覓封侯
홀 견 맥 두 양 류 색　회 교 부 서 멱 봉 후

규방의 젊은 여인은 수심을 모르기에
봄날에 진한 화장하고 푸른 누각에 올랐네!
갑자기 길가 푸른 버드나무를 보고서
벼슬길 찾으라고 남편 보낸 일 후회하네!

🌸 註釋

▶ <閨怨(규원)> : '규수(閨秀)의 근심'. 당대의 규원을 읊은 시 중에서 단연
돋보이는 작품이다.

▶ 閨中少婦不知愁(규중소부부지수) : 閨中(규중) - 규방. 不知愁(부지수)
- 근심을 모르다, 철이 없다는 의미로 새길 수도 있다.

▶ 春日凝妝上翠樓(춘일응장상취루) : 凝 엉길 응. 妝 꾸밀 장. 凝妝(응장)
- 진한 화장. 翠樓(취루) - 푸른 누각, 화려한 정자.

▶ 忽見陌頭楊柳色(홀견맥두양류색) : 陌 두렁 맥. 길가. 楊柳(양류) - 버드
나무.

▶ 悔敎夫婿覓封侯(회교부서멱봉후) : 悔 뉘우칠 회. 敎(교) - ~하게 하다.
婿 사위 서. 夫婿(부서) - 남편, 장부. 覓 찾을 멱. 覓封侯(멱봉후) -
벼슬을 얻기 위하여 종군하는 것.

🌸 詩意

소부(少婦)가 '부지수(不知愁)'하기에 응장(凝妝)하고 취루(翠樓)에 올랐
다. 여기까지도 '부지수'이다. 그런데 기승전결의 전이 확실하다. 소부가
푸른 버들을 보고서야 봄을 알았다. 홀로 된 규방의 여인이라면 1년 내내
근심 없는 날이 없겠지만 춘정으로 여인이 견디기 어려운 때가 봄일 것이다.
생계수단으로 남편을 군무에 자원케 했던 것을 후회한다는 시이니 소부의
심리적 갈등이 일어난 것이며, 그 심리 묘사가 그린 듯 확실해진다.
다른 규원시는 고통의 모습을 그린 것이 많지만, 이 시는 '수(愁)'의 본질을
바로 찾아냈다는 점에서 특별하다.

266. 春宮曲 봄날 궁궐의 노래　● 王昌齡 왕창령

昨夜風開露井桃　　未央前殿月輪高
平陽歌舞新承寵　　簾外春寒賜錦袍

어젯밤 바람이 우물가 도화를 피웠고
미앙궁 전각 위에 달이 높이 걸렸다.
평양궁 가기는 새로 총애를 받으니
주렴 밖 춘한春寒이라 비단 겉옷 하사했네.

❀ 註釋

▶ 〈春宮曲(춘궁곡)〉 : '봄날 궁궐의 노래'. 후궁의 춘원(春怨)을 그린 시이
다. '전전곡(殿前曲)'으로 된 책도 있다.

▶ 昨夜風開露井桃(작야풍개노정도) : 風開(풍개) - 바람이 꽃을 피웠다.
露井(노정) - 지붕이 없는 우물.

▶ 未央前殿月輪高(미앙전전월륜고) : 未央(미앙) - 미앙궁. 한대의 궁궐
이름. 당의 궁궐. 月輪高(월륜고) - 달이 높이 떴다.

▶ 平陽歌舞新承寵(평양가무신승총) : 平陽(평양) - 한 무(漢武帝)의 여동
생(한 경제漢景帝의 공주). 歌舞(가무) - 평양공주 집의 가기(歌妓)이던
위자부(衛子夫). 新承寵(신승총) - 새롭게 총애를 받다. 위자부는 무제의
총애를 받아 입궁했다가 나중에 황후 자리에 오른다. 뒷날 선제(宣帝)의
생모. 위청(衛靑)은 위자부의 오빠.

▶ 簾外春寒賜錦袍(염외춘한사금포) : 簾外(염외) – 주렴 밖. 錦袍(금포)
– 비단 겉옷.

詩意

1, 2구는 궁궐의 모습인데 화려한 것 같지만 쓸쓸한 정경이다. 밤바람, 우물
가, 높이 뜬 달 – 보는 사람 입장에 따라 다르겠지만 후궁의 여인으로서
기쁨이 보이지 않는 풍경이다.
3, 4구는 후궁의 여인과 아무 관계도 없는 행복한 여인의 이야기이다. 무제
의 총애를 받아 나중에 정식 황후에 오른 그런 여인의 예를 들어 총애를
못 받는 여인을 수심을 그렸다.
이 시의 의미는 두 가지로 볼 수 있다.
하나는 한 무제가 상사절(上巳節, 음력 3월 3일)에 패상(覇上)에서 불계(祓
禊, 재액을 쫓는 제사)를 마치고 돌아오는 길에 자신의 여동생 평양공주
집에서 잔치를 했으며, 그때 무제가 가무에 뛰어난 위자부를 처음 알고
사랑을 내렸다. 곧 총애를 받은 후궁을 부러워하는 뜻이다.
다른 해석은 무제가 위자부에게 사랑을 내린 것을 원망하는 시라고 풀이한
다. 그러므로 시의 제목을 <춘궁원(春宮怨)>이라고 쓰기도 한다. '무제는
원래 진황후(陳皇后)를 총애했다. 그러나 왕자를 출산하지 못하였다. 한편
무제가 천민 출신인 위자부를 사랑하자 진황후는 비관하고 여러 번 자살을
기도했다. 이에 한 무제의 노여움을 샀다. 게다가 다른 궁녀들과 함께 위자
부를 저주하는 굿을 했다는 무고가 있었으므로 마침내 무제는 진황후를
장문궁(長門宮)에 연금했다. 한편 위자부는 궁중에 들어와 총애를 독차지
하고 나중에는 황자까지 생산했으며, 결국 황후가 되었다.' 곧 이와 같은
고사를 배경으로 이 시를 장문궁에 유폐된 진황후의 한스런 심정을 적은
시라고 풀이하는 사람도 있다.

267. 涼州詞 _{양주의 노래} ● 王翰왕한

葡萄美酒夜光杯　欲飲琵琶馬上催

醉臥沙場君莫笑　古來征戰幾人回

포도로 만든 좋은 술을 야광배에 채워
마시려니 마상馬上의 비파가 주흥을 돋우네.
취하여 모래땅에 누웠다고 그대는 웃지 마소!
예부터 싸움터에서 몇 사람이나 돌아왔소?

🏵 作者　왕한(王翰) — <양주사>가 대표작

왕한(王瀚)이라고도 표기. 자(字)는 자우(子羽)이고 진양(晉陽, 지금의 산서 태원太原) 출신이다. 생졸 연도는 확실하지 않다. 집안이 부유했기에 성격이 호방하고 매인 데가 없었으며 술을 좋아하였다. 예종(睿宗) 경운(景雲) 원년(710)에 진사에 급제하였다.
병주장사(幷州長史)이던 장혜정(張惠貞)이란 사람이 왕한의 재주를 기이하게 여기면서 등급을 초월한 인재 발탁을 적극 건의하여 창락위(昌樂尉)가 되었다. 개원 9년(721)에 비서정자가 되어 승진을 거듭했다. 그러나 관직 생활은 다른 사람의 도움을 받으며 부침을 거듭하다가 나중에 도주사마(道州司馬)로 폄직되고 도주로 부임하던 도중에 병사하였다. 다만 <양주사>가 천고의 절창으로 읽혀지며, 지금도 감숙성 곳곳 관광지마다 <양주사>를 볼 수 있다.

▶ <涼州詞(양주사)> : '양주의 노래'. 涼州(양주) - 지금의 감숙성 영하(寧夏), 청해 동북부 등 광활한 지역을 통칭. 치소(治所)는 지금의 감숙성 무위현(武威縣). 하서절도사가 주둔하던 실크로드의 요충지로 포도 생산지이다.

▶ 葡萄美酒夜光杯(포도미주야광배) : 葡 포도 포. 萄 포도 도. 夜光杯(야광배) - 백옥배(白玉杯). 화려하고 귀한 술잔.

▶ 欲飲琵琶馬上催(욕음비파마상최) : 琵琶(비파) - 비파(枇杷)라고도 쓰는데 본래 말 위에서 연주하는 악기였다. 催(최) - 재촉하다, 주흥을 돋우다.

▶ 醉臥沙場君莫笑(취와사장군막소) : 沙場(사장) - 모래밭. 君莫笑(군막소) - 그대는 비웃지 말라.

▶ 古來征戰幾人回(고래정전기인회) : 征戰(정전) - 정벌을 위한 전쟁, 전쟁. 幾人回(기인회) - 몇 사람이나 돌아왔나?

🌸 詩意

결구 '고래정전기인회(古來征戰幾人回)'는 웅장하면서도 비통하며 비장감을 돋아준다.

한때 우리나라에서도 양주 바람이 거세었고, 지금도 와인 소비는 매우 빠르게 늘어난다고 한다. 당나라 때 포도로 만든 술은 몇 년이 지나도 시거나 변하지 않는 최고급 술로 이름이 높았다. 그 술을 야광배(夜光杯)에, 그리고 또 말 위에서 타는 비파가 주흥을 돋우는 데 취하지 않을 사람이 누구던가? 더군다나 최전방에 나온 무사인데! 언제 죽을지도 모르는 상황에서 취하는 것이야 흉이 될 것이 없으리라!

포도주를 마신 오늘 하루 - 변새(邊塞)의 무인도, 시인도, 오늘만큼은 모두 활달하고 기분 좋게, 그리고 얽매이지 않는 자유와 상상을 즐겼을 것이다. 술을 마실 줄 아는 사람은 이해의 폭이 넓고 관용을 베풀 줄 안다. 술 좋아하는 악인은 없다고 한다. 악인이 아니라면 애주가, 호주가는 모두 호인이며 정인(正人)에 가까울 것이다.

268. 送孟浩然之廣陵 광릉으로 가는 맹호연을
전송하며 ● 李白이백

故人西辭黃鶴樓　煙花三月下揚州

孤帆遠影碧空盡　惟見長江天際流

우인은 서쪽으로 황학루를 떠나서
꽃피는 삼월에 양주로 내려간다.
외로운 돛 멀어지다가 창공으로 사라지고
오로지 뵈나니 장강만 하늘 끝에 흐른다.

🌸 註釋

▶ <送孟浩然之廣陵(송맹호연지광릉)> : '광릉으로 가는 맹호연을 전송하며'. 之(지) – 동사로 '가다'. 廣陵(광릉) – 강소성 양주시(揚州市). 맹호연 (689?-740)은 이백보다 나이가 많았는데 각지를 떠돌았다.

▶ 故人西辭黃鶴樓(고인서사황학루) : 故人(고인) – 맹호연. 노붕우(老朋 友). 西辭(서사) – 서쪽으로 가면서 여기를 떠나가다. 黃鶴樓(황학루) – 지금의 호북성 무한시(武漢市) 황학산에 있는 누각. 왕자안(王子安)이 라는 신선이 황학을 타고 자주 들렀다는 이야기와, 비문위(費文褘)라는 사람이 여기서 황학을 타고 승천했다는 이야기가 전한다.

▶ 煙花三月下揚州(연화삼월하양주) : 煙花三月(연화삼월) – 삼월연화(三 月煙花)의 도치. 3월의 꽃그늘에서. 下(하) – 내려가다, 하류로 가다.

揚州(양주) - 현종 천보 원년(742), 양주를 광릉군(廣陵郡)이라 고치고 강도(江都), 강양(江陽), 육화(六和), 해릉(海陵), 고우(高郵), 양자(揚子), 천장(天長) 등 7개 현을 관할케 하였고, 치소(治所)는 강도현이었다. 숙종 건원(乾元) 원년(758)에는 다시 양주라 하였다.

▶ 孤帆遠影碧空盡(고범원영벽공진) : 碧空(벽공) - 청천(靑天). 盡(진) - 여기서는 사라지다.

▶ 惟見長江天際流(유견장강천제류) : 장강이 천제에서 흐르는 것만 보이다. 장강이 하늘 끝에 흐르니 그 광대함이 느껴진다.

🏵 詩意

봄 안개와 봄꽃이 보얗게 어우러진 춘삼월에 서쪽 황학루에서 작별을 한다. 맹호연은 배를 타고, 장강을 동쪽으로 내려가 광릉에 갔다. 이백은 배를 타고 가는 맹호연을 전송하며 이 시를 지었다.

이백은 높은 황학루에서 멀어져 가는 외로운 배 모습이 푸른 하늘 속으로 들어가 안 보일 때까지 주시하고 있었다. 벗을 태운 돛배는 마침내 사라지고 장강의 강물만이 보일 뿐이다.

1, 2구는 떠나는 사람을 읊었다. 여기에는 맹호연이 보인다. 그러다가 맹호연은 보이지 않고 배가 사라진 장강만이 화면에 가득하다. 이백의 슬픔은 단 한 글자도 말하지 않았지만 3, 4구에는 우인을 보낸 공허한 심정이 행간에 가득하다.

'고범원영벽공진 유견장강천제류(孤帆遠影碧空盡 惟見長江天際流)'의 두 구절은 무한한 공간에서 작별하는 미미한 인간의 허탈감을 여실히 그려내고 있다. 시 전체적으로 각별한 우정이 느껴진다.

269. ^{조 발 백 제 성}朝發白帝城 아침에 백제성을 떠나 ● 李白이백

^{조 사 백 제 채 운 간}朝辭白帝彩雲間　^{천 리 강 릉 일 일 환}千里江陵一日還

^{양 안 원 성 제 부 주}兩岸猿聲啼不住　^{경 주 이 과 만 중 산}輕舟已過萬重山

아침에 붉은 구름 사이로 백제성을 떠나
천리나 되는 강릉 길을 하루에 도착했다.
양쪽 강 언덕에 원숭이 울음 그치지 않고
배는 가볍게 벌써 만 겹의 산들을 지났다.

註釋

▶ <早發白帝城(조발백제성)> : '아침에 백제성을 떠나'. 早(조) – 조조(早朝). 白帝城(백제성) – 지금의 중경시 동부 장강 북안, 봉절현(奉節縣)으로부터 8km, 전에는 구당협을 내려다보는 지점이었으나 지금은 삼협대패(三峽大壩, sānxiá Dam) 때문에 수위가 높아져 강 가운데의 섬이 되었다. 제목이 '하강릉(下江陵)'으로 된 판본도 있다.

▶ 朝辭白帝彩雲間(조사백제채운간) : 彩雲(채운) – 아침 해에 붉게 물든 구름. 백제성이 그만큼 높은 지역에 있다는 뜻.

▶ 千里江陵一日還(천리강릉일일환) : 千里江陵(천리강릉) – 백제성에서 장강을 따라 의창(宜昌)과 형주(荊州)를 거쳐 강릉까지는 1200리 길이라 하였다. 이토록 먼 길이라는 거리를 강조. 강물 흐름이 아주 급하고 또 순풍이 불었기에 시속 3~40km로 배가 나아가 밤이 늦어서야 강릉에 도

착했을 것으로 추정된다. 還 돌아올 환. 도달하다.

▶ 兩岸猿聲啼不住(양안원성제부주) : 啼 울 제. 啼不住(제부주) - 울음을 그치지 않다. 원숭이 울음이 매우 애절한데 이백의 빠른 배가 내려가는 동안 이산 저산의 원숭이 울음이 계속 들려온다는 뜻. 배가 가는 동안 합창하듯 계속 운다는 뜻은 아니다. 어떤 호사가는 원숭이는 장강 남안에 만 산다고 한다. 북안에는 원숭이가 살지 않으니 '양안(兩岸)'이란 표현이 틀렸다고 주장하는 사람이 있다. 그러나 사실이 그렇다 하더라도 강폭이 매우 좁은 곳에서 메아리도 있는데 남안, 북안 어디서 들려오는지 구분할 수 없었을 것이다.

▶ 輕舟已過萬重山(경주이과만중산) : 萬重山(만중산) - 만 겹의 산, 수많은 산. 산들이 많음을 강조.

🏵 詩意

이백은 안사의 난이 일어난 뒤 756년 12월, 현종의 아들 영왕(永王) 이린(李璘)의 막료로 일했는데, 영왕이 모반을 꾀한다 하여 숙종에게 피살되자 이백 또한 감옥에 갇히게 된다. 다행히 곽자의(郭子儀)가 극력 변호하여 사형은 면하고 야랑(夜郞, 지금의 귀주貴州 관령현關岺縣 부근)으로 유배되는데 759년 3월에 무산(巫山)을 지날 무렵 사면되었다는 소식을 듣는다. 이백은 즉시 배를 돌려 강릉으로 향하게 된다. 이때 이백은 59세의 만년이었다.

이 시는 사면 받은 기쁜 마음으로 강릉을 향해 내려가며 지은 시이다. 시인의 기행(紀行)을 적은 시이기에 특별히 깊

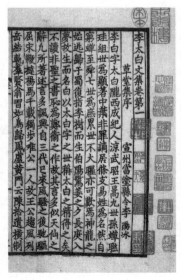

❙ 이태백문집(李太白文集)

은 뜻은 없고 경쾌하고 가벼운 기분으로 감상할 수 있다.

기구(起句)에서는 출발지와 출발 시간의 아름다움으로 제목을 설명하였다. 다음 구에서는 목적지 강릉까지 걸린 시간을 말하여 감탄을 자아내게 하였다. 3, 4구는 원숭이 울음 속에서 첩첩산중을 뚫고 흐르는 장강의 모습을 연상케 해준다. 시를 읽는 사람도 시인과 같이 배를 타고 가는 느낌이 들 정도이다. 이 시는 '역대 칠절제일(七絶第一)'이라는 찬사를 듣는 명작이다.

參考 백제성(白帝城) – 유비(劉備)가 숨을 거둔 곳

백제성은 '기문의 천하 장관(夔門天下雄)'을 볼 수 있는 아주 좋은 지점이었다. 때문에 이백, 두보, 백거이, 유우석은 물론 송대(宋代)의 소식(蘇軾), 황정견(黃庭堅), 범성대(范成大), 육유(陸游) 등이 모두 백제성에 올라 천하 장관을 보면서 시를 읊었다. 그 중에서도 이백의 <조발백제성(早發白帝城)>이 인구에 가장 널리 회자된다. 이런 명시 덕분에 백제성은 '시성(詩城)'이라는 미칭으로 불리기도 한다.

오늘의 백제성 입구에는 모택동과 주은래가 직접 손으로 쓴 <조발백제성> 시가 액자로 걸려 있다고 한다. 삼국시대에 촉한의 유비가 벌오(伐吳)에 실패하고 이곳 영안궁에 병으로 누워 있으면서 제갈량에게 어린 아들을 부탁했는데, 지금 백제묘 내의 탁고당(託孤堂)에 '유비탁고(劉備託孤)'의 대형 이소(泥塑, 진흙으로 빚은 조각)상이 있다.

또 백제묘 내에 무후사가 있어 두보의 시 <영회고적(詠懷古跡)> 4수 그대로 '무후사옥상인근 일체군신제사동(武侯祠屋常隣近 一體君臣祭祀同)'하고 있다.

270. 逢入京使 경사京師로 가는 사인使人을 만나서
봉 입 경 사

● 岑參잠삼

고 원 동 망 노 만 만　　　쌍 수 용 종 누 불 건
故園東望路漫漫　　雙袖龍鍾淚不乾

마 상 상 봉 무 지 필　　　빙 군 전 어 보 평 안
馬上相逢無紙筆　　憑君傳語報平安

동쪽 고향을 보니 길은 멀리 이어졌고
두 소매로 눈물을 훔쳐도 눈물은 마르지 않는다.
마상馬上에서 서로 만나 지필紙筆이 없으니
당신께 부탁하니 평안하다고 말 전해주오.

🌀 註釋

▶ <逢入京使(봉입경사)> : '경사(京師)로 가는 사인(使人)을 만나서'. 잠삼
　은 천보 8년(749)에 안서절도사 고선지(高仙芝)의 속관인 판관에 임명되
　어 장안을 뒤로하고 서행(西行)하고 있었다.

▶ 故園東望路漫漫(고원동망노만만) : 故園(고원) – 고향, 가원(家園).　東望
　(동망) – 잠삼의 본향은 하남 낙양이다. 때문에 동쪽으로 고향을 바라보
　았다.　漫漫(만만) – 길이 먼 모양.

▶ 雙袖龍鍾淚不乾(쌍수용종누불건) : 龍鍾(용종) – 늙어 수족이 부자유스
　런 모양.　淚(누) – 눈물을 흘리는 모양, 실의한 모양.　乾 하늘 건(qián),
　말릴 건, 마를 건. 본음 간(gān). 예를 들어 '건조하다' '건초(乾草)'라고
　할 때 옛 본음 그대로 읽으면 '간조하다' '간초'라고 해야 한다. 지금은

누구든 '마를 건'으로 통하고 있다. '淚不乾'을 '누불간'으로 읽어야 하는
가? '누불건'으로 읽으면 틀렸다고 해야 하는가? 한자를 다루다 보면 자주
부딪치는 의문이다.

▸馬上相逢無紙筆(마상상봉무지필) : 말 위에서 서로 만나 지필(紙筆)이
  없으니.
▸憑君傳語報平安(빙군전어보평안) : 憑 기댈 빙. 의탁하다.

詩意

객지로 가는 여행길에 아는 사람을 만났으니 얼마나 반갑겠는가? 노인이
양 소매로 계속 눈물을 닦아낸다고 하였는데 실제로 그렇게 줄줄 눈물을
흘렸겠는가? 고향을 멀리 떠난다는 설움을 강조한 표현일 것이다.

시는 가장 경제적인 문학 활동이다. 소설처럼 수만 자를 필요로 하지 않는
다. 따라서 가장 정선된 글자를 딱 그 자리에 맞춰서 써야 한다. 그래야만
많은 생각을 가장 함축적으로 표현할 수 있다. 고향으로 이어지는 먼먼
길을 되돌아보는 심정, 그리고 마르지 않는 눈물로 고향 생각이 끝이 없음을
먼저 강조했다.

그리고는 장안으로 출장 가는, 아니면 장안으로 돌아가는 관리를 만났다.
이런저런 정경을 다 생략하고 지필이 없다고만 하였다. 그리고 말로 전해
달라는 부탁을 한다. 서로 갈 길이 바쁘고 부탁하고 싶은 말이 많겠지만
'보평안(報平安)'으로 요약했다.

1, 2구는 절경을 그리기 위한 배경 그림이 되고, 3구는 단순한 서술이며,
4구가 바로 이 시의 요점이다.

271. 江南逢李龜年 강남에서 이구년을 만나다

● 杜甫두보

岐王宅裏尋常見　崔九堂前幾度聞

正是江南好風景　落花時節又逢君

기왕岐王의 저택에서 자주 보았었고
최구崔九의 집에서도 몇 번 들었었다.
바야흐로 강남의 멋진 풍경 속에서
꽃 지는 시절에 다시 그대를 만났소.

● 註釋

▶ <江南逢李龜年(강남봉이구년)> : '강남에서 이구년을 만나다'. 李龜年
(이구년) – 현종 때의 악공으로 춤을 잘 추었던 이팽년(李彭年). 노래를
잘했던 이학년(李鶴年)과 함께 형제가 명성을 떨쳤다. 이구년은 어린 나
이에 이원(梨園)에 들어가 선가(善歌)하고 각종 악기를 다루었고 작곡도
하며 현종의 인정을 받았으며, 이구년 형제는 장안에 큰 저택을 짓고
살았다. 안사의 난 이후 각지를 유랑하다가 대종 대력 연간(766-779)에
상담(湘潭)에서 병사한 것으로 알려졌다. 두보의 이 시 이외에 이단(李端)
의 <증이구년(贈李龜年)> 시가 있다.

▶ 岐王宅裏尋常見(기왕택리심상견) : 岐王(기왕) – 예종(睿宗)의 넷째 아
들인 이융범(李隆範). 당 현종은 예종의 셋째 아들로 현종과는 생모가

다르다. 기왕은 신분을 가리지 않고 문사를 좋아했다. 왕유는 진사에 급제하기 전부터 기왕 저택에 출입하였다. 尋常(심상) – 보통으로, 자주. 심(尋)은 길이 단위로 8척, 양심(兩尋)을 상(常)이라고 하였다.

▶ 崔九堂前幾度聞(최구당전기도문) : 崔九(최구) – 현종과 가까웠던 전중감(殿中監) 최척(崔滌). 연대기적 고찰에 의하면 기왕과 최구는 개원 14년(726)에 죽었고 이때는 이원이 없었다고 한다. 따라서 두보가 말한 기왕은 그 후손이고, 최구 또한 그 아들의 집일 것이라고 한다.

▶ 正是江南好風景(정시강남호풍경) : 江南(강남) – 장강과 상강(湘江) 일대. '기승전결'에서 '전'의 뜻이 확실하게 들어온다. 다음의 결구를 언급하기 전에 잠시 쉬는 뜻과 함께 '분위기 바뀜'이 느껴진다.

▶ 落花時節又逢君(낙화시절우봉군) : 落花時節(낙화시절) – 경치에 대한 서술이며 또한 정감어린 묘사로 쌍관어(雙關語)이다. 계절이 '꽃이 질 때'라는 뜻과 함께, 이구년도 늙고 시절이 난리를 겪는 때라는 뜻이 있다. 又(우) – 또 만났다. 두보는 만년에 담주(潭州), 형주(衡州) 일대를 유랑하고 있다가 대력 5년(770) 봄에 이구년을 만났다. 그리고 그해 겨울에 죽었다.

🌸 詩意

1, 2구는 이구년의 전성기에 대한 묘사이다. 1, 2구는 완벽한 대구를 이루고 있다. 심상(尋常)과 기도(幾度) 역시 대우이다.

3, 4구는 대우가 없는 산구(散句)이며 말년의 두 사람의 쓸쓸함을 묘사하였다. 강남은 호풍경의 호시절이지만 두 사람은 호시절이 아니었다. 이구년이나 두보 모두 전성기가 아닌 상유지년(桑楡之年, 만년)에 유랑하다가 정말 우연히 만났으니 기쁨은 잠시였고 슬픈 감정이 넘쳤을 것이라 짐작할 수 있다. 시구에 처량하거나 슬픈 언사는 없지만 평담한 이야기 속에 전체적으로 비감이 충만하다. 이 또한 두보 시의 특징이기는 하지만 인생의 번영과 영락, 성세와 쇠기를 생각하게 한다.

《당시삼백수》를 편집한 형당퇴사는 '시대에 따른 치세와 난세의 흐름과 세월의 흥성과 쇠퇴 속에 사람들이 처량하게 유랑하는 모습 모두가 이 속에 있다. 두보의 칠절 중 이 시가 압권이다(世運之治亂 年華之盛衰 彼此之凄凉 流落 具在其中 少陵七絶 此爲壓卷)'라 하였다.

272. 滁州西澗 _{저주서간} 저주의 서쪽 시내　● 韋應物위응물

獨憐幽草澗邊生　上有黃鸝深樹鳴
독련유초간변생　상유황리심수명

春潮帶雨晚來急　野渡無人舟自橫
춘조대우만래급　야도무인주자횡

냇가에 절로 자란 무성한 풀을 좋아하나니
위로는 노랑 꾀꼬리가 깊은 숲에서 울며 난다.
봄물은 비가 온 뒤 불어 급히 흐르지만
들판 나루에 행인 없어 배만 홀로 매였다.

註釋

▶〈滁州西澗(저주서간)〉: '저주의 서쪽 시내'. 滁 강 이름 저. 滁州(저주) – 안휘성 저주시로 금릉과 강회(江淮) 지역의 요충지였다. 위응물은 저주의 자사였다(781년). 澗 시내 간.

▶獨憐幽草澗邊生(독련유초간변생): 獨憐(독련) – 혼자 좋아하다. 幽草(유초) – 방초(芳草)로 된 판본도 있다.

▶ 上有黃鸝深樹鳴(상유황리심수명) : 黃鸝(황리) – 꾀꼬리. 이를 '조정에서 날뛰는 소인'을 상징한다고 해석한 사람은 분명 정치지향적인 소인일 것이다. 시인이 쓴 대로 꾀꼬리로 해석하면 끝인 것을 '왜 여기서 꾀꼬리를 언급했겠느냐?'면서 정치적 해석을 한다면 모든 시가 정치적인 시가 되어야 한다. 모든 시가 정치적 또는 관직과 관련된 의미를 내포하고 있지는 않다. 이 책에 나오는 시인 중에 관직 경험 없는 사람이 몇이나 있는가?

▶ 春潮帶雨晚來急(춘조대우만래급) : 春潮(춘조) – 봄철 시냇물의 수위. 봄물. 帶雨(대우) – 비가 왔다. 晚 저물 만. 저녁때, 늦게야.

▶ 野渡無人舟自橫(야도무인주자횡) : 野渡(야도) – 들판의 나루터. 舟自橫(주자횡) – 빈 배만 옆으로 매여 있다.

詩意

1, 2구는 시인이 바라보는 주변 경치이다. 개울가의 풀과 수풀 속의 꾀꼬리, 상과 하에서 정과 동의 대비가 이루어졌다.

사람 눈에 띄지 않는 곳에 무성하게 자란 풀을 시인은 좋다고 했다. 무성한 풀에서 나오는 방향이 있으며, 저절로 혼자 성숙한다는 의미를 부여할 수 있다. 그리고 깊은 숲속에서 울며 나는 꾀꼬리는 매우 동적이다. 그 움직임은 비가 온 뒤에 급하게 불어나는 시냇물에서 한층 더 격렬해진다.

그러나 결구는 어떠한가? 평지의 나루터는 물살이 거세지도 않다. 비가 온 뒤의 저녁이라 건너는 사람도 없다. 빈 배만 비스듬히 매여 있다. 모든 것이 정지된 느낌이며, 모든 것이 다 허정(虛靜) 속에 멈췄다.

회화적 풍경 속에 시적 정취가 넘치는 서경시로 '야도무인주자횡(野渡無人舟自橫)'은 '시취(詩趣)'이면서 '화취(畵趣)'이다. 마치 그림을 그리듯 글을 지었다. 그렇다고 글장난은 절대로 아니다. '무인(無人)'의 경지와 정경은 이처럼 따스하다.

내가 이 시를 지은 시인이라면, 다음에 비가 오는 날에 나는 그 나루에 혼자 서 있을 것이다.

273. 楓橋夜泊(풍교야박) 풍교에서 밤을 지내다 ● 張繼 장계

월락오제상만천　강풍어화대수면
月落烏啼霜滿天　江楓漁火對愁眠
고소성외한산사　야반종성도객선
姑蘇城外寒山寺　夜半鐘聲到客船

달 지고 까마귀 울며 온 하늘 서리 가득한데
강가 단풍과 고기 잡는 횃불에 잠을 못 이룬다.
고소성 밖 한산사의
한밤 종소리가 나그네 배에 들린다.

作者　장계(張繼, ?-779) - 대표작은 <풍교야박>

자(字)는 의손(懿孫)이며 중당의 시인으로 양주(襄州, 호북 양양시襄陽市 양주구) 사람이다. 현종 천보 12년(753)에 진사가 되어 검교사부원외랑, 홍주염철판관(洪州鹽鐵判官)을 역임하고 대력 말(779)에 항려(伉儷, 부부)가 함께 홍주(洪州, 지금의 강서성 남창시南昌市)에서 죽었다. 당대의 시인 중에서 장계는 대가도 명가도 아니고, 시는 《전당시》에 40수 정도 수록되어 있다. 시는 풍경묘사에 특히 우수한데 <풍교야박>은 대표작으로 천보 15년에 소주(蘇州)에 머물 때 지은 것으로 알려졌다.

註釋

▸ <楓橋夜泊(풍교야박)> : '풍교에서 밤을 지내다'. 楓橋(풍교) - 강소성

소주시(蘇州市, 상해시 부근) 서쪽 5km에 있는 석교(石橋)이다. '야박풍강(夜泊楓江)'으로 된 책도 있다.

▶ 月落烏啼霜滿天(월락오제상만천) : 계절로는 가을이 깊었다.

▶ 江楓漁火對愁眠(강풍어화대수면) : 江楓(강풍) – 강가의 단풍. 漁火(어화) – 고기 잡는 횃불. 물고기를 유인하는 횃불. 對愁眠(대수면) – 마주하고 잠을 못 이루다. 장계가 과거에 낙방했을 때였기에 잠을 못 이루었다는 주장도 있다.

▶ 姑蘇城外寒山寺(고소성외한산사) : 姑蘇城(고소성) – 소주시. 寒山寺(한산사) – 당 태종 정관(貞觀) 연간에 명승인 한산(寒山)과 습득(拾得)이 천태산(天台山)에서 여기로 와 머물렀다고 한다.

▌ 한산사 시비(寒山寺詩碑)

▶ 夜半鐘聲到客船(야반종성도객선) : 夜半(야반) – 한밤. 鐘聲(종성) – 종소리. 이 종소리가 바로 논란의 소재가 되었다. 당시는 한밤에 절에서 종을 쳤다고 한다.

💮 詩意

시 전체에 시각, 청각, 촉각의 모든 감각이 다 동원되었다. 달이 진 다음의 어둠, 강가의 단풍, 어화(漁火) 등 눈에 보이는 것들이 생각에 생각을 끌어낸다. 서리가 내릴 것 같은 가을밤의 한기는 촉각으로 전해지고, 까마귀 울음소리도 들려 나그네가 잠을 못 이루는데, 종소리까지 들리는 그 밤 – 나그네는 정말 잠들기 어려웠을 것이다.

잠 못 드는 이 구절 '강풍어화대수면(江楓漁火對愁眠)' – 여기에서는 '대

(對)'가 참 잘 쓰인 글자이다. 강풍(江楓)과 어화(漁火)를 마주보면서 잠들려고 애쓰는 나그네의 모습이 눈에 보인다.

수구(首句)는 경치를 묘사하였다. 월락(月落)하고 오제(烏啼)하며 상만천(霜滿天)이라 하였는데, 당연히 상만지(霜滿地)가 되어야 한다는 것이다. 사실 서리는 땅이나 나뭇가지 등이 있어야 맺히는 현상이니 공중에 떠있는 서리는 생각할 수 없다.

승구(承句)의 강풍을 강교(江橋)와 풍교(楓橋)로 해석하는가 하면, 수면(愁眠)을 수면산(愁眠山)으로 해석하기도 한다.

3, 4구는 객수로 잠을 못 이루는데 한산사의 종소리가 들려온다는 뜻인데, 과연 '한산사와 풍교의 거리가 들릴 수 있는 거리인가?' 또 '절에서는 한밤에 종을 치지 않는다' 등등 수많은 논쟁거리를 제공하고 있다.

특히 건국 이후 중국의 어느 대학입시의 물리 시험에서 이 시를 예문으로 제시하면서 '밤에 종소리가 객선(客船)까지 들릴 수 있는 이유를 물리적으로 설명하라'는 문제가 출제되어 더욱 유명해졌다.

솔직히 이런 시구는 단순히 문학도만의 관심사가 되어서는 안 된다. 우리나라의 경우 '문과나 이과', '자연계와 인문계' 하면서 커다란 장벽을 만들어 놓고 자연계를 전공하는 사람은 시를 읽지 않고, 인문계 전공은 '과학의 과'자도 모르는 것이 당연한 것처럼 여기는 풍조가 있다. 그리고 같은 인문계열에서도 문학을 전공하지 않은 사람은 아예 시를 모르는 병폐가 있는데, 이런 풍토에서는 교양이나 상식이 존속할 수 없을 것이다.

⬧ 參考 한산(寒山)과 습득(拾得) - 화합의 신

한산은 한산자(寒山子)라고도 불리는 당나라의 시승(詩僧)이다. 당 태종 때 천태산 한암(寒岩)에 은거하였기에 한산자라 하였다고 한다. 한때 국청사(國淸寺)라는 절에서 나무하고 불 때는 불목하니였다. 같은 국청사의 주방에서 일하던 습득은 어려서부터 고아였다고 한다.

전하는 이야기에 의하면 천태산의 스님이 산길을 걷다가 아이를 하나 주워 국청사에서 키웠다고 한다. 습득이란 이름도 길에서 주웠다[拾得]는 뜻이다. 한산과 습득은 국청사 부엌일을 하면서 친해져 남은 밥을 대나무 통에 모아 두었다가 나누어 먹었다고 한다. 말하자면 한산과 습득은 빈천지교(貧賤之交)를 나누었다고 할 수 있다.

이런 한산과 습득의 우정은 사람들에게 전설처럼 퍼졌다. 한산과 습득은 형제처럼 다정했고, 한때 한산사에 같이 거처했고 언제나 고락을 같이했다고 한다. 중국의 민간신앙에 '화합이선(和合二仙)'이라는 화합의 신이 있는데 이들은 바로 '한산과 습득'이라는 이야기가 전해온다.

274. 寒^한食^식 한식날에 　　● 韓翃한굉

春^춘城^성無^무處^처不^불飛^비花^화　　寒^한食^식東^동風^풍御^어柳^류斜^사

日^일暮^모漢^한宮^궁傳^전蠟^랍燭^촉　　輕^경煙^연散^산入^입五^오侯^후家^가

봄날의 성안에 꽃이 안 날리는 데가 없고
한식날 동풍에 버들이 기울었다.
날이 지자 한궁漢宮에서 새 불을 피워 나누어 주니
가벼운 연기가 다섯 제후 집에 흩어진다.

🌸 註釋

▶ <寒食(한식)> : '한식날에'. 동지(冬至)로부터 105일, 청명(淸明) 전 2일

을 한식이라 한다. 불을 피우지 않고 찬 음식을 먹는다. 춘추시대의 충신 개자추(介子推)가 음력 3월 5일, 산중에서 불에 타 죽은 것을 애석하게 여기고 불 피우는 것을 금했다.

▶春城無處不飛花(춘성무처불비화) : 春城(춘성) - 봄날의 도성. 花(화) - 버드나무에서 피는 버들개지로 풀이할 수도 있다.

▶寒食東風御柳斜(한식동풍어류사) : 御柳斜(어류사) - 버드나무를 기울 게 하다. 반듯하게 서 있는 버들이지만 동풍이 불어 가지가 한쪽으로 날려 비스듬하게 보인다는 묘사.

▶日暮漢宮傳蠟燭(일모한궁전랍촉) : 傳蠟燭(전랍촉) - 한식이 끝나면 궁 중에서 느릅나무나 버드나무 가지에 새로 피운 불씨를 밀랍 초[蠟燭]에 옮겨서 왕족이나 고관에게 하사했다.

▶輕煙散入五侯家(경연산입오후가) : 輕煙(경연) - 촛불의 가벼운 연기. 五侯家(오후가) - 하평(下平) 2년에 성제(成帝)가 외숙 다섯 명을 동시에 후(侯)로 봉했고, 그들을 오후라 한다. 또 환제(桓帝)가 한 날에 후로 봉한 다섯 명의 환관인데, 이들 때문에 조정의 기강이 문란해졌다고 한다.

詩意

이런 종류의 시는 단순한 한식 풍경보다는 언외지음(言外之音)이 있다. 우선 당대에 한궁의 고사를 인용한 것이고, 오후(五侯)라는 용어가 환관과 관련이 있으니 '한식'을 핑계로 풍자하는 뜻이 보인다. 결구에서 오후가 황궁의 불을 촛불에 댕겨 간다는 것은 당나라가 환관에게 권세를 넘긴다는 풍자로 보아도 된다.

실제로 당 헌종이 원화 15년(820)에 환관 진홍지에게 죽음을 당했는데, 환관이 목종을 옹립하면서 진홍지는 오히려 중용되었다. 당 목종과 경종, 문종이 모두 환관에 의해 옹립된다. 또 문종 재위중인 대화 9년(835)에는 환관이 조정의 문무대신을 대량학살하는 '감로의 변[甘露之變]'이 일어난 뒤 문종은 환관에 의해 연금되었다가 죽음을 당한다. 이후 환관이 군정의 대권을 장악하고 황제의 폐위와 옹립에 간여하여 당의 멸망까지 진행된다.

275. 月夜 ^{월 야} 달밤　　● 劉方平유방평

更深月色半人家　北斗闌干南斗斜
_{경 심 월 색 반 인 가}　　_{북 두 난 간 남 두 사}

今夜偏知春氣暖　蟲聲新透綠窗紗
_{금 야 편 지 춘 기 난}　　_{충 성 신 투 녹 창 사}

밤 깊어 달빛은 집을 절반만 비추고
북두는 돌았고 남두는 기울었다.
오늘 밤, 봄날 따스한 기운을 느끼니
벌레소리 새로이 푸른 비단 창에 들린다.

● **作者**　유방평(劉方平) - 관직 경험이 없는 시인

생졸 연도는 알려진 바가 없다. 하남 낙양인이며 흉노족의 후예로 천보 연간에 진사과에 응시하였으나 급제하지 못했고, 종군하였으나 뜻대로 되지 않아 평생 관직과는 인연이 없었다고 한다. 황보염(皇甫冉), 이기(李頎), 엄무(嚴武) 등과 시우(詩友)였고, 시는 산수의 묘사에 뛰어났으며 사상적 내용은 빈약하나 예술성이 높다는 평을 듣는다. <월야(月夜)>, <춘원(春怨)> 외에 <신춘(新春)>, <추야범주(秋夜泛舟)> 등이 알려졌다.

● **註釋**

▶ <月夜(월야)> : '달밤'. 봄밤의 경치를 읊었다.
▶ 更深月色半人家(경심월색반인가) : 更深(경심) - 야심(夜深)하다.　半人

家(반인가) - 인가의 절반.

▶ 北斗闌干南斗斜(북두난간남두사) : 闌 가로막을 난. 闌干(난간) - 옆으로, 횡(橫)으로 있다. 南斗(남두) - 남두성. 우리나라에서는 보이지 않는 별자리이다.

▶ 今夜偏知春氣暖(금야편지춘기난) : 偏 치우칠 편. 기어코, 일부러, 마침.

▶ 蟲聲新透綠窗紗(충성신투녹창사) : 透 통할 투. 여기서는 들려오다. 綠窗紗(녹창사) - 녹색 비단을 댄 창문.

🌀 詩意

봄철 깊은 밤에 움트는 신생(新生)의 입김을 읊은 시다. 달도 기울고 별들도 모로 누운 깊은 봄밤에 새삼스럽게 봄기운이 포근함을 느끼고, 또 처음으로 봄의 은은한 벌레소리를 듣고 읊었으니 1, 2구는 봄밤의 하늘을 노래했고, 3, 4구는 주변의 계절 감각을 노래했다. 아마 유방평 같은 은사만이 깊은 봄밤을 타고 다가오는 움트는 생명을 감지할 수 있을 것이다.

276. 春怨 봄날의 시름　● 劉方平유방평

紗窗日落漸黃昏　金屋無人見淚痕

寂寞空庭春欲晚　梨花滿地不開門

비단 창에 해가 기울고 황혼은 다가오는데
궁내宮內에 드는 사람 없어 눈물 자국만 보인다.
적막한 빈 뜰에 봄날은 다 가려 하는데
배꽃이 땅에 가득해도 문을 열지 않는다.

註釋

▶ <春怨(춘원)> : '봄날의 시름'. 봄날, 아무도 찾지 않는 궁인(宮人)의
설움을 노래했다.

▶ 紗窗日落漸黃昏(사창일락점황혼) : 紗窗(사창) - 비단 커튼을 친 창.
漸 차츰 점.

▶ 金屋無人見淚痕(금옥무인견루흔) : 金屋(금옥) - 잘 꾸민 부녀자의 거처.
안채.

▶ 寂寞空庭春欲晚(적막공정춘욕만) : 空庭(공정) - 빈 뜰.

▶ 梨花滿地不開門(이화만지불개문) : 滿地(만지) - 뜰에 가득 널려 있다.

詩意

명(明) 당여순(唐汝詢)은 《당시해(唐詩解)》에서 다음 같이 말했다.
'하루의 시름은 황혼 때가 더하고, 한 해의 원한은 늦봄이 더하다. 이때의
정경이 궁인들에게 가장 절실한 감개를 돋아준다. 땅에 어지럽게 떨어진
이화의 슬픈 모습을 볼 수가 없다. 그래서 문을 꽉 닫아 놓은 것이다.(一日之
愁 黃昏爲切, 一歲之怨 春暮居多, 此時此景 宮人之最感慨者也, 不忍見梨花
之落 所以掩門耳)'

277. 征人怨^{정인원} 정부征夫의 시름　● 柳中庸 유중용

歲歲金河復玉關　朝朝馬策與刀環

三春白雪歸靑塚　萬里黃河繞黑山

해마다 금하에서 또 옥관에서
매일같이 말 타거나 싸워야 한다.
봄날의 백설 속에 무덤 곁을 지나온다.
만리의 황하는 흑산黑山을 감싸 흐른다.

● 作者　유중용(柳中庸) ─ 유종원(柳宗元)의 조카

이름은 담(淡), 중용은 자(字). 동생 중행(中行)과 함께 문명을 누렸다. 시
13수가 전해온다.

● 註釋

▶ <征人怨(정인원)> : '정부(征夫)의 시름'. 군역에 강제 동원된 농민의
심정을 묘사하였다.
▶ 歲歲金河復玉關(세세금하부옥관) : 歲歲(세세) ─ 해마다. 金河(금하) ─
강의 모래가 노랗게 빛난다 하여 금하라고 한다. 내몽고를 흐르는 황하의
지류. 復 다시 부. 玉關(옥관) ─ 옥문관. 감숙성 돈황현 서쪽 관문.
▶ 朝朝馬策與刀環(조조마책여도환) : 朝朝(조조) ─ 매일. 馬策(마책) ─ 말

채찍. 刀環(도환) - 칼 손잡이 부분의 둥근 테. 칼. '금하'와 '옥관'의 대우.
전투가 그칠 날이 없다는 뜻. 동시에 '도환(到還)'의 해음(諧音)으로 '돌아
가고 싶다'는 뜻을 표현.

▶ 三春白雪歸靑塚(삼춘백설귀청총) : 三春(삼춘) - 봄. 이때의 삼은 '3개월'
의 의미가 없는 허수. 해석하지 않는 것이 더 낫다. 靑塚(청총) - 왕소군
(王昭君)의 무덤, 새외지역의 무덤, 묘역.

▶ 萬里黃河繞黑山(만리황하요흑산) : 繞 두를 요. 감싸다. 黑山(흑산) -
내몽고 지역의 살호산(殺虎山).

💮 詩意

정부(征夫)의 한을 묘사하면서 반복과 강요의 뜻을 선명하게 표현하였다.
'세세(歲歲)' '조조(朝朝)' '부(復)' '귀(歸)' 등은 인위적 반복이다. 보초나
경계근무, 아니면 크고 작은 전투가 반복된다. 이러한 반복이 곧 '원(怨)'이
다. 그리고 변새의 풍경이 생생하게 느껴지는 '금하(金河)' '옥관(玉關)' '백
설(白雪)' '청총(靑塚)' '황하(黃河)' '흑산(黑山)' 등은 모두 고향이 아니다.
특히나 '청총'과 '흑산'은 죽음이 연상된다. 말하자면 언제 죽을지 모른다는
뜻이다. 그러므로 고향에 돌아가지 못하는 '원(怨)'이 모두 이런 표현 속에
들어 있다.

278. 宮詞 궁궐의 노래　● 顧況고황

玉樓天半起笙歌　風送宮嬪笑語和

月殿影開聞夜漏　水晶簾捲近秋河

옥루는 높이 솟고 생황에 노래 들리고
바람에 궁빈宮嬪들 웃고 떠드는 소리 들린다.
전각의 달그림자에 밤 물시계소리 들으며
수정 발을 걷어 올리니 은하수가 가깝도다.

● 作者　고황(顧況, 725-814?) - 신악부(新樂府) 운동에 동참
자(字)는 포옹(逋翁), 호는 화양진일(華陽眞逸), 만년에는 비옹(悲翁)이라
하였다. 숙종 지덕(至德) 2년(757) 진사가 되어 교서랑, 저작랑 등을 지냈지
만 특별한 업적은 없었고 만년에 모산(茅山)이란 곳에 은거했다고 알려졌
다. 시는 질박 평이하고 통속유창(通俗流暢)하면서도 두보의 현실주의적
시 정신을 이었으며 신악부(新樂府) 시가운동의 선구가 되었다. 152 <부득
고원초송별(賦得古原草送別)> 시의 참고 볼 것.

● 註釋
▶ <宮詞(궁사)> : '궁궐의 노래'.　궁원(宮怨)을 묘사한 시.
▶ 玉樓天半起笙歌(옥루천반기생가) : 玉樓(옥루) - 황제의 거처.　天半(천

반) – 하늘의 반에 닿다, 건물이 매우 높다. 笙 생황 생. 생황은 19개의 대나무 관으로 된 관악기. 起笙歌(기생가) – 생황에 맞춰 노래를 부르다.

▶ 風送宮嬪笑語和(풍송궁빈소어화) : 宮嬪(궁빈) – 후궁의 비빈. 중국의 황제는 황후 외에 3부인, 9빈(嬪), 27세부(世婦), 80어처(御妻)를 거느린다고 했다. 笑語和(소어화) – 뒤섞인 웃음과 말소리.

▶ 月殿影開聞夜漏(월전영개문야루) : 月殿(월전) – 달빛 비추는 전각. 影開(영개) – 그림자. 夜漏(야루) – 야간 물시계의 소리.

▶ 水晶簾捲近秋河(수정렴권근추하) : 捲 말아 올릴 권. 秋河(추하) – 천하(天河), 은하수.

詩意

노쇠하여 임금의 사랑을 받지 못하는 궁녀의 원한을 간접적으로 그린 시다. 기구와 승구에서는 금전옥루(金殿玉樓)에서 임금이 궁녀들과 어울려 노는 음악소리와 웃음소리를 강조했으니 곧 젊고 활기차며 총애를 받는 비빈들의 모습이다.

그리고 전구와 결구에서는 홀로 된 후궁의 묘사로 전, 후반이 극명하게 대조된다. 달이 공허하게 비치는 쓸쓸한 후궁에 홀로 앉아서 밤의 물시계소리를 듣다가, 실망하고 체념하는 궁녀의 애절한 심정을 극명하게 그렸다. 이 시에서 작자는 원망하는 심정을 직접 말하지는 않았지만 원망의 심정이 시구 사이에 느껴진다. 사실 '옥루에서 들리는 생황과 노래와 웃음소리'에 상대적으로 자신의 영락한 처지가 더 슬퍼졌을 것이다.

279. 夜上受降城聞笛 ^{야 상 수 항 성 문 적} 밤에 수항성에서 피리소리를
들으며 ● 李益이익

回樂峯前沙似雪 ^{회 락 봉 전 사 사 설}　受降城外月如霜 ^{수 항 성 외 월 여 상}

不知何處吹蘆管 ^{부 지 하 처 취 로 관}　一夜征人盡望鄕 ^{일 야 정 인 진 망 향}

회락봉 앞의 모래는 눈처럼 희고
수항성 밖의 달빛은 서리 내린 듯하네.
어디서 들리는지 갈대 피리소리에
오늘밤 군사들은 모두 고향을 생각하네.

🌸 註釋

▶ <夜上受降城聞笛(야상수항성문적)> : '밤에 수항성에서 피리소리를 들
으며'. 중당의 칠언절구 중 걸작으로 알려졌다.

▶ 回樂峯前沙似雪(회락봉전사사설) : 回樂峯(회락봉) - 영하회족(寧夏回
族)자치구 중부, 황하 동쪽의 영무시(靈武市) 서남쪽에 있는 산.

▶ 受降城外月如霜(수항성외월여상) : 受降城(수항성) - 본래는 한대에 흉
노의 투항을 받아들이기 위해 축조한 성이었으나 당조에서 돌궐족이 강
해지자 이들을 막기 위하여 황하 외측, 하투(河套) 북안(영하회족자치구
은천시銀川市 일대) 및 막남(漠南) 초원 지역에 축조한 여러 개의 성채를
말한다. 전반 2구는 변방의 처량한 밤을 묘사하였다.

▶ 不知何處吹蘆管(부지하처취로관) : 蘆 갈대 로. 蘆管(노관) - 갈대로

만든 피리.

▶ 一夜征人盡望鄕(일야정인진망향) : 一夜(일야) - 밤새도록. 征人(정인) - 수루를 지키는 변새의 군졸. 盡(진) - 모두. 이런 구절은 시인이 겪어보지 않았다면 표현하기 힘든 구절이다.

🏵 詩意

변방에 출정하여 오랑캐의 침입을 방비하는 군졸들이 차가운 달밤에 애절한 갈대 피리소리를 듣고 망향(望鄕)의 정을 달래고 있다는 내용으로, 시제나 시상은 흔히 있는 것이다. 그러나 시의 구성이나 격이 탁월하여 많은 평자들이 칠언절구의 대표작이라고 칭찬했다.

1, 2구에서는 변새 지역의 모래와 달빛조차 차갑다고 묘사하여 변새 지역의 삭막함을 먼저 말했다.

이어 3, 4구에서 어디서 들리는지 피리소리의 서글픔을 그렸다. 전체적으로 삭막한데다가 서글픔을 보태었기에 망향의 정은 더 두드러지게 나타난다.

280. 烏衣巷 오의항 ● 劉禹錫 유우석

朱雀橋邊野草花　烏衣巷口夕陽斜

舊時王謝堂前燕　飛入尋常百姓家

주작교 주변에 들꽃이 피고
오의항 입구에 석양이 기운다.
옛날에 왕씨 사씨 집에 들던 제비들이
지금은 보통 백성들 집에 날아든다.

🔅 註釋

▶ <烏衣巷(오의항)> : 역사의 흥망을 노래한 시이다. 이 시의 3, 4구는 인생
의 성쇠를 말할 때 흔히 나오는 구절이다. 烏 까마귀 오. 검다. 烏衣巷(오
의항) – 진회하(秦淮河) 남안에 있는 동진시대의 귀족 마을이었다. 그곳
의 귀족 자제들이 오의(검은 옷)를 즐겨 입었다고 한다. 본래는 삼국시대
오(吳)의 궁궐 수비대가 주둔하던 자리이며, 수비대의 복장이 검은 옷이
었기에 그런 이름이 붙었다고 한다. 지금의 남경에 있는 지명. 巷 거리
항(xiàng). 주택가의 골목. 북방의 호동(胡同, hútòng), 대도시의 농(弄,
lòng)과 같다.

▶ 朱雀橋邊野草花(주작교변야초화) : 朱雀(주작) – 4신(청룡靑龍, 주작, 백
호白虎, 현무玄武) 중 남방을 지키는 서조(瑞鳥). 朱雀橋(주작교) – 오의
항에 가까운 다리. 花(화) – 여기서는 꽃이 피다. 동사로 쓰였다.

▶ 烏衣巷口夕陽斜(오의항구석양사) : 夕陽斜(석양사) - 석양이 지고 있다. 사(斜)는 '기울어지다'의 뜻으로 동사로 쓰였다.

▶ 舊時王謝堂前燕(구시왕사당전연) : 舊時(구시) - 동진시대(316-420). 王謝(왕사) - 낭야(琅邪) 왕씨와 진군(陳郡) 사씨. 두 성씨가 다 5호(胡)를 피해 북에서 남으로 이주해 온 귀족들이다.

▶ 飛入尋常百姓家(비입심상백성가) : 尋常(심상) - 보통의.

詩意

이 시는 유우석의 <금릉오제(金陵五題)>의 하나이다. 유우석은 석두성(石頭城) 등 금릉의 고적을 찾아 시를 읊었으니 서경의 시이지만 회고시이다. 이 시는 분명 고적을 읊었지만 그 뜻은 매우 상징적이다.

이 시의 주제는 인간의 영고성쇠이다. 현재의 남경은 당대에는 금릉이었지만 오나라 이후 동진에서는 국도(國都)로 번영했다. 유우석은 동진 이후 귀족들의 마을로 번성했던 오의항의 황폐한 모습을 서글프게 묘사했다. 야초화(野草花)와 석양사(夕陽斜)는 대우이면서 쇠락의 상징이다. 사람이 많이 산다면 들꽃이 자라고 꽃을 피울 수 있겠는가? 그리고 제비를 보고 인간의 영고성쇠의 흐름을 객관적으로 증명하듯 묘사하였다. 이보다 더 적절한 비유가 또 있겠나 하는 생각이 든다. 이는 자세한 관찰과 깊은 사색이 아니라면 생각해낼 수 없는 뛰어난 묘사이다.

시가 얼마나 좋은가는 그 시가 얼마나 많은 뜻을 함축하고 있느냐에 달렸다. 291 두목(杜牧)의 <박진회(泊秦淮)> 참고.

參考 낭야 왕씨(王氏)와 진군 사씨(謝氏)

서진의 황족 사마예(司馬睿, 동진의 건국자 원제元帝)는 서진이 망하자 건업(建業, 지금의 남경)으로 옮겨와 낭야 왕씨의 왕도(王導, 276-339)와 왕돈(王敦), 진군 사씨 일족의 도움으로 건국할 수 있었다. 왕희지는 낭야 왕씨로 개국공신 왕도의 친조카였다. 진군 사씨 역시 동진 귀족의 큰 세력이었으니

사현(謝玄), 사안(謝安, 320-385) 등이 뒷날 동진의 정치와 군사권을 장악하
였다.

'왕사(王謝)'는 동진 이후 남조에서 두 가문을 지칭하는 보통명사처럼 사용
된 말이다. 왕도와 사안으로 지명하여 번역한 책이 많으나 귀족 중 꼭 그
두 사람의 집만 여기에 있지 않았다. 오의항은 귀족들의 집단 거주지였다.
그리고 왕도가 한창 권력을 누릴 때 진군 사씨는 세력이 크지 않은 보통
귀족이었다. 사안은 왕도보다 한참 뒤에 활약했으니 그 차이를 고려해야
한다. 그리고 유우석이 금릉에 갔을 때까지 그 귀족의 집이 남아 있을 리도
없다. '너무 꼼꼼하게 따지면 시의 맛이 가신다'고 말할 수도 있지만, 시를
번역하는 데 역사적 관계나 사실을 정확히 알면 그 번역은 그만큼 정확해지
니 고려해야 할 것은 반드시 고려해야 한다.

281. 春詞 봄의 노래　●　劉禹錫 유우석

新妝宜面下朱樓　　深鎖春光一院愁

行到中庭數花朶　　蜻蜓飛上玉搔頭

새로 꾸민 고운 얼굴 주루朱樓에서 내려와
오래 잠긴 뜰 안의 봄볕도 수심이다.
가온 뜰에 가서 꽃송이를 세어보는데

잠자리 한 마리 옥비녀에 앉는다.

註釋

▶ <春詞(춘사)> : '봄의 노래'. 궁원(宮怨)을 노래한 시. 궁원, 규원(閨怨), 변새(邊塞), 별리(別離), 은거(隱居)의 시가 많다는 것은 그만큼 감정이 절박하다는 의미이다.

▶ 新妝宜面下朱樓(신장의면하주루) : 妝 꾸밀 장. 宜 마땅할 의. 新妝宜面(신장의면) – 화장을 마친 고운 얼굴.

▶ 深鎖春光一院愁(심쇄춘광일원수) : 深鎖(심쇄) – 오랫동안 잠겨 있는, 사람의 왕래가 없는.

▶ 行到中庭數花朵(행도중정수화타) : 數(수) – 세어보다. 朵 늘어질 타. 花朵(화타) – 꽃송이.

▶ 蜻蜓飛上玉搔頭(청정비상옥소두) : 蜻 잠자리 청. 蜓 잠자리 정. 蜻蜓(청정) – 잠자리. 玉搔頭(옥소두) – 옥으로 만든 머리 장식.

詩意

사랑을 받지 못하는 궁인의 한스런 춘심(春心)을 그린 시이다.
수구(首句)에서는 새로 단장한 아름다운 궁인이 황제의 내방을 기다리다 지쳐서 궁전에서 뜰로 내려온다. 그래도 할 일이 없다.
2구에서는 굳게 문을 닫은 깊은 후궁 뜰에는 봄빛이 눈부시다. 그럴수록 사랑을 잃는 궁인의 수심은 더욱 넘친다. 봄날의 수심은 더 깊어질 것이다. 그야말로 낙경(樂景)의 서수(敍愁)라 할 수 있다. 3구에서 궁인은 별 생각 없이 뜰에 피어난 꽃송이를 헤아리지만 역시 무료하다.
그리고 결구의 수심은 잠자리가 대변해준다. 무심한 잠자리가 사뿐 날아와서 그녀의 옥비녀 끝머리에 앉는다. 잠자리는 수(愁)를 모르니 궁인의 수심은 깊어진다. 전체적으로 '수(愁)'가 주제이며 당대의 궁원시(宮怨詩)에서 수작으로 꼽힌다.

282. 後宮詞 후궁의 노래　　● 白居易백거이

누 습 나 건 몽 불 성　　　　야 심 전 전 안 가 성
淚濕羅巾夢不成　　夜深前殿按歌聲

홍 안 미 로 은 선 단　　　　사 의 훈 롱 좌 도 명
紅顔未老恩先斷　　斜倚熏籠坐到明

눈물이 비단 수건을 적셔 잠 못 이루는데
깊은 밤 앞 궁전엔 손뼉 치며 노래 부른다.
고운 얼굴 늙기도 전에 은총 먼저 끊어지니
향내 바구니에 기대어 날 밝도록 앉아 있다.

🌸 **註釋**

▶ <後宮詞(후궁사)> : '후궁의 노래'. 궁원(宮怨)을 소재로 한 시.
▶ 淚濕羅巾夢不成(누습나건몽불성) : 濕 젖을 습. 축축하다.
▶ 夜深前殿按歌聲(야심전전안가성) : 夜深(야심) - 깊은 밤. 前殿(전전)
　- 앞에 있는 궁전. 按 누를 안. 억제하다, 잡다, ~에 따라서. 여기서는
　'박자를 맞추다'라는 의미.
▶ 紅顔未老恩先斷(홍안미로은선단) : 紅顔(홍안) - 붉은 얼굴, 젊은 얼굴.
▶ 斜倚熏籠坐到明(사의훈롱좌도명) : 斜倚(사의) - 비스듬히 기대다. 熏籠
　(훈롱) - 훈향을 넣어둔 대바구니, 향 바구니. 到明(도명) - 날이 밝다.

고황(顧況)의 <궁사(宮詞)>와 같은 감정을 비슷한 톤으로 읊었다. 임금의 총애를 받지 못하는 궁인이 밤새 다른 궁전에서 들려오는 노랫소리를 들으며 비단 수건을 눈물로 적시며 뜬눈으로 밤을 지새우고 있다.

1, 2구는 격렬한 대비를 이루고 있다. 후궁과 전전(前殿)은 '몽불성(夢不成)'과 '안가성(按歌聲)'의 차이가 있다. 자신이 총애를 받던 날은 이제 추억으로 남았을 뿐, 밤이 새도록 앉아 기다리는 아침에는 원(怨)만 남아 있으리라. 원사(怨辭)는 하나도 없지만 구절마다 원(怨)이 넘친다.

그리고 한 가지 염두에 두어야 할 것은 원진(元稹)의 오언절구 <행궁(行宮)>(245 시)이다. '백두궁녀재 한좌설현종(白頭宮女在 閑坐說玄宗)'하는 궁인과 <후궁사>의 궁인은 마찬가지이다.

그처럼 원진과 백거이는 취향도 관점도 비슷하였기에 '원백(元白)'으로 불렸다.

283. 贈內人 나인에게 주다　● 張祜장호

禁門宮樹月痕過　媚眼惟看宿鷺窠
금 문 궁 수 월 흔 과　　미 안 유 간 숙 로 과

斜拔玉釵燈影畔　剔開紅焰救飛蛾
사 발 옥 채 등 영 반　　척 개 홍 염 구 비 아

궁 안의 나무에 달그림자 지나갔고
고운 눈으로 백로가 잠든 둥지를 바라본다.
등불 곁에서 가벼이 옥비녀를 빼서
붉은 불꽃 갈라 날던 나방을 구해 준다.

註釋

▶ 〈贈內人(증나인)〉 : '나인에게 주다'. 궁원(宮怨)을 읊은 시의 하나. 궁중의 여관(女官), 일하는 궁녀를 우리말로는 '나인'이라 하였다. 당나라의 나인은 뽑혀서 의춘원(宜春院)에 들어가 가무를 익히고 전공하지만 외계와 단절된 어린 소녀나 젊은 여인들이었다. 그들의 생활과 희애(喜哀)는 시인들의 관심사가 될 만하였다. 贈(증) – 여기서는 실제로 '시를 주다'라는 의미보다 '가탁'의 뜻이다.

▶ 禁門宮樹月痕過(금문궁수월흔과) : 禁門(금문) – 궁문. 궁궐 안. 月痕過(월흔과) – 달빛에 그림자가 생긴다는 시적 표현. 월흔은 월영(月影).

▶ 媚眼惟看宿鷺窠(미안유간숙로과) : 媚 아첨할 미. 媚眼(미안) – 추파. 여기서는 '고운 눈길로' 정도로 번역해야 한다. 窠 보금자리 과. 둥지. 宿鷺(숙로) – 백로(白鷺, 해오라기) 한 쌍이 잠을 잔다는 뜻으로 새겨야

할 것이다.

▶ 斜拔玉釵燈影畔(사발옥채등영반) : 拔 뺄 발. 釵 비녀 채. 畔 두둑 반. 斜拔(사발) - 슬쩍 뽑다. 玉釵(옥채) - 옥비녀. 燈影畔(등영반) - 등잔불의 곁.

▶ 剔開紅焰救飛蛾(척개홍염구비아) : 剔 바를 척. 베어내다, 자르다. 焰 불꽃 염. 紅焰(홍염) - 등잔의 심지. 蛾 나방 아. 방안에 들어온 나방을 궁 안에 갇힌 자신의 신세와 같다고 여겼을 것이다.

🌑 詩意

깊은 밤을 홀로 지새우면서 짝지어 자는 백로를 부러워하던 나인이 옥비녀로 등불 심지를 잘라내고 불에 뛰어들어 타죽는 불나방을 구해 준다. 섬세하게 묘사한 시이다. 임금의 총애를 받은 궁녀의 생활은 화려하지만, 총애를 받지 못하면 금궁(禁宮)에 갇힌 궁녀들은 가슴속에 상처만 남게 된다. 그래서 궁녀는 불속에 뛰어들어 상처를 입는 불나방을 구해 주는 것이리라.

수구(首句)는 조용하다. 승구(承句) 역시 아무 소리도 들리지 않는다. 전구(轉句)에서도 소리를 낼 필요가 없다. 결구(結句) 역시 침묵 속에 잠간 움직임이 있었다. 물론 이후로도 조용할 것이다.

수(愁)와 원(怨), 그리고 동병상련(同病相憐)이 있을 뿐 다른 느낌은 모두 없애버렸다.

284. 集靈臺 二首(一) 집령대　● 張祜장호

日光斜照集靈臺　紅樹花迎曉露開

昨夜上皇新授籙　太眞含笑入簾來

아침 햇살이 집령대를 비추면서
붉은 단풍이 꽃처럼 새벽이슬에 피었다.
어젯밤에 황제께서 새로 책봉을 주었기에
태진太眞은 웃음 머금고 주렴 안으로 들어선다.

● 註釋

▶ <集靈臺(집령대)> : 장안 근처 여산(驪山) 아래의 온천궁을 화청궁(華淸宮)이라 개칭하고 그 안에 장생전(長生殿)을 지었고 이름을 집령대라 하였다. 현종과 양귀비, 양귀비와 그 형제들을 소재로 한 일종의 풍자시이다.

▶ 日光斜照集靈臺(일광사조집령대) : 日光斜照(일광사조) ‐ 아침 햇살이 비추는 모습을 형용한 말.

▶ 紅樹花迎曉露開(홍수화영효로개) : 紅樹花迎(홍수화영) ‐ 붉은 단풍이 든 나무를 꽃이 핀 것으로 묘사하였다. 曉露開(효로개) ‐ 아침 이슬을 맞고 피었다.

▶ 昨夜上皇新授籙(작야상황신수록) : 上皇(상황) ‐ 여기서는 현종. 현종이 태진(太眞)을 귀비로 맞이한 것은 천보 4년(745)으로, 양귀비는 26세였다.

錄 책 상자 록. 대쪽. 新授錄(신수록) - 새로 책봉하다.

▶ 太眞含笑入簾來(태진함소입렴래) : 太眞(태진) - 본 이름은 옥환(玉環). 여자 도고(道姑)로서의 이름. 시에서는 대개 태진이라 한다.

詩意

현종에게는 주는 사랑이고 태진은 받는 사랑이었다. 재위 33년에 태평성대를 이룩한 61세의 현종은 편히 쉬면서 즐기고 싶었을 것이다. 귀비가 자신의 18번째 아들의 아내였다는 사실은 지워버리고 싶은 기억이었다. 현종은 주어서 기쁘고, 귀비는 받아서 즐거웠다. 귀비의 웃음은 앞으로 누릴 부귀영화에 대한 충만한 기대였을 것이다.

▌ 양귀비가
침향정(沈香亭)에서
비파를 타는 그림

285. 集靈臺 二首(二) 집령대 ● 張祜장호

虢國夫人承主恩　平明騎馬入宮門

卻嫌脂粉汚顏色　淡掃蛾眉朝至尊

괵국부인도 황제의 은총을 받아
아침에 말을 타고 궁문에 들어 다녔네.
오히려 화장이 얼굴을 더럽힐까 걱정해서
가벼이 눈썹만 그리고 지존을 알현했다네.

💮 註釋

▶ <集靈臺(집령대)> : 양귀비 일가의 영화는 당시 사람들에게 '부중생남중
생녀(不重生男重生女)'하게 만들었다.

▶ 虢國夫人承主恩(괵국부인승주은) : 虢 범의 발톱자국 괵, 나라 이름 괵.
虢國夫人(괵국부인) - 양귀비의 언니. 主恩(주은) - 현종의 은총. 귀비의
큰언니는 한국부인(韓國夫人), 셋째는 괵국부인에 봉해졌는데 이 괵국부
인이 나중에 귀비의 사촌오빠인 양국충(楊國忠)과 사통(私通)했다.

▶ 平明騎馬入宮門(평명기마입궁문) : 平明(평명) - 새벽. 외인이 말을 타고
궁문을 출입한다는 자체가 법도를 어기는 일이었다.

▶ 卻嫌脂粉汚顏色(각혐지분오안색) : 卻 물리칠 각. 도리어. 嫌 싫어할
혐. 脂粉(지분) - 화장품, 화장한 얼굴. 汚 더러울 오, 더럽힐 오. 顏色(안
색) - 미모.

▶淡掃蛾眉朝至尊(담소아미조지존) : 掃 쓸어낼 소. 바르다, 칠하다. 淡掃
(담소) - 엷게 그리다. 蛾眉(아미) - 눈썹. 朝(조) - 조근(朝覲)하다,
뵙다. 至尊(지존) - 황제. 괵국부인은 미모에 자신이 있었다고 한다.

詩意

백거이가 장편 칠언고시 <장한가(長恨歌)>에서 묘사한 현종과 양귀비의
사랑을 장호는 <집령대>(1)에서 28자로 요약했다. <집령대>(2)에서는 양
귀비 자매가 현종의 총애를 받고 기강을 문란케 함을 풍자했다. 이 시는
다만 사실을 기록하였지만 풍자의 뜻이 가득하다.

286. 題金陵渡 금릉 나루에서 짓다   ● 張祜장호

金陵津渡小山樓   一宿行人自可愁
潮落夜江斜月裏   兩三星火是瓜州

금릉으로 건너가는 나루터 작은 산의 누각에서
하룻밤을 자는 나그네는 저 홀로 걱정이 많다.
강물이 낮아진 밤중에 달도 기울었는데
두세 개 불이 반짝이는 곳은 과주이리라.

▶ <題金陵渡(제금릉도)> : '금릉 나루에서 짓다'. 題(제) – 시를 직접 벽
위에 쓰는 것을 말한다. 金陵(금릉) – 지금의 남경인데 남경시의 중심은
장강 남안이다.

▶ 金陵津渡小山樓(금릉진도소산루) : 金陵津渡(금릉진도) – 금릉으로 건
너가는 나루터. 지금의 행정구역으로는 강소성 진강시(鎭江市). 금릉보
다는 장강 하류이다. 금릉이나 진강이나 장강의 남안에 있다. 小山樓(소
산루) – 작은 산의 누각.

▶ 一宿行人自可愁(일숙행인자가수) : 一宿行人(일숙행인) – '행인일숙(行
人一宿)'이 평측을 고려하여 도치된 것이다.

▶ 潮落夜江斜月裏(조락야강사월리) : 潮落(조락) – 썰물로 수위가 낮아지
다. 여기까지 바다 조수(潮水)의 영향이 있다고 한다.

▶ 兩三星火是瓜州(양삼성화시과주) : 兩三星火(양삼성화) – 두세 개의 깜
박이는 불. 瓜州(과주) – 장강 북안, 지금의 행정구역으로는 강소성 양주
시(揚州市)이다.

◉ 詩意

나루터에 묵으며 홀로 여수를 달래고 있다. 달도 지려는 새벽에 잠 못 이루
는 나그네는 저 멀리 깜박이는 대안(對岸)의 등불만을 바라보고 있다.
야경에 대한 서술을 통해 고향 그리는 마음을 표출하였다. 본래 고요한
밤에는 누구든 어느 정도 침착해지고 착해진다. 아마 시적 감흥을 지닌
사람이었기에 느끼고 생각하는 것은 더 많았을 것이다.
야강사월(夜江斜月)과 양삼성화(兩三星火)가 고독감을 더욱 돋아준다. 특
히 마지막 구절 '양삼성화시과주(兩三星火是瓜州)'는 작자의 가슴속에 가
물거리는 향수를 상징적으로 표현한 말일 것이다. 즉 과주 너머 북쪽에
있는 자기 고향이 아득한 별빛으로 가슴속에서 가물거린다는 뜻이다.
화가가 빨리 스케치한 한 폭의 작은 그림이며, 시인이 조그만 수첩에 볼펜으
로 쓴 짧은 시구처럼 느껴진다.

287. 宮詞 ^{궁 사} 궁사　●　朱慶餘주경여

寂寂花時閉院門　美人相竝立瓊軒
_{적 적 화 시 폐 원 문　미 인 상 병 입 경 헌}

含情欲說宮中事　鸚鵡前頭不敢言
_{함 정 욕 설 궁 중 사　앵 무 전 두 불 감 언}

꽃이 핀 적막 속에 출입문을 닫고서
미인은 나란히 아름다운 난간에 섰네.
뜻이 있어 궁중 일을 말하고 싶지만
앵무 앞이라서 말을 하지 못하네.

● 作者　주경여(朱慶餘, 799-?) - 장적(張籍)이 인정한 문재(文才)
이름은 가구(可久). 자(字)가 경여(慶餘)이다. 당의 시인으로 경종(敬宗) 보
력(寶曆) 2년(826)에 진사가 되어 교서랑 등의 직책을 역임하였다. 그 당시
에 한유(韓愈)와 비슷한 명성을 누리고 있던 장적이 그의 문재를 인정하여
당시에 제법 문명이 있었다고 한다.

● 註釋

▶ <宮詞(궁사)> : 궁원(宮怨)을 묘사한 시이다.

▶ 寂寂花時閉院門(적적화시폐원문) : 寂寂(적적) - 고요한 모양. 花時(화
시) - 꽃 피는 시절.

▶ 美人相竝立瓊軒(미인상병입경헌) : 美人(미인) - 궁인(宮人). 相竝(상

병) - 둘이 나란히.   瓊軒(경헌) - 행랑, 복도.

▶ 含情欲説宮中事(함정욕설궁중사) : 含情(함정) - 속에 하고픈 말.

▶ 鸚鵡前頭不敢言(앵무전두불감언) : 鸚鵡(앵무) - 앵무새. 앵무새처럼 소리와 말을 흉내 내는 것(주견없이 다른 사람의 말을 따라하기)을 학설(學舌)이라 한다. 여기저기 말을 퍼트리는 것도 학설이라고 한다.

詩意

소재가 독특하다. 여인들의 세계는 말이 많은 곳인데 그곳의 특징 하나를 주제로 삼았다. 수구(首句)에서는 꽃피는 시절이라는 공간을 설정해 놓고도 적적할 수밖에 없는 궁궐을 그렸다. 2구에 시 속의 주인공이 등장하는데 경헌(瓊軒)은 '폐원문(閉院門)'했기에 역시 적적할 것이다.

3구에서는 동병상련의 분위기가 이루어졌음을 말했다. 그러나 앵무 앞에서는 말 못하는 결구로, 하고 싶은 말도 할 수 없는 궁원(宮怨)을 말하였다. 여자의 혀에는 뼈가 없고(女人舌頭上沒骨頭), 여인들의 '붉은 입에 붉은 혀(赤口赤舌)'는 그들의 생리이다.

그러나 혀는 몸을 자르는 칼(舌是斬身刀)이고, 입은 화복이 들어오는 문(口爲禍福之門)이다. 사람의 손은 잡아 멈출 수 있지만(拏得住的是手), 막을 수 없는 것이 사람의 입(掩不住的是口)이라고 하였다.

입은 남에게 상처를 입히는 도끼(口是傷人斧)이고, 말은 살점을 도려내는 칼(言是割肉刀)이라는 사실을 여기 궁인들은 알고 있었을 것이다.

288. ^{근시상장수부} 近試上張水部 시험 전에 장수부에게 올리다

● 朱慶餘주경여

洞房昨夜停紅燭　待曉堂前拜舅姑
妝罷低聲問夫婿　畫眉深淺入時無

신방엔 지난 밤새 촛불을 켜놓았고
밝기를 기다려 시부모께 문안 올려야 한다.
화장을 끝내고 나지막이 남편에게 묻는데
그린 눈썹 짙기가 유행하고 맞나요?

註釋

▶ <近試上張水部(근시상장수부)> : '시험 전에 장수부에게 올리다'. '규의 헌장수부(閨意 獻張水部)'로 된 책도 있다. 이 시는 경종 2년(826)에 지어 졌다. 近試(근시) – 과거 시험 보기 전이라는 뜻. 張水部(장수부) – 장적 (張籍). 장적의 관직은 공부(工部) 산하 수리토목(水利土木)을 담당하는 수부원외랑이었다. 이 시는 과거 응시자가 유명 문인에게 자신의 문재를 테스트 받고 인정받기 위하여 보내는 시였다. 이런 뜻으로 보내는 시를 '온권(溫卷)'이라고 한다.

▶ 洞房昨夜停紅燭(동방작야정홍촉) : 洞房(동방) – 신방. 停 머무를 정. 정지된 상태로 머물다. 停紅燭(정홍촉) – 내내 촛불을 켜두다.

▶ 待曉堂前拜舅姑(대효당전배구고) : 待曉(대효) – 새벽이 되기를 기다리

다. 堂前(당전) - 시부모가 거처하는 안채. 舅姑(구고) - 시아버지와
시어머니[公婆].

▶ 妝罷低聲問夫婿(장파저성문부서) : 妝罷(장파) - 화장을 끝내다. 夫婿
(부서) - 남편, 장부.

▶ 畫眉深淺入時無(화미심천입시무) : 畫眉(화미) - 눈썹을 그리다. 深淺
(심천) - 진하기와 엷기. 入時無(입시무) - 유행에 맞는가? 안 맞는가?
입시는 유행에 맞다. 무(無)는 의문을 표시.

詩意

이 시는 신혼부부가 신혼 후 첫 문안을 올리는 일을 소재로 삼아서 과거시험
전에 유명인사에게 '저의 문재(文才)가 어떠한가요?'를 묻는 시이다. 이를
온권(溫卷)이라 하는데 이런 과정이 과거 시험에 영향을 끼쳤기에 당시는
빼놓을 수 없는 절차였다고 한다.

주경여가 자신을 화장 짙기를 묻는 신부에 비유했기에, 장적이 화답한
시도 여성적인 주제로 주경여의 문재를 인정한다는 뜻이었다. 곧, '越女新
妝出鏡心 自知明艶更沈吟 齊紈未足人間貴 一曲菱歌敵萬金'이라 하였다.
그 뜻은 1구에서 주경여의 출신과 뜻을 잘 알고 있다고 인정한 뒤에, 2구에
서는 시가 충분히 아름다우며 생각이 깊다고 칭찬하고 있다. 3구에서는
제(齊)에서 나오는 비단은 이제 귀하게 여기지 않는다면서 다른 사람의
시는 별로 인정할 만한 작품이 없다는 뜻을 말했다. 그리고 결구에서 보내온
시가 만금에 가깝다며 문재를 인정해 주었다.

이런 화답시가 알려지자 주경여의 문명(文名)도 크게 올랐다고 한다.

289. 將赴吳興登樂遊原 오흥에 부임하면서 낙유원에
오르다 ● 杜牧두목

清時有味是無能　閒愛孤雲靜愛僧

欲把一麾江海去　樂遊原上望昭陵

태평성대에 벼슬할 만하지만 무능하기에
한가로운 고운과 스님의 한정을 좋아한다.
깃발을 앞세우고 오흥으로 가면서
낙유원에 올라 소릉을 바라본다.

註釋

▶ <將赴吳興登樂遊原(장부오흥등낙유원)> : '오흥에 부임하면서 낙유원
에 오르다'. 吳興(오흥) – 지금의 절강성 호주시(湖州市)의 옛 이름.
樂遊原(낙유원) – 장안을 조망할 수 있는 곳. 이상은(李商隱)의 <등낙유
원(登樂遊原)> 참고. 두목은 당 선종(宣宗) 대중(大中) 4년(850) 48세 때
에 호주자사가 되었다.

▶ 淸時有味是無能(청시유미시무능) : 淸時(청시) – 승평지세(昇平之世),
태평한 시기. 有味(유미) – 세상은 살만한 것. 여기서는 벼슬은 할만하다.
無能(무능) – 두목 자신의 무능을 의미.

▶ 閒愛孤雲靜愛僧(한애고운정애승) : 靜愛僧(정애승) – 애승정(愛僧靜, 스
님의 한정을 좋아하다)의 도치.

▶ 欲把一麾江海去(욕파일휘강해거) : 麾 대장기 휘. 여기서는 관리 행차를 알리는 기. 江海去(강해거) - 오흥으로 가다. 오흥은 태호(太湖)의 남쪽이며 바다와 가깝다.

▶ 樂遊原上望昭陵(낙유원상망소릉) : 昭陵(소릉) - 정관의 치[貞觀之治]를 이룩한 태종(太宗, 재위 626-649)의 무덤.

🌸 詩意

두목은 내직인 사훈원외랑(司勳員外郎)에서 호주자사를 자청해서 외직으로 나갔다. 그가 왜 외직을 자청해서 강호로 갔는지에 대해서는 자세히 알 수가 없다. 아마도 정치적 불만이 있었을 것이다. 비록 그는 스스로 말한 '자신이 무능하고 한가한 것을 좋아해서(是無能 閒愛孤雲靜愛僧)'라는 표면적인 이유일 것이다. 두목이 '정관지치(貞觀之治)를 이룩한 최고의 황제'인 태종의 무덤을 바라본다는 뜻은 그러한 현군을 기다린다는 뜻이며, 이는 곧 당시의 '우이당쟁(牛李黨爭)'에 질렸다는 뜻을 포함하고 있다.

290. 赤壁 적벽 ● 杜牧두목

折戟沈沙鐵未銷 自將磨洗認前朝
절 극 침 사 철 미 소   자 장 마 세 인 전 조

東風不與周郎便 銅雀春深鎖二喬
동 풍 불 여 주 랑 편   동 작 춘 심 쇄 이 교

부러진 창이 모래에 묻혀 아직 녹슬지 않아
문지르고 씻어서 전대의 것이라 알았도다.
동풍이 주유周瑜의 편이 아니었더라면
늦은 봄 동작대에 이교二喬가 거기에 있었으리라.

註釋

▶ <赤壁(적벽)> : 적벽대전(한 헌제獻帝 건안建安 13년, 208)의 현장에서
역사적 감회에 시인의 상상을 보탠 영회시이다. 장강의 적벽(지금의 호북
적벽시 서북, 일설에는 지금의 가어嘉魚 동북)에서 있었던 이 전쟁은 중국
역사상 이소승다(以少勝多)의 유명한 전쟁의 하나이며 ≪삼국연의≫ 중
가장 정채로운 한 부분이다. 이 시는 대략 무종(武宗) 회창(會昌) 2년(842)
에 지은 시로 알려졌다. 당시 두목은 나이 40세로 적벽에 가까운 황주(黃
州, 지금의 호북성 황강시黃岡市)의 자사로 있었다.
▶ 折戟沈沙鐵未銷(절극침사철미소) : 折戟(절극) – 부러진 창. 沈沙(침사)

▌ 적벽의 옛 전장(戰場)

- 모래에 묻히다. 銷 녹일 소. 녹슬다.

▸ 自將磨洗認前朝(자장마세인전조) : 磨洗(마세) - 문지르고 씻어내다.
前朝(전조) - 한말(漢末).

▸ 東風不與周郞便(동풍불여주랑편) : 東風(동풍) - 제갈량이 겨울철에 동
풍을 불게 했다. 周郞(주랑) - 주유(周瑜).

▸ 銅雀春深鎖二喬(동작춘심쇄이교) : 銅雀(동작) - 동작대. 조조가 지금의
하남성 임장현(臨漳縣)에 건립한 누각. 春深(춘심) - 무르익은 봄. 二喬
(이교) - 교현(橋玄, 109-183)의 두 딸인 대교(大喬)와 소교(小喬). 모두
국색(國色)으로 각각 손책(孫策)과 주유의 아내가 되었다. 교(喬)는 橋
(교)로 써야 맞다. 교현은 후한의 재상급 관료였으며 조조의 능력을 인정
한 사람이었다. 《삼국연의》에서는 제갈량이 '조조가 이교(二橋)를 곁에
두고 만년을 보내고 싶어 한다'고 교묘히 꾸며대어 주유를 격분케 하여
유비 - 손권의 연합전선을 형성하는 것으로 되어 있다. 이 구절은 '조조가
만약 적벽에서 주유에게 패하지 않았다면, 그 두 미인을 취하여 동작대에
살게 했을 것'이라는 뜻이다.

🌸 詩意

1, 2구는 두목의 직접 경험이다. 두 구절은 다음의 의논을 이끌어 내는 역할
을 한다.
3, 4구는 그때까지 전해오는 이야기를 시에 삽입한 것이다. 병법과 음률에
두루 통했던 주유라고 하지만 승리의 요인은 동풍이며, 적벽에서 패했더라
면 나라와 집안이 모두 망했을 것이라는 의논을 전개하고 있다. 거기에는
우연이나 요행이 사람이나 나라의 흥망을 바꿀 수 있다는 뜻이 들어있다.
사직을 걱정해야 할 대신이 아내를 뺏기지 않으려 참전하고 분전한 것이
옳은 것이냐? 요행히 제갈량의 동풍 때문에 이기기는 했지만 주유의 태도
는 옳지 않았다는 주장이다. 역사적인 사건을 계기로 인간적인 삶을 되돌아
보게 하는 시인의 능력이 돋보이는 시이다.

291. 泊秦淮 _{박진회} 진회하에 배를 대다　　● 杜牧두목

煙籠寒水月籠沙　　夜泊秦淮近酒家
_{연 농 한 수 월 농 사}　　_{야 박 진 회 근 주 가}

商女不知亡國恨　　隔江猶唱後庭花
_{상 녀 부 지 망 국 한}　　_{격 강 유 창 후 정 화}

안개는 찬 강물을, 달빛은 모래밭을 감쌌는데
밤에 술집 가까운 진회하에 배를 대었다.
노래하는 여인은 망국의 한도 모른 채
강 건너에서 아직도 후정화를 부른다.

🌸 註釋

▶ <泊秦淮(박진회)> : '진회하에 배를 대다'. 秦淮(진회) – 진회하(秦淮河).
　장강 하류의 한 지류로 강소성 서남부에서 발원하여 11km에 달하는 하천
　인데 남경 시내를 관통하고 있다. 특히 남경성 안의 진회하는 '십리진회'
　라 하여 성내에서도 가장 번화한 상업거리를 형성하고 있었다. 이백의
　<장간행(長干行)>에 보이는 장간리, 그리고 유우석의 <오의항(烏衣
　巷)>에 등장하는 '왕사(王謝)의 집'들이 모두 '십리진회'를 끼고 있다.

▶ 煙籠寒水月籠沙(연농한수월농사) : 籠 대그릇 롱. 덮어 씌우다. 안개는
　찬 강물을, 달빛은 모래사장을 비추고 있다는 뜻.

▶ 夜泊秦淮近酒家(야박진회근주가) : 近酒家(근주가) – 주가에 가깝다. 진
　회하는 금릉의 상가이면서 환락가였다고 한다.

▶ 商女不知亡國恨(상녀부지망국한) : 商女(상녀) – 매창(賣唱)하는 가녀

(歌女). 亡國恨(망국한) – 남조 진(陳, 557-589년 존속)이 멸망하는 과정.
▶隔江猶唱後庭花(격강유창후정화) : 隔江(격강) – 강을 사이에 두고 시인
이 배를 댄 곳의 건너편. 猶唱(유창) – 지금에도 불린다는 뜻. 後庭花(후
정화) – 옥수후정화(玉樹後庭花). 진 후주(陳後主) 진숙보(陳叔寶, 재위
582-589)가 작곡하고 즐겨 불렀다는 퇴폐적인 노래.

🌸 詩意

남조의 진(陳, 개국자 진패선陳霸先의 성씨를 국호로 사용한 유일한 나라)
은 수(隋)나라에 의해 589년에 망했다. 멸망 당시 군주인 진 후주는 뻔뻔하
고도 무책임한 무능한 군주의 대명사로 통한다. 진 후주가 만들고 즐겼다는
<옥수후정화>는 '고운 여인의 뺨은 이슬 머금은 꽃이고(妖姬臉似花含露),
계수나무 밝은 빛은 뒤뜰을 비치고 있네(玉樹流光照後庭)'의 뜻으로 낭만
적이나 퇴폐적이다. 그래서 '망국지음'이라 하지만 당대에도 불렸던 인기가
요였다.
가자(歌者)는 무심하지만 청자(聽者)는 감개를 느낀다 하였으니 이러한 내
력을 잘 알고 있는 두목은 만당(晚唐)의 일락(逸樂)을 좋아하는 풍조에서
망국의 기미를 예감했는지도 모른다.

292. 寄揚州韓綽判官 양주의 판관인 한작에게 주다

● 杜牧두목

靑山隱隱水迢迢　秋盡江南草未凋

二十四橋明月夜　玉人何處敎吹簫

청산은 아득히 멀고 강물은 끝을 모르는데
가을이 짙으나 강남엔 아직 잎이 푸르리라.
이십사 다리 위에 달이 밝은 이 밤
그대는 어디서 미인에게 퉁소를 불게 시키는가?

註釋

▶ <寄揚州韓綽判官(기양주한작판관)> : '양주의 판관인 한작에게 주다'. 韓綽(한작) – 생평 미상. 綽 너그러울 작. 判官(판관) – 절도사 또는 관찰사의 막료.

▶ 靑山隱隱水迢迢(청산은은수초초) : 隱隱(은은) – 멀리 있어 흐릿하여 또렷하지 않은 모양. 迢 멀 초. 迢迢(초초) – 요원한 모양.

▶ 秋盡江南草未凋(추진강남초미조) : 秋盡(추진) – 늦가을. 凋 시들 조. 조락하다.

▶ 二十四橋明月夜(이십사교명월야) : 二十四橋(이십사교) – 양주는 24개의 다리가 있는 도시였다. 오가전교(吳家塼橋, 홍락교紅樂橋)라는 다리에서 24명의 미녀가 퉁소를 불었다는 이야기도 있다.

▶玉人何處敎吹簫(옥인하처교취소) : 玉人(옥인) - 미인. 남녀 모두에게 쓸 수·있다. 敎吹簫(교취소) - 퉁소를 불게 시키다. 어디에서 풍류를 즐기고 있느냐고 물었다.

🌸 詩意

이 시는 두목이 양주의 회남절도사 막부에서 근무하다가 장안으로 귀임한 뒤 전의 동료였던 한작에게 문종 대화(大和) 9년(835)에 보낸 시로 알려졌다.

1, 2구에서 강남 지역 양주의 산수와 계절을 묘사하여 전임지에 대한 추억을 새롭게 한 뒤에, 3, 4구에서는 우인과의 추억을 회상하며 지금도 어디선가 풍류를 즐길 것이라 하였다. 두 사람간의 깊은 우정, 그리고 절제된 문자와 시상으로 만당시의 수작으로 꼽히는 시이다.

293. 遣懷 심회를 풀다　● 杜牧두목

落魄江湖戴酒行　楚腰纖細掌中輕

十年一覺揚州夢　贏得靑樓薄倖名

실의 속에 강남 땅에 술을 싣고 다니며
초楚의 가는 허리 여인과 무희들 함께 놀았다.

십년 양주 땅의 꿈같은 놀이에서 깨어나니
얻은 것은 청루에서 박정하단 이름뿐이더라.

註釋

▶ <遺懷(견회)> : '심회를 풀다'. 흉중의 답답함을 풀어버리다. 젊은 날의
유락(遊樂)을 후회하는 뜻을 담고 있다.

▶ 落魄江湖載酒行(낙백강호대주행) : 魄 넋 백, 찌꺼기 박, 영락할 탁. 落魄
(낙백) – 영락하고 실의한 모양. '낙탁'으로 읽으면 영락하다는 뜻과 함께
'호방하여 사물에 얽매임이 없다'는 뜻도 있다. 江湖(강호) – 삼강오호(三
江五湖), 즉 전 중국을 의미하는 말이나 여기서는 장강이나 동정호 일대
즉 강남 지역. 이 지역에서도 양주는 대운하의 교차지점으로 교통과 물류
의 중심이었고 동시에 유흥의 중심지였다. 載酒行(대주행) – 술을 싣고
다니다.

▶ 楚腰纖細掌中輕(초요섬세장중경) : 양주의 기녀에 대해 묘사한 구이다.
楚腰(초요) – 초 여인의 허리, 허리가 보들보들한 여인. 纖 가늘 섬.
纖細(섬세) – 가늘고 연약한. 초 영왕(靈王)이 허리 가는 미인을 좋아하자
나라 안 여인들에 굶는 여인이 많았다(楚靈王好細腰 而國中多餓人). 掌
中輕(장중경) – 손바닥에 올라갈 수 있도록 가볍다. 조비연(趙飛燕)의
고사.

▶ 十年一覺揚州夢(십년일각양주몽) : 十年(십년) – 두목은 강서관찰사의
막료와 회남절도사 우승유(牛僧儒)의 막료로 9년간 강남 일대에서 근무
했다. 이 시기에 젊은 두목은 시가와 음주, 향락의 생활을 보냈다. 이를
'남가일몽(南柯一夢)'처럼 '양주몽'이라 하였다.

▶ 贏得靑樓薄倖名(영득청루박행명) : 贏 남을 영. 벌다, 이기다. 贏得(영득)
– 결국 남은 것은. 靑樓(청루) – 원래는 고귀한 사람이 사는 누각. 기관(妓
館), 술집. 薄 엷을 박. 가까워지다. 倖 요행 행. 薄倖名(박행명) – 박정하
다는 이름.

詩意

두목은 명문가의 풍류남아였다. 1, 2구에서는 젊은 30대 시절의 주색의 탐닉을 서술했다. 그 시절은 낙백(落魄)하여 술통을 싣고 다녔다 했으니 호주하면서 회재불우(懷才不遇)라는 생각만으로 원대한 포부를 잊었고, 초요(楚腰)와 장중경(掌中輕)이 두목의 관심사였던 시절이라는 뜻이다.

3, 4구는 십년의 꿈에서 일각(一覺)하니 청루의 즐거움은 모두 꿈이었다고 하였다. 자유롭고 방탕했던 것이 호탕한 것처럼 생각되었지만 지금은 후회라는 자기반성을 남겼다.

꿈속의 꿈은 본래 꿈이 아니지만(夢中有夢原非夢) 인생은 꿈과 같고(人生如夢) 꿈과 같은 것이 인생이다(夢如人生). 인생의 한살이는(人生一世) 한 바탕의 큰 꿈이다(大夢一場).

294. 秋夕 가을밤 ● 杜牧두목

銀燭秋光冷畵屛　　輕羅小扇撲流螢

天階夜色凉如水　　坐看牽牛織女星

가을 은촛대 불빛이 그림 병풍에 차갑고
얇은 비단 작은 부채로 반딧불이를 쫓는다.
노천 계단의 야경이 물처럼 차가운데
앉아 견우와 직녀성을 바라본다.

註釋

▶ <秋夕(추석)> : '가을밤'. 명절 이름이 아니다. '칠석(七夕)'으로 된 책도 있다. 궁중의 애원(哀怨)을 읊었다고 풀이하는데 꼭 그런 것은 아닐 거라는 생각이 든다. 왕건(王建)의 시라고 하는 사람도 있다.

▶ 銀燭秋光冷畫屛(은촉추광냉화병) : 銀燭(은촉) - 백랍의 촛불. 冷 찰랭. 차갑게 하다. 畫屛(화병) - 그림 병풍.

▶ 輕羅小扇撲流螢(경라소선박류형) : 輕羅小扇(경라소선) - 가벼운 비단으로 만든 작은 부채. 撲 칠 박. 때리다, 쫓다. 螢 개똥벌레 형.

▶ 天階夜色涼如水(천계야색양여수) : 天階(천계) - 노천의 계단. 천가(天街, 도성의 거리)로 된 책도 있다. 涼 서늘할 량.

▶ 坐看牽牛織女星(좌간견우직녀성) : 坐看(좌간) - 와간(臥看)으로 된 책도 있다. 牽 당길 견. 織 짝 직. 직물.

詩意

가을밤의 풍경을 묘사한 한 폭의 그림과도 같다. 왕유의 시가 '시중유화 화중유시(詩中有畫 畫中有詩)'라고 하는데, 두목의 시도 그럴 만한 특색을 보여주고 있다. 언사가 깨끗하고 묘사된 정경이 선명하며 상쾌한 리듬감이 있기에 고요한 정물이 아니라 동화(動畫)를 보는 것 같다.

은촛대를 켰다고, 또 그림 병풍이 있다 하여 꼭 궁중은 아닐 것이며, 비단 부채를 들고 반딧불이를 쫓는 소녀인지도 모른다. 견우직녀를 바라본다고 해서 한을 품은 궁인이라고 생각한다면 그 또한 지나치지 않을까? 견우직녀는 처녀총각 누구나 바라보는 별이다.

295. <ruby>贈別<rt>증별</rt></ruby> <ruby>二首<rt>이 수</rt></ruby> (一) 헤어지면서 주다　● 杜牧두목

<ruby>娉娉嫋嫋十三餘<rt>빙 빙 뇨 뇨 십 삼 여</rt></ruby>　<ruby>豆蔲梢頭二月初<rt>두 구 초 두 이 월 초</rt></ruby>

<ruby>春風十里揚州路<rt>춘 풍 십 리 양 주 로</rt></ruby>　<ruby>捲上珠簾總不如<rt>권 상 주 렴 총 불 여</rt></ruby>

예쁘게 하늘거리는 이제 열세 살 남짓
이월 초 솟아나는 육두구 봉오리와 같구나!
봄바람이 부는 양주의 십리 길에
주렴을 걷고 내다보는 모두가 너만 못하구나!

註釋

▶ <贈別(증별)> : '헤어지면서 주다.' 이별에 임하여 주는 시. 송별과 동의
어로 쓰인다. 남은 사람에게 주는 시는 '유별(留別)'이라고 한다. 이 시는
내용으로 보면 틀림없는 '유별'이다.

▶ 娉娉嫋嫋十三餘(빙빙뇨뇨십삼여) : 娉 예쁠 빙. 嫋 예쁠 뇨. 嫋嫋(요뇨)
– 가늘게 하늘거리는 모양. 娉娉嫋嫋(빙빙뇨뇨) – 예쁜 여인의 아름다운
자태.

▶ 豆蔲梢頭二月初(두구초두이월초) : 蔲 풀이름 구. 豆蔲(두구) – 육두구.
초여름에 담황색 꽃을 피우는데 열매는 한약재로 쓰는 풀. 열서너 살
어린 처녀의 나이를 두구연화(豆蔲年華)라고 한다. 梢 나무 끝 초. 二月
初(이월초) – 2월 초는 육두구의 꽃봉오리가 맺는 시기이다.

▶ 春風十里揚州路(춘풍십리양주로) : 봄바람이 부는 십리 길 양주의 길,

양주의 어디를 가든.

▶捲上珠簾總不如(권상주렴총불여) : 捲 감아 말 권. 주렴을 걷어 올리고
행인을 내다보는 기녀들. 總不如(총불여) - 모두가 (너만) 못하다.

🌑 詩意

어린 미인과 헤어지면서 주는 시이다. 미모에 대한 칭찬과 별리의 아픔이
가슴에 와닿는다. 열세 살 어린 미인에게 푹 빠진 시인의 모습이 약간 퇴폐
적이라는 생각도 들지만 미인에게 쏠리는 마음을 어이하겠는가?

296. 贈^증別^별 二首^{이 수}(二) 헤어지면서 주다 ● 杜牧두목

多^다情^정卻^각似^사總^총無^무情^정 唯^유覺^각尊^준前^전笑^소不^불成^성

蠟^납燭^촉有^유心^심還^환惜^석別^별 替^체人^인垂^수淚^루到^도天^천明^명

다정이 되레 전혀 정이 없는 것 같나니
이별의 잔 앞에선 웃지도 못할 것 같구나.
촛불도 유심하여 이별이 서러운 양
사람 대신 날 새도록 눈물 흘린다.

▶ <贈別(증별)> : 어린 연인에 대한 깊은 사랑을 정감있게 표현했다. 상당히 심각하게 이별을 아파하고 있다. 어린 여인에게 이토록 깊게 빠지는 사랑의 바탕은 무엇일까?

▶ 多情卻似總無情(다정각사총무정) : 卻 물리칠 각. 물러나다, 도리어, 오히려. 似 같을 사.

▶ 唯覺尊前笑不成(유각준전소불성) : 尊 높을 존, 술통 준. 樽(준)과 같음. 술잔. 笑不成(소불성) - 웃을 수도 없다, 웃음도 나오지 않는다.

▶ 蠟燭有心還惜別(납촉유심환석별) : 蠟燭(납촉) - 촛불.

▶ 替人垂淚到天明(체인수루도천명) : 替 쇠퇴할 체. 갈다, 바꾸다, 대신하다, ~을 위하여. 替人(체인) - 대리인, 나를 대신하여. 垂淚(수루) - 눈물을 흘리다, 촛농을 떨어트리다.

🏵 詩意

'다정은 병이 아니라 무정과 같을 것'이라는 말은 시인의 절절한 체험에서 나온 표현일 것이다. '각사(卻似)'와 다음의 '유각(唯覺)'은 느낌이 오긴 오는데 여기에 딱 맞는 우리말을 찾기가 어려웠다. 그렇다고 설명문처럼 옮길 수도 없는 것이다. 하여튼 시인은 엄청난 축약을 보여주고 있다.

가는 사람도 남은 사람도 웃으며 가고 웃으며 보내는 것이 마음대로 안되는 것이다. 왜? 그것은 수구(首句)의 다정 때문이다. 촛불의 눈물은 흔히 이별의 대역으로 곧잘 인용되기에 진부한 표현 같다.

그런데 이 시가 835년에 33세의 두목이 '십삼여(十三餘)'의 어린 연인에게 주는 이별의 시라는 것을 고려한다면, 그 진부한 표현이 진실로 다가오는 것 같은 느낌이 온다. 시가 주는 감동은 문자보다 더 진하게 밀려올 때가 있다.

297. 金谷園 <small>금곡원</small>　● 杜牧<small>두목</small>

繁華事散逐香塵　流水無情草自春
日暮東風怨啼鳥　落花猶似墜樓人

번화했던 지난날 향가루처럼 흩어졌고
유수는 무정하고 봄풀은 절로 푸르다.
해질녘 동풍에 새들은 슬피 울고
지는 꽃잎은 누각에서 떨어지는 사람 같도다.

🌸 註釋

▶ <金谷園(금곡원)> : 금곡원은 서진의 부호 석숭(石崇, 249-300)의 별장
으로 옛 터는 지금의 하남성 낙양 서북이라고 한다. 이곳에서 석숭이
사랑하는 여인 장녹주(張綠珠)가 누각에서 몸을 던져 자결했고, 석숭도
죄에 얽혀 처형된다. 당대에 그 황폐한 유적이 남아 있어 풍경을 보고
동정이 가서 두목이 시로 읊었다. 076 왕유의 칠고악부 <낙양여아행(洛
陽女兒行)>의 참고 사항을 볼 것.

▶ 繁華事散逐香塵(번화사산축향진) : 繁華事(번화사) - 번화했던 석숭의
생애. 香塵(향진) - 향나무의 고운 가루.

▶ 流水無情草自春(유수무정초자춘) : 自春(자춘) - 절로 푸르다.

▶ 日暮東風怨啼鳥(일모동풍원제조) : 怨啼鳥(원제조) - 새가 슬피 울다.

▶ 落花猶似墜樓人(낙화유사추루인) : 墜 떨어질 추. 墜樓人(추루인) - 누

각에서 떨어지는 사람. 부자 석숭의 애첩인 장녹주는 석숭에게 절의를 지켜 '당효사어군전(當效死於君前)'이라 말하고 누각에서 뛰어내려 죽었다.

詩意

1, 2구는 석숭의 생애를 요약하고, 황폐한 금곡원의 모습을 묘사했다. 석숭의 발재(發財)와 치부, 사치, 환락이 모두 한바탕의 꿈이지만 가장 큰 비극은 미인 장녹주의 죽음이었다. 석숭이 돈을 번 것도 권력에 붙었기에 가능했고, 또 그 파멸도 결국은 권력의 힘에 당했다.

예로부터 가난뱅이는 부자와 싸우지 말고(窮不與富鬪), 부자는 관리와 다투지 말라(富不與官鬪)고 하였다. 물론 돈이 있으면 나쁜 놈도 상석에 앉고(有錢的王八坐上座), 손에 권력을 쥐고 있으면 신선도 세배하러 온다(手中有權 神仙來拜年)고 하였다.

귀신을 부릴 수 있는 것은 돈이고(可以使鬼者 錢也), 사람을 부릴 수 있는 것은 권력(可以使人者 權也)이라 하였다. 아무리 부자라도 사람일 뿐이니 금력(金力)은 권력의 상대가 되지 않는다. 중국인들은 이를 잘 알고 있다.

298. <ruby>夜<rt>야</rt></ruby><ruby>雨<rt>우</rt></ruby><ruby>寄<rt>기</rt></ruby><ruby>北<rt>북</rt></ruby> 밤비 오는데 북쪽에 보내다

● 李商隱이상은

<ruby>君<rt>군</rt></ruby><ruby>問<rt>문</rt></ruby><ruby>歸<rt>귀</rt></ruby><ruby>期<rt>기</rt></ruby><ruby>未<rt>미</rt></ruby><ruby>有<rt>유</rt></ruby><ruby>期<rt>기</rt></ruby>　　<ruby>巴<rt>파</rt></ruby><ruby>山<rt>산</rt></ruby><ruby>夜<rt>야</rt></ruby><ruby>雨<rt>우</rt></ruby><ruby>漲<rt>창</rt></ruby><ruby>秋<rt>추</rt></ruby><ruby>池<rt>지</rt></ruby>

<ruby>何<rt>하</rt></ruby><ruby>當<rt>당</rt></ruby><ruby>共<rt>공</rt></ruby><ruby>剪<rt>전</rt></ruby><ruby>西<rt>서</rt></ruby><ruby>窗<rt>창</rt></ruby><ruby>燭<rt>촉</rt></ruby>　　<ruby>郤<rt>각</rt></ruby><ruby>話<rt>화</rt></ruby><ruby>巴<rt>파</rt></ruby><ruby>山<rt>산</rt></ruby><ruby>夜<rt>야</rt></ruby><ruby>雨<rt>우</rt></ruby><ruby>時<rt>시</rt></ruby>

그대 돌아올 날 묻지만 기약할 수 없고
파산의 밤비에 가을물이 연못에 넘친다오.
언제 함께 서창에서 촛불의 심지를 자르며
파산에 밤비 오던 날을 이야기할는지요?

註釋

▶ <夜雨寄北(야우기북)> : '밤비 오는데 북쪽에 보내다'. 고증에 의하면 선종(宣宗) 대중(大中) 5년(851)에 이상은의 처 왕씨가 죽고, 이상은은 동천(東川)절도사(지금의 사천성 동부와 중경시 일부 지역 관할) 유중영(柳仲郢)의 막료가 되어 재주(梓州, 지금의 사천성 삼태현三台縣, 동천절도사의 소재지)로 들어간다. 따라서 이 시는 우인에게 보낸 시로 알려졌다. 제목이 '야우기내(夜雨寄內)'라고 되어 있는 책도 있어 아내에게 보내는 시로 읽혀지기도 한다.

▶ 君問歸期未有期(군문귀기미유기) : 歸期(귀기) - 돌아올 날짜. 未有期(미유기) - 기약할 수 없다, 정해진 기일이 없다.

▶ 巴山夜雨漲秋池(파산야우창추지) : 巴山(파산) - 중국 서남부의 주된 산

맥. 파령(巴嶺)이라고도 한다. 시인이 있는 파촉(巴蜀)의 동천 일대. 곧 사천성 동남부의 산악지대를 말한다. 성도(成都) 일대를 촉, 중경(重慶) 일대를 파라고도 한다. 漲 물불을 창. 물이 불어 넘치다. 漲秋池(창추지) – 물이 많이 불은 가을의 연못.

▶ 何當共剪西窗燭(하당공전서창촉) : 何當(하당) – 하시(何時), 언제. 剪 자를 전. 가위. 타버린 심지를 잘라내야 촛불이 밝아진다.

▶ 卻話巴山夜雨時(각화파산야우시) : 卻話(각화) – 회고하다, 돌아보다, 다시 이야기하다.

🌸 詩意

시는 그리움이다. 그리움이 없다면 누가 다른 사람에게 시를 보내겠는가? 죽은 아내가 그리워 마치 편지를 쓰듯 시를 보낼 수 있다. 이는 순수한 그리움일 것이다.

첫 구절은 받을 사람을 말했다. 2구는 쓸쓸함이고, 3구는 그리움이며, 4구는 희망사항이다. 시인은 그런 날이 오기를 기다리는데 이것도 그리움의 표현 방법이다.

이 시를 부부간의 그리움을 그렸다고 생각하면 느낌은 더욱 애절하다. 첫 구절은 언제 돌아올 것인가를 물었고, 기약할 수 없다 하였다. 지나간 일 – 과거 시제이다. 그런데 승구(承句)는 지금 현재의 묘사이다. 지금 밤비 속에서 그리워하고 있다. 전구(轉句)는 시인의 희망이니 미래의 그날을 기다린다. 그리고 마지막 구절은 절묘하다. 분명 미래의 희망을 그렸지만 '파산야우(巴山夜雨)'의 지금을 추억으로 만들었다. '각(卻)' – 이 글자 하나는 여의봉처럼 주인공을 현실(비오는 이 밤) – 미래(말하는 그날에) – 과거(비가 오는 지난날)로 돌리는 역할을 했다.

석유 등잔불을 경험한 사람이기에 말할 수 있지만, 촛불은 매우 낭만적이고 분위기를 돋운다. 형광등하고는 분위기가 다르다. 밤비가 오기에 모두가 그립다.

'파산야우' – 매우 낭만적이고 시적이다. 짧은 절구에 두 번이나 나오는

'파산야우'는 궁벽한 산속에 내리는 밤비를 강조한 것이리라. 이는 중국에서 방영된 드라마의 제목이기도 하다. '파산야우'하면 누구나 이상은을 그리고, 이상은의 사랑을 떠올린다. 그리움은 참 애절한 감정이다.

299. 寄令狐郎中 낭중 영호도에게 보내다

● 李商隱이상은

嵩雲秦樹久離居　雙鯉迢迢一紙書

休問梁園舊賓客　茂陵秋雨病相如

숭산의 구름은 장안의 나무를 오래 떠나 있는데
쌍리雙鯉가 먼먼 곳에서 편지를 가져왔군요.
양원梁園의 옛 손님에 대해서는 묻지 마시고
무릉의 가을비에 사마상여는 병들었답니다.

註釋

▶ <寄令狐郎中(기영호낭중)> : '낭중 영호도에게 보내다'. 令狐(영호) - 복성(複姓). 여기서는 영호도(令狐綯, 새끼 꼴 도). 영호도는 재상 영호초(令狐楚)의 아들. 문종 대화(大和) 4년(830)에 진사가 된 이후 순차적으로 승진하여 선종(宣宗) 대중(大中) 4년(850)에 재상이 되어 대중 13년까지

10년간 그 자리를 누렸다. 매우 소심하면서도 서두르지 않고 오직 명령만 따랐기에 10년 재상을 할 수 있었다고 한다. 이상은은 16세 때 영호초의 인정을 받아 관직에 들어섰고, 아들 영호도와 같이 자랐던 친한 친구였다. 그러나 영호초가 죽은 뒤, 이상은은 이상하게도 영호초의 정치적 라이벌이었던 이덕유(李德裕) 당인(黨人)인 왕무원(王茂元)의 사위가 되어 영호도 쪽(우승유牛僧儒 당인)으로부터 따돌림을 당한다. 영호도가 재상으로 있는 동안 이상은의 불운은 계속되었다. 郎中(낭중) - 관직명. 품등(品等)은 정5품으로, 각 부처의 서무를 처리하는 중간 간부. 낭중을 돕는 자리가 종5품의 원외랑이다. 이 당시 영호도는 상서성의 관리를 감독하는 고공낭중이었다.

▸ 嵩雲秦樹久離居(숭운진수구이거) : 嵩雲(숭운) - 숭산(嵩山, 오악 중 중악中嶽)의 구름. 여기서는 낙양을 지칭한다. 秦樹(진수) - 관중 땅의 나무. 관중 곧 장안.

▸ 雙鯉迢迢一紙書(쌍리초초일지서) : 雙鯉(쌍리) - 두 마리의 잉어. 잉어 뱃속에 편지가 들어 있었다는 고사가 있어 잉어는 서신(書信, 편지)이라는 뜻으로 쓰인다. 이상은은 무종 회창(會昌) 연간에 모친상을 당한 뒤 낙양에서 쉬고 있었는데 영호도가 서신을 보내왔다. 이 무렵 두 사람의 관계가 약간 회복된 때였다고 한다. 이후 이상은은 영호도에게 자신의 어려움을 말하는 편지를 많이 보냈고 약간의 도움을 받았지만 일시적 그저 체면치레 정도였다고 한다. 迢迢(초초) - 먼 데서, 아득한 모양.

▸ 休問梁園舊賓客(휴문양원구빈객) : 休問(휴문) - 묻지 말라. 梁園(양원) - 전한 양 효왕(梁孝王)의 정원. 舊賓客(구빈객) - 옛 손님. 양원에서 여러 빈객을 초청하여 잔치를 할 때 사마상여(司馬相如, 기원전 179-117) 도 그 자리에 참가해 <자허부(子虛賦)>를 지었다. 여기서는 사마상여에 비유한 이상은을 뜻한다.

▸ 茂陵秋雨病相如(무릉추우병상여) : 茂陵(무릉) - 사마상여의 문재를 인정하고 등용한 한 무제의 능. 사마상여는 병 때문에 무릉 근처에서 살았다. 지금 이상은은 낙양에서 영호도의 도움을 바라고 있다.

이상은의 시에 전고(典故)가 많아 읽고 이해하기 어려운 것은 이미 잘 알려진 사실이다. 전고에 대한 설명이 없으면 전고를 이해할 수 없다. 말하자면 남의 시를 이해하려면 독서를 많이 하여 시인과 비슷한 정도의 상식이나 지식을 갖고 있어야 한다. 이러한 시의 번역 역시 그러하다. 좋은 시를 쓰려면 많이 읽고, 많이 생각하고, 많이 지어보아야 한다. 일찍이 두보도 같은 말을 하였다. '만 권을 독파했다면, 붓을 들면 신이 돕는 것 같다(讀書破萬卷下筆如有神)' - 만 권의 독서는 그만큼 중요한 것이다.

1구는 낙양 근처 숭산과 영호도가 있는 장안이 멀리 떨어져 있음을 먼저 상기시켰다. 2구에서는 보내준 편지에 감사한다는 뜻이며, 3구는 사마상여의 고사로 자신에게 관심을 가져달라고 당부하고, 4구에서는 자신이 지금 어렵다는 뜻을 표명하였다.

300. 爲有 갖고 있기에　● 李商隱이상은

爲有雲屛無限嬌　鳳城寒盡怕春宵

無端嫁得金龜壻　辜負香衾事早朝

운모 병풍이 있어 무한 어여쁜 여인은
장안에 겨울이 가자 봄밤을 싫어한다.

공연히 비단 거북 찬 남편에게 시집왔더니
포근한 이불 차내고 새벽 조회에 나간다네.

🌸 註釋

▶ <爲有(위유)> : '갖고 있기에'. 시의 처음 두 글자를 제목으로 삼았다.
첫 구가 '운모 병풍이 있어서~'로 번역할 수 있다. 젊은 여인의 행복한
푸념을 묘사하였다.

▶ 爲有雲屛無限嬌(위유운병무한교) : 雲屛(운병) - 운모(雲母) 병풍. 옛사
람들은 운모가 있는 곳에서 구름이 생겨난다고 믿었다. 운모는 흑운모,
백운모 등이 있는데 얇게 갈라지는 돌비늘 같은 광물로 절연 성능이 우수
하다. 嬌 아리따울 교. 규방의 여인.

▶ 鳳城寒盡怕春宵(봉성한진파춘소) : 鳳城(봉성) - 진(秦)의 도읍 함양. 여
기서는 장안. 寒盡(한진) - 추위가 가다. 春宵(춘소) - 봄밤. 봄밤은
짧다.

▶ 無端嫁得金龜婿(무단가득금구서) : 無端(무단) - 공연히. 嫁 시집갈 가.
시집오다. 金龜婿(금구서) - 금 거북을 갖고 다니는 남편. 3품 이상 고급
관리.

▶ 辜負香衾事早朝(고부향금사조조) : 辜 허물 고. 辜負(고부) - 저버리다.
香衾(향금) - 여인의 체취가 밴 이불. 事早朝(사조조) - 이른 아침 조회에
가다. 황제는 해가 뜨는 시각부터 정사를 돌보았다.

🌸 詩意

고급 벼슬아치의 어린 아내는 나라의 정사에 관심이 없다. 그저 화사한
방, 따뜻한 남편 품에 안겨 있기만을 바란다. 행복한 푸념이고 철모르는
넋두리겠지만 시의 소재는 될 수 있다.
첫 구절은 운모 병풍과 아리따운 여인을 말하고, 2구는 늦잠을 자고 싶은
봄날을, 3구는 원망 아닌 원망을, 4구는 별것 아닌 푸념이다.

한마디로 어천의심(語淺意深)한 시이다. 언외의 풍자가 있다. 왕창령이
<규원(閨怨)>에서 '남편에게 벼슬길 찾아 나서게 한 것을 후회한다(悔敎夫
壻覓封侯)'고 한 것과 같은 느낌이다.

301. 隋宮 수나라 궁전 ● 李商隱이상은

乘興南遊不戒嚴　九重誰省諫書函

春風擧國裁宮錦　半作障泥半作帆

기분대로 남쪽을 유람하며 기강은 무너졌으니
조정의 어느 누가 간쟁의 글을 읽어보겠는가?
봄철 온 나라에 궁중에서 쓸 비단을 짜게 하니
반은 안장의 흙 가리개, 절반은 돛을 만들었다.

註釋

▶ <隋宮(수궁)> : '수나라 궁전'. 이상은의 정치 풍자시로 명작이라 할
수 있다. 수 양제(隋煬帝, 재위 605-617)의 황음망국(荒淫亡國)은 뜻있는
시인과 지사들에게 좋은 소재를 제공해 주고 있다. 이상은의 칠율 211
<수궁(隋宮)> 참고.

▶ 乘興南遊不戒嚴(승흥남유불계엄) : 乘興(승흥) - 일시적인 기분에 따라.

南遊(남유) - 남쪽을 유람하다. 양제는 대운하를 완성한 뒤 거대한 용주(龍舟) 선단을 이끌고 당시 강도(江都)에 유람하였다. 不戒嚴(불계엄) - 신변 경호를 엄히 하지 않았다는 뜻이 아니다. 정치 기강이 없었다는 의미.

▶ 九重誰省諫書函(구중수성간서함) : 九重(구중) - 구중궁궐, 조정. 省 살필 성. 諫書函(간서함) - 전국에서 올라오는 간쟁하는 글을 모아둔 곳.
▶ 春風舉國裁宮錦(춘풍거국재궁금) : 春風(춘풍) - 봄철. 농사철이다. 裁宮錦(재궁금) - 궁중용 비단을 짜다.
▶ 半作障泥半作帆(반작장니반작범) : 障泥(장니) - 말 양쪽 엉덩이에 대는 진흙 가리개. 경주 천마총에서 나온 천마도는 자작나무 장니에 그려진 말 그림이다. 帆 돛 범.

🌸 詩意

수 양제는 용주(龍舟)를 타고 강도에 유람했다. 고물과 이물이 이어졌고 대제(大隄)에서 회구(淮口)까지 이어져 끊어지지 않았다. 비단 돛배가 지나는 부근에는 향기가 10리에까지 풍겼다. 전국에서 바친 궁중의 비단을 절반은 재단해서 진흙막이에 쓰고, 절반은 재단해서 비단 돛을 만들었다.

양제는 선정을 베푼 개국군주인 아버지 문제(文帝) 양견(楊堅)을 죽이고 제위에 올랐다. 권력을 탐해 아버지를 죽인 그런 불효자였기에 자신만 망한 것이 아니라 나라를 잃었다. 물론 고구려 원정이나 학정에 동원되었다가 죽은 백성의 원한은 누가 어떻게 보답해야 하는가?

모든 선 중에서도 효도가 첫째이며(百善孝當先), 효도하는 사람은 틀림없이 착한 마음씨가 있기에(孝順之人 必有善心), 충신은 반드시 효자 가문에서 찾는(求忠臣必於孝子之門) 것이다.

302. 瑤池 _{요 지} 곤륜산의 연못　● 李商隱이상은

瑤池阿母綺窗開　黃竹歌聲動地哀
_{요 지 아 모 기 창 개　황 죽 가 성 동 지 애}

八駿日行三萬里　穆王何事不重來
_{팔 준 일 행 삼 만 리　목 왕 하 사 부 중 래}

요지에서 서왕모가 비단 창문을 열자
황죽가의 노래가 구슬피 천지를 흔들었다.
팔준마는 하루에 3만 리를 달려간다는데
목왕은 무슨 일로 다시 오지 못하는가?

註釋

▶ <瑤池(요지)> : '곤륜산의 연못'. 瑤池(요지) - 신화나 전설에 나오는 곤륜산 위에 있다는 연못. 선경(仙境)의 상징. 옛날 주 목왕(周穆王)이 요지에서 서왕모(西王母)를 만났다고 한다. 서왕모는 고대 전설에 나오는 한(漢) 민족의 어머니로 곤륜산 요지 일대에 살았고, 또 불사약을 가지고 있었다.

▶ 瑤池阿母綺窗開(요지아모기창개) : 阿母(아모) - 서왕모에 대한 애칭. 아(阿)는 접두사로 항렬이나 성씨 앞에 붙여 친근감을 나타낸다. 綺 비단 기.

▶ 黃竹歌聲動地哀(황죽가성동지애) : 黃竹歌(황죽가) - 목천자(穆天子)가 지은 노래. 목천자가 곤륜산에서 돌아오는 길에 황죽이라는 곳에서 한풍(寒風)과 대설(大雪)을 만났으며, 그때의 고초를 시 3장으로 읊었다고

한다.

▶ 八駿日行三萬里(팔준일행삼만리) : 八駿(팔준) - 여덟 마리의 준마. 주
목왕이 팔준을 타고 천하를 순행했다.

▶ 穆王何事不重來(목왕하사부중래) : 穆王(목왕) - 기원전 10세기경의 천
자로 생몰 연대는 알 수 없다. 주 소왕(周昭王)의 아들로 제6대 천자였으
며, 50세에 등극하여 약 55년간 다스렸다. 전설적인 소설 ≪목천자전(穆天
子傳)≫이 있다. 何事不重來(하사부중래) - 무슨 일이 있어 다시 오지
않는가?

🌸 詩意

이 시는 작자 불명으로 진대(晉代)에 알려진 ≪목천자전≫을 바탕으로 쓴
것이다. 이 시에는 굴절된 풍자가 숨어 있다.
 ① 서왕모와 목천자가 만나서 술을 마셨다는 선경을 오늘에는 볼 수 없다.
 ② 서왕모로부터 불사약을 받아먹었다는 목천자도 결국은 죽고 다시는
나타나지 못했다.

┃ 서왕모(西王母)와 물구나무하는 선인(仙人)

③ 인간이 바라는 불로장생이나 정치적 이상은 달성할 수 없다.

총체적으로 시인은 당시 유행한 불로장생의 신선술을 부정하고 있다. '목왕하사부중래(穆王何事不重來)'는 《목천자전》을 인용한 것이다. '서왕모가 그대는 죽지 않을 것이니 다시 오기를 바란다.(將子無死 尙能復來)'라고 했다. 이에 목천자는 '만백성을 고르게 잘 다스린 다음에 약 3년 후에는 다시 이곳에 오겠습니다.(萬民平均 吾比及三年 將復而野)'라고 대답하였다.

그런데 목천자가 다시 오지 못한 것은 크게 두 가지 이유에서이다. 하나는 불로장생을 하지 못했고, 또 하나는 천하 만민을 고르게 잘 다스리지 못했기 때문일 것이다. 결국 인간은 죽음을 면할 수 없고, 동시에 정치적 이상도 이루기 어려움을 아쉬워한 시이다.

303. 嫦娥 항아 　●　李商隱 이상은

雲母屛風燭影深　長河漸落曉星沈

嫦娥應悔偸靈藥　碧海靑天夜夜心

운모 병풍에 촛불 그림자가 진하고
은하가 점점 기울더니 샛별도 사라졌다.
항아는 불사약 훔친 것을 꼭 후회하리니
벽해와 청천에 밤마다 혼자인 마음!

▶ <嫦娥(항아)> : '항아(姮娥)'라고도 한다. 원래 활을 잘 쏘는 후예(后羿) 의 아내였으나, 후예가 서왕모로부터 받은 불사약을 훔쳐 먹고 달나라에 올라가 월정(月精)이 되었다고 전한다.

▶ 雲母屛風燭影深(운모병풍촉영심) : 雲母(운모) - 운모는 몸을 가볍게 하 는 효과가 있어 오래 복용하면 신선이 될 수 있다고 믿었다. 燭影深(촉영 심) - 촛불의 그림자가 진하다.

▶ 長河漸落曉星沈(장하점락효성침) : 長河(장하) - 은하수[天河]. 曉星沈 (효성침) - 샛별도 사라졌다.

▶ 嫦娥應悔偸靈藥(항아응회투영약) : 偸 훔칠 투. 靈藥(영약) - 불사약. 불사약을 훔쳐 마신 것을 후회하다.

▶ 碧海靑天夜夜心(벽해청천야야심) : 夜夜心(야야심) - 밤마다 마음은 편 치 않을 것이다.

詩意

제목도 그러하고 불사약을 훔쳐 먹었다는 등 월정(月精)인 항아를 읊은 시처럼 생각되는데, 끝까지 읽고 생각해도 달에 사는 항아를 읊은 것 같지는 않다.

이상은은 두보만큼이나 전고를 즐겨 썼으나 이상은의 전고는 두보가 쓴 전고보다 어렵고 이해하기도 더 힘들다. 이상은의 시는 아름답지만 떫은맛 이 많다. 이상은이 사용하는 전고는 그 전고가 갖는 일반적 뜻보다도 더 의미심장하며 더 고결한 경지를 추구하는 것 같다.

이 시의 경우 수구의 묘사는 2, 3, 4구와 동떨어져 있다. 이 시는 죽은 사람을 애도하는 뜻이 있는 것 같다. 그리고 불사약을 먹었다는 것은 도를 잘 닦아 불로장생의 경지만을 추구하는 도사, 여기서는 특히 여자 도사 - 도고(道 姑) - 의 외로운 생활을 풍자하는 뜻이 있는 것 같다. 불사약을 훔칠 수 있는 그런 재주를 갖고도, 혼자 외롭고 쓸쓸한 자신을 빗대어 말한 시 같기 도 하다. 하여튼 읽고 또 읽고 이리저리 생각해 보아야 하는 시이다.

304. 賈生 가의賈誼　● 李商隱이상은

宣室求賢訪逐臣　賈生才調更無倫

可憐夜半虛前席　不問蒼生問鬼神

문제는 구현求賢한다고 내쳤던 가의賈誼를 불렀으니
가의의 재주는 견줄 만한 사람이 없었다.
안타깝게도 한밤에 공연히 다가앉아서
백성을 묻지 않고 귀신에 대해 물었다.

註釋

▶ <賈生(가생)> : '가의(賈誼)'. 가의(기원전 200-168)는 서한 문제(文帝) 때 박사가 되어 장사왕(長沙王)의 태부를 역임하였다. 유명한 <과진론(過秦論)>과 <조굴원부(弔屈原賦)>, <복조부(鵩鳥賦)>를 지었고 《사기 굴원가생열전(屈原賈生列傳)》이 있다. 호남성 장사시(長沙市)는 굴원과 가의를 자랑스럽게 여겨 '굴가지향(屈賈之鄕)'이라 부른다. 본서 137 유장경의 <신년작(新年作)>, 196 <장사과가의댁(長沙過賈誼宅)> 참고.

▶ 宣室求賢訪逐臣(선실구현방축신) : 宣室(선실) - 한(漢) 미앙궁 천자의 정실(正室). 천자. 訪(방) - 신하를 불러 자문을 구하다. 逐臣(축신) - 방축했던 신하. 가의. 한 문제는 장사왕 태부로 방축된 가의를 다시 불러 선실에서 만나보았다.

▶ 賈生才調更無倫(가생재조갱무륜) : 才調(재조) - 재주. 倫 인륜 륜. 무리,

순서.　無倫(무륜) – 짝이 없다, 그만한 사람이 없다.

▶ 可憐夜半虛前席(가련야반허전석) : 可憐(가련) – 안타깝게도.　夜半(야반) – 한밤.　前席(전석) – 서로 이야기하면서 무릎이 닿을 만큼 다가가 앉다.　虛前席(허전석) – 공연히 전석했다, 전석하며 물은 것이 모두 헛일이 되다. 문제는 가의에게 귀신의 존재에 대해 묻고, 가의의 자세한 답변에 감탄했다.

▶ 不問蒼生問鬼神(불문창생문귀신) : 蒼 푸를 창.　蒼生(창생) – 백성.

🏵 詩意

한(漢)나라 문제와 다음의 경제(景帝) 때의 정치는 '문경지치(文景之治)'라 하여 태평성대로 손꼽힌다. 그러한 문제가 현신에게 정치를 묻는다고 구현(求賢)을 하긴 했는데 밤늦도록 겨우 귀신 이야기만 했다는 것이다. 가의의 학식과 경륜을 활용한 것이 아니라는 뜻이다.

가의는 회재불우하여 불우한 생을 마친 천재라 할 수 있다. 가의를 조문하고, 가의에 자신을 비유한 시는 아주 많다. 이상은도 그런 뜻으로 이 시를 지었다.

1구에서는 문제의 구현을 말했고, 2구는 가의의 재주와 학식이 뛰어났다는 확신을 표명하였다. 3구에서는 황제가 자신을 낮추고 현인을 예우한다하여 전석(前席)한 것이 헛되었다는 직격탄을 날리고, 결구에서 억조창생을 위한 대화이어야 하는데 겨우 귀신 이야기를 나누었다고 그 이유를 분명히 밝혔다.

305. 瑤瑟怨^{요슬원} 옥슬玉瑟의 한 ● 溫庭筠온정균

冰簟銀牀夢不成 碧天如水夜雲輕
<small>빙 점 은 상 몽 불 성</small> <small>벽 천 여 수 야 운 경</small>

雁聲遠過瀟湘去 十二樓中月自明
<small>안 성 원 과 소 상 거</small> <small>십 이 루 중 월 자 명</small>

시원한 죽석竹席 은상에서도 꿈을 못 꾸고
푸른 하늘은 물이니 밤 구름 가벼이 떠간다.
기러기 울며 소수 상수를 넘어 멀리 가고
열두 누각에는 달만 덩그러니 밝도다.

◉ 註釋

▶ <瑤瑟怨(요슬원)> : '옥슬(玉瑟)의 한'. 여인의 적막함을 하소연한 일종
의 규원시(閨怨詩)이다. 瑤瑟(요슬) – 옥으로 장식한 슬. 슬은 25현 또는
16현의 거문고 계통의 현악기.

▶ 冰簟銀牀夢不成(빙점은상몽불성) : 簟 삿자리 점. 대나무로 만든 자리,
멍석. 冰簟(빙점) – 시원한 대나무 자리. 銀牀(은상) – 은으로 만든 침상.
고급 가구.

▶ 碧天如水夜雲輕(벽천여수야운경) : 輕(경) – 가벼이 떠가다.

▶ 雁聲遠過瀟湘去(안성원과소상거) : 瀟湘(소상) – 소수(瀟水)는 호남성
경내의 하천, 상수(湘水)는 호남성의 대하인 상강으로 남쪽 광서에서 발
원하여 호남성을 통과하는 장강의 큰 지류. 소상은 호남의 대칭이며 삼상
평원(三湘平原) 역시 호남성을 지칭하는 말이다.

▶ 十二樓中月自明(십이루중월자명) : 十二樓(십이루) – 신선들이 산다는
　5성(城) 12루(樓). 여기서는 옥슬을 타는 여인의 거처.

여인의 원(怨)은 여러 가지이다. 여기서는 보고픈 사람을 만나지 못하는
그리움을 원(怨)이라 하였다. 원(怨)은 원(願)이고 한(恨)이다. 만나면 모든
것이 사라진다. 물론 이별한다면 또 원(怨)이 생길 것이다.

여인의 원(怨)은 슬에 실려 하늘로 날아간다. 1구에서는 잠을 못 이루는
그리움이고, 2구에서는 밤하늘에 보내는 여인의 원(怨)을, 3구에서는 기러
기 편에 먼데 있는 임에게 하소연하고픈 원(怨)이다.

그리고 4구는 여인이 있는 집이다. 달만 밝다. 같이 볼 사람이 없다. 공상의
세계를 날다가 현실로 돌아왔다. 오늘밤 옥슬을 타는 여인은 어차피 '몽불
성(夢不成)'할 것이다.

306. 馬嵬坡마쇠파 　● 鄭畋정전

玄宗回馬楊妃死　雲雨難忘日月新

終是聖明天子事　景陽宮井又何人

현종이 돌아올 제 양귀비는 죽고 없었으니
운우의 정이야 잊기 어려우나 세월은 가는 것.
결국은 성명한 천자의 처사였으니
경양궁 우물 속에는 누가 있었던가?

● 作者　정전(鄭畋, 825-883) – 황소(黃巢)의 난 진압에 공을 세운
　　　　　　　　　　　　　　　　　재상

자(字)는 대문(臺文). 무종(武宗) 회창(會昌) 2년(842)에 진사가 되어 여러
관직을 거치면서 승진하여 희종(僖宗, 재위 873-888) 즉위 후에 황소의 난
이 일어났고(875), 건부(乾符) 4년(877)에 병부상서가 되었다. 이후 폄직되
었다가 880년 황소가 장안을 침공하자 희종은 촉으로 피난했다. 정전은
정부군을 편성하며 황소군과 싸워 이기고 지기를 거듭하였다.
폄직되었다가 중화(中和) 2년(882)에 문하시랑 동중서문하평장사가 되어
군무를 주관하였고, 883년에 황소의 잔당(殘黨)을 장안에서 축출하였고 희
종은 장안으로 돌아왔다. 당시의 권신 전영자(田令孜)와의 갈등 속에서 병
사했다. 시 16수가 전한다.

▶ <馬嵬坡(마외파)> : 마외파는 안록산의 난 중(756) 양국충과 양귀비가
　죽은 곳.

▶ 玄宗回馬楊妃死(현종회마양비사) : 玄宗回馬(현종회마) - 현종은 촉으
　로 피난하고 아들 숙종(肅宗)에게 제위를 양위한 뒤 숙종 지덕(至德) 2년
　(757)에 장안으로 돌아왔다.

▶ 雲雨難忘日月新(운우난망일월신) : 雲雨(운우) - 부부간의 사랑, 남녀의
　육체적 애정.　日月新(일월신) - 세월은 새롭게 바뀌었다.

▶ 終是聖明天子事(종시성명천자사) : 聖明天子事(성명천자사) - 양귀비를
　죽게 할 수밖에 없었으며 그것은 잘된 일이라는 뜻.

▶ 景陽宮井又何人(경양궁정우하인) : 景陽宮(경양궁) - 남조 진(陳)이 수
　나라에 망할 때 후주(後主) 진숙보(陳叔寶)는 후궁 장여화(張麗華), 공귀
　빈(孔貴嬪)과 함께 경양궁의 우물 속으로 숨었다가 수나라 군사들에 의해
　끌어올려졌다. 여기서는 현종이 끝까지 양귀비를 지킨다고 했으면 진

▌ 양귀비의 묘

후주처럼 망국의 군주가 되었을 것이라는 뜻.

🌸 詩意

수구에서는 제목을 요약하여 설명하였다. 2구에서는 현종과 양귀비의 사랑이야 못 잊겠지만 세월이 약이라는 뜻을 표명했다. 그리고 3구에서는 양귀비의 죽음은 결과적으로 당과 현종에게 잘된 일이라고 하였다. 결구에서는 남조 진의 후주처럼 망국의 군주가 될 뻔했다는 의견을 제시하였다.

당의 2대 변란은 안록산의 난과 황소의 난이었다. 소금 밀매업자인 황소가 일으킨 난은 10년을 지속하면서 당 멸망의 직접적 원인이 되었다. 이런 난국을 직접 경험한 고급관료이며 재상인 정전이니만큼 역사를 바로보았다고 요약할 수 있다.

🌸 參考   망국의 군주에게 술이란 무엇인가?

기록에 의하면 후주 진숙보는 553년에 태어나 30세 되는 582년에 즉위하여 8년간 재위하였다. 수 문제 양견은 589년에 진(陳)을 멸망시켜 위진남북조 약 360년간의 대분열을 수습하고 천하통일을 이룩하였다. 양견은 진 후주 진숙보를 매우 우대했다. 그를 초청한 연회에서는 그가 고향생각으로 마음이 상할까 염려하여 강남의 음악은 연주하지 못하게 하였다. 그러나 진숙보에게는 망국의 슬픔은 아예 없었다고 한다.

진숙보를 감수(監守)하는 사람이 "그는 늘 술에 취해 있고 깨어 있는 시간이 거의 없습니다."라고 보고하였다. 문제는 "그가 술을 마시지 않는다면 어떻게 하루하루를 지낼 수 있겠느냐."면서 무엇을 좋아하느냐고 물었다. 그러자 "당나귀 고기를 좋아하며 술은 한 번에 한 말 이상 마십니다."라고 보고하였다. 문제는 '배알도 없는 진숙보(陳叔寶全無心肝)'의 엄청난 주량에 놀랐다고 한다.

문제는 "진숙보의 실패는 모두 그 사람의 음주와 관련이 있다. 시를 짓고 술을 마시는 그 시간에 국사를 돌보았다면 어찌 저리 몰락할 수 있었겠는가? 진의 궁궐을 수색했더니 위급상황을 보고하는 문서들이 개봉도 되지 않은 채 쌓여 있었다하니 그가 얼마나 어리석었는가를 알 수 있다. 진의 멸망은 하늘의 뜻이다."라고 말했다.

진숙보는 수(隋) 인수(仁壽) 4년(604)에 52세로 죽었다. 그가 죽자 대장군을 추증하고 장성양공(長城煬公)이라는 시호를 내렸다. 그가 죽으면서 받은 대장군 벼슬은 그에게나 그 후손에게 무슨 의미가 있겠는가?

307. 已涼 서늘해진 뒤 ● 韓偓한악

碧闌干外繡簾垂　猩色屛風畵折枝

八尺龍鬚方錦褥　已涼天氣未寒時

푸른 난간 밖에 수놓은 발이 드리웠고
붉은 병풍에는 꽃가지 그림을 그렸다.
여덟 자 용수 방석, 비단 이불 반듯한데
이미 날은 서늘하지만 아직은 춥지 않다.

🌸 作者　한악(韓偓) – 이상은(李商隱) 동서의 아들

자(字)는 치광(致光). 당 소종(昭宗) 용기(龍紀) 원년(889) 진사가 된 뒤에 병부시랑과 한림학사 등을 역임하였다. 나중에 당을 멸망시킨 절도사 주전충(朱全忠)과의 알력으로 폄직되었다가 복관되었으나 관직에 나아가지 않았다. 이상은의 동서인 한첨(韓瞻)의 아들로 일찍부터 이상은으로부터 인정도 받았고 지도도 받았다. 염려(艶麗)한 시작이 많고 시란(時亂)을 걱정하며 애국충정의 시도 썼다. 시집으로 《향렴집(香奩集)》이 전한다.

🌸 註釋

▶ <已涼(이량)> : '서늘해진 뒤'. 경물만을 묘사하고 서정이 없는 규원(閨怨)을 읊은 시이다.

▶ 碧闌干外繡簾垂(벽난간외수렴수) : 闌干(난간) – 가로 막대. 繡簾(수렴) – 수를 놓은 발.

▶ 猩色屏風畵折枝(성색병풍화절지) : 猩 붉은원숭이 성. 屏風(병풍) – 바람막이. 折枝(절지) – 꽃나무의 가지를 그린 그림.

▶ 八尺龍鬚方錦褥(팔척용수방금욕) : 龍鬚(용수) – 풀이름. 이를 엮어서 방석을 만든다. 方(방) – 방정하게 펴다. 褥 요 욕. 깔개. 錦褥(금욕) – 비단 이불.

▶ 已涼天氣未寒時(이량천기미한시) : 已涼(이량) – 이미 서늘해졌다, 계절로는 서늘한 때가 되었다.

🌸 詩意

이는 염체시(艶體詩)이다. 제목의 이량(已涼)은 마지막 구에서 그대로 따왔다. 전 3구는 잘 차려진 규방의 모습이다. 밖에서부터 난간(闌干) – 수렴(繡簾) – 방안의 병풍 – 용수(龍鬚) 방석 – 비단 침구가 차례대로 보인다. 가을이 되었지만 아직 늦더위도 남아있어 춥지 않다는 뜻은 무엇을 의미하는가?
한악의 시는 경쾌하지만 섬세하고 나약하다는 평을 듣는다.

308. 金^금陵^릉圖^도 금릉 그림 ● 韋莊위장

江^강雨^우霏^비霏^비江^강草^초齊^제　六^육朝^조如^여夢^몽鳥^조空^공啼^제

無^무情^정最^최是^시臺^대城^성柳^류　依^의舊^구煙^연籠^롱十^십里^리堤^제

강물에 비는 내리고 강변 풀은 고루 자랐는데
육조는 꿈이었고 새들만 공연히 지저귄다.
가장 무정하기론 궁터의 버들이니
옛날 그대로 십리 제방에 안개처럼 덮였다.

🌼 註釋

▶ <金陵圖(금릉도)> : '금릉 그림'. 金陵(금릉) – 지금의 강소성 남경시로 중국 4대 고도(古都)의 하나이다. 금릉 시가도를 보고 그 감회를 적은 시이다. 133 유장경의 오언율시 <추일등오공대상사원조(秋日登吳公臺上寺遠眺)>, 204 유우석의 칠언율시 <서새산회고(西塞山懷古)>도 모두 금릉을 소재로 한 시이다.

▶ 江雨霏霏江草齊(강우비비강초제) : 霏 눈 펄펄 내릴 비, 비가 조용히 내릴 비. 江草齊(강초제) – 강가의 풀들은 고르게 자랐다.

▶ 六朝如夢鳥空啼(육조여몽조공제) : 六朝(육조) – 삼국 중 손권(孫權)의 오(吳, 222-280)를 시작으로 5호16국시대의 동진(東晋, 317-420), 남북조시대의 송(宋, 420-479), 제(齊, 479-502), 양(梁, 502-557), 진(陳, 557-589)의 6개 왕조를 지칭하는데 모두 금릉에 도읍했다.

▶ 無情最是臺城柳(무정최시대성류) : 臺城柳(대성류) – 대성의 버들. 대성은 금성(禁城) 곧 황궁이니 남경시의 현무호(玄武湖)를 끼고 있다. 남조 4개 나라의 궁궐이었다.

▶ 依舊煙籠十里堤(의구연롱십리제) : 依舊(의구) – 예전처럼. 煙籠(연롱) – 안개에 덮이다. 十里堤(십리제) – 10리에 달하는 제방.

🌸 詩意

당나라 290년 역사에서 그 분수령은 '안사(安史)의 난'이었다. 이후 당은 서서히, 그러나 결정적으로 회복 불가능하게 쇠약해졌는데 황소의 난(875-884)은 멸망의 결정타였다. 위장은 당이 907년에 주전충에게 망하는 모습을 눈으로 직접 확인하였고, 왕건(王建)을 도와 전촉(前蜀)을 개국하게 한 사람이다.

폐가(廢家)를 쳐다보는 마음도 편치 않은데 나라가 망한 뒤 그 터를 지나가는 사람의 회포가 어떠하겠는가? 우리나라에서 '황성옛터'라는 대중가요를 예전에 왜 그리 많은 사람들이 불렀을까?

역사를 알면 나라의 흥망에 대해 깊이 생각하지 않을 수 없다.

309. 隴西行 농서행 ● 陳陶진도

誓掃匈奴不顧身　五千貂錦喪胡塵
서소흉노불고신　　오천초금상호진

可憐無定河邊骨　猶是深閨夢裡人
가련무정하변골　　유시심규몽리인

흉노 소탕을 맹서하며 몸을 돌보지 않더니
오천 정예병 모두가 오랑캐 흙속에 죽었네.
가련하나니, 무정하 강변의 백골이여!
아직도 깊숙한 안채 꿈속의 사람이리라!

● 作者　진도(陳陶, 812~885) - 복건 지역 출신으로 유일하게 수록

자(字)는 숭백(嵩伯)으로 복건 남평현(南平縣, 지금의 복건성 남평시 연평구延平區) 사람이다. 과거에 급제하지도, 또 관직에 있었다는 기록은 없고 장안에 유학하고 나중에 남창에 은거했다고 한다. <농서행>이 《당시삼백수》에 수록되었는데, 이는 복건성에 본적을 둔 사람의 유일한 작품이라고 한다. 《전당시》에 시 2권이 전한다. 지금의 복건성 지역은 과거 합격자도 거의 없을 정도로 문화적 미개지였다고 한다.

● 註釋

▶ <隴西行(농서행)> : 악부의 옛 제목으로 상화가사(相和歌辭)에 속한다. 변새(邊塞)에 동원된 사람들의 고통을 노래했다. <농서행>은 모두 4수인

데 여기 수록된 것은 제2수이다. 농서는 지금의 감숙성 천수(天水), 난주(蘭州) 등지와 하서주랑(河西走廊) 및 실크로드 지역을 포함하는 지역 명칭이다.

▶ 誓掃匈奴不顧身(서소흉노불고신) : 誓掃(서소) - 소탕을 맹서하다.

▶ 五千貂錦喪胡塵(오천초금상호진) : 貂 담비 초. 貂錦(초금) - 담비가죽 옷과 비단옷을 입은 정예병. 喪 죽을 상. 한대(漢代)의 일을 읊은 시라는 해석도 가능하다.

▶ 可憐無定河邊骨(가련무정하변골) : 無定河(무정하) - 내몽고에서 발원하여 섬서성의 황토 고원지대를 지나 황하에 유입되는 지류.

▶ 猶是深閨夢裡人(유시심규몽리인) : 深閨(심규) - 깊숙한 규방, 규방의 여인. 夢裡人(몽리인) - 꿈속에서 그리는 사람.

🏵 詩意

1구에는 출정 장졸의 기개가 넘쳐나니 '서소(誓掃)' '불고신(不顧身)'에는 비장한 느낌이 온다. 2구는 그들의 죽음이다. 사실 죽음은 모든 것의 끝이니 젊은 기개도, 고향 그리움도 모두 끝이다. 3구의 무정하변골(無定河邊骨)은 심규몽리인(深閨夢裡人)이니 동일인이다.

그러니 그 슬픔은 규원(閨怨)으로 남게 된다. 전쟁의 비참함을 상세하게 묘사하지는 않았다. 그러나 전쟁의 끝은 대부분 죽음이다. 강변의 백골에는 참혹한 전투의 모습이 다 들어있을 것이다.

310. 寄人 그녀에게 보내다 ● 張泌 장필

別夢依依到謝家　小廊回合曲闌斜

多情只有春庭月　猶爲離人照落花

헤어져도 꿈속에서 늘 그녀 집엘 가나니
소랑小廊을 돌아 합치는 곡란曲闌은 경사졌구나.
다정하기로는 봄뜰을 비추는 달뿐이니
떠날 사람을 위해 낙화를 비춰준다.

◉ 作者　장필(張泌, ?-?) - 당 멸망 뒤 오대(五代)의 사인(詞人)
당말(唐末)에 진사에 급제, 오대 시대에 화간파(花間派)에 속하는 사인. 남
당 후주 아래서 여러 관직을 역임하였다. 《화간집(花間集)》에 그의 사(詞)
27수가 수록되어 있다.

◉ 註釋

▶ <寄人(기인)> : '그녀에게 보내다'. 人(인) - 막연한 표현.

▶ 別夢依依到謝家(별몽의의도사가) : 別夢(별몽) - 이별 후의 꿈속. 依依
  (의의) - 그만두지 못하는 모양. 謝家(사가) - 그 사람의 집. 주로 여인을
  지칭한다. 대개 기녀(妓女)의 집.

▶ 小廊回合曲闌斜(소랑회합곡란사) : 小廊(소랑) - 작은 복도. 曲闌(곡란)

- 굽은 난간.
▶ 多情只有春庭月(다정지유춘정월) : 只 다만 지. 春庭月(춘정월) - 봄의 뜰을 비추는 달.
▶ 猶爲離人照落花(유위이인조낙화) : 離人(이인) - 떠날 사람, 시인 자신. 시인은 지금 꿈속에서 그녀의 집에 다녀왔다.

詩意

사랑하는 사람과 이별 후의 아픔을 노래했으니 1구에서는 시인이 잊지 못하는 그녀이고, 2구에서는 그녀의 집을 그렸다. 3구에서 꿈속이지만 그녀는 시인에게 무정했다. 시인은 그녀의 마음을 얻지 못하고 돌아서야 한다. 이런 모습을 달이 보고 있다는 뜻이다. 4구에서 시인과 비슷한 낙화(洛花)가 있다. 달은 낙화를 여전히 비춰준다는 뜻이니 매우 감상적이고 퇴폐적인 느낌이 온다.

술자리에 없어서는 안 되지만(席上不可無), 가정에 있어서는 안 될 사람(家中不可有)이 기녀라고 한다. 기녀에게 진정한 사랑을 기대하고 진정을 줄 수 있을까? 아마 사람마다 생각이 다를 것이다.

311. 雜詩^{잡 시} 잡시　　● 無名氏무명씨

近寒食雨草萋萋　　着麥苗風柳映堤

等是有家歸未得　　杜鵑休向耳邊啼

한식 가까이 내린 비에 풀은 무성하고
보리 위로 부는 바람에 버들은 둑에서 흔들린다.
이처럼 집은 있어도 돌아갈 수 없나니
두견아 제발 귓가에 울지 말아다오.

註釋

▶ <雜詩(잡시)> : 한식 무렵 나그네가 고향에 돌아가고픈 마음을 노래했
다.

▶ 近寒食雨草萋萋(근한식우초처처) : 萋 풀 무성할 처.

▶ 着麥苗風柳映堤(착맥묘풍류영제) : 着麥苗風(착맥묘풍) - 보리 싹 위에
부는 바람. 柳映(유영) - 버드나무가 물에 어른거리다.

▶ 等是有家歸未得(등시유가귀미득) : 等是(등시) - 이와 같이, 나도 다른
사람과 같이, 너나 나나. '하시(何是, 하사何事)와 같다'하여 '어째서', '어이
하여'로 풀이한 책도 있다.

▶ 杜鵑休向耳邊啼(두견휴향이변제) : 杜鵑(두견) - 자규(子規). 休(휴) -
~하지 말라.

◉ 詩意

봄날의 풍경을 잘 묘사하였다. 한식 무렵에 봄비가 잦으니 무성하게 자란 잡초들, 윤기가 흐르는 보리밭, 봄바람에 흔들리는 둑 위의 버드나무는 물위에 그림자를 비출 것이니 모두가 사실적이다.

무슨 사연인지는 모르지만 집에 돌아갈 수 없는 몸, 그 심란한 마음을 더 슬프게 만드는 두견새를 보고 울지 말아 달라는 그 마음을 이해할 수 있을 것 같다. 무명씨의 작품이지만 공을 들인 표시가 역력하다.

【한시漢詩의 감상과 번역】

우리말의 시도 우리말에 대한 지식이 있어야 제대로 감상할 수 있다. 우리 시를 읽으면서 제대로 뜻이 들어오지 않는 시어가 있어도 우리말 사전을 찾아 확인하지 않고 그냥 넘어가도 시 전체를 이해하는 데 별 어려움이 없다고 생각하는 사람이 많다. 그렇다면 한글로만 쓰인 대학교재의 문학이론서를 초등학생이 읽는 것과 무엇이 다르겠는가?

한자의 음훈(音訓)을 모르고서 어떻게 뜻이 들어오겠는가? 본서에서 역사적 사건이나 지명, 인명, 전고(典故)에 대하여 상세한 풀이를 하는 것은 시 감상을 위한 기초 지식을 제공하려는 뜻이다.

한시뿐만이 아니라 외국 원전을 읽을 때는 반드시 사전을 찾아야 한다. 알고 있는 한자라도 독자가 읽고 생각되는 그 뜻이 그 한자에 들어 있는가를 반드시 확인해야 한다. 번역 또한 그러하다.

한문은 중국인들의 일상적인 언어가 아니라 식자 계급에 의해 창작되고 읽혀지는 문장이며 그 문법 체계가 정연하다. 때문에 한문에는 필요 없는 글자란 없다. 우리 언어에는 다른 사람의 말을 듣고 해석할 때 꼭 옮기지 않아도 괜찮은 단어나 소리가 있을 수 있다.

그러나 한문의 독해에는 한 글자를 빼놓거나 새기지 않아도 되는 문자는 없을 뿐만 아니라 풀이하지 않는다면 뜻이 달라진다. 그러니 모든 글자를 전부 다 새겨야 하지만, 그렇다고 없는 말을 추가하면서 새길 필요는 없다. 시는 글자수가 제한되어 있는 운문(韻文)이다. 따라서 축약과 생략은 기본이다. 오언절구의 20자에서 필요 없는 글자 한 자가 어디에 있겠는가? 시의 독해나 번역에 있어 우선 중국어의 문법과 논리에 맞는 번역을 해야 한다. 그리고 시의 형식과 구성에 대한 지식을 바탕으로 한 번역, 시의 예술적 성취에 걸맞은 번역을 시도해야 한다.

그리고 중국 시를 우리말로 옮길 때는 시가의 구성 형태를 존중해야 한다. 시의 뜻이 쉽게 통하도록 첨가하는 말이나 독자의 이해를 돕기 위한 설명

등 번역자가 추가하는 말이나 군더더기가 없는 간결하면서도 명료한 번역이 되어야 한다. 그러기 위해서는 우리말에 대한 지식이 확실해야 한다. 한시 번역에서 시의 단락을 바꾸거나 원작을 갈라놓아도 안 된다. 작시(作詩)의 기본 원칙에 따라 기승전결(起承轉結)이 이어져야 한다. 주제를 분명하게 강조할 수 있어야 하고, 대구 표현을 무시해서도 안 되며, 객관적 묘사와 작자의 주된 정서 표현이 번역에도 그대로 살아나야 한다. 운율 구성에 유의하여야 하며, 압운(押韻)을 염두에 두어야 한다.

시가 운문인 만큼 시정(詩情)만을 옮겼다하여 끝날 수는 없다. 번역이라도 함축과 비약, 생략과 반복, 전도(顚倒)와 반문(反問), 대구의 뜻뿐만 아니라 우리말의 위치 등을 고려하여야 한다.

뿐만 아니라 정선된 시어로 음악적 율조가 드러나는, 시정의 자연스런 발로를 연출해야 할 것이다. 시는 시로서 번역이 완성되는 것이지 설명식 번역이어서는 안 된다. 정 필요하다면 별도의 주석을 달아야 하지 시구에 장황한 설명을 보태서도 안 된다.

누구든지 한시를 읽으면 자기 나름대로의 느낌이 온다. 느낌대로 옮기기 전에 작자의 의도가 무엇인가를 한 번 생각해 보아야 한다.

결론적으로 우선 원전에 충실한 해석을 해야 한다. 독자가 작자와 다른 느낌으로 해석하고 감상하는 것은 독자의 자유이며 특별한 권리이다. 다만 번역자는 그렇게 생각할 수 있는 기회를 제공해야 한다. 곧 여러 의견을 제시하면서 독자의 판단과 선택을 기다려야 할 것이다.

渭城曲 위성의 노래　●　王維왕유

渭城朝雨浥輕塵　客舍青青柳色新

勸君更盡一杯酒　西出陽關無故人

위성의 아침 비는 흙먼지를 적셨고
객사의 푸른 버들 색도 싱싱하다오.
그대에 권하니 한잔 더 비우시길
서쪽 양관으로 가면 아는 사람 없으리오.

註釋

▶ <渭城曲(위성곡)> : '위성의 노래'. 악부제. 길 떠나는 사람을 전송하며
부르는 노래. 渭城(위성) - 지금의 섬서성 함양시 관할 구(區). 서역으로
여행하는 사람을 이곳에서 전송했다. 제목을 양관곡(陽關曲), 양관삼첩
(陽關三疊) 또는 송원이사안서(送元二使安西)라고 한 책도 있다.

▶ 渭城朝雨浥輕塵(위성조우읍경진) : 浥 젖을 읍. 적시다. 輕塵(경진) -
흙먼지.

▶ 客舍青青柳色新(객사청청유색신) : 客舍(객사) - 객관(客館). 柳色新(유
색신) - 버들이 푸르다. 계절적으로는 이른 봄이다.

▶ 勸君更盡一杯酒(권군갱진일배주) : 更盡(갱진) - 또 다 마시다.

▶ 西出陽關無故人(서출양관무고인) : 陽關(양관) - 돈황시 서남 70여리 지
점. 한 무제 시기에 건립. 옥문관의 남쪽이기에 양관이라 부르고 옥문관과

함께 '이관'이라 하였다. 교통의 요지이며 서역 남로를 지키는 군사기지. 이 구절은 양관을 나가서 서쪽으로 더 간다는 뜻이 아니라 1차 목적지 양관을 향해 장안에서 서쪽으로 간다는 뜻. 장안에서 양관은 너무 먼 거리이니 장안과 양관 사이에도 '무고인(無故人)' 할 것이다.

🌑 詩意

송별시 중에서 가장 잘 알려진 걸작이다. 당송(唐宋)대에는 송별의 술자리에서, 혹은 주루에서 애창되었다.

1, 2 두 구에서는 이별의 계절과 경치, 장소와 시간을 밝혔고, 3, 4구에서는 술을 한 잔 더 권하는 이별의 정을 토로하였다. 시어가 질박하고 뜻이 돈후하며 영상이 생동하여 술자리에서 부르기에 딱 좋은 노래이다. 이 노래를 주루에서 어떻게 불렀을까? 그 창법에 대하여 소동파가 설명한 글이 있는데 다음과 같다.

"전부터 전해오는 양관삼첩(陽關三疊)이 있는데 지금은 노래하는 사람이 각 구절을 두 번씩 두 번을 부르는데 이는 4첩(疊)이 되니 옳지 않다. 또 각 구를 세 번씩 부른다고 3첩이라 하기도 한다. 내가 밀주(密州)에서 듣기로는 …또 백거이가 읊은 '상봉차막추사취 청창양관제사성(相逢且莫推辭醉 聽唱陽關第四聲)'이라 하였는데 '제4성'은 '권군갱진일배주(勸君更盡一杯酒)' 구이다. 그러니 부르는 방법은 수구(首句)는 두 번 부르지 않고 나머지는 두 번씩 겹쳐 부르는 것이다."

소동파의 설명대로 부르는 방식을 정리하면 다음과 같다.

　渭城朝雨浥輕塵
　客舍靑靑柳色新
　客舍靑靑柳色新 (1첩)
　勸君更盡一杯酒 (백거이가 말한 제4성)
　勸君更盡一杯酒 (2첩)
　西出陽關無故人
　西出陽關無故人 (3첩)

이밖에 부르는 방식에 대하여 두세 가지 방식이 더 있는데, 마지막 결구를 모두가 세 번 합창하는 방식도 있다.

이런 명시를 술자리에서 부르는 운치는 어떠할까? 우리 대중가요에서 시적 감흥이 넘치는 가사가 있긴 하지만, 우리 시인들은 왜 대중가요의 가사를 짓지 않을까?

왕유의 이 악부시는 이별의 술자리 노래로서 최고 인기곡이었을 것이다.

313. 秋夜曲 가을밤의 노래　● 王維왕유

桂魄初生秋露微　輕羅已薄未更衣

銀箏夜久殷勤弄　心怯空房不忍歸

달이 새로 뜨자 가을 이슬은 조금 내렸는데
가벼운 비단옷 너무 얇지만 갈아입지 않았다.
은장식 쟁을 밤 깊도록 정성껏 타나니
공방空房이 겁나 침소로 돌아가려 않는다.

● 註釋

▶ <秋夜曲(추야곡)> : '가을밤의 노래'. 악부제. 본래 2수로, 가을밤에 독수공방이 두려워 밤늦게까지 거문고를 타고 있는 외로운 여인을 노래

했다. 작자를 왕애(王涯) 혹은 장중소(張仲素)라고 하는 주장도 있다.

▶ 桂魄初生秋露微(계백초생추로미) : 桂魄(계백) - 달을 지칭. 백(魄)은 달의 검은 부분. 달의 그늘진 부분을 계수나무의 넋으로 본다. 秋露微(추로미) - 초가을이라 많이 내리지 않았다. 이슬은 초저녁부터 내린다. 아침에 일어나 이슬을 보고 '맺혔다' '내렸다'고 말하지만 초저녁 이슬이 맺히기 시작할 때는 '이슬이 내린다'라고 말한다. 그렇다고 비 오는 것처럼 내리는 것이 아니다. 기후나 날씨에 관한 우리말 표현은 참으로 많고도 아름답다.

▶ 輕羅已薄未更衣(경라이박미갱의) : 輕羅(경라) - 가벼운 비단옷. 已薄(이박) - 너무 얇다.

▶ 銀箏夜久殷勤弄(은쟁야구은근롱) : 銀箏(은쟁) - 은으로 장식한 쟁. 쟁은 금(琴, 거문고)의 일종, 당대에는 13현이었다. 夜久(야구) - 밤이 깊도록. 殷勤(은근) - 정성스레. 따스하고 빈틈이 없다. 弄(농) - 가지고 놀다, ~을 하다, 농간을 부리다, ~을 하게 하다.

▶ 心怯空房不忍歸(심겁공방불인귀) : 怯 겁낼 겁. 不忍歸(불인귀) - 침실로 가려 하지 않는다.

詩意

일종의 궁원(宮怨)을 다룬 악부제이다. 처음부터 끝까지 초가을 밤의 정경이 쓸쓸하게 이어진다. 달이 뜬 지 얼마 안 되었으니 초저녁이고 아직 이슬이 많이 내리지 않았다.

2구는 얇은 옷이 밤이 되어 춥겠지만 갈아입지 않았다는 것은 깊은 시름이 있어 모든 것이 귀찮다는 뜻을 포함하고 있다. 3구에 밤이 깊도록 정성을 다해 쟁을 타는 것도 시름을 잊으려 애쓰는 것이다. 이어 결구에서는 모든 것을 다 말해 버린다.

요점은 여인의 공방(空房) - 독수공방이 겁난다는 뜻은 육신으로, 또 정신적으로 혼자 있기가 두렵다는 뜻이리라!

長信怨 ^{장 신 원} 장신궁長信宮의 시름 　● 王昌齡 왕창령

奉帚平明金殿開 ^{봉 추 평 명 금 전 개}　且將團扇共徘徊 ^{차 장 단 선 공 배 회}

玉顔不及寒鴉色 ^{옥 안 불 급 한 아 색}　猶帶昭陽日影來 ^{유 대 소 양 일 영 래}

새벽에 빗자루 들면 궁궐이 열리고
이어 부채를 들고 함께 이리저리 다닌다.
고운 얼굴이 까마귀만도 못하다지만
까마귀는 그래도 소양전 햇살을 받는다.

● 註釋

▶ <長信怨(장신원)> : '장신궁(長信宮)의 시름'. 악부제. 장신궁은 한대의
　태후의 거처. 한 성제(漢成帝)의 총애를 잃은 반첩여(班婕妤, 기원전 48?-
　기원후 2)가 성제의 사랑을 독차지한 조비연(趙飛燕) 자매에게 화를 입을
　까 겁이 나서 장신궁에 들어가 태후를 받들겠다고 자청하여 허락을 받고
　무사할 수 있었는데 그 시름을 읊은 악부시이다.

▶ 奉帚平明金殿開(봉추평명금전개) : 帚 빗자루 추.　平明(평명) - 이른
　새벽.　金殿(금전) - 궁궐.

▶ 且將團扇共徘徊(차장단선공배회) : 將(장) - ~을 가지고.　團扇(단선)
　- 둥근 부채.

▶ 玉顔不及寒鴉色(옥안불급한아색) : 玉顔(옥안) - 반첩여 자신의 고운 얼
　굴.　寒鴉色(한아색) - 까마귀의 검은색. 까마귀는 조비연을 의미할 수도

있다. 옥안과 한아도 여러 가지로 생각할 수 있다.

▶ 猶帶昭陽日影來(유대소양일영래) : 帶 띠 대. 받다. 끝의 내(來)를 동반한
다. 昭陽(소양) - 소양전. 조비연 자매의 거처. 日影(일영) - 햇살, 황제의
사랑. '소양일영'은 '장신궁에서 봉추(奉帚)'하는 반첩여와 극렬한 대비를
이루고 있다.

🌸 詩意

이 시를 이해하려면 반첩여에 관한 고사를 알아야 한다. 《한서 외척전(外戚
傳)》에 대략 다음과 같은 고사가 있다.
"조씨(趙氏) 자매는 교만하고 투기가 심했다. 반첩여는 그녀들에게 화를
당할까 겁을 내고 장신궁에 들어가 태후를 모시겠다고 자청했고 허락을
받았다. 궁에서 물러난 반첩여는 〈원가행(怨歌行)〉이라는 노래를 지었다.
그녀가 지은 노래는 '제나라의 비단을 찢는데, 서리와 눈처럼 깨끗하다.
오려내어 합환선을 만드니, 그 모양이 명월과 같도다.(新裂齊紈素 皎潔如霜
雪 裁爲合歡扇 團團似明月)'라고 하였다."
부채는 여름에 애용한다. 가을에 찬바
람이 나면 부채를 버린다. 임금에게 버
림 받은 반첩여는 자신을 부채에 비유
했던 것이다.
본래 반첩여의 이름은 전해지지 않는
다. 반첩여는 반고(班固), 반초(班超),
반소(班昭) 3남매 할아버지의 여형제
이다. 곧 반고의 대고모(왕고모)이다.
성제(成帝)의 후궁으로 들어와 나중에
성제의 총애를 받아 '첩여'가 되었다. 성
제의 총애를 잃고 장신궁에서 태후를
모셨고 태후가 죽자 수릉(守陵)하다가
홀로 죽었다. 그녀의 작품으로는 〈자도

▌ 반첩여(班婕妤)

부(自悼賦)>, <도소부(搗素賦)>, <원가행, 또는 단선가(團扇歌)>가 있다.

315. 出塞 _{출새} 변경에 출정하다 ● 王昌齡 왕창령

秦時明月漢時關　　萬里長征人未還

但使龍城飛將在　　不敎胡馬渡陰山

진대秦代의 명월이며 한대漢代의 관문이니
만리 먼 곳 오랜 싸움에 돌아오지 못하네.
만약 용성에 비장군이 있었다면
호마胡馬가 음산을 넘게 하지는 않았으리라.

🌀 註釋

▶ <出塞(출새)> : '변경에 출정하다'. 악부제로 고취곡사(鼓吹曲辭)에 속
한다. 옛날 군악으로 쓰였다고 한다. 일명 <종군행(從軍行)>. 당나라에는
'새상곡(塞上曲)'과 '새하곡(塞下曲)'이 있다. 변경을 수비하는 병사들의
고난을 읊은 악부시. 새(塞)는 국경이나 변경의 요새. '출새'는 요새를
나와서 전투에 임한다는 뜻도 있다.

▶ 秦時明月漢時關(진시명월한시관) : 진한(秦漢) 이래로 똑같은 달이며
똑같은 관문이다. 변새의 고통이 그만큼 오래되었다는 뜻을 포함하고

있다.

▶ 萬里長征人未還(만리장정인미환) : 萬里(만리) – 장졸의 가향(家鄕)에서부터 먼 거리라는 의미. 長征(장정) – 오랜 정역(征役). 복무기간이 길다는 뜻. 人未還(인미환) – 살아 돌아오지 못했다.

▶ 但使龍城飛將在(단사용성비장재) : 龍城(용성) – 감숙성 천수시(天水市) 관할의 지명. 飛將在(비장재) – ‘이광(李廣)이 우북평에 주둔하자 흉노들이 소문을 듣고 비장군이라 하며 싸움을 피했다.(廣居右北平 匈奴聞之 號曰漢之飛將軍 避之)’《사기 이장군열전》

▶ 不敎胡馬渡陰山(불교호마도음산) : 胡馬(호마) – 흉노족. 渡 건널 도. 陰山(음산) – 음산산맥. 하북성의 서북부에서 시작하여 내몽고를 달려 내몽고의 낭산(狼山)에 이르는 길이 1200km, 남북 50~100km에 이르는 대산맥. 평균 높이 1500~2300m. 몽고와 중국의 자연 경계선이라 할 수 있다.

🌸 詩意

서북방의 흉노 침략과 이를 막으려는 한족의 싸움은 일찍이 진한(秦漢)시대부터 있었다. 이에 시인들은 변새시를 지어 출정 병사들의 고난 및 그들의 귀환을 애타게 기다리는 부녀자들의 비애를 읊었다.

한편 이 시에서 시인은 이광같이 탁월한 장군이 없음을 은근히 한탄하고 있다. 왕한의 ‘포도미주야광배(葡萄美酒夜光杯)’로 시작하는 <양주사(涼州詞)>와 함께 변경 출새의 걸작으로 꼽힌다.

‘당인(唐人) 절구의 압권이라 할 수 있는 좋은 시’라는 평을 듣는다.

316. 出塞 변경에 출정하다　● 王之渙 왕지환

黃河遠上白雲間　一片孤城萬仞山

羌笛何須怨楊柳　春風不度玉門關

황하는 멀리 백운 사이로 올라가고
일편 고성에 만인萬仞의 산이로다.
강적의 <양류곡>을 원망해 무엇 하리오?
춘풍은 옥문관을 넘어오지 못한다오.

● 註釋

▶ <出塞(출새)> : '변경에 출정하다'. 출새시의 절창이다. ≪전당시≫에는
　제목을 <양주사(涼州詞)>라고 했다.

▶ 黃河遠上白雲間(황하원상백운간) : 黃河遠上(황하원상) – 황하의 발원
　지는 곤륜산이다. 이백의 시 <장진주(將進酒)>의 '군불견 황하지수천상
　래(君不見 黃河之水天上來)'라는 구절이 연상된다. 하류에서 황하를 올
　려다보면 백운간으로 올라간다는 것을 느꼈을 것이다.

▶ 一片孤城萬仞山(일편고성만인산) : 一片孤城(일편고성) – 양주성(涼州
　城). 仞 한 길 인. 8척. 어른 키의 길이를 '한 길'이라고 한다. '열 길 물속은
　~'의 '길'이다.　萬仞山(만인산) – 아주 높은 산.

▶ 羌笛何須怨楊柳(강적하수원양류) : 강적이 '절양류(折楊柳)'를 불어댄들
　어이 원망하겠는가?　羌 종족 이름 강. 지금의 티베트 지역의 이민족.

흉노, 선비(鮮卑), 저(氐), 갈(鞨), 강족(羌族)을 5호(胡)라 통칭한다. 笛
피리 적. 何須怨(하수원) – 어찌 원망하랴? 楊柳(양류) – 버드나무. '절양
류'의 곡조. 일어쌍관(一語雙關).

▶ 春風不度玉門關(춘풍부도옥문관) : 玉門關(옥문관) – 지금의 감숙성 돈
황 서쪽에 있는 관문. 옥문관 너머에는 봄이 없다는 뜻. 언제나 춥고
위험한 땅이라는 의미가 들어있어 그런 땅에 나가 싸우는 병졸의 한(恨)
을 표현했다.

🌸 詩意

봄바람조차 불지 않는 살벌하고 외로운 요새에 긴장감이 넘친다. 주변에서
들려오는 강족(羌族)의 피리소리가 더욱 슬픔을 보탠다. 양주 땅의 험한
지형, 방수(防守)의 힘든 나날을 사실대로 전달해 준다.

1구에서는 황하를 언급하였다. 중국인들에게 황하는 바다로부터 서쪽으로
거의 일직선으로 올라가다가 산서와 섬서의 경계를 이루며 90도로 북상하
다가 내몽고에서 ∩자 형태로 서쪽으로 방향을 틀며 서남으로 향한다. 그
서쪽이 양주이며 이민족과의 접경이다. 따라서 황하는 하늘의 백운간을
올라가는 것 같다.

2구에서는 양주성을 묘사하였다. 일편(一片)은 대개 고(孤)와 연용(連用)된
다. '일편고운(一片孤雲)'이나 '고범일편(孤帆一片)'이 그런 예이다. 여기서
는 '일좌(一座)'의 뜻이 있다. 산도 많지만 깊게 파인 황토 절벽을 만인(萬仞)
이라 했다.

3구에서는 들려오는 강족의 피리소리를 언급했다. 당나라 사람들은 이별할
때 버드나무 가지를 꺾어 정을 표시했다고 한다. 내년 봄에 버들잎이 피면
꼭 돌아오라는 의미였을 것이다. 그런데 이곳은 봄이 없는 동토(凍土), 버드
나무 가지 대신 강족이 부는 <절양류>의 슬픈 곡을 들어야 한다. 그런데
그 슬픈 피리소리를 원망해 무얼 하겠느냐는 뜻이다.

4구 – 여기는 옥문관 너머, 춘풍도 넘어오지 못하는 땅, 버들도 푸르지 않고,
땅은 얼었고, 싸움은 끝이 없고, 귀가할 희망은 절망이다. 그러니 원(怨)과

한만 남아 있는 곳! 병졸의 슬픔은 황하만큼이나 연이어 흘러내린다. '변새시의 절창'이라 아니할 수 없다.

왕지환(王之渙)의 <출새, 일명 양주사>는 당시에도 기녀들이 애창한 악부시였다. 기타 변방에 출정한 병사들을 테마로 읊은 변새시로 유명한 칠언절구는 왕한의 '포도미주(葡萄美酒)'로 시작하는 <양주사>, 왕창령의 '진시명월(秦時明月)'로 시작하는 <출새>가 있고, 기타 오고악부에 속하는 <새하곡(塞下曲)>, <관산월(關山月)> 등이 있다.

그리고 왕유의 '위성조우(渭城朝雨)'로 시작하는 <위성곡(渭城曲)>과 이백의 '조사백제(朝辭白帝)'로 시작하는 <조발백제성(早發白帝城)> 등이 가히 칠절(七絶)의 대표작이 될 만하다고 많은 사람들이 인정하고 있다.

🌸 **參考**　악부시와 가기(歌妓)들의 노래

시인 왕지환, 왕창령, 고적 세 사람이 주루(酒樓)에 가서 가기들이 부르는 노래를 들으며 술을 마셨다. 왕창령이 '술을 마시는 동안 누구의 시가 가장 많이 불리나 내기하자'고 제안했다. 첫 번째 가기가 '한우연강야입오(寒雨連江夜入吳) - 왕창령의 <부용루송신점(芙蓉樓送辛漸) - '라고 노래하자 왕창령은 벽에 '일절구(一絶句)'라고 썼다. 다음 가기가 고적의 시를 노래했고, 또 다른 가기는 왕창령의 <장신추사(長信秋詞)>를 노래했다.

그러자 왕지환이 '가장 미인인 네 번째 가기가 내 시를 노래한다면 앞으로는 자네들과 다투지 않겠다'고 말했다.

이어 가장 미인인 가기가 '황하원상백운간(黃河遠上白雲間)~'하면서 왕지환의 <양주사>를 노래했다. 결국 왕창령과 고적은 내기를 포기했다고 한다.

317. 淸平調 三首(一) 청평조　　● 李白이백

雲想衣裳花想容　春風拂檻露華濃

若非羣玉山頭見　會向瑤臺月下逢

구름은 옷이요 꽃은 얼굴이러니
춘풍이 난간을 스치면 진한 이슬이 맺힌다.
혹시나 군옥산에서 보지 않았다면
틀림없이 요대의 달 아래서 만났으리라!

註釋

▶ <淸平調(청평조)> : 악부의 곡명. 천보 2년(743)에 이백은 나이 43세로 한림공봉(翰林供奉) 직을 받고 현종 곁에서 궁중시인 격으로 있었다. 그 때 현종이 양귀비와 함께 모란꽃이 만발한 흥경궁(興慶宮) 침향정(沈香亭)에서, 이백으로 하여금 시를 짓게 했다. 술이 거나한 이백이 즉석에서 <청평조> 3수를 지었다.

▶ 雲想衣裳花想容(운상의상화상용) : 想(상) - '~와 같다[像]'의 뜻이 있다. 이는 일종의 가차(假借)이다. 衣裳(의상) - 양귀비의 옷. 容(용) - 양귀비의 얼굴.

▶ 春風拂檻露華濃(춘풍불함노화농) : 春風(춘풍) - 황제의 은총. 춘풍과 같은 은총을 주는 황제. 拂檻(불함) - 난간을 스치다. 露華(노화) - 이슬. 濃 짙을 농. 현종의 끝없는 사랑에 귀비가 감격한다는 뜻으로 새길 수

있다.

▶ 若非羣玉山頭見(약비군옥산두견) : 若非(약비) – ~이 아니라면. 羣玉山
(군옥산) – 신화 속의 선산(仙山). 서왕모가 거처하는 곳.

▶ 會向瑤臺月下逢(회향요대월하봉) : 會(회) – 틀림없이. 向(향) – ~에서,
~쪽에서. 어(於)와 통함. 瑤臺(요대) – 신선의 거주지.

詩意

귀비의 미모와 자태를 충분히 칭찬해준 악부시이다. '구름과 같은 옷'과
'꽃과 같은 얼굴' 그리고 춘풍처럼 온화하고 이슬만큼 농염하다는 것은 보통
의 칭찬이라 할 수 있다면 '선녀' 같다면 더 이상의 칭찬이 없으리라.

318. 清平調 三首(二) 청평조   ● 李白이백

一枝紅艶露凝香　　雲雨巫山枉斷腸

借問漢宮誰得似　　可憐飛燕倚新妝

붉고도 고운 꽃가지에 향기롭게 맺힌 이슬이니
운우가 되는 무산 신녀는 괜히 애만 태운다.
묻노니 한궁漢宮의 누가 귀비와 같으리오.
가련한 조비연 단장을 마친 뒤에 이 같으리라.

▶ <淸平調(청평조)> : 3수가 각각 운을 달리하였지만 그 뜻을 일관되게 작시하였다.

▶ 一枝紅艶露凝香(일지홍염노응향) : 紅艶(홍염) – 붉은 아름다움. 露凝香 (노응향) – 이슬에 향이 맺히다.

▶ 雲雨巫山枉斷腸(운우무산왕단장) : 雲雨(운우) – 무산의 신녀는 때로는 구름, 때로는 비로 그 모습을 나타낸다고 한다. 巫山(무산) – 사천성에 있다. 초 양왕(楚襄王)이 꿈에서 무산의 신녀를 만나 운우의 정을 나누었다는 이야기가 신화로 전해온다. 枉 굽을 왕. 공연히. 斷腸(단장) – 애를 태우다. 초 양왕은 실체가 없는 무산 신녀와 합환하느라 공연히 애만 태웠다는 뜻. 대신 양귀비는 풍만한 육신에 '노응향(露凝香)'하는 고운 피부를 가지고 있다는 칭송이다.

▶ 借問漢宮誰得似(차문한궁수득사) : 借問(차문) – 한 번 물어보자면. 누가 양귀비와 같겠는가?

▶ 可憐飛燕倚新妝(가련비연의신장) : 飛燕(비연) – 조비연(趙飛燕). 전한 성제(成帝)의 총비로 가냘픈 몸매로 제비처럼 춤을 추었다고 한다. 倚 의지할 의. 新妝(신장) – 화장. 말하자면 '조비연의 미모란 것도 화장발이다'라는 뜻이며, 조비연은 양귀비를 따라올 수 없다는 칭송이다.

詩意

이백은 양귀비를 '일지홍염노응향(一枝紅艶露凝香)'이라고 치켜세웠다. 그러나 결구에서 '가련비연의신장(可憐飛燕倚新妝)'이라고 한 말이 화근이 되었다. 곧 현종의 정치적 참모이며 궁중 호위의 군사를 지휘하며 심복 중의 심복이었던 환관 고력사(高力士)가 '이백은 양귀비를 천한 신분 출신인 조비연에 비유했다'고 참언하였다.

전에 술에 취한 이백이 안하무인격으로 현종 앞에서 고력사에게 신을 벗기게 한 일이 있었고, 이를 기회로 고력사가 이백에게 앙갚음 한 것이다. 결국 이백은 천보 3년(744)에 장안에서 쫓겨난다.

319. <ruby>清<rt>청</rt></ruby><ruby>平<rt>평</rt></ruby><ruby>調<rt>조</rt></ruby> <ruby>三<rt>삼</rt></ruby><ruby>首<rt>수</rt></ruby> (三) 청평조　● 李白이백

名花傾國兩相歡　常得君王帶笑看
<small>명 화 경 국 양 상 환　상 득 군 왕 대 소 간</small>

解釋春風無限恨　沈香亭北倚闌干
<small>해 석 춘 풍 무 한 한　침 향 정 북 의 난 간</small>

모란과 경국지색은 함께 즐거우니
군왕은 언제나 미소를 머금고 바라본다.
춘풍의 무한한 근심을 풀어주면서
침향정 북에서 난간에 기대어 선다.

🌸 註釋

▶ <淸平調(청평조)> : 3수에서는 귀비는 그만한 은총을 받으면서 정사로
고생하는 현종의 근심을 풀어주는 소임을 다한다는 칭송의 뜻이 있다.

▶ 名花傾國兩相歡(명화경국양상환) : 名花(명화) - 여기서는 모란.　傾國
(경국) - 경국지색, 미인. 전한의 이연년(李延年)이 자기 누이동생을 한
무제에게 바치기에 앞서 다음과 같은 노래를 불렀다. '북방에 미인이 있으
니 견줄 사람 없이 홀로 빼어났도다. 눈웃음 한 번에 성이 기울고, 다시
바라보면 나라가 기울리라.(北方有佳人 絶世而獨立. 一顧傾人城 再顧傾
人國)'

▶ 常得君王帶笑看(상득군왕대소간) : 君王(군왕) - 현종.　帶笑(대소) - 웃
음을 머금다.

▶ 解釋春風無限恨(해석춘풍무한한) : 解釋(해석) - 풀어버리다.　春風無限

恨(춘풍무한한) - 춘풍이 무슨 한이 있는가? 춘풍은 1수 2구 '춘풍불함노
화농(春風拂檻露華濃)'의 춘풍으로 귀비에게 은총을 주는 현종으로 생각
할 수 있다. 곧 현종이 국사에 노심하며 생기는 여러 가지 근심거리, 이것
을 귀비가 풀어준다는 뜻이다.

▶ 沈香亭北倚闌干(침향정북의난간) : 沈香亭(침향정) - 흥경궁 서북쪽의
정자.

🏵 詩意

당대에는 모든 사람들이 부귀를 상징하는 모란꽃을 애호했다. 한편 현종의
총애를 독차지한 양귀비는 풍만한 미인이었다. 현종은 모란과 짝을 이룬
양귀비를 함께 보며 미소를 지었을 것이다. 현종의 사랑을 독차지하며 낮에
는 가무와 연락(宴樂)에 분주했고, 밤에는 운우의 정을 나누었을 것이니
미인은 피곤하였을 것이다.

사실 시인의 우수한 두뇌와 글솜씨로 타인을 격려하고 칭찬도 하지만, 풍자
하거나 심하다면 조롱할 수도 있을 것이다. 다른 표현은 그만두고서라도
여기서 경국(傾國)이란 말이 그러하다.

경국지색 - 미인임에는 틀림없다. 역사적으로 미색에 빠져 나라를 거덜
낸 군왕도 많이 있다. 양귀비가 미인이라는 것을 표현하는데 꼭 '경국' 이외
에 다른 표현은 없었을까?

사실 실제로 뒷날 당나라를 기울게 한 사람이 양귀비였다. 양귀비 - 양국충
- 안록산 - 재상이면서 간악한 이임보. 이런 사람들이 모두 다 고리처럼
연결되어 있었다. 현종은 60이 넘은 노인이었다. 사리 판단의 능력은 많이
쇠퇴해진 상태였고 너무 오랫동안 태평했다.

이백은 이미 경국의 조짐을 보았을 것이다. 그래서 풍자의 뜻으로, 아니면
칭찬하면서 비꼬는 의미로 새길 수 있는 악부시를 지어 올렸을 것이다.
이백의 머리라면 충분히 그러고도 남을 것이다.

320. 金縷衣 금실로 짠 옷　● 杜秋娘두추낭

勸君莫惜金縷衣　勸君惜取少年時

花開堪折直須折　莫待無花空折枝

당신께 권하니 금실 옷이라고 아끼지 마오
당신께 권하니 젊은 시절을 아껴야 한다오.
꽃피어 꺾을 만하면 바로 꺾어야 하나니
공연히 기다리다 꽃 없는 가지만 꺾지 마시오.

● 作者　두추낭(杜秋娘, ?-?) - 여류 시인

두추(杜秋). 금릉 사람. 15세에 이기(李錡, 741-807)의 첩이 되었다. 헌종(憲宗) 원화(元和) 2년(807)에 진해절도사인 이기는 기병하여 조반(造反)했다가 1개월 만에 진압 피살되고, 두추낭은 잡혀서 궁중에 보내지는데 오히려 전화위복되어 헌종의 총애를 받았다고 한다. 원화 15년에 헌종이 죽고 목종(穆宗)이 즉위하자 그녀는 목종의 아들 이주(李湊)의 부모(傅姆, 여자 스승)가 된다. 뒷날 이주가 폐위되면서 두추낭은 고향으로 돌아갈 수 있었다. 시인 두목은 금릉을 지나다가 그녀의 궁색하고 늙은 모습을 보고 <두추낭 시>를 지어 그녀 대신 신세 한탄을 해주었다고 한다. 여기 실린 <금루의>는 두목의 시 속에 주(註)로 첨부된 것인데, 이를 두추낭의 작품으로 인정하고 《당시삼백수》에 수록되었다고 한다.

🌸 註釋

▶ <金縷衣(금루의)> : '금실로 짠 옷'. 금실 비단옷을 아까워하지 말고 젊은 시절의 자신의 아름다움과 사랑을 마냥 취하라는 메시지를 주고 있다.

▶ 勸君莫惜金縷衣(권군막석금루의) : 莫惜(막석) – 아까워하지 말라, 재물에 집착하지 말라는 뜻도 있다.

▶ 勸君惜取少年時(권군석취소년시) : 惜取(석취) – 아껴하며 가져라. 少年時(소년시) – 젊은 시절.

▶ 花開堪折直須折(화개감절직수절) : 堪 견딜 감. 堪折(감절) – 꺾을 만하다. 直須折(직수절) – 곧바로 꺾어야 한다. 기회가 왔다면 움켜쥐라는 뜻.

▶ 莫待無花空折枝(막대무화공절지) : 莫待(막대) – 기다리지 말라. 無花(무화) – 꽃이 없다. 空折枝(공절지) – 쓸데없는 가지만 꺾다.

🌸 詩意

가는 세월을 아쉬워했을 것이다. 가기나 첩실은 젊은 미모가 기본 자산인데 세월 따라 미모가 쇠퇴하니 흐르는 세월에 대한 원망은 누구보다 더 절실했을 것이다.

그러나 세월은 선량한 사람을 저버리지 않는(歲月不負善良人) 법이다. 사람이 아무리 좋은 바탕을 타고났어도, 또 아무리 좋은 환경이라도 스스로 노력해야 한다. 젊어 독서에 마음을 기울이지 않으면(小時讀書不用心), 책 속에 황금이 있다는 이치를 모른다(不知書中有黃金). 그리고 옥도 다듬지 않으면 그릇(물건)이 되지 않는다(玉不琢 不成器).

이백에 얽힌 전설 같은 이야기이지만 '쇠몽둥이도 갈면 바늘로 만들 수 있는(鐵棒可以磨針)' 것처럼 보통사람이라도 흙을 쌓으면 산을 만들 수 있다(積土可以成山).

부 록

작자별 시제詩題 색인

시제詩題 색인

기타 색인

ㅎ >

唐詩三百首(下)

初版 印刷 – 2014년 12월 20일
初版 發行 – 2014년 12월 25일

孫秀(蘅塘退士)　篇
張基槿・陳起煥　共譯

發行人 – 金 東 求

發行處 – 명 문 당(창립 1923년 10월 1일)
　　　　서울특별시 종로구 윤보선길 61(안국동)
　　　　우체국 010579-01-000682
　　　　전 화 (02) 733-3039, 734-4798
　　　　FAX (02) 734-9209
　　　　Homepage www.myunmundang.net
　　　　E-mail mmdbook1@hanmail.net
　　　　등록 1977.11.19. 제1-148호

■

ISBN 979-11-85704-20-3 94820
　　　979-11-85704-17-3 94820 세트